Only With Your Love
by Lisa Kleypas

# ただ一人のあなたへ

リサ・クレイパス
平林 祥［訳］

ライムブックス

ただ一人のあなたへ

## 主要登場人物

ジャスティン・ヴァルラン……………………………ニューオーリンズの名門ヴァルラン家の長男
フィリップ・ヴァルラン……………………………ジャスティンの双子の弟
セリア・ヴァルラン……………………………フィリップの妻
マクシミリアン（マックス）・ヴァルラン……………ジャスティンとフィリップの父
リゼット……………………………マックスの後妻
グリフィン……………………………海賊船ヴァガボンド号の船長
ジョン（ジャック）・リスク……………………………ヴァガボンド号の副船長
オーグ……………………………ヴァガボンド号の乗組員
ドミニク・レガーレ……………………………海賊
アンドレ・レガーレ……………………………海賊。ドミニクの弟
ブリオニー・ドイル……………………………お針子
マシューーズ中佐……………………………ニューオーリンズ海軍基地の司令官
ピーター・ベネディクト大尉……………………………マシューズ中佐の部下

# プロローグ

一八一七年四月　メキシコ湾

　ふたりは揺れるベッドに寄り添って横たわり、きしむ船の音を聞いていた。セリアは静かに夫の胸にもたれ、優雅なしつらえの船室をどこか物憂げに見まわした。フランスを出航してから、長い航海をつづけてきた。その間にこの部屋は彼女にとって、安らぎをくれる繭のような、すっかり離れがたい場所になった。ニューオーリンズでは未知の世界が待っている。その世界に飛びこむ心がまえが本当にあるのか、セリアは自信が持てなかった。

「もうメキシコ湾だよ」フィリップが言い、セリアを胸元からそっと引き離して身を起こした。大きく伸びをしたとき、たくましい背中の筋肉がさざなみのごとくうねった。「長旅もじきに終わる。今夜にもわが家に帰れるよ」

「わが家、ね」セリアはぎこちない笑みでくりかえした。

　声に沈んだ調子を感じとったのだろう、フィリップはこちらに向きなおり、細い肩を両手で抱いて顔をのぞきこんだ。セリアはフリルをあしらったナイトドレスの襟元をさりげなく直し、シーツを引き上げて胸元を隠した。

「セリア」フィリップは優しく呼んだ。「心配する必要なんてなにもないんだよ。きみもきっとニューオーリンズが好きになる。ぼくの家族のことも、必ず気に入ってもらえると思う」

「問題は、わたしがご家族に気に入っていただけるかどうかだわ」

フィリップはニューオーリンズ屈指の名家の生まれだ。父親のマクシミリアン・ヴァルランは街の有力者で、莫大な資産と政治的影響力を持つ誇り高きクレオールの貴族として知られる。大農園《プランテーション》を経営するかたわら、海運業も事業規模は小さいながら大きな利益を上げている。ふたりが乗船するこのゴールデンスター号も、ヴァルラン家所有の商船だ。

「みんなもう、セリアを気に入っているよ」フィリップがほほえみかける。「きみのことならなんでも知ってる。フランス留学を終えてニューオーリンズに戻ってからというもの、きみの話ばかりしていたからね。フランスから送ってくれた手紙をみんなに読んで聞かせたり――」

「フィリップ！」セリアは咎めるように叫び、恥ずかしさのあまり頬を真っ赤に染めた。彼女はもともと感情を内に秘めるたちだ。それなのに、彼への想いをつづった手紙を――。

「しっかり編集して聞かせたから大丈夫」フィリップはほほえんで、愛情深く彼女を見つめた。「ぼくの胸だけにしまった言葉だってちゃんとある」

セリアはフィリップを見上げ、心なごませる笑顔に例のごとく見ほれた。フィリップは、彼女の内気な心を動かすのに成功した唯一の男《ひと》だった。穏やかで忍耐強く、ほかの男の人たちとちがって、セリアの気持ちをきちんと読みとろうとしてくれた。これまで出会った男性はみな、彼女の容姿に引かれ、内向的な性格に落胆して去っていった。彼らにはわからなかったのだ。セリアのよそよそしい態度や口数の少なさは、冷淡さゆえではなく、恐れのせいだと。フィリップだけが、セリアの無愛想や頑なさに惑わされなかった。

「あのことも言ったの……？　つまりその、わたしがもう若くないって」

フィリップは声をあげて笑った。「二四歳はまだ十分若いよ、かわいい人《シェリ》」

「嘘よ、女性の二四歳は若くなんかないわ！」

「その気になればもっと早く結婚できたのに、しなかったのはきみだろう？」フィリップは身をかがめ、なめらかな曲線を描くセリアの首筋に鼻をすり寄せた。「きみは美人だよ、セリア。引っこみ思案になる必要なんてない」

「ちっとも美人じゃないわ」セリアはそっけなくかえした。

「いいや、きれいだ。信じられないくらいに」フィリップはセリアの髪を撫でた。長い髪は、月明かりを思わせる銀色がかった金色の輝きを放っている。彼は優しげな茶色の瞳をのぞきこみ、そっと唇を重ねた。「たとえきれいじゃなくても、きみへの愛は変わらない」

フィリップを見上げたセリアは幸せにつつまれた。彼が自分のものなのが、ときどき信じられなくなる。豊かな黒髪に青い瞳のフィリップは、目を見張るほどハンサムだ。彼のように力強さと優しさを兼ね備えた男性がこの世に存在するなど、考えたこともなかった。

「ジュテーム」そうつぶやくセリアの声はやわらかく、愛に満ちていた。

「だめ、だめ」フィリップが笑ってたしなめる。「ここからはなるべく英語でね。ヴァルラン家の会話はフランス語と英語が半々だから」

セリアはしかめっ面を作り、流暢とは言えない英語で応じた。「でも……フランス語のほうが響きが美しいわ」

「まあね」フィリップがほほえんでうなずく。彼はセリアの両手からそっとシーツを引き抜き、それをゆっくりと腰のあたりまで下ろした。身を硬くするセリアをくすりと笑い、ナイトドレス一枚の体に指を這わせる。「まだぼくが怖いのかい？　そろそろもっと心を開いてほしいな、シェリ。きみを傷つけるような男じゃないと、もうわかってるだろう？」

「た、たしかに、手紙のやりとりや、お目付け役同伴で過ごした時間で親交は深めたわ」セリアは口ごもりながら、熱を帯びた優しい手の愛撫にあえて抵抗はしなかった。「でもね、フィリップ、まだふたりきりではそんなに長く過ごしていないし、それに……」ドレスの上から胸をまさぐられると、セリアの声はかすんで消えた。

「それに？」フィリップがささやき、瞳をじっと見つめてくる。

身を震わせて、セリアは彼の首に腕をまわした。なにを言おうとしていたのか思い出せなかった。

フィリップの唇が笑みを形作る。「これまで我慢してきたのは、きみへの深い愛ゆえだ。セリア、きみがほしい。同じベッドで眠りながら本当の意味で夫婦になれないなんて、まるで拷問だよ。結婚の誓いはすんでいるし、死がふたりをわかつまできみはぼくのもの。なのにきみは待ってほしいと言う。それを受け入れたのは、きみに怖がってほしくなかったからだよ。ぼくのことも――ふたりでわかちあえる親密な行為のことも」彼はセリアの額にそっと口づけた。「もう十分待ったと思わないかい、愛しい人《マ・シェール》」

「わ……わたしも同じ気持ちよ、でも――」

「本当に？」フィリップはつぶやいた。「そうは思えないな。それが本当なら、態度で見せてくれないと」唇を寄せ、キスをする。

　ついにフィリップの忍耐の緒が切れたのを悟りつつ、セリアは力なく抗った。「フィリップ、あなたはいつだって優しくて――」

「優しさなど知ったことか。ぼくはきみがほしい」フィリップの両手がセリアの体を撫で上げ、胸のふくらみをつつみこみ、よじれたドレスの端をつかんだ。「見せて、セリア」フィリップがうなじに唇を這わせつつささやく。無精ひげが生えた顎の感触に身を震わせながら、セリアは彼に口づけようと顔を寄せた。

　そのとき、船室の扉を激しくたたく音がした。

「ムッシュー・ヴァルラン！　そこにいますか！」年若い水夫の声が聞こえ、マホガニーの扉がこぶしで強くたたかれる。声には恐怖がにじんでいた。セリアは不安げに身を縮めて、ベッドを飛びでるフィリップを見つめた。彼は半ズボン《ブリーチ》はおろかガウンも身に着けず、扉を細く開いた。「何事だい？」と短くたずねる。

「ティアニー船長から、すぐにお知らせするようにと……」若者はあえいだ。「アメリカ製のスクーナー船が遭難しかかってて……救援に向かったんですが……相手の船にカルタヘナの旗が」

フィリップの返答も待たず、少年はうわずった声でわめきながら行ってしまった。扉の向こうで唐突に、怒号と大きな物音が響きわたる。「接舷させるな！」誰かが叫んだ。「斬り込み隊、右舷前方へ！」銃声と剣のぶつかりあう音が、甲板のほうからセリアの耳に届く。船が襲撃されたのだ。

恐怖のあまり喉元に手をやったセリアは、皮膚の下で血管が激しく脈打つのを感じた。

「海賊だわ」と声を絞りだす。

フィリップは否定しなかった。

セリアの脳裏をいくつもの考えがよぎった。スペイン船籍の商船に海賊行為を働く、私掠《しりゃく》船《せん》の噂なら聞いたことがある。スペインからの独立を悲願とするカルタヘナ市が、拿捕《だほ》免許を与えているという話だった。海賊行為が行われているのは、メキシコ湾、それにバハマ諸島やカリブ海一帯の海域。彼らの略奪行為や残忍性について耳にしたのも一度ではない。彼らが船員にどんな拷問を与え、女性たちにどれほどひどいまねをするか……。恐怖が喉元までこみ上げ、セリアはやっとの思いでそれをのみ下した。こんなことが現実に起きるわけがない。これは悪い夢……ただの夢でありますように！

フィリップはブリーチとブーツを素早くはき、白いシャツに袖をとおした。「身支度を」

とだけ彼女に言い、作りつけのローズウッド材の棚から拳銃を取りだす。

セリアはがちがちと歯を鳴らしながら、すぐさまベッドを飛び下りた。たしなみなど気にしている場合ではない。着替えが入った旅行かばんをあわただしく探り、ダマスク織のブルーのドレスを見つける。生地がちぎれんばかりの勢いでナイトドレスを脱ぎ捨て、コルセットも着けずに、ドレスを引っ張り上げた。絹を思わせる細い髪が顔や首周りにこぼれ落ち、腰まで覆う。それを後ろでまとめるリボンを探していると、血も凍るほどの叫び声が頭上から聞こえ、セリアは激しくおののいた。

「なぜこんなことに?」気づけばそう口にしていた。「ティアニー船長は相手が海賊だとわからなかったの? どうして大砲を撃たないの? どうして――」

「大砲を撃つには遅すぎる。連中はすでにこの船に乗りこんでいるようだから」

大またでセリアに歩み寄り、フィリップは彼女の手をとった。手のひらに冷たい金属が触れ、セリアは下を向いた。黒光りするフリントロック式の小銃、決闘に使われる拳銃だった。のろのろと顔を上げると、フィリップと視線がからまった。

彼の顔にはどこか奇妙な……用心深さと切迫感と恐れが入り交じった表情が浮かんでいた。おそらく自分はぼんやりした顔をしていたのだろう、正気を取り戻そうとするかのように、フィリップに小さく体を揺すられた。「いいかい、セリア。弾は一発だけ込めてある。もしも連中がここに入ってきたら……どうすればいいかわかっているね?」

セリアは小さくひっと叫びつつ、かすかにうなずいた。

か。

「いい子だ」フィリップはつぶやくと、両手で彼女の頭をつつみこんで荒々しく口づけた。されるがままに彼の唇の感触を味わいながら、セリアは目の前の現実を受け入れられず、まだ呆然としていた。ことの成り行きについていけない――これでは考える暇もないではないか。

「だ、大丈夫だと言って」口ごもりながら、シャツの胸元にすがりつく。「フィリップ――」

彼は両腕でセリアを抱き寄せた。「大丈夫に決まってるだろう」セリアの髪に顔をうずめて言う。「怖がる必要はない。ぼくは――」ふいにそこで言葉を切り、痛いくらい強くセリアを抱きしめてから腕をほどいた。後ずさりし、くるりと背を向けて船室を出ていく。

「フィリップ」セリアは唇の動きだけで夫の名を呼んだ。その後ろ姿が、昇降階段をつつむ闇にまぎれる。彼は振りかえらなかった。恐ろしい予感がした。「ああ、《モン・デュー》もう二度とあなたには会えないかもしれない」セリアはつぶやき、膝が萎えていくのを覚えた。よろめきつつ扉に歩み寄り、震える手でかんぬきを掛けて船室の片隅に戻り、拳銃を胸に抱いた。

# 1

もの の一〇分もたたないうちに争いの音は静まり、甲板を踏む足音がいくつも聞こえた。セリアは船室に身を潜めながら、そこを出て、なにが起きたのかたしかめたい衝動に駆られていた。だが恐ろしい予感を胸にただ待つことしかできなかった。

やがて、昇降階段を下りる重たい足音が聞こえてきた。船室の扉ががたがたと音をたてる。セリアは身を硬くした。「鍵が掛かってる」誰かがうなった。つづけて扉の向こう側になにか大きな物がぶつかったかと思うと、上等な羽目板に亀裂が走った。セリアは飛び上がり、とっさに銃を握りしめた。扉がもう一度、痛烈な一撃を受け、蝶番が悲鳴をあげる。

セリアは手のひらで顔の冷や汗をぬぐった。銃を持ち上げ、こめかみにあてる。金属の感触に、いくつもの思いが頭のなかを駆けめぐった。フィリップが死んでしまったのなら、自分も生きていたくない。いま引き金を引かなければ、海賊の手に落ち、恐ろしい運命にこの身をゆだねる羽目になる。だが彼女のなかのなにかが、引き金を引かせまいとしていた。深く息を吸いこみ、銃を持つ手に力を込める。

そのとき、扉が押し破られた。セリアは凍りついたように、目の前に立つふたりの男を見た。顔は薄汚れ、服装はだらしなく、もつれた髪はバンダナで後ろにまとめている。赤らむほど日焼けした顔には無精ひげが生えていた。背の低いほうは反り身の短剣《カトラス》を、もうひとりは血まみれの鉾槍《ほこやり》を握っている。

　小柄だが屈強そうな男がカトラスを下ろし、船室の敷居をまたいだ。小男は舌なめずりをして、舐めまわすようにセリアを見た。「そいつを下ろしな」きついアメリカなまりで言い、身ぶりで銃を示す。

　セリアは言葉を発することもできなかった。いまよ、と頭のなかで声がする。引き金を引きなさい……。そう思うのに、彼女の腕はだらりと脇にたれ下がった。一瞬の自己嫌悪のうちに思い知る。自ら命を絶つだけの勇気は自分にはない。

「どれ、戦利品の分け前をいただくとするか」ひとりがもう一方に言い、黄ばんだ歯をのぞかせてにやりと笑いながら、こちらに向かって歩いてきた。

　反射的に銃を持ち上げ、セリアは引き金を引き絞った。あたかもなにかの力に導かれたかのようだった。彼女の人生を終わらせるはずだった弾丸が、男の胸にめりこむ。汗染みだらけのシャツに鮮血が広がり、あたり一面が深紅に染まる。男が足元に倒れ、セリアは自分の金切り声を聞いた。

「このアマ！」海賊の片割れが怒り狂ってつかみかかり、セリアを容赦なく壁にたたきつけた。銃が鈍い音をたてて彼女の手から転げ落ちる。硬い壁に頭を打ちつけられ、意識が遠のき、鈍色《にびいろ》のもやにつつまれた世界へと沈んでいく。セリアはうめきながら昇降階段を引きずり上げられ、黄色い板張りの主甲板に乱暴に転がされた。怒号や罵声が飛び交うなか、樽や積荷が運びだされている。海水や潮風の香りに混じって、嗅いだことのない異様な臭いが鼻をついた。

目をしばたたきつつ、なんとか身を起こすと、海賊のひとりがニワトリの入った木枠を落とすのが見えた。乗組員が新鮮な肉を食べられるよう、船に積みこまれていた生きたニワトリだ。木枠が壊れ、怯えたニワトリが四方八方に逃げ惑うと、海賊たちはどっと笑い、野次を飛ばした。あたりを見まわしたセリアは、ふいに吐き気に襲われて口元を押さえた。

そこここに死体が転がっていた。ぱっくりと傷口が開き、手足を切断され、生気を失ったまなざしの屍《しかばね》。甲板は血まみれだった。こと切れているうちの何人かは見覚えがあった……いつも笑顔で忙しそうにたがを締めていた樽職人。縫帆手《ほうはんしゅ》に料理人。船員たちの服をつくろい、靴を直す仕事を担当していた少年。フィリップとの食事に同席した航海士などもいた。

フィリップ……セリアは半狂乱で死体の山に這い寄り、夫を捜そうとした。

ブーツをはいた足が彼女を蹴り倒した。髪をむんずとつかまれ、無理やり顔を上げさせられて、痛みに叫ぶ。身じろぎもできぬまま、セリアは世にも残忍な目をじっと見つめた。ひげのない、よく日に焼けた顔。顎は尖り、彫りの深い顔の真ん中に鼻が突きでている。赤茶けた髪は一本に編んで背中にたらしていた。仲間たちとちがい、細身の体をぴったりとつつむ仕立てのよい服を着ている。

「部下をひとり、殺《や》ったらしいな」男は鋭く言った。「たっぷり後悔させてやろう」無機質な目で、セリアの華奢な腰や小ぶりな胸を値踏みするように見る。スカートがまくれ上がって、はだしの足からふくらはぎまであらわになっているのに気づき、セリアはドレスの裾を直そうとした。男が不揃いな歯をのぞかせて笑う。「そうだ、弟のアンドレにくれてやるとしよう」髪をつかむ手にいっそう力が込められ、あまりの痛みに涙がにじんだ。「弟は女なしじゃいられないんだ。あいにく、どの女も数日ともちやしないが」

　海賊のひとりがこちらに近づいてくる。太い腕に分厚い胸板の、ずんぐりとした若者だった。「レガーレ船長、船荷の移動は一時間ほどで終わりそうです。金《きん》はさほどありませんが、上等の乾物やシナモン、ブランデー、瓶入りの油なんかが――」

「わかった。生き残った連中は船倉にでもぶちこんでおけ。この船には火を放ち、すぐに島へ向かう」レガーレと呼ばれた男はセリアを若者のほうに押しやった。「この女は連れていく。手足を縛って、略奪品と一緒にしておくんだ。誰もさわるなと男どもに伝えろ。アンドレへのみやげだからな」

　ゴールデンスター号の乗員の行く末を耳にするなり、セリアは身をよじった。「生存者がいるのね？」あえぎながらたずねる。

　若者は質問など聞こえなかったかのように彼女を引き戻した。

「助けてください《シルヴプレ・エデ・モワ》」セリアは懇願し、若者の腕のなかでもがいた。フランス語が通じないのに気づいて、慌てて英語に切り替える。「お願いだから見逃して。夫がまだ生きているかもしれないの……助けてくれたら……あの人はきっとあなたを大金持ちにしてくれるわ。ヴァルラン家の人間なの。フィリップ・ヴァルラン――」

「生きていたとしても、もうおしまいだよ」若者の答えはそっけなかった。「レガーレ船長は誰も生きて帰さない。完璧主義者だからな。レガーレ兄弟の噂を聞いたことがないのか？メキシコ湾の支配者だよ。ここを渡ろうなんて、よほどの阿呆くらい――」

若者は唐突に言葉を切った。「フィリップ！」恐怖に泣き叫びながら、セリアは狂ったように身をよじり、若者の腕に爪と歯を立てた。若者が罵りの声をあげ、手を離す。セリアは欄干にぐったりともたれた男性に走り寄った。「フィリップ、ああなんてこと！」彼は槍で背中を突き刺され、あふれだした血はシャツをべっとりと濡らしていた。夫の目は閉じられ、血の気のない口元はゆがんだまま凍りついていた。すすり泣きながらも、その首筋に手をあてて脈を探る。命の灯火は確認できなかった。遺体を甲板に寝かせようとしたところで、さっきの若者にふたたび肩をつかまれる。

「これがあんたの夫ってわけか？」あざけるように若者がたずねた。「生きてたら身代金をがっぽりいただけたのにな」若者がぐいと一押しすると、フィリップの遺体は勢いよく海に落下してしぶきをあげ、水面に浮かぶ何体ものなきがらに混じった。

息ができない。あたかも主甲板のほうから暗黒の波が押し寄せて、襲いかかってくるかのようだ。なすすべもなく若者の腕のなかでくずおれながら、セリアは暗闇に身をゆだねた。

セリアはのろのろと目を覚ました。ゴールデンスター号からの略奪品とともに、彼女は船倉に閉じこめられていた。手足が縛られている。細くうめきながら身を起こし、暗闇のなかで目を凝らしたが、なにも見えなかった。足でそっと探ってみると、周囲に木箱や大小の樽が積み重ねられているのがわかった。船の揺れ具合からして、海賊たちのスクーナー船はかなりの速度でどこかへ向かっているらしい。レガーレは島がどうだとか言っていた。その島に停泊するまで、あとどれくらいかかるのだろう。セリアはぼんやりとした頭で考えた。

がさごそと小さな音がして、左右に顔を向ける。彼女は息を止めた。膝を丸め、空耳だったのだろうかと思いながらじっと待つ。ふいになにかが、味見でもするように爪先をかじった。金切り声をあげ、足を蹴って、そのなにかから逃れる。ハツカネズミ？　ひょっとしてドブネズミかもしれない。ネズミなんかと一緒に、いったいあと何日こんなところに閉じこめられたままでいなければならないのだろう。闇のなか、板張りの床をネズミどもが駆けまわる音や仲間同士で争う音、小さな鳴き声が聞こえてくる。

ネズミ以外のなにものかがいる気配を感じとり、セリアはついに泣きだした。助けてと叫ぶべきだろうか？　だが叫んでも、誰も助けに来てくれるはずがない。そこまで考えたところで、ゴロゴロと喉を鳴らす声をすぐそばに聞いた。ふわふわした温かい物体が腕をかすめる感触に驚き、身を引く。猫だ。腕に頬をすり寄せられると、長く伸びたひげがくすぐったかった。わずかに体をずらしたはずみに、ネズミの死骸らしきものが足に触れた。ぞっとして、思わず足で蹴飛ばした。

猫はそろそろと膝の上に這いのぼってきた。セリアはされるがままにじっとしていた。どちらかといえば、猫という生き物はずる賢く、こそこそした感じがして好きではない。だが、いま膝の上にいるこの猫とはぜひとも友だちになりたかった。「猫ちゃん《モナミ》、いまのわたしに、あなた以上に頼れる相手はいないわ」涙声で言い、前足で満足げにドレスを踏みつづける猫に向かって身をかがめた。またもや物音がして、猫は探索に行ってしまったものの、じきに膝の上に戻ってきた。

　樽に頭をもたせたセリアは祈りの言葉を絶え間なくつぶやきつづけ、やがて疲れて黙りこんだ。少女時代、家族……思い出が次々と目の前に浮かび上がったが、一番に思い出すのはフィリップのことだった。初めて会ったときの記憶がよみがえる。セリアの父、ドクター・ロベール・ヴェリテが彼を夕食に招いたのだった。「フィリップ・ヴァルラン君だ」父が紹介し、こぢんまりとして居心地のいいわが家にフィリップを迎え入れた。「アメリカからの留学生だ。うちの医学部で学んでいるんだが、驚くほど礼節をわきまえた青年でね」セリアたち家族は、喜んで長テーブルにフィリップの席を空けた。彼はまごついたように大家族を見つめた。「八人きょうだいなのだよ」父がくったくなく笑って説明する。「おかげさまで健康な大家族に恵まれてね。まったく、わたしは幸せ者だ。さあさあクローデット、姉さんにヴァルラン君のとなりの席を譲ってやりなさい。おまえはもういい人を見つけたんだからね。セリアにも誰かをつかまえるチャンスをあげてやってくれ」

　セリアはその場から逃げださないよう努めるだけで精いっぱいだった。恥ずかしがりやで人見知りの彼女は、ハンサムな客人のとなりの席に背筋をぴんと伸ばして座った。

一同はいつもどおり、わいわいと食事を始めた。ヴェリテ家の面々は、総じて押しが強い。長子のセリアはいつも背景にまぎれ、ほかの誰かが会話の中心になるのを見ていればよかった。一〇年前に母が亡くなってからは、母親代わりとなって黙々と家事をこなしてきた。周囲に安らぎを与える反面、女性としての魅力はかけらもなかったと思う。だから当時は、家族の世話にかまけて、自分はこのままオールドミスになるのだとあきらめていた。

セリアはフィリップ・ヴァルランをじっと見つめていた。青年はおしゃべりな家族が繰りだす矢継ぎ早の質問にも気後れせず、如才なく答えていった。自然体で優しげな笑顔、清潔感あふれる整った顔立ち、短く切りそろえた豊かな髪は、黒と見まがう深いこげ茶色だ。

ありがたいことに、青年はセリアに言葉をかけてこなかった。ごくありふれた質問でも、直接問いかけられたらきっと恐れをなして口ごもっていただろう。とはいえ、ときおりその澄んだ青い瞳をこちらに向けられるたび、心を読まれている錯覚に陥ってとまどいを覚えずにはいられなかった。無愛想な患者の逸話を父がおもしろおかしく披露して、一同がどっと笑ったせつな、セリアのエプロンからなにかが床に滑り落ちた。手が空いたときに読んでいた小さな本だった。拾おうとして身をかがめると、危うくフィリップと頭がぶつかりそうになった。

本を手にしたそのとき、華奢な手首をそっとつかまれて、心臓が止まりそうになった。

「お、お気づかいなく」やっとの思いでささやく。相変わらずにぎやかな食卓をよそに、彼はセリアの手をつかんだまま、もう一方の手で本をすっと奪った。

「ルソーですね」優しい声だった。「哲学書がお好きなんですか、マドモワゼル？」

「た、たまに読むだけです」

「ぼくもです。よろしければ、この本をお借りできませんか？」彼の手におさまると本はばかみたいに小さく見えた。

とっさに断りの言葉が浮かんだ。貸してしまえば、返してもらう手間が生じる。だがハンサムな客人に対する不安より、礼儀知らずと思われることへの懸念が勝った。「どうぞ、ムッシュー」おどおどと答える。

フィリップはなおも手首を放さず、「フィリップと呼んでください」と瞳にいたずらっぽい光を宿して促した。

あっけにとられたセリアは、相手の顔を呆然と見つめた。男性をファーストネームで呼ぶのが彼女にとってどれだけ重大な意味を持つか、わかったうえでのせりふにちがいなかった。テーブル越しに父親の声が響いた。「ヴァルラン君、テーブルの下にうちの娘と隠れたりして、なにかおもしろいことでもあったかね？」

セリアは顔を真っ赤に染めておろおろし、相手の手から手首を引き抜こうとした。だが相手が放そうとしない。「どうぞ、フィリップ」ぎこちなくつぶやくと、彼ははにかんだ笑みを浮かべてようやく手を離した。

数日後、フィリップは本を返しに屋敷を訪れ、庭を案内してほしいと言って、さりげない強引さで彼女をおもてに連れだした。セリアは彼と言葉を交わしながら、いつもの人見知りがなりを潜めて出てこないのにわれながら少々驚いていた。フィリップのほうがじつのきょうだいよりも話しやすいくらいだった。だから彼を怖いとも思わなかった……つる薔薇の這う壁の後ろに引きこまれ、身をかがめてキスをされそうになるまでは。

「やめて」セリアは離れようとして身をよじった。心臓が早鐘を打つ。

「孤独を愛する人」彼女の頬に唇を寄せてつぶやきながら、フィリップは両腕できつく抱きしめてきた。「誰もがきみをそんなふうに言ってるんじゃないかい？　ひとりで生きていける、本と自分だけの時間さえあればいい女性だって」彼の唇から伝わる熱が、頬を焦がした。

「ええ」気づけばつぶやいていた。「きっとそう言ってるわ」

「でも本当はちがう」フィリップの唇がセリアの唇の端を優しくなぞる。「ぼくにはわかるよ、セリア。きみは愛されたいと願っている。きみはぼくのものになるんだ……」

悪臭たちこめる船倉の暗闇のなか、セリアの涙は肩まで濡らした。フィリップの愛が本物で、つかの間の戯れではないと気づくまでにはずいぶん時間がかかった。出会いからほどなくして彼はニューオーリンズに戻った。そうして、英国との戦争が終結し、国際水域の安全がふたたび宣言されるまでに三年もの年月がかかった。ひたすら手紙を書いては返事を待ち、希望と落胆と不信に暮れる三年間だった。

だがついにフィリップは、彼女を妻とし、ニューオーリンズに連れ帰るため、ふたたびフランスを訪れてくれた。この人と生涯をともにするのだとようやく信じられるようになったのに、幸せはあっというまに奪い去られた。夫はもういない。絶望とともに彼への怒りがわいてきて、セリアはおのれを恥じた。フィリップを責めてもどうにもならないのはわかっている――彼にはなんの非もない。けれども、彼が危険を予測できなかった事実への怒りがどうにもおさまらなかった。どこを見るともなく、息苦しい暗闇に視線をそそぐセリアの膝で、猫が眠たげに体を丸めなおす。フィリップがいないいま、これ以上生きていたいとは思わない。セリアにできるのは願うことだけだ。自分にも早く死が訪れますように。そして、それを気高く迎えられるだけの気丈さが自分にありますように。

彼にはいろいろな名前があるが、仲間うちではグリフィン船長でとおっている。ライオンの体にワシの翼を持つという神話上の怪物よろしく、俊敏で狡猾で情け容赦のない男。彼の指示のもとでは、スクーナー船はどんな船舶をも追い抜く速さで水面を走る。ほかのあらゆる場合と同様、航海に際してもグリフィンは本能に従った。海賊にありがちなだらけた空気がグリフィンの一味にないのも、彼の手腕ゆえだった。手下には、規律と効率こそが望むものを手に入れる最良の手段だと言って聞かせてある。

長い両脚を伸ばして地面に座ったグリフィンは、浜辺に上陸させた丸木舟に広い背中をもたせかけ、細長い黒葉巻に火をつけた。葉巻を唇に挟み、ぼさぼさの顎ひげを手でこすって、顔にかかる厄介な髪の束をかきあげる。真夜中の海のごとき闇をたたえた群青の瞳で海を見やり、港に係留された自分の船、ヴァガボンド号を見つけた。

数日前から、グリフィンのスクーナー船はここカラス《イール・オ・コルネイユ》島の安全な港に停泊中だ。港にはほかにも一〇隻を超える船が並んでいる——二本マストの帆船《ブリガンチン》、砲艦、大小さまざまのスクーナー船。どの船も完全武装をしている。島には倉庫を含め三〇ほどの建物が、うっそうと茂る灌木やねじくれたナラの木に囲まれて立っている。パルメットヤシ葺きの小屋が点在する村があり、そこには売春宿や大規模な奴隷収容所も数カ所あった。

ヴァガボンド号が停泊しているあいだ、一味はこの島で酒や女遊びに興じていた。どちらもこの島では手ごろな値段でたっぷりと手に入る。船荷のほうはグリフィンの指令のもと、品定めされ倉庫に運びこまれていた。いつもどおり、ここ最近の略奪品は、一味を構成する一〇〇人の乗組員たちに均等に分配されている。

葉巻をもう一口吸い、ふっと一筋煙を吐く。くつろいではいたが油断は怠らなかった。合衆国政府からおたずね者として指名手配されたいま、グリフィンには常に用心が必要だ。一年前までは、外国船の拿捕をとりあえず法の範囲内でやっていた。カリブ海沿岸の都市であるカルタヘナから下付された拿捕免許をひっさげて、スペインの交易船を襲い、莫大な財産を手に入れた。だがやがて、本来なら襲撃を許可されていない他国船、スペイン船籍ではない肥え太った商船を襲う衝動に抗えなくなった……つまり、私掠船の船長からいっぱしの海賊に昇格したわけだ。自らに課した唯一のルールは、アメリカ船籍の船を襲わないこと。それ以外はみな格好の獲物だ。

酒が飲みたくなり、グリフィンは葉巻の火を揉み消すと、しなやかな身のこなしで立ち上がった。崩れ落ちそうな砦に足を向ける。島で酒場といえばそこだった。砂上の廃墟と化したブリガンチンを、居酒屋兼宿屋として改装したのである。

ランプとたいまつの明かりに赤々と照らされた居酒屋〈猫の頭〉がグリフィンを差し招く。なかは荒くれ者の船乗りたちでごったがえしていた。大半はメキシコ湾で荒稼ぎしたばかりのレガーレ一味の手勢だ。酒に酔って浮かれ騒ぎつつ、店内に現れたグリフィンから視線をそらすのは忘れない。

「船長」一隅のテーブルから誰かが声をかけてきた。肩越しに視線を投げると、黒髪のアイルランド人、ジョン・リスクがいた。剣の達人で、いつも不敵な笑みをたたえている。リスクはグリフィンの船の副船長で、砲撃の名手だ。片目は黒の眼帯で覆っている。去年、襲った船の甲板で接近戦となり、グリフィンの命を救ったときに片目を失った。目の前のリスクは澄まし顔の娼婦を膝にのせ、半分空になったラム酒の瓶を手にしている。

「出発のめどはたったんですか？」リスクは用心深くたずねた。

手を伸ばして酒瓶をつかんだグリフィンは、がぶりと一口飲み、手の甲で口元をぬぐった。

「そんなに待ちきれないのか、ジャック？」

「そりゃもう、レガーレのやつらの自慢話にはうんざりですから。今回は六隻も拿捕したなんて抜かしやがって……三カ月前ならこっちだってそのくらい朝飯前だったのに。次回は連中にこっちの腕前を見せつけてやりましょうよ！　向こうが六隻ならこっちは一〇隻だ！　おれたち——」

「当面は様子見だ」グリフィンはすげなくさえぎった。「このところの海賊騒ぎで、メキシコ湾はニューオーリンズから派遣された砲艦だらけだからな」

リスクは顔をしかめた。「ちぇっ、船長がそう言うんなら仕方が――」

「当分はあきらめろ」

「せっかく船の備蓄品はたっぷりあるってのに」リスクは難しい顔で言った。「だったらいっそ、奴隷貿易に手を広げるってのはどうです？」

グリフィンの群青の瞳が不穏に光る。「おれは奴隷は扱わない」

「でも、いまよりもっと儲かるんじゃゃ――」

「このままのやり方で十分だ」

リスクは笑顔で肩をすくめた。「異存はないですよ、船長。でもね、ドミニク・レガーレは奴隷貿易だって平気でやってる」酒瓶を口に運び、勢いよくあおってからかぶりを振って、「六隻ときたもんだ」とつぶやく。「あれを見てくださいよ。でぶのアンドレまで、兄貴からたっぷり分け前をもらえるんで得意満面で笑ってやがる。酒場でのらくらするしか能がねえくせに。おれたちがこうして――」

「いいかげんにしろ、ジャック」にべもないグリフィンの声に、リスクは口をつぐんだ。

グリフィンは部下が指差したほうを見た。たしかにアンドレは得意満面の笑みを浮かべている。例のごとく、料理の皿やワインの瓶に囲まれ、はちきれんばかりの腹を太ももにたらしている。汗ばんだ顔は下半分が赤みがかった顎ひげで覆われ、肉の食べかすや脂がこびりついていた。

レガーレ兄弟は似ても似つかない。兄のドミニクは冷徹な切れ者。海賊稼業と弟の面倒を見ることだけに生きがいを見いだしている。とにかく打ち解けない人間で、女や若い男をはべらすことさえしない。酒をやらず、痛みの意味も知らず、自らの心を満たすことにいっさい関心を示さず、外見や服装には神経質なくらいうるさい。一方のアンドレは下卑た性格の丸々と太った不潔な男で、ごちそうと酒と女に――まさにこの順番で――目がない。

「ドミニクのやつ、また弟へのみやげに女を連れ帰ったんですよ」リスクが言った。「船から降ろすときは一騒動だったらしい――女のすさまじい金切り声に、周りの人間の耳が腐ってもげそうになったとか。でもその女もかわいそうに。この前ドミニクが弟にやった娘がどうなったか知ってますか？　なんでもすっかり――」

「ああ」不快感を覚え、グリフィンは短く返事をした。アンドレの犠牲者の遺体が浜辺に捨てられているのを、一度だけ見てしまったことがある。おぞましい性的嗜好のあるアンドレの餌食になった少女は、拷問を受け、手足を切断されていた。アンドレのそうした性癖を知っている人間はひとり残らず嫌悪を感じていたが、とやかく言う者はいなかった。カラス島ではみな、利害の衝突さえなければ他人の行為に口だしをしない。

リスクが膝の上の娼婦を軽くつつく。「なあ、アンドレがおまえやほかの娼婦に手を出さないのはなんでだろうな？」

「兄さんが許さないんだってさ」女は生意気そうに口を尖らせて答えた。「なにしろレガーレ兄弟は、あたしたちの上前をはねて儲けてるんだもん」

リスクが愕然とした表情を作る。「つまり……けっきょくおれも、やつらのふところをふくらましてるだけってわけか？　すでにぱんぱんにふくらんだふところを？」リスクは女を膝から落とす勢いで押しやった。「悪いがあっちへ行ってくれ……今夜はやる気が失せた」眉根を寄せた女に、にやりと笑って金貨を一枚放る。「気前のいい客だったって、ほかの女たちに言っといてくれよ。また来てやるから」

金貨を器用に受け止めた女は薄くほほえみ、腰を揺らして去っていった。

グリフィンは薄暗がりの一角に腰を落ち着け、リスクのおふざけにもほとんど関心を払わなかった。彼の意識は、もっぱらレガーレとその取り巻き連中に向けられていた。ちょうど店に入ってきて、反対の隅のテーブルに陣取ったところだ。酒瓶が行き交い、ブランデーやラム酒がテーブルや床に飛び散る。酔っぱらって大騒ぎし、歌を歌いながらアンドレを囲む手下を、レガーレがじっと観察している。そろそろ余興が始まるのだろう。野卑な船頭歌の最後の節が終わると、レガーレは指をぱちんと鳴らし、背後に控える者に指示を出した。

待ちかねた男たちの哄笑《こうしょう》が壁を震わせるなか、物陰からひとりの女が引きずりだされ、アンドレの前に突きだされた。血痕のついたぼろぼろのドレスに身をつつみ、素足で、後ろ手に縛られている。取り乱して泣きわめいてもよさそうなものなのに、女はじっと黙りこみ、ぱっと見は冷静そのものだ。女が店内を見わたす。逃げ道がないかどうか探しているのだろう。そのさまにグリフィンは、不本意ながらもかすかな賞賛の念を覚えた。

「上玉だな」リスクがつぶやいた。「うまそうだと思いませんか、船長？」

グリフィンも胸の内で同意した。女はたしかに美しかった。肌は抜けるように白く、顔立ちには品がある。もつれた金髪はたいまつの明かりの下で、見たこともないような淡い銀色のきらめきを放っている。女から視線を剝がせず、グリフィンは欲望の波に全身を洗われるのを感じながら、ただじっと彼女を見つづけた。ひどく痩せて、いまにも折れそうなほど細い。グリフィンの好みはもっと丈夫そうな、自分のように大柄な男を怖がらない女だ。にもかかわらず、彼は夢想せずにいられなかった。ほっそりとした脚のあいだにこの身を沈めたら、あのふっくらとした唇に自分の唇を押しつけたら、どんな気持ちがするだろう。妄想で下半身が熱くうずく。

腕組みをして壁にもたれながら、彼は思った。レガーレがこんなへまをするとはな。あんないい女はアンドレにはもったいない。

「おれたちの襲う船には、なんであんなべっぴんがいねえんだろ」リスクが内心の疑問を声に出して言う。

アンドレは歓喜の叫びをあげ、脂でべたついた顔を袖でぬぐうと、女の細い腰を引き寄せて膝にのせた。「兄さん、こんな上玉は見たことないよ！」ぶよぶよした手で女の体を執拗に撫でまわす。「やわらかくて、たまんないな……今夜はたっぷり泣かせてやるぞ！」

「そうだな、兄弟《モン・フレール》、好きにかわいがってやれ」レガーレが言った。声の調子はそっけなかったが、口元には優しげな笑みが浮かんでいる。

アンドレは女の髪やすべらかな頰を撫でた。「こんな髪の色をした女は初めてだ。せいぜい長もちさせないとな」

セリアは目を閉じた。アンドレと呼ばれた男の口の臭いだけで、すっかり気分が悪くなってしまった。頬に触れる唇の感触にはとうてい耐えられなかった。アンドレがキスをしようとしたので顔をそむけ、相手の耳たぶに思いっきり噛みついてやった。口のなかに血の味が広がる。するとアンドレは、驚きと怒りにわめき声をあげながら彼女を突き放した。すぐさま相手の膝を下り、セリアは脱兎のごとく店内を駆け抜けた。

はだしの足の裏が刺すように痛むのもかまわず、はやる心臓を押さえて、開けっぱなしの扉に駆け寄る。背後で怒声と笑い声がした。腰の片側を椅子にしたたか打ちつける。無駄な抵抗だとわかっていたが、それでもよかった。生きる意志が体中をほとばしり、全神経が逃げろと叫んでいる。

扉にたどり着く寸前で、ブーツをはいた足に邪魔をされ、ばかげた逃走劇はあっけなく幕切れとなった。けつまずいて倒れこみながら、セリアは目の前に迫る硬そうな床をただ見ていた。後ろ手に縛られたままでは、身をかばうすべはない。ところがふいに体をつかまれ、たくましい腕にぐいと引き上げられて、気づいたときにはちゃんとその場に立っていた。あえぎながら、いったいどうやったら、床に倒れる寸前の人間を救うなんて芸当ができるのだろうと考えをめぐらした。顔の見えない恩人は背後に立ったまま、彼女の肩をしっかり支えている。

足を引っかけたブーツの男が立ち上がる。「ジョン・リスクだ」隻眼《せきがん》の海賊は、いたずらっぽい笑みで名のった。「どこに行くつもりだい、お嬢さん？　外はご婦人がうろつくような場所じゃない。浜辺でたむろする悪党どもにあっという間につかまって、襲われるのがおちだ」

「助けて」セリアは必死に頼んだ。レガーレの手下がわらわらと集まってくる。今回ばかりは彼女の英語もよどみがなかった。「わ、わたしはヴァルラン家の者です。ニューオーリンズに連れていって。無事に帰してくれたら、マクシミリアン・ヴァルランが十分な謝礼をくれるはずよ」

リスクは小ばかにした表情を消し、もの問いたげに眉をひそめて、セリアの背後の人物を見上げた。

肩を支えている男が、身をかがめてセリアの耳元でささやく。彼女は身を震わせた。「おまえが、ヴァルラン家の者？」かすれた深みのあるつぶやき声に、背筋をおののきが走る。振りかえって男の顔を見ようとしたが、押さえこまれていてできなかった。

「ドクター・フィリップ・ヴァルランのつ、妻なのです」とぎれがちに答える。「ふたりで乗っていた船……ゴールデンスター号が襲われて……夫は殺されました。あれは昨日のこと……いいえ、おとといかもしれない」

肩をつかむ男の指に力が込められる。さらに強くつかまれて、セリアは痛みのあまり叫び声をあげた。肌にめりこまんばかりだった指から力が抜ける。

「なんてことだ」男は低くつぶやいた。

「あなたは……ヴァルラン家をご存じなの？」セリアはたずねた。

突然、レガーレがリスクを脇に押しのけ、彼女の前に立ちはだかった。背後の男はさぞ長身なのだろう、レガーレは彼女の頭越しに男を見ている。

「礼を言うよ、グリフィン船長」レガーレは言った。「その女は弟へのみやげでね」

背後にいる男の腕が、胸のすぐ下にまわされる。たくましい胸板に引き寄せられて、セリアはびくりとした。まるでわがもの顔の振る舞いだ。手のぬくもりがドレス越しに伝わってくる。うつむくと、まくり上げたシャツの袖口からのぞく、黒い毛に覆われた筋骨たくましい腕が見えた。またあの深い声が聞こえてくる。

「レガーレ船長、その前にちょっと話があるんだが」

レガーレは細い眉をつりあげた。

店内は静まりかえり、一同は三人に注目している。カラス島でドミニク・レガーレを恐れないのはグリフィンだけ……それは周知の事実だ。いまのいままで、ふたりは直接対決を避けてきた。言葉を交わしたのも一度きり。手下同士のつまらないけんかを止めるためだった。レガーレ一味のほうが大所帯でより幅をきかせているが、グリフィンたちと軽々しく対立しようとはしない。

「おれはこの女に興味があってね」グリフィンはさりげない口ぶりでつづけた。「取引といかないか？」

レガーレは首を振った。「無理だな。すでにアンドレに渡したあとだ。弟をがっかりさせるわけにはいかない」

「五万でどうだ――銀貨で」

リスクが口をあんぐりと開けてグリフィンを見つめる。あたかも立っている力を失ったかのように、リスクはおもむろに椅子に座りこんだ。

「はした金はいらん」レガーレは一笑に付した。「わがコンドル号がどれだけの成功をおさめて戻ったところか、聞いていないらしいな」

「では一〇万」グリフィンはさらりと言った。

店内にどよめきが広がり、口笛や驚きの声がそれに重なる。

セリアは恐怖に震えた。この謎めいた男、グリフィン船長とやらは、なぜそんな法外な金を払ってまで自分を手に入れようとするのか。万一レガーレが同意したら、グリフィンは自分をどうするつもりなのだろう。恐ろしい考えが頭をよぎる。グリフィンの手に落ちたら、もっと悲惨な目に遭わされるのかもしれない。

驚きに口をつぐんでいたレガーレが、やがてけげんそうに目を細めた。「この女のどこがそんなに気に入った？」

「一五万だ」

レガーレは深く息を吸い、ゆっくりと吐きだした。鋭い瞳を満足げに光らせる。相手がそこまで求めるものを拒絶できると知って、暗い喜びを覚えているのだろう、不揃いな歯を見せて笑った。「断る」

そこへアンドレがよたよたと、腹をゆすりながら、人びとを押しのけるようにして前に進みでた。丸々とした顔は興奮で赤紫に染まっている。「いいぞ、いいぞ！　その女を賭けて戦うんだよ、兄さん！　グリフィンがどんなに強いか、やつの手下からもう何年も聞かされてうんざりなんだ……だからさ、その腕前を今日こそ見せてもらおうよ！　うちで一番強いやつを相手にさ」

リスクが手探りでラム酒の瓶を取り、中身をぐいとあおる。「やれやれ」彼はつぶやいた。レガーレはグリフィンを凝視した。その表情のうかがい知れない顔に視線をそそいだまま、弟にたずねる。「本当にそうしてほしいのか、モン・フレール？　せっかくのみやげを失う可能性だってあるんだぞ」

「かまうもんか」アンドレは即答した。「兄さん、こいつに目にもの見せてやろうよ！」

「いいだろう。ではこうしよう。グリフィン、おまえにはおれが選んだ男と戦ってもらう。もちろん《ナチュレルマン》、どちらかが死ぬまでだ。おまえが勝ったら女は一五万でくれてやる。支払いはすべて銀貨だ。おれの手下が勝ったら、おまえの船と倉庫の積荷はおれのものだ」

リスクが怒って立ち上がる。「なんだと――」

「わかった」グリフィンは淡々と応じた。

居酒屋が一気にわきかえる。居合わせた連中が勝負の行方を賭けて、金の受け渡しを始める。賭け金はどんどん上がっていった。道行く人びとにまで勝負が知らされ、男たちが店内に押し寄せる。グリフィンは、仲間がレガーレの手下たちと言いあいになっているのを見て

顔をしかめた。「ジャック」とリスクに呼びかける。「うちの連中を静かにさせろ。大騒ぎす
るほどのことでは――」
「冗談じゃありませんよ、あいつらが聞くと思ってるんですか？」リスクは信じられないと
ばかりに言った。「船長、自分がなにをおっぱじめたかわかってるんでしょうね！　こうな
ったらもう、いままでどおりにこの島を利用することはできませんよ。自分だっていつも言
ってたくせに、レガーレのやつらと敵対するのは避けろって――」
「ああ、そうだな」グリフィンはむっつりとリスクの言葉をさえぎった。
「たかが女ひとりのために！　どこにそれほどの値打ちがあるっていうんです！　そもそも、
積荷をまるまる全部賭けちまう権利なんて船長にだってないんだ。おれの取り分だってある
のに！」
「そいつはすまない」グリフィンは言った。「だがその件に関しては、おれに決定権はなか
ったからな」
「勝ってくださいよ」リスクはもぐもぐと言った。
　セリアはなすすべもなくぼんやりとうつむき、その場に立ちつくしていた。なにが起きて
いるのか頭の隅で理解してはいたが、考えは千々に乱れてまとまらなかった。
　ふいにアンドレが近づいてきて、金髪に指をからませた。たれ下がったまぶたと丸い頬で
ほとんど見えない黒い目をのぞきこんでみる。厚ぼったい唇の端には食べかすがこびりつい
ていた。「勝負が終わるまで、この女はぼくが預かるからね」彼はグリフィンに言い、セリ

アのきらめく金髪をつかんでじれったげに引っ張った。

　だがセリアはアンドレから逃れ、気づけばグリフィンの硬い胸板に身を寄せていた。体にまわされた腕の感触やシャツ越しに感じる肌の熱さに、気味が悪いほどの既視感を覚える。セリアは女性にしては背が高いほうだが、頭のてっぺんがグリフィンの肩にやっとつくらいだった。

「そいつは認められない」頭上からグリフィンの声がする。「せっかく勝ったところで、傷物を押しつけられては困るからな」

　アンドレは頬をふくらませて兄を目で探したが、レガーレは誰をグリフィンと戦わせるか選ぶのに夢中になっていた。「傷つけたりするもんか」セリアの髪を放し、ぐちぐちと言う。「あんたこそ、この子を傷つけるかもしれないじゃないか」

　リスクが前に進みでた。「残念だけどな、アンドレ坊や。グリフィン船長とおまえじゃ、女のかわいがり方が少しばかりちがうんだよ。なんならこのお嬢さんの世話はおれに任せな。安心しろ、彼女に手を出すほどばかじゃない」

　アンドレは不平をわめきちらしながら、足音荒くどこかに消えた。

　グリフィンが椅子の上に片足をのせ、ブーツのなかから一本のナイフを取りだして、セリアの手首を縛っていた縄を切る。相手の脚に挟まれる格好で立ったセリアは、ようやくその顔を見上げる機会を得た。われ知らず体が震えるのを、彼女には止めようもなかった。

# 2

危険な男だと思った。獰猛な獣にも似ている。肩より長い黒髪は乱れたたてがみのようで、濃い顎ひげが顔の輪郭を隠している。はだけた黒いシャツからは、日に焼けた褐色の肌と、毛に覆われた厚い胸板がのぞいていた。鼻筋はすっととおり、頬骨は秀で、不遜な表情が、目の前につきつけられた恥さえも恥と思わない厚顔ぶりを物語っている。射るように険しい瞳の群青に思わず身がすくんだ。そんな色をした瞳を持つ人を、セリアはほかにひとりだけ知っていた……。

いましめが解かれるなり腕にどっと血がめぐり、セリアはじんとする耐えがたい痛みになにも考えられなくなった。肩のこわばりが苦痛に拍車をかける。耳鳴りがして、セリアはよろめいた。

悪態をつきながら、グリフィンが細い腰に片腕をまわしてきた。「まるで骨と皮だな」ナイフをブーツに戻しながらつぶやく。「気を失うのはまたの機会にしてもらえるか?」

「ど、努力するわ」温和な口調をよそおったつもりだったが、皮肉めかした声になってしまった。

グリフィンは眉根を寄せ、彼女をリスクのほうに押しやった。「こいつをちゃんと見てろ。手を出したら八つ裂きだぞ」

「わかりましたよ、船長」おとなしく応じたリスクは、セリアを自分の脇の椅子に座らせた。テーブルの上で両手を組み、ほほえみを投げてくる。

グリフィンは肩をすくめて袖なしの黒いジャーキンを脱ぎ、テーブルの上に放った。ポケットから短い革紐を引っ張りだし、乱れた黒髪を結わく。セリアは目を見開いてその様子を眺めていた。彼のような男性は見たことがなかった。戦うために鍛えあげたかのような体はすらりとして手足が長く、筋肉が発達していかにもたくましい。大きな手にはたこができていた。父なら彼を「全身が筋肉でできた男」とでも呼ぶだろう。鮮やかな群青の瞳は鋭敏そのものだ。

「わ、わたしをどうするつもり？」か細い声だったが、相手の耳にはきちんと届いたらしい。

「大事な預かりものだからな」グリフィンはセリアの椅子の背に両手をつき、彼女を見下ろした。「預かりものは大切に扱うようにしている」とつぶやき、まじまじと見つめてくる。あともう数センチでも近づかれたら自分がこなごなに砕けてしまう気がして、セリアは身をすくめた。

「ニ、ニューオーリンズに連れていってくれたら」声が震える。「ヴァルラン家から謝礼がもらえるはずよ。ぶ、無事に連れ帰ってくれたら――」

グリフィンは愉快そうに瞳を光らせた。「無事だろうとなかろうと、連中は喜んでおまえを迎えるさ」

「でもヴァルラン家が望むのは——」

「ヴァルラン家の望みなど知ったことか」グリフィンはさえぎると、セリアの体に視線を這わせた。セリアは身を硬くした。グリフィンの指先が耳に触れ、やわらかな弧を描く輪郭をなぞっていく。気の荒い猫をあやすように、耳たぶの裏を優しくくすぐる。「痩せっぽちのお嬢ちゃん、怖がらなくていい。ベッドをともにするなら、おれはもっと豊満なのが好みだ」

リスクの忍び笑いを聞きながら、セリアはいたずらな指から逃れようと頭をのけぞらせた。ほかの男たちも恐ろしいが、グリフィンにはもっと別の恐れを感じた。彼の前ではレガーレでさえ慈悲深く見える。

ますます興味を引かれたグリフィンは、セリアをじっと見つめた。子どもみたいに透きとおった肌、やわらかそうな丸い頰、小ぶりな鼻。いま流行りの薔薇のつぼみのようなかわいらしい口元は、本来は彼の好みでない。絹を思わせる長いまつげが、きらめく茶色の瞳を縁取っている。だが最も彼の気を引いたのは、月並みの美人には不似合いなある性質、一目でわかる知性と気高さだった。

彼はリスクに目をやった。「レガーレはもう対戦相手を選び終えたか？」

リスクが片目で向こうを見やる。「さあ、どうでしょうね。こんだけ人がいるとさっぱり様子がわからない——ああ、パウンスみたいですよ。熊みたいな大男の。ちょっと手ごわいかもしれないな」

グリフィンは部下の指摘に曖昧に鼻を鳴らし、ブーツからナイフを引きだした。研ぎすまされた刃がぎらりと光る。それを宙に放りあげ、手のひらに巧みに受け止める。「カトラスを振るえないのが残念だな。そのほうが手っとり早いんだが」

「軽く遊んでやればいいですよ」興奮した面持ちで、リスクが熱っぽく口を挟んだ。「どうしておれたちが地獄の果てまで船長についてったか、やつらに教えてやってくださいよ」

「いや、見せ物はごめんだ」

短く応じて、グリフィンは部下に背を向け、部屋の真ん中に進みでた。そこにできた空間を見物人がびっしりと囲んでいる。パウンスと呼ばれた男が歩みでる。背が高く屈強そうで、頬には醜い切り傷の跡があった。

怒声と歓声、ふたりを鼓舞する声がたちまちわきおこる。店内を満たす喧騒と敵意にたじろぎ、セリアは椅子をひっくりかえして立ち上がった。興奮の渦にのまれた人びとから反射的に後ずさったところで、かかとがなにかにぶつかった。思わずよろめいて腰を下ろした場所はリスクの膝の上だった。またしても彼に足を引っかけられたのだ。

「なんせ足がでかいもんでね」にらみつけるセリアに、リスクは無邪気な笑みで応えた。「すぐに通行妨害をしちまう」

膝から逃れようと身をよじったが、リスクの腕が腰にがっちりとまわされていた。リスクは細身なわりに、手足はしなやかな鋼のように力強かった。「あんたをちゃんと見てろって言われたからな」彼は愉快げに言った。「そう怖がるな。この小汚い手でいたずらしたりしねえよ。そりゃあんたはすごくそそるけど……下手なまねをしたら、パウンスの次におれまで船長にやられちまう」

たしかに、リスクの腕にはほかの男のようないやらしい感じがまるでなかった。セリアはなんとか体の緊張を解こうとした。「おや、かわいそうに」ひび割れたセリアの唇に気づいたリスクが言う。「最後に水を飲ましてもらったのはいつだい？」

「お、覚えてないわ」おぼつかない英語でセリアは答えた。

「決闘が終わるまでの辛抱だ。ヴァガボンド号の料理人は一流だから、あんたの口にも合うようなおまんまを作ってくれるぜ」

セリアには、リスクの妙な言葉づかいを理解しようとする気力もなかった。「あなたたちの船長……負ける可能性はないの？」

「船長が負けるなんてありえねえ。船長は悪魔の親類で、決闘となれば悪魔の二倍もずる賢く戦えるんだ」

セリアは興味深げにリスクを眺めた。店内のほかの客と比べれば、身なりは洗練されていると言ってもいい。髪は短く刈りこまれ、伸ばし放題のグリフィンとは大ちがいだ。失った片目を黒い眼帯で覆っているにもかかわらず、無骨さのない面立ちで、醜い男という印象もない。年もまだ若そうで、たぶんセリアと変わらないだろう。「どうして決闘なんてするの？」セリアはたずねた。「そんなことをして、わたしをどうしようというの？」

「船長に訊きな。なんにせよ、レガーレ一味より、グリフィン船長といるほうがましだぜ」

セリアは苦々しい思いでリスクを見つめた。英語でなんと言ったらいいのか、とっさに言葉が出てこない。やっとの思いで返事をする。「どうしてそんなふうに断言できるの？」

「事実だからな」リスクは笑って答えた。セリアを膝から下ろして立ち上がる。「来いよ、船長のお手並み拝見だ」

上を下への大騒ぎなのに、どうやって決闘を見るつもりなのだろう。誰もが獣になったかのように吠え、血に飢えた顔で、こぶしを突き上げて威嚇している。だがときおり人垣に間隙ができると、宙に円を描くナイフのぎらつきが見えた。リスクもふたつみっつ、野太い声で遠慮なく声援を送っている。その腕から懸命に逃れようとするものの、腰にきつく巻きついた腕はどうやっても緩まなかった。

パウンスは不恰好な大男で、薄汚れた茶色の髪はもつれにもつれていた。弧を描くナイフをグリフィンが身を縮めてかわし、敵のみぞおちに蹴りをくらわせた。転倒したパウンスに襲いかかろうとする。だが蹴り上げられたブーツの底をまともに胸で受け止め、その拍子にパウンスの頭に激突し、グリフィンは息をもらした。床に倒れこむなり体を反転させ、すぐに立ち上がる。ふたたび向かいあったふたりは、ともに息を荒らげた。服はすでに汗まみれだ。

「偉大なるグリフィン船長さんよ」パウンスがつぶやいた。「片がつくころには、あんたなんか床の染みだぜ」

グリフィンは応えず、醜い傷跡の残る顔にあざけりを浮かべた相手を、群青の瞳でじっとにらんでいる。

パウンスがくりだすナイフの切っ先を、グリフィンは後ろに飛びすさって何度かかわした。ふたりは目もくらむ速さで重心を移動させ、一進一退の攻防をつづけた。グリフィンが相手の強烈な一撃を左腕で防ぐ。そのまま意表をついた動きで身をひねり、恐ろしいほどの精度で敵の背中にナイフを突きたてる。パウンスは即死し、巨体が床にごろりと転がった。

驚愕した見物人が一瞬、黙りこむ。次の瞬間には、手をたたいて歓声をあげていた。

得意げな笑みを浮かべたリスクがなれなれしくセリアをつついた。「これで今夜はアンドレにのっかられずにすむぜ」

セリアは息を震わせてリスクから目をそむけた。顔はこわばり、血の気が引いていた。腕をまわして自分の体をかき抱く。セリアにしてみれば、グリフィンの勝利はけっして喜べるものではなかった。フィリップを殺したレガーレ一味とグリフィンと、いったいどんなちがいがあるというのか。グリフィンは血も涙もない殺し屋だ。ほしいものを手に入れるためなら、邪魔ものは人だろうがなんだろうが抹殺する。アンドレのような残虐な責め苦は与えないかもしれないが、人でなしであることに変わりはない。

店の一隅では当のアンドレがかんしゃくを起こしていた。赤い顎ひげに覆われた顔は青ざめ、丸い額に血管が浮きでている。「あの女はぼくのだよ、兄さん。いやだよ、取り返しておくれよ！」

レガーレがアンドレを優しくなだめる。「心配するな、モン・フレール。おまえへのみやげを、おれがあいつに渡すはずがないだろう」

アンドレは静かになった。レガーレがパウンスの血まみれの体をまたいで、グリフィンに歩み寄る。グリフィンは死体からナイフを引き抜いて、刃を拭いたところだった。「みごとな腕前だった」レガーレは低くつぶやいた。周囲では興奮のざわめきが一向におさまらない。

グリフィンは冷笑を浮かべて相手を見た。「あんたに褒められるいわれはない」

「いや、素晴らしかったよ。取り決めどおり女はおまえのものだ。ただし受け渡しは今夜ではなく明日にしてくれ」

グリフィンは黙りこんだ。「女はもうおれのものだろう」

「一晩一緒に過ごすのも無理となると、アンドレががっかりする」

グリフィンは口元をゆがめてあざけった。「あいつと一晩一緒にいて、無事に朝を迎えられるわけがないだろう。あんたの弟が女をどう扱うかは公然の秘密だ。おまけにあの女はひどく衰弱している」

「あんまり手ひどいまねをしないよう、おれがきちんととりはからう」

「思いちがいをしているらしいな」グリフィンは静かに言った。「交渉の余地はない」

そこへ、セリアを横抱きにして群衆をかきわけてやってきたリスクがふたりのあいだに割って入った。「そら船長——勝者へのご褒美だ！」と言って、セリアの華奢な体をグリフィンの腕のなかにどさりと下ろした。

グリフィンは女の疲れきった顔を見下ろした。細くやわらかな髪が彼の肩や胸に広がる。緊張のためか女の肌は蒼白だ。茶色の瞳は、何人も寄せつけない内なる世界に引きこもってしまったかのように表情を失っている。先ほど多少なりとも彼をうならせた気骨は、あっという間に消え失せてしまったらしい。この様子では、アンドレの餌食になったらひとたまりもないだろう。

レガーレは愉快げに、悪意に満ちた笑みを浮かべた。「女は夜明けにはおまえのものだ、グリフィン。だが今夜はアンドレの相手をしてもらう。もめごとを望むなら……それも致し方あるまい」

グリフィンは胸の内で毒づいた。手下たちはすでに決着をつける口実を嗅ぎつけてうずうずしている——グリフィン一味とのあいだには、ささいなねたみや闘争心が積もり積もっていた。首謀者同士のいさかいは一味の闘争に発展しかねない。

「人数ではこちらが勝るのを忘れるな」レガーレが指摘する。「そもそも、たかが女ひとりを手に入れるために、手下の大半を死の危険にさらすおまえじゃあるまい。一味の者が許さないだろうし——許すべきことでもない。というわけでグリフィン船長、ご褒美はお預けだ」

レガーレの言い分を黙って聞いていたリスクの顔から、嬉しそうな表情が消える。「いったいどうなってるんだ?」と問いただす。

「さてと、金については——」レガーレがつづける。

「女をこちらのものにしてからだ」グリフィンはおもむろにさえぎった。

「それもそうだな、では明朝」

リスクはあっけにとられた顔をした。「船長、まさかあの酔っぱらいのでぶに一晩女を譲ろうってんですか？　船長だって知ってんでしょう、あいつが――」

「黙れ」グリフィンはぶっきらぼうに言った。

「でも……」グリフィンの警告するまなざしにリスクは口をつぐんだ。

グリフィンはセリアを床に下ろし、彼女が足元をふらつかせるのもかまわず、レガーレのほうに乱暴に押した。レガーレがセリアの両肩を抱いて受け止める。「手荒なまねはするなと弟に伝えろ」グリフィンは冷ややかに言った。「約束を破れば命はないと思え」

レガーレの顔から取り澄ました表情が消える。「誰だろうと弟を傷つけたら許さない」

顎ひげに覆われたグリフィンの顔は無表情だ。「こっちはアンドレの頼みを聞いてやっただけだぜ」

セリアはグリフィンに向きなおり、見下げ果てた男を蔑みの目で見た。裏切られた気がするのはなぜだろう。ニューオーリンズに連れ帰ってもらえると本気で信じていたわけではない。でも、自分のなかのなにかが一縷《いちる》のチャンスに希望を託していた。グリフィンの群青の瞳はいまや強い意志を失って、どんよりとした冷たさをたたえている。

「明日会おう《ア・ドゥマン》」彼は完璧な発音のフランス語で言った。

明日会おう。セリアは聞こえなかったふりをした。そんなふうに言われたところで、自分には明日なんてないのかもしれないのに、と皮肉混じりに思った。

ほんの一瞬グリフィンと目が合ったが、彼は興味を失ったかのようにすぐに視線をはずした。「ジャック」と呼びかけて身ぶりでリスクを促し、ともに立ち去る。

「面倒をかけやがって」レガーレが低い声でささやきかけるのが聞こえたかと思うと、セリアは待ちわびるアンドレのもとへと引っ立てられた。「おまえなど弟にばらばらにされてしまえ」


セリアはアンドレに足蹴にされ、よろめきながら部屋に入った。床に転がり、腕をついて身を起こすと、傷だらけのオービュッソン織の絨毯が目に入ったので意外に思った。廃墟となった砦にはまるで似つかわしくない。部屋は金や美しい装飾品、組みあわせのちぐはぐな凝ったつくりの調度品、バロック様式のランプや贅沢品であふれていた。いたるところに埃が積もり、腐りかけた食べ物が散乱し、アルコールの染みが点々とついている。熟れた甘ったるい臭いが鼻孔を満たし、セリアは吐き気をもよおした。

アンドレが身を乗りだし、いやらしい目つきで彼女を見る。「この部屋が気に入ったかい？　ここにあるものはすべて兄さんがくれたんだ。おまえもそう」

「め、面倒を見てもらっているというわけ？」セリアは口ごもり、身をよじって立ち上がった。

「兄さんに？　ウイ、いつも《トゥジュール》ね。グアドループ島に住んでた子どものころからだよ。ぼくらは孤児でさ」

目の端でなにか武器になりそうな物を探す。「そ、それで、お兄さんはこれまでも女の人を全部あなたにくれたの？」アンドレから少しずつ後ずさりながらたずねる。「自分はひとりも取らないで？」

アンドレは彼女の一挙手一投足を目で追っていた。「うん、ひとり残らずぼくにくれたよ」だみ声で言い、彼はセリアをつかまえようと素早く手を伸ばした。

セリアはあえいで身を引き、荒々しい手をよけようとした。

だが嬉しそうに笑い声をあげるアンドレにもつれた髪をつかまれてしまった。寝乱れたマホガニーのベッドへと引きずられる。マットレスの上に投げだされ、セリアは叫んだ。相手はでっぷりと太っているが、女性を意のままにするだけの体力は十二分にあるらしい。洗濯もしていないとおぼしき寝具からはいやな臭いが漂っている。セリアは身じろぎをする間もなく手首をつかまれ、ベッドの柱にぶら下がっていた革紐で腕を縛られた。興奮し、動きまわったせいで息を切らしたアンドレが、反対の腕をつかむ。相手が別の革紐に手を伸ばすのを見て、セリアはとめどなく叫んだ。あらんかぎりの力で身をよじったが、逃れるほどの力はもうなかった。

彼女の自由を奪うと、アンドレはドレスの胸元をつかんで引きちぎり、白磁の肌をさらけだしていった。上にのったアンドレのたるんだ腹が、セリアの腹部に触れる。彼は歯をむいて胸元に口を押しつけた。セリアは恐怖の底へと落ちていくのを感じた。意識が内へ内へと向かっていき、現実を認めるのを拒む。

と突然、息もできないほどの重みが消えた。セリアの叫び声が驚愕と沈黙に取って代わられる。ナイフがアンドレの喉笛を切り裂き、赤黒い血がほとばしるのが見えた。アンドレは喉を押さえながらオービュッソン織の絨毯に転がり、口からごぼごぼと奇妙な音をたててのたうち、激しく身を震わせた。

グリフィンがアンドレを見下ろすように立っていた。倒れた男のシャツを借りてナイフの血を平然とぬぐう。「気が変わってね」アンドレの飛びでた目をのぞきこみ、グリフィンは冷ややかに笑った。「明日まで待てなくなった」

喉をいっそうきつく押さえながらアンドレは一度、二度身を引きつらせ、そして目を閉じた。ずんぐりした手から力が抜けていく。

グリフィンはナイフをブーツに収め、死体を無視してベッドに向きなおった。ジャーキンを脱ぎ、黒シャツのボタンをはずしながら、身じろぎひとつしない女を見るものを焼きつくす群青の瞳で見る。きれいな肌があざで台無しだった。肉付きも足りない――痩せすぎて、腰周りもひどく骨ばっている。

にもかかわらず、彼女のなかのなにかに原始の情動を呼び覚まされて、素の自分に危うく戻りそうになる。つかの間、自制心を忘れて彼女に見入り、貴重な時間を無駄にした自分にグリフィンはまごついた。小ぶりだが形のいい胸と、それを彩るピンクの乳首。彼はそこに唇を寄せてみたかった。平らな腹部から、やわらかそうな金色の巻き毛にゆっくりと視線を移す。話は簡単だ。彼女を組み敷き、脚のあいだで急速に高まりつつある痛いほどのうずきを解放すればいい。けれどもグリフィンは脱いだシャツをベッドに放り、ジャーキンを羽織りなおした。手首の革紐をほどいてやるあいだ、彼女はぼんやりと宙を見ていた。指先に触れる肌の感触はやわらかく、ひんやりとしていた。

「名前は?」身を起こしてやりながら、グリフィンはフランス語でたずねた。相手はされるがままになっている。やや乱暴に質問をくりかえしながら、気がふれてしまったのだろうかといぶかしんだ。

「セリア」女がささやいた。

返事くらいはできるらしいと安心する。「あまり時間がないんだ、セリア」ドレスの残骸を器用に剝ぎとり、グリフィンは脱いだ黒シャツの袖を彼女の腕にとおした。ボタンを留めていくあいだも、セリアは身じろぎひとつしなかった。「これからおれの言うとおりにするんだ。わかったな?」

セリアはうつろな目でこちらを見つめるばかりだ。グリフィンは悪態をついて部屋を見まわし、半分空になったラム酒の瓶を見つけると、それをつかんで彼女のもとに戻り、唇に瓶を押しあてた。するといくらか正気を取り戻したのか、セリアはいやがって瓶を押しのけようとした。グリフィンは片手で彼女の頭を抱えこみ、瓶をあらためて口元に持っていった。

「飲めったら。飲まないなら鼻をつまんで喉に流しこむぞ」

身を震わせながら、セリアは度数の高いアルコールを一口飲み、喉が焼けつく感覚にあえいだ。「ううっ――」

「もう一口だ」

荒々しい声と断固とした手に屈して、セリアはふたたび口に瓶が傾けられるにまかせた。もう二口飲み下すと、体の内も外も燃えている感覚に陥った。白い肌がたちまち上気する。セリアは顎ひげに覆われたグリフィンの顔を見つめ、ようやく事態を把握したかのごとくわが身を見下ろした。

「少しはましになったな」うつろだった目に生気が戻ったのに気づき、グリフィンが静かに言う。彼は瓶を脇に置き、手を貸してセリアをベッドから下ろした。床に足がつくなり、彼女は身をよじって逃れようとした。だがすぐにたくましい体に引き寄せられ、顔を上げさせられ、怯えた瞳をにらまれた。「よく聞くんだ、まったく。この島から出たければ、おれに従うしか手はない。たったいまおれがおまえのためにしたことのせいで、この首には手下どももよだれをたらすほどの賞金がかけられる。おまえはおれの言う場所に行き、言うとおりにするんだ。できないなら命はあきらめろ」

シャツ越しに押しつけられるがっしりとした体からは、優しさなどみじんも感じられなかった。彼なら、ほんのひとひねりでセリアを殺してしまえる。抑えきれずに身を震わせながら床を見ると、かつてはアンドレ・レガーレだった血まみれの肉塊が目に入った。

「そうだ」グリフィンの静かな声がする。「おれがその気になったらどうなるかわかるな」

「乱暴はしないで」セリアはあえぎながら訴えた。「言うとおりにするわ」

「それでいい」グリフィンが彼女を放し、長い黒髪を束ねていた革紐をほどく。セリアが身じろぎひとつせずにいると、彼はだぶだぶのシャツの上から腰に革紐をまわして結んだ。膝まであるシャツが痩せた体を天幕のように覆う。

「ど、どうして助けてくれたの？」

「おまえを賭けて戦い、勝ったから。おれのものを奪うやつは許さない」

「わたしをどうするつもり？」

グリフィンはその質問を無視し、「行くぞ」と言ってセリアの手首をつかみ、扉へと引っ張った。彼女が脚を引きずっているのを感じとり、つと歩みを止める。「くそっ、いったいなんだ？」

「なんでもないわ、ただ――」セリアは黙りこんだ。グリフィンは膝をついて彼女の傷だらけの足を片方持ち上げた。やわらかな足の裏が、ずっと靴に守られていたことを物語っている。素足で過ごしていたせいで、足の裏には擦り傷や水ぶくれがいくつもできていた。歩くたびに、ガラスのかけらを踏むような痛みを感じるはずだ。

「これでは急ごうにも急げないな」

「わたしの落ち度ではないわ」セリアが反抗的にかえす。

グリフィンは刃渡りの長いナイフをさっと引き抜いた。とたんにセリアが両腕で頭をかばい、扉の前で縮こまる。これだから女は、などとぼやきながら、彼はセリアを抱き上げ、肩にかついだ。片手で彼女をしっかりと支え、反対の手でナイフを握りしめる。扉を開け、床に転がるレガーレの手下の死体をよけて通る。

老朽化した要塞の薄暗い通路を、彼はセリアをかついだまま進んだ。ライオンのごとく優雅に、足音を潜ませながらもたしかな足どりで。セリアはなすすべもなく彼の肩に身をあずけ、軽い酔いに目をまわしていた。この旅の終わりにいったいどんな結末が待ちかまえているのかと、惨めな気持ちで考える。どうやらグリフィンは、迷路を思わせる回廊を熟知しているらしい。彼は偽の出入り口や行き止まりの横道をいくつか通りすぎ、がらんとした部屋を突っきって、最短距離で出口にたどり着いた。

そこへ人の声がして、グリフィンは暗い通路に逃げこんだ。セリアを地面に下ろして向かいあう。声が近づいてくる。ふたりの男性と、媚を含む女性の声をセリアは聞きとった。女性のほうが、男性ふたりと楽しむためにここへ誘いこんだらしい。あけすけで猥雑な会話が聞こえてくる。見つかったら大変なことになるかもしれないのに、グリフィンはセリアのとまどった表情を見て小ばかにするように笑った。ナイフが光を反射して三人に気づかれるといけないので、ベルトに戻す。

「ふたりとも、こっちよ」女性が甘い声で促し、男たちがよろめきながらいかにも楽しそうについていく。

「前進、方角よーし、前進」ひとりが大声で言い、もうひとりがげらげらと笑った。

怯えたセリアはグリフィンにぴったりと身を寄せた。三人連れが戸口から通路に入ってくる。グリフィンの体は頑丈でたくましかった。安心させるしぐさを見せるでも、抱きしめてくれるでもなかったが、セリアは恐怖が和らぐのを感じた。

「待てよ、あれはなんだ……下手舵《したて》！」男が声を張りあげて歩みを止め、暗い通路に目を凝らした。「舵を切れ！」

グリフィンは身をこわばらせてナイフの柄に手をかけた。

「なにかいるの？」女がたずねる。

見つかってしまった。きっと男たちはこれから仲間に知らせに行くはずだ。パニックに襲われつつ、グリフィンはどうするつもりなのかとセリアは思った。ひょっとして、この場で三人を始末する？

意外にも、彼はセリアを振りかえるなり壁に押しつけた。困惑して見上げるセリアの髪に長い指を差し入れて、頭をつつみこむ。黒髪の頭が下りてきたかと思うと、顎ひげに覆われた顔が勢いよく近づけられた。乱暴に唇が重ねられ、容赦なく奪う。驚いたセリアは小さな悲鳴をあげてグリフィンの両の手首をつかんだ。空気を求めてあえぐと、ぴりっとした男らしい匂いが鼻孔をくすぐった。荒々しく奪うだけだった口づけは、唇がぴたりと重なったあとは押しつぶさんばかりの力を失った。グリフィンが顔の角度を変え、唇のあいだから舌を忍びこませ、飢えたように口のなかをまさぐる。

つかんだ手首を弱々しく引っ張ると、両手を頭上に上げられ、壁にくぎづけにされた。セリアはわななき、自分たちがどこにいるのかも忘れて大きくあえいだ。五感を震わせる衝撃以外、なにも考えられない。肺が炎に満たされたかのようだ。灼熱から逃れようとして、セリアはむなしく身をよじった。

　グリフィンの膝が脚を割って入る。乱暴に抱き寄せられたセリアは、たくましい太ももにまたがる格好になった。怖いくらいの快感に全身を貫かれ、うしろめたさにうめく。自分という人間、そして愛するすべてのものへの裏切りだとわかっているのに、感じずにはいられない。グリフィンの手が胸をすっぽりとつつみ、硬くなるまで乳首を親指で優しくこすった。セリアは身を震わせながら背を弓なりにし、愛撫にあられもなく応えた。気づけば彼の首に腕をまわし、豊かな髪に指をからめていた……うずく胸を彼の手がなだめ、両の親指が硬くなったつぼみをなおもさする。彼が刻むゆっくりとした動きに合わせて、セリアは太ももに腰を押しあてた。

　闇のなかでからみあうふたりに気づいた女が、心得顔でほほえんだ。「なあんだ、あたしの仲間が船乗りとたわむれてるだけじゃないの」女は丸い腰に片手をあてて歩み寄ってきた。「ねえ、お楽しみ中のこのふたりと合流するのもいいわね？」

　グリフィンは光があたらぬよう気をつけながら顔を上げた。「あっちへ行ってくれ」とぞんざいにかえす。すごみのある声だった。

　察しのいい女は、もめごとになる前に身を引いた。男たちに向かって、ついてくるよう身ぶりで示す。「邪魔しちゃ悪いわね。あたしたちはあたしたちで楽しみましょ。あんたたち、ひとりの女をふたりで共有すんのは初めて？」

　男たちは張りきって、先を行く女のあとにつづいた。

やがて三人の姿は見えなくなった。セリアの乱れた吐息が黒い胸毛をそよがせる。屈辱に苛まれて、彼女はグリフィンの顔を見上げることができなかった。自分はさっきの娼婦と同類だ。どうしてあんなふうに反応してしまったのだろう。胸の内で燃え上がった感情はまるでなじみがなく、セリアは心の底から当惑した。

愛とは関係のない情欲の存在くらい知っている。けれどもいままで、自分には縁のない感情だと思っていた。セリアはフィリップを愛していたし、彼のいない人生など考えられなかった。それなのに、ふたりでわかちあった愛や理想を自分はたったいま裏切ってしまった。目の奥が痛む。気力を総動員して、彼女は涙をこぼすまいとした。

グリフィンはセリアの脚のあいだからゆっくりと膝を引き抜いたが、手首は放さなかった。セリアが意を決して顔を上げるまで、ふたりは微動だにしなかった。「放してよ」彼女は嫌悪感を隠そうともせずささやいた。

グリフィンの顔は闇につつまれており、瞳のきらめきがかろうじて見えるだけだ。沈黙が深まる。彼がふたたび身をかがめるのがわかった。

「やめて」セリアはすすり泣いたが、直後に唇が押しつけられた。もがく彼女の体を力強い腕が抱き、ブリーチを突き上げるふくらみに細い腰を押しつける。荒々しい口づけが唇をこじ開け、舌が深く挿し入れられた。セリアの胸の内で怒りが爆発する。彼女は爪も肘も膝もすべて使って激しく抗った。けれども叫び声は口で封じこめられ、腰は遠慮のない手で撫でまわされた。セリアはうめき声をあげて身を震わせた。抗っても抗っても抑えこまれて、得体の知れない感覚に襲われた。

フィリップとはまるでちがう、荒っぽく、みだらで、本能むきだしのキスだった。舌の先が上唇の縁をなぞり、痛いほどうずく敏感な部分を探りだして、彼女が抗議のうめき声をあげるまでそっといたぶった。グリフィンは彼女の震える息をキスでのみこみ、歯をなぞり、頬の内側を舌で舐めた。

やがて唐突に口づけが終わり、高ぶったたくましい体から引き離された。セリアは呆然として動けなかった。息も絶え絶えに壁に頭をもたせかけ、目を閉じる。

グリフィンはあざけるように言った。「なかなかそそられたよ、マダム・ヴァルラン。見た目も物腰もレディなのに、口づけのときはそうではなくなる」

怒りに身をわななかせながら闇雲に相手に向かい、セリアは厚い胸板をぶった。グリフィンが声をあげて笑い、彼女を抱き上げて肩にかつぐ。「静かにしろよ。さもないと壁に頭をたたきつけるぞ」

やがてふたりは、めったに使われていないとおぼしき出入り口（むしろ単なる穴と言ったほうがいい）を通って外に出た。グリフィンがセリアを地面に下ろす。彼は慎重な足どりでセリアを砦の一角にいざなった。外はお祭り騒ぎの陽気な声や、殴りあいに酔っぱらいのけんか、浜辺で客をもてなす娼婦たちのさざめきであふれかえっていた。たいまつの明かりでところどころが明るく照らされ、それ以外は闇に沈んでいる。セリアの髪をかきあげ、グリフィンが耳元でささやいた。

「向こうに倉庫が三つ並んでいるのが見えるか？　あの裏手に丸木舟が一艘つないである。合図したら振りかえらずにあそこまで走れ。わかったか？」

「わかったわ」セリアは答え、暗闇に浮かぶ建物の輪郭にじっと目を凝らした。

　グリフィンがセリアの肘をつかんだ。「行くぞ」

　不安に押しつぶされそうで、セリアは足の痛みなどすっかり忘れていた。彼に連れられて、苔に覆われた砦の壁沿いを人目につかないよう進み、砂浜を短く横ぎって、風化した巨岩が転がる場所にたどり着いた。セリアははっと息をのんで足を止めた。岩のひとつに、痩せた男がもたれていた。満足げにいびきをかいており、膝にのせたウイスキーの小瓶が握った手からいまにも落ちそうになっている。グリフィンが男の前にしゃがみこむ。セリアは固唾をのんで、グリフィンが男の手から小瓶を抜き取るのを見守った。彼が立ち上がり、小瓶を彼女に差しだす。とまどいながらも、セリアはそれを受け取った。

　グリフィンは周囲の地形に目を走らせた。身を隠すものがないのを見てとり、セリアの空いたほうの腕をつかむと、倉庫に向かうよう促した。大またで歩く彼に、セリアは懸命についていった。倉庫の裏にまわったところで、暗がりからぶっきらぼうな声が聞こえてきた。

「誰《キエス》だ？」屈強な体格の男がふたりの前に立ちはだかった。倉庫の番をしているレガーレの手下だ。ふたりを一目見るなり男は大声で援軍を呼び、剣を片手に突進してきた。

　セリアは怯えたウサギのように立ちすくんだ。

「走れ！」グリフィンの鋭い声にも、足を踏みだせなかった。容赦なく尻をぴしゃりと打たれ、思わず跳び上がる。彼女は反射的に海に向かって走りだした。

グリフィンは砂浜に伏せ、転がった。カトラスがずぶりと砂に突き刺さる。相手がそれを引き抜く前に、グリフィンはうなり声をあげて襲いかかり、持っていた剣で巧みに一突きして手際よく相手を片づけた。男が断末魔の苦しみにもがきだしたそのとき、砂を踏むにぶい足音が聞こえた。慌てて振りかえると、非常事態を察知したレガーレの手下がもうひとり目に入った。

今度は刃を避ける暇はなかった。身をかわしながら肩口に一撃を感じた。焼けつく痛みを無視して手を伸ばし、相手の腕をつかんで砂浜に倒す。取っ組みあって転がり、互いに犬のように歯をむきだしてうなりながら戦う。最後にグリフィンは男の首に腕を振り下ろし、とどめを刺した。

彼は荒い息を吐きながら立ち上がった。

セリアはよろめく足どりで浜辺を横ぎっていた。ひどくあえいでいるせいで肺が痛む。海に浮かぶ小舟がおぼろげながら一艘見えて、彼女は立ち止まった。丸木舟の周りには男が数人いて、なにかを積みこんでいる。舟のそばまで行くべきだろうか。グリフィンが言っていたのはあの舟だろうか。そうだとして、果たして彼らは自分の救い主なのか、それとも囚われの身になることに変わりはないのか。

黒光りする肌の大男が、確固たる足どりで大またでこちらに来る。男は鮮やかなバンダナを頭に巻き、たくましい体をゆったりした木綿の服でつつんでいる。鷹を思わせる顔には表情がなかった。男が腰の左右に銃をぶら下げているのに気づき、セリアは目を見開いた。ウイスキーの小瓶を落として後ずさり、背を向けて、慌てふためいて走りだす。どこかに身を隠すことしか頭にない。渦巻く闇と危険に、セリアは自分が人間であることさえ忘れ、狼の群れに追いつめられた獲物のごとく逃げた。

# 3

荒々しい足音がセリアの背後に迫った。ふいに足が地面から離れ、二本の太い腕に抱え上げられる。彼女は叫び、追っ手の顔に爪を立てようともがいた。

「暴れるんじゃない」聞き慣れたかすれ声が耳元でした。

相手の首に両の腕をぎこちなくまわすと、豊かな黒髪に触れた。グリフィンだった。セリアはなにも言わず、彼の首筋に顔をうずめた。逃げる気はもう失せていた。生き延びたければ彼についていくしかない。

落としたウイスキーの瓶を途中で拾い、グリフィンは波打ち際へと彼女を運んだ。先ほど見かけた黒人男性がふたりにくわわる。

「厄介な成り行きになった、オーグ」グリフィンがつぶやいた。

「厄介とは、相変わらず控えめな表現ですね、船長」オーグは深刻な面持ちで彼を見つめた。

「けがをしてるじゃないですか」

「大したことはない。手当ては後まわしだ。リスクたちはどうしてる?」

「ヴァガボンド号に乗って海の上ですよ」

「そうか。このいまいましい島を遠く離れるまで、誰ひとりとして安全とは言えないからな」

　オーグの顔にかすかな笑みが浮かんだ。「船長、殺るのは弟のほうでよかったんですか」

「ああ」沈んだ声で言い、グリフィンはセリアを抱く腕の位置を直した。「ニューオーリンズまで秘密裏に運ぶ荷物がある」向こうに着くまで、丸一日はかかるだろう。「とっとと出発しよう」歩いて浅瀬を進み、セリアを丸木舟に下ろす。舟にはとりわけ有能な部下が六人ばかり、櫂《かい》を手に座っていた。

　舟に立たせたあとも、セリアはグリフィンの首から腕を離そうとしなかった。「手をどけろ」と命じたが、腕をしっかりと首にまわしたままだ。「離せと言ってるだろう」すごみをきかせて、あらためて告げた。それでも腕を解く気配がないのに気づいて、心底怯えているのだと思いあたった。できるかぎり優しげな声色をつくる。「大丈夫だ、かわいそうに《マー・ポーヴル・プティット》」頬に顔を寄せて言った。「誰もおまえを傷つけたりしない。いい子にしていろ。おれの言うとおりにすれば心配はいらない」

　からみついていた腕から力が抜ける。セリアは温かな首にまわしていた腕をしぶしぶほどき、舟底にひとり縮こまった。

　グリフィンはオーグとともに丸木舟を海へと押しだし、舟に飛び乗った。オーグがいいと言うのも聞かずに櫂を一本つかみ、力強く漕ぎだす男たちに加勢する。やがて島が視界から消え、舟は塩湿地へと針路を進めた。塩湿地とは海辺の広大な湿地帯のことで、ミクリが茂っているため、揺れる沼沢地とも呼ばれる。塩湿地を進むルートは、普段は密輸の際に使っている。舟が針路を失いやすいので、漕ぎ手にはそれなりの技術が必要だ。やがて肩の傷に痛みを覚えたグリフィンは、漕ぐのを中断し、舳先《へさき》に座るセリアのかたわらに腰を下ろした。舟の進むペースがゆっくりと規則正しいものに変わる。この先何時間も一定の船足を保つためだ。無言で櫂を漕ぐ男たちは、巨大な機械装置の一部にも似ていた。

「そら」グリフィンは重たい水筒をセリアの膝に置いた。「ゆっくり飲めよ」

セリアはぼんやりと水筒を眺め、それが水だとわかると躍起になってふたをまわした。ふたが舟板の上に転がるにまかせ、飢えたように口をつけ、渇いた喉を冷たい水が流れ落ちる感覚を味わった。水筒がいきなりもぎとられる。奪いかえそうとして、彼女は身をよじった。貴重な水を手に入れることしか頭になかった。

水筒を握ったほうの手を遠ざけたグリフィンは、セリアを膝に引き寄せて動きを封じた。

「そう慌てるな」呆れと笑いが入り交じった声で言う。「ゆっくり飲め《ラントマン》。わかるか？」

「お願いよ」セリアはかすれ声で懇願した。「ずっとなにも――もうひと口でいいから――」

「少し待て」

「いやよ、早くそれを――」

「だめだ。腹を壊したくないだろう？」

水筒に手を伸ばそうと必死になるのをやめ、ひげに覆われた顔に疑念の目を向ける。相手はセリアをいじめて楽しんでいるのにちがいなかった。それでも、ようやく飲みこんだわずかな水は彼女を生きかえらせてくれた。新たな力が体中にみなぎってくるのを感じる。「グ、グリフィン船長、なぜなの？　どうしてわたしをニューオーリンズへ連れていってくれるの？」

「おまえの家族のご厚意とやらにあずかるためさ。マクシミリアン・ヴァルランにお引き立てをたまわる機会などそうそうない」

セリアは群青の瞳をじっと見つめ、「お願いです」とささやいた。「お願い。わ、わたしにはもうなにも残っていないの。希望も、夫も、未来も……すべて失ったわ。だからせめて真実を教えて。なんの得があってわたしを助けるの？　自分や仲間を危険にさらしてまで。ひ、人を殺《あや》めてまで……」それ以上は言葉をつづけられなかった。じっと見つめてくる青い瞳に浮かぶなにかに、のまれてしまいそうだった。息ができず、セリアは思わず顔をそむけた。

「そうするに値する女だと判断したから、かな」周りに聞こえないほど低い声でグリフィンが言った。「何十人という男の命にも、あらゆる危険な賭けにも値する女だと思ったからだろう。なにしろこっちは、おまえみたいな女に何年もさわっていない……やわらかな白磁の手と少女の瞳を持つ女だ。理由なんてそれで十分だろう」

そのときになって、セリアは自分の胸がグリフィンの胸にあたっているのに気づいた。彼に借りたシャツの下はなにも着ていない。やわらかな生地越しに、相手は体の線も肌の熱も感じとっているにちがいない。セリアは慌てて身を離そうとしたが、彼がそうはさせなかった。

「もっと……なにか別の理由があるはずだわ」セリアは口ごもった。

「理由なんかなくたって、レガーレから奪ってやったさ」

なんてこと《モン・デュー》、セリアは胸の内でつぶやき、鼓動が速まるのを覚えた。グリフィンは助けた礼と称して、体を要求するつもりなのだ。彼女は思い出して身震いした。執拗なキス、抱きすくめられたときの屈強で大きな体の感触、いとも簡単に膝を割って入ってきたたくましい太もも。たとえベッドではセリアを優しく扱っても（まずありえない話だが）、用が済んだあとに殺さない保証はない。

「震えているようだな」グリフィンがささやいた。「おまえを求めるおれの気持ちがそんなに怖いか。だがそのときが来たら、おまえもおれを求めるはずだ」

セリアは恐怖で動けなかった。ささやき声に鳥肌が立ち、一刻も早く逃れたかった。彼の腕のなかから抜けだし、妖しいまなざしと、優しくも残忍にもなれる手から遠く離れた場所へ行ってしまいたかった。でも、丸木舟に乗っているいまは不可能だ。そもそも彼がいなければニューオーリンズにもたどり着けまい。

「勝手なことを言わないで」震える声で訴えた。「わたしがいやだと言っているのに、まるでおかまいなし。人の気持ちなんてどうでもいいんでしょう。わたしが夫を失った事実さえ気にならないんだわ」

「おまえが思ってる以上に気にしてるさ。とはいえマダム・ヴァルラン、夫を亡くしたおまえに貞節を守れとは誰も言わない」グリフィンはセリアに水筒を渡した。彼女は反射的にそれに口をつけた。喉の渇きを癒やすのが先決だった。だがほんの数口飲んだところで、またもや水筒を奪われた。「少しは我慢しろよ」かすかに笑いを含んだ声でグリフィンが言った。「ひとまずそれくらいにしておけ」

最後の言葉は英語だったので、セリアも英語で「まだ足りないわ」と応じ、水筒をじっと見据えた。

グリフィンはなにも応えなかった。水筒を寄越す気配もないので、セリアは気後れして口をつぐんだ。やがて、櫂のリズムに眠りへと誘われた。グリフィンのけがをしていないほうの肩に二度、頭をもたせかけては背筋を伸ばし、慌てて目をしばたたいた。三度目になると睡魔に抵抗する気力も失せ、そのまま頭をもたせた。グリフィンはやめろとも言わなかった。

「反対の肩は」彼女はむにゃむにゃと言った。「よほどひどいけがなの？」

「いや、大したことはない」

セリアは意味をなさない言葉をつぶやき、彼に身をあずけた。疲れ果てて、それ以上は起きていられなかった。

セリアは夢も見ずにぐっすり眠り、朝焼けで目を覚ました。ほの明るい朝の光が頭上の木々のあいだから射し、見たこともない世界を照らしだしている。丸木舟は草木の生い茂る灰緑色の沼地を進んでいた。沼の表面には苔が細く長くたなびき、やわらかな草が水面《みなも》に折り重なり、その上で虫たちが舞い踊ってはどこかへ散っていく。花に似たシダ類やシュロの

とれる。

木立が沼地を縁どっていた。湿った空気に、さわやかでみずみずしく、原始的な香りが嗅ぎと思われた。

立ち並ぶイトスギは目を見張るほどに幹が太く、世界の始まりの日からあるのではないかと思わされた。半分沼に沈んだ根のあいだを魚が泳いでいく。木々と水に彩られたこの地では、舗装された道路や白塗りの家、ピアノがある応接間、書籍や優美な椅子が並ぶ書斎といったものが、地上のどこかに存在することさえ信じられない。文明が別の世界の話に思えた。

自分がどこに横たわっているのか、セリアはややあってから悟った。グリフィンの太もものあいだにすっぽりとおさまり、規則的な鼓動を聞いていた。すぐさま身を引き離そうとしたが、とたんに背中や首や肩や脚——体全体に鋭い痛みが走った。こらえきれずに思わずうめき声をもらす。するとグリフィンの大きな手がうなじに下りてきて、長い指で優しくそこを揉みほぐした。

「やめて」疲れきった声で咎める。慎み深いセリアにとって、そのような親密なそぶりは受け入れがたいものだ。他人の前ならなおさらである。四人の漕ぎ手はこちらに背を向けているが、オーグともうふたりは船尾に座って休憩している。グリフィンの振る舞いにも気づいているだろう。

だがグリフィンは抗議の言葉を無視して、指を肩へと移し、凝り固まった筋肉をほぐしていった。セリアはあきらめて目を閉じた。反発してもなににもならない。それに彼の指はたいそう気持ちがよく、痛みを和らげ、心地よいうずきをもたらしてくれる。指の腹が背骨のくぼみをなぞり、首まで上がって、両肩から腕まで揉んでいく。セリアは無意識にその手に身をあずけた。どこをどうほぐせばいいのか、彼は寸分たがわず承知しているらしかった。

やがてグリフィンは、舟尾にいるオーグの無感情な顔に視線を投げた。「次の漕ぎ手はどうなってる？」セリアの肩甲骨の下のしなやかな筋肉を揉みながら、オーグに問いかける。

オーグの返答は、セリアにはまるで聞きとれなかった。どうやらフランス語らしいが、意味不明な単語が混じっている。

「ああ、それがいい」グリフィンが言い、セリアを膝から下ろした。「今日中にできるだけ距離を稼いでおこう。日暮れ前にレガーレたちに追いつかれる恐れがあるからな」

肩揉みが終わってしまったのをなんとなく残念に思いながら、セリアはとなりにいるグリフィンを見上げた。「ここからニューオーリンズまではどれくらいかかるの？」

「明日の夜明け前には着けるだろう」

「なぜわかるの、レガーレが——」セリアは問いかけ、言いよどんだ。陽射しの下でグリフィンの顔をまじまじと見るのはこれが初めてだった。かすかに紫色を帯びた群青の瞳は、長く黒いまつげに縁どられている。彼女は自分が蒼白になるのを感じた。

「なんだ？」グリフィンが鋭くたずねる。

「あなたの目……わたしの夫にそっくりだわ、それに——」

グリフィンはふいに怖い顔になった。かなり気分を害したらしい。「青い瞳なんて珍しくもないだろう」

「でもその色は——」

「女のおしゃべりは嫌いでね」グリフィンはさえぎり、使っていない櫂のほうに移動した。肩の傷が痛むのだろう、顔をしかめて漕ぎはじめる。櫂を動かすたびに、胸や腕の筋肉が盛り上がった。セリアは彼から目を離さなかった。ぼさぼさの長髪と伸び放題のひげをなくしたら、どんな顔になるだろう。

「ムッシュー」彼女はおずおずと呼びかけた。何度かくりかえし呼ぶと、やっと気づいてもらえた。「ムッシュー、とてもお腹が空きました」

たどたどしい英語に、グリフィンは愉快げに目を光らせた。セリアから少し離れたところにある、くたびれた布袋を顎で示す。「そのなかにある」

布袋のとなりの水筒に目をつけ、セリアはそちらにも手を伸ばした。グリフィンの顔を盗み見て、水筒を強くつかむ。「喉も渇いています」彼女は訴えた。

「なら飲め」彼はぶっきらぼうに言った。

布袋にぐっと手を入れると、乾燥して硬くなったビスケットと干し肉がたっぷり入っていた。ビスケットを一口嚙む。口のなかでぼろぼろと砕け、粉っぽくてまるで味がない。生ぬるい水で飲み下した。つづけて干し肉に小さな白い歯を立てた。硬い肉は、数分間も嚙みつづけねばならなかった。

気持ちが落ち着き、空腹が満たされたところで、セリアは布袋と水筒を元の場所に戻した。差し迫った欲求は満たされたので、今後は体をひねって足の裏の具合を見ることにした。そこへ皮肉めかしたグリフィンの声がした。「傷ならあとで見てやるから、まずは体を隠す手段を考えろよ」

セリアは顔を真っ赤にして黒シャツの裾を引っ張った。櫂を漕ぐグリフィンを見つめながら、どこの出身で、元々はなにをしていたのだろうと考えをめぐらせる。一見ただの野蛮人にしか見えないものの、フランス語のアクセントは貴族かなにかのように完璧だ。胸板は労働者や水夫を思わせるたくましさだが、瞳は鋭い知性をたたえており、かつてはもっといい暮らしに身を置いていたのではないかと思わされる。グリフィンには圧倒的な力を感じる――周りから大いに恐れられ、信頼を寄せられていなければ、海賊を率いることなどできまい――その彼が、ひとりの無力な女のために命を賭けた。狙いはいったいなんなのか。

上る日の下、丸木舟は静かなよどんだ川《バイユー》を下り、やがて小島につきあたった。幾重にも枝分かれしている細流があり、流れのひとつに古木の橋がかかっている。丸木舟に乗る男たちの顔を観察していると、彼らのあいだに期待が広がるのが感じとれた。海賊たちは無言で、舟を右岸に向けた。

鳥のさえずりが静けさを破った。その声にグリフィンが口笛で応え、セリアはいぶかしげに眉をひそめた。すると驚いたことに、木立のあいだでなにかが動くのが見えた。浅黒い顔が青葉のあいだにいくつか現れる。男たちはいずれも、汚れた手にマスケット銃や斧をたずさえていた。丸木舟の男たちが相手の顔を認める。

「次の漕ぎ手だ」グリフィンがセリアに言った。

「味方なのね？」寄せ集めにしか見えない男たちに視線を投げ、セリアは疑り深げにたずねた。

「厳密に言えばちがう」彼は淡々と答えた。「川の民は誰にも忠誠を誓わない。だが、湖からミシシッピまで密輸品や贅沢品を運搬する仕事を連中に任せている関係で、こうして協力を得られる」

「あなたの仲間にずっと漕いでもらうわけにはいかないの？」

「彼らだって、ばてるときはばてる」

漕ぎ手のひとりがセリアを見てにやりと笑った。「たしかにばててるが、あんたがそうしてくれって言うんなら中国までだって漕ぐぜ」

早口でなんと言われたのかよくわからなかったが、おそらく優しい言葉だったのだろうと判断し、セリアは曖昧にほほえんだ。

オーグが丸木舟から飛び下り、川岸の半分水に沈んだ木の幹に舟をつないだ。男たちが安堵のうめき声をもらし、櫂を置いて舟を下りる。セリアは身じろぎもせず、不安げにグリフィンを見つめた。彼は小ぶりの薄い革袋を腰の右に結び、左にカトラスを差した。「ウイスキーの瓶を持っててくれ」とセリアに命じる。彼女は瓶を拾って膝にのせた。膝の裏と背中にグリフィンの腕が添えられたかと思うと、軽々と抱き上げられた。

セリアの長い金髪に目を奪われた川の民が、口笛を吹いてはやし、品のない言葉をわめきたてる。怯えたセリアはグリフィンの首に腕をまわした。抱かれたまま岸に上がり、古木の橋へと運ばれていく。川の民が周りを取り囲み、がさがさした手で素足に触れてきて、セリアは縮み上がった。

「船荷はこれだけか、船長さん？」川の民のひとりがたずねた。

「こんな上等な荷は初めて見るな！」別のひとりがはしゃいだ声をあげる。

誰かに髪を引っ張られ、セリアは驚いて金切り声をあげた。グリフィンがふいに立ち止まり、興奮気味の川の民を冷たく青い目でねめつけた。顔に浮かんだ薄い笑いは、ひげにほとんど隠れている。「女はおれのものだ。今度さわったら、大事なところを切りとってやる」

川の民は愉快そうに笑った。異論を唱える者はおらず、しつこい手が引っこめられた。セリアは毛に覆われたグリフィンの胸に顔をうずめた。「あの」くぐもった声で言う。「あなたがいなかったら、あの人たちはわたしを――」

「そうだ」グリフィンは口をゆがめて答えた。きしむ橋に足をかける。「ワニのえさになりたくなかったら、下を見るなよ。それと変に動いたりしないでくれ。バランスを崩せばふたりとも首まで泥に埋まる」

ワニ？　前にフィリップが、その生き物について恐ろしい話をしてくれた。半身がドラゴンで半身がトカゲだとか。長い尻尾に大きな顎、鋭い歯。セリアはきつく目を閉じた。「落っことさないで」か細い声で頼む。

「骨を折ってここまで連れてきて、落としやしない」グリフィンはふっと笑った。「そっちこそウイスキーの瓶を落っことすなよ」

セリアは怖くて息さえできなかった。グリフィンが一歩一歩、丸太の上を進んでいき、川の民が苦もなくあとからついてくる。男たちはバイユーの深緑に浮かび上がるセリアの白い脚を見ては、懲りずにはやしたて、歓声をあげた。

橋を渡りきって向こう岸に飛び下りると、グリフィンは倒壊寸前のあばら屋が立ち並ぶ空き地に歩を進めた。「先住民の野営地だった場所だ」という彼の説明に、セリアは顔を上げて興味深げにあたりを見まわした。

「先住民はどうなったの？」

「ずっと昔に追いやられた。ミシシッピからやってきた大勢の貿易商や密入国者によってな」グリフィンは彼女を粗末なあばら屋の入口脇に下ろした。「オーグ」と声をかける。「急いでくれ、時間がないんだ」

「時間がない？」セリアはおうむがえしに訊いた。「なんの時間がないの？」

「いいからなかに入って」グリフィンはあばら屋の戸口を指した。「ウイスキーでも少し飲んでおけ」

胸の鼓動が不快なほどに速くなる。「なぜ？　どうしてオーグを呼ぶの？　いったいなにを――」

「何度も同じことを言わせるな」グリフィンは軽くすごんだ。

セリアは顔を青くして、あばら屋にのろのろと足を踏み入れた。腐りかけたわら布団が隅のほうに見える。天井には大きな穴が開き、崩れかけの壁の隙間からかすかに日の光と外の空気が入ってくる。セリアは震える手でコルクを引き抜き、ウイスキーの瓶を口に押しあてた。上等な品ではなかった。辛口の度数のきつい液体におなかのなかが熱くなった。わら布団の端におそるおそる腰を下ろし、彼女は待った。腹の丸い毛むくじゃらの脚のクモが一匹迷いこんできて、無言のままその動きを目で追う。

「闖入者《ちんにゅうしゃ》がいたか」狭い戸口から声が聞こえ、グリフィンが頭をかがめてなかに入ってきた。ブーツのつま先で哀れなクモを追い払う。「普通は悲鳴のひとつもあげるもんじゃないのか」

クモなんかより二本足の生き物のほうがよほど恐ろしいわ、そう彼に言ってやりたかった。

「レガーレの船の船倉には、ネズミがいたわ」

「へえ?」グリフィンはセリアの前に膝をつき、一枚のぼろ布をふたつに引き裂いた。「まあ、レガーレの連中に比べればネズミのほうがましだな」

「そのとおりよ」勢いこんでうなずいたセリアは、グリフィンが足首に触れてきたので身を引いた。

「じっとしていろ」グリフィンは彼女の腫れ上がった足の裏を調べた。この様子ではさぞかし痛むにちがいない。なのに彼女は一度も泣き言を言わなかった。視線を上げて彼女の顔を見たとたん、賞賛の念がかすかにわいてきた。夫は殺され、この二日間、恐怖と悲嘆と屈辱に耐えてきたというのに、彼女は驚くほど冷静だった。たいていの女なら心痛のあまり絶望しているだろう。どうやらひ弱な見かけの下には揺るぎない意志が宿っているらしい。

水ぶくれのできたかかとを親指で軽くこすられ、セリアは唇を噛んだ。「かわいそうに」

グリフィンがぼろ布にウイスキーをかける。彼の声は優しく、慰めるかのようだった。急にフィリップそっくりの声音になった彼に、セリアは当惑して眉根を寄せた。

「なにをするつもり――」砂が入りこんだ傷口に布が押しあてられ、セリアは痛みに鋭く叫んだ。「いやよ、やめて」とあえぎ、それ以上は叫ぶまいと片手で口をふさぐ。

「別に叫んでもいいぞ。どうせ誰も聞いてない」

ふたたび傷口に布があてられる。セリアはグリフィンの手のなかから無理やり足を引き抜いた。痛みが全身を貫き、歯までじんじんする。「お願いだからやめて、こんなことしなくていい――」

「化膿したら、この程度じゃすまないぞ。動くんじゃない」

「も、もういや!」あらためて足首をつかまれ、セリアは必死に抗った。すると今度は布をあてがわれる代わりに、親指と人差し指でアキレス腱のあたりを挟まれた。「なんのまね?」困惑してたずねる。腱をぎゅっと揉まれると、足の感覚が徐々になくなっていった。セリアはゆっくりと警戒を解いた。

「少しはましになったか?」

「ええ、よくなったわ」安堵のため息をつく。まだ痛みは残っているが、先ほどまでとは比べものにならないほど楽だ。やわらかな足裏に入りこんだ砂や砂利を、グリフィンは手際よく取り除いていった。「いまみたいな技術はどこで学んだの?」促されて反対の足を差しだしながら、セリアはたずねた。また同じ方法でアキレス腱を揉まれる。

「人里離れた場所を旅しては、あちこちで秘術を学んだ」グリフィンは彼女に笑いかけた。「あとでほかの術も披露しようか」

「ノン・メルシー、遠慮しておくわ……」セリアの声は尻すぼみになって消えた。折りたたんだ布袋を手に、オーグがあばら家に入ってきた。

オーグは表情ひとつ変えずにふたりの横にしゃがみこんだ。鳥の羽根、小石、乾いた土くれ、粉が入った小袋という奇妙なとりあわせの品々をその場に広げる。

グリフィンが手を上げ、オーグの動きを制した。「あいにく呪術や魔術をやっている暇はないんだ。ヴードゥー教は今日はなしだよ。グリーンパウダーがひとつまみあればいい」

「ヴードゥー教?」セリアはおそるおそるたずねた。

「ヴードゥー教は魔術であり、医学であり、迷信だ。信者は西インド諸島のハイチで呪術を身に着ける。オーグもそこの出身だ」

「それで、グリーンパウダーというのは?」

「いまからおまえの足につける薬粉だよ。もちろん、オーグがどうしても儀式にのっとるというのなら仕方がない。まずは土くれと羽根に火をつけ、おまえの爪を切ることになる。それから、哀れなニワトリの首をちょん切るんだったかな」

セリアはオーグをまじまじと見つめた。グリフィンの失言に眉をひそめている。「ムッシュー・オーグは悪魔を崇拝しているの?」信じられないとばかりにたずねる。答えがイエスなら、グリーンパウダーとやらを振りかけられるなど、ひとつまみでもまっぴらだ。

丸木舟で聞いたときと同じなまりでオーグが答え、セリアはなんとかして聞きとろうと耳を澄ませた。

「悪魔崇拝というわけじゃない」グリフィンが通訳する。「ただし、死者の魂が生者を苦しめるためによみがえるのは本当だと思う、だとさ」

「あなたもそう思うの？」

グリフィンは笑った。「死んだ人間より生きている人間のほうがよほど厄介だ」

オーグの手が伸びてきて、セリアは後ずさった。彼が初めて黒い瞳に笑みを浮かべ、グリフィンに何事かつぶやく。

グリフィンは乾いた笑い声をあげた。「痩せっぽちの女は好みじゃないと教えてくれとさ。さあ、足を見てもらえ」

オーグの大きな手にしぶしぶ足首をあずけると、足の裏にくすんだ緑色の粉が振りかけられた。優しい旋律を小さく口ずさみながら、オーグが足に包帯を巻いていく。かたわらではグリフィンが自分の肩の傷をウイスキーで消毒し、アルコールがしみる痛みに悪態をついている。

「ありがとう」両足に包帯が巻かれると、セリアは小声で礼を言った。両の手のひらを上にして力なく肩をすくめる。「なにか……お礼ができればいいのだけど」

オーグがセリアの髪を指さして何事か答えた。セリアはグリフィンに目で問いかけた。

「髪を一束もらえれば、強力なお守りが作れるらしい」グリフィンは言ってから、オーグに向かって首を振った。「やめとけ、オーグ」

セリアはグリフィンの長い脚におずおずと手を伸ばし、ブーツの上部に触れた。たしかそこにナイフがしまってあったはずだ。グリフィンは黒い眉をつりあげたものの、彼女を止めなかった。ナイフの柄に指をからめ、そっと引き抜く。指で髪を梳こうとしたが、ひどくもつれ、からみあっていてできなかった。ようやく後ろの髪をほんの一束つかむことができ、彼女はナイフをかまえて手早く切った。

「どうぞ」と言ってきらめく巻き毛を渡すセリアに、オーグは礼代わりにうなずいた。太く短い指が、驚くほど器用に髪束を布の切れ端でつつんでいく。

「余計なまねをするな」グリフィンが言った。

「余計なまねじゃないわ」セリアは言いかえし、出ていくオーグを見送った。丁寧に包帯が巻かれた足に触れてみる。「助けてもらったんだもの、お礼くらいしなくちゃ」

「助けてもらったら、礼をする義務が生じるわけか?」

「そうよ」

「おれはおまえの命の恩人だったな」

「そうね」またたきもせずに彼の視線を受け止める。

「じゃあ、礼とやらを楽しみにしてるよ」グリフィンはちゃかした。

セリアの身の内で、嫌悪感と悲嘆がせめぎあう。愛する夫はもうこの世になく、自分はこの薄汚れたひげ面の見知らぬ男に囚われている。グリフィンなどただのならず者、他人から奪うことで生きている卑劣漢にすぎない。つかの間、彼に対する嫌悪が恐怖をしのいだ。伸び放題のひげも、無愛想な口元も、横柄さも憎くてならなかった。

「あなたのプライドが許さないはずよ」持ちうる誇りを総動員して言い放つ。「いやがる女性を腕ずくでどうにかするなんて」

その言葉に含まれた侮蔑をやすやすと読みとり、グリフィンはせせら笑った。「この世にはプライドなんかより大切なものはいくらでもあるんだよ、お嬢さん《プティット》。おまえの体もそうだ」

荒れ狂う海がさらに大嵐に襲われたかのごとく、それまで無愛想だったグリフィンの態度が無慈悲なものに変わった。用を足したいとセリアがおずおず切りだすと、死角になる木立へと案内され、狼狽するさまをからかわれた。背中を向けられているとはいえ、屈辱のあまり涙がにじんだ。用を足し終えて洟をすすりながら戻った彼女に、グリフィンはひどく腹を立てている様子だった。

「めそめそするな」と叱りつけられる。「用を足すのにいちいち気取るやつがいるか」

丸木舟に戻るときにセリアがもたもたしていると、グリフィンはまたもや罵りの言葉を投げた。しわくちゃの黒シャツの裾が太ももまでまくれ上がっているのを見つけ、おれたちに襲われたいのかと皮肉めかして訊く。セリアは命じられるがままに舟に乗りこみ、できるだけ隅のほうに座った。グリフィンはオーグと二言三言別れの言葉を交わし、肩をたたいてから舟に乗りこんだ。

新たな漕ぎ手となった川の民は、櫂や長い竿《さお》を使い、緩やかに流れるバイユーを進んでいった。先ほどのぶしつけな態度は消え、セリアの存在にもすぐに慣れた様子でもう声もかけてこない。彼女の視線は見慣れぬ景色にくぎづけだった。うっそうと茂る緑、紫色のアヤメの群生。にごった水のなかをカメが泳ぎ、長いひげを生やしたマスクラットがガマの根をかじっている。虫たちはカメやネズミのようにセリアをほうっておいてはくれず、ハエや蚊を始終、手で追い払わねばならなかった。日が暮れるころには、かつてないほどに泥や埃にまみれ、不快なことこのうえなかった。

夜が涼気を連れてくる。セリアはうとうとと目をしばたたきながら、旅の終わりはあるのだろうかと思った。やがて丸木舟は湿っぽいバイユーを抜け、その先に涼やかに広がる大きな湖へと入っていった。満月が暗い湖面を照らしている。

波打つ湖面を進む舟の上で、グリフィンは選択を迫られていた。夜を徹して前進をつづければ、あと数時間でセリアをヴァルラン・プランテーションに連れていけるだろう。湖を渡り、馬に乗りかえてミシシッピ川に向かい、そこで人を見つけて対岸に渡してもらう。あとはバイユー・セント・ジョンを少し進めばいい。おそらくレガーレはすぐそこまで迫っているだろう。さっさと彼女をヴァルラン家に引き渡し、夜の闇に消えるのが得策だ。

グリフィンはセリアに視線を投げた。やや離れたところで膝を抱えてうなだれている。乱れた髪で陰になって表情は見えなかった。首筋には汗と泥で縞模様ができている。黒シャツで全身を覆ってはいるものの、その下に骨ばった脚と少年と見まがう細い腰が隠れているのをグリフィンは知っている。そんな女に、あのときはなぜ欲情などしたのだろう。

彼女は身を起こし、まっすぐ前を見据えて、無垢な少女のように膝の上で両手を握りあわせた。その姿にグリフィンはとまどいを覚えた。キスしたときにぴったりと身を寄せてきた女と同一人物だとはとても思えない。熱を帯びたやわらかな唇も、誘うように押しあてられた体も、自分の想像にすぎなかったのか。血に飢え、身の危険にさらされた状態ゆえに、彼女がくれるわけもない愛撫を夢想しただけだったのか。

セリアは両手に顎をのせて目を閉じている。疲れきって倒れる寸前だ。グリフィンは顔をしかめ、仕方ない、今夜は休息をとろうと決めた。ふたりとも少しやすんだほうがいいし、数時間の遅れで計画に問題が生じるわけでもない。礼うんぬんでは彼女を脅してしまったが、あれは困らせるために言っただけだ。先ほど彼女が言ったとおり、グリフィンは腕ずくで女をどうにかするつもりはない。触れればまっぷたつに壊れてしまいそうなか弱い女ならなおさらだ。だから彼女が自分を恐れる必要はない。

川の民は慣れた様子で経路をたどり、グリフィンの指示で岸辺に舟を寄せた。密輸が仕事なだけあって、彼らは誰よりもニューオーリンズ一帯の湖沼やバイユーを知りつくしている。丸木舟が岸に着いた。川の民のうちふたりが舟を下りて手早く係留し、その間にほかの男たちも舟を下りる。セリアは目を開け、ぼんやりとこちらを見つめている。下りろという声も聞こえていないらしい。グリフィンは鋭く呼びかけ、腕をつかんで、やわらかく湿った岸辺へと彼女を引っ張った。川の民に短くうなずき、森に向かって歩を進める。

「どこへ行くの？」セリアはよろめきながらたずねた。

「さっさとついて来い」彼の口調はそっけない。

セリアは口をつぐもうとしたが、しばらく歩いたところで怒りの言葉が口をついて出た。

「いったいどれだけ歩かせるつもり？　あと一〇キロ？　それとも二〇キロ？　こっちは靴も履いていないのよ！　そもそもブーツを履いた長い脚のあなたとわたしでは……」セリアは黙りこんだ。たどり着いたところは小さな空き地で、古ぼけた小屋とちょっとした放牧地、厩舎があった。

グリフィンは弁明するそぶりも見せず大またで小屋に向かい、がたのきている扉を激しくたたいた。「ネトル」荒々しい声で呼ぶ。「ネトル、出てきて馬に鞍をつけてくれ」

小屋のなかから心細げな声がした。「船長？　グリフィン船長なんですか？」

「ああ、今夜はルブランに乗る。鞍をつけてほしい、急いでくれ」

頭のはげかけた、痩せ型で臆病な顔つきの男が戸口に現れた。男はまずグリフィンに、つづいてセリアに目をやった。シャツを一枚着ただけのセリアの姿を見て、狼狽しているのがありありとわかる。

「ネトル」グリフィンがぶっきらぼうに声をかけた。「おまえ、替えのブリーチを持っているか？」

「も、もちろん……はい、持ってます、船長」

「連れがシャツ一枚で困っているんだ。それからなにか食べ物があれば持ってきてくれ」

「わかりました」

ネトルはあわただしく小屋に駆けこむと小さな布袋を手に戻り、セリアから目をそらしながら、袋をグリフィンに渡した。そのままなにも言わず小走りで厩舎に入っていく。グリフィンは、くたびれてはいるが清潔そうなブリーチをセリアに手渡した。

「いまのはあなたの使用人？」ありがたくブリーチを身に着けながら、セリアは小声でたずねた。

「そんなもんだ」

「彼の馬を借りるの？」

「おれの馬だ」有無を言わさぬ声でかえされる。

驚くほど短時間で、ネトルは額に白斑のある、みごとな栗毛の馬をふたりの前に連れてきた。上背が一メートル六〇センチはありそうな大柄な馬で、気性がひどく荒そうだ。

「明日戻る」グリフィンがネトルに告げた。

「わかりました」

手綱を取って鐙《あぶみ》に足をかけ、グリフィンはひらりと鞍にまたがった。片腕をセリアに伸ばす。「つかまれ」

両手でおそるおそる腕をつかむと、華奢な腰に手をまわされて引き上げられ、彼の前に横座りする格好になった。体重がふたり分に増え、栗毛の馬が落ち着きなく前脚を跳ね上げる。セリアはつかまるものを探してやみくもに手を動かした。無意識のうちにグリフィンの太ももや腰、腕に触れた。

するとと彼は歯のあいだから息をもらし、片腕をセリアにまわすと、ちぎれんばかりに抱きしめた。「動くな」声が妙に張りつめている。「どこにもさわるんじゃない」

「ど、どうかしたの？」

どうかしたどころではない。もう少しで彼女を地面に押し倒し、わきおこる欲望のままに襲いかかるところだった。彼女の感触が苦痛だった。脚のあいだが熱くうずく。胸のふくらみから腰へ、そして太もものあいだへと手を這わせたくなる衝動を、グリフィンは必死に抑えこんだ。理性をかき集め、気をそらしてくれるものはないかとあたりを見まわすと、当惑した表情でこちらを見つめるネトルが目に入った。

「ネトル、ご苦労だったな」と含みのある言い方で告げる。

すごみのある目でにらまれているのに気づき、ネトルはのろのろと小屋に引っこんだ。

膝にグリフィンの手がかぶさり、恥ずかしいやら恐ろしいやらでセリアは慌てふためいた。顔を真っ赤に染めながら、されるがままに片脚を引っ張られ、男性のように鞍にまたがる姿勢になる。彼女が震えているのに気づいて、グリフィンは馬が怖いのかとぶっきらぼうに訊いた。

「ええ」セリアは嘘をついた。「す、少しだけ」震えているのはあなたの手がわたしに触れているからだとは言えなかった。なぜこんなに動揺するのか、自分でもわからない。

馬が急に前へ動きだしたせいで、グリフィンの胸に体をあずけるかたちになり、その体勢のまま彼の片腕に支えられた。馬は飛ぶように駆けていく。暗闇のなかためらいもせず道を行く様子からして、グリフィンはこの森を熟知しているらしい。馬が走り抜ける勢いに、驚いた夜鳥たちがねぐらから飛びたつ。生い茂る葉が密度を増してくると、グリフィンは仕方なく馬の速度を落とした。

「夜どおし馬を走らせるの？」ささやき声でたずねる。

「これから行く先で二、三時間休憩をとる」

「また先住民のあばら家？」

グリフィンは曖昧に笑った。「もう使われていない木こりの小屋だ。この道を通ってニューオーリンズに行くときにたまに使っている」

「木こりはいないの？」

「金を払ったら別の場所に移った」グリフィンは低く笑った。「おれがそいつを追いだしたとでも思っているんだろう？」

「思ってはいけない？」

「ああ、たしかに追いだしたさ」グリフィンは淡々と応じた。

「グリフィン船長、なぜわたしをヴァルラン家まで連れていってくれるのか、そろそろ教えてくれない？」

「いまはだめだ」

「でもどうして――」

「あれこれ説明する気分じゃない」

本当に、彼はいったい何者なのだろう。おなじみの疑問がセリアの脳裏をよぎった。「みんなあなたをグリフィン船長と呼ぶの?」

「ほかの名を使う場合もある」

「本名はきっとフランスの名前ね、でしょ?《ネスパ》」

「なぜそう思う?」

「フランス語の発音でわかるわ。ご両親はフランス人でしょう?」

「クレオール人だ」彼は静かに言った。「ファーストネームを知りたいか?」

セリアは頭をグリフィンの肩にもたせたまままうなずいた。

「ジャスティンだ」

「ジャスティン」セリアはそっとくりかえした。

「本名を聞いたところでなんの感慨もないか?」

「そうね」

「そいつは意外だったな」というグリフィンの口調にはなぜか皮肉が込められていた。

目の前で森が開け、きらめく湖が目に飛びこんでくる。湖畔に立つ小屋は、松の木々に半ば隠れている。手綱を引いて馬を止めたグリフィンは、鞍から下りてセリアに手を伸ばした。そのたくましい肩に両手をつき、手のひらの下で肩の筋肉が収縮するのを感じながら、鞍から持ち上げられ、地面に下ろされる。彼はすぐにセリアを離し、小屋に向かってすたすたと歩きだした。木の扉は湿った空気のせいで膨張し、乱暴に押さなければ開かなかった。

「ここだ」彼に布袋を渡される。「なかに入っていろ。探せば蠟燭があるはずだ。おれは馬を見てくる」

　暗がりのなか目を凝らし、セリアは小屋に足を踏み入れた。足の下で床がきしむ。ぼんやりと窓の輪郭を捉え、おそるおそる近づく。割り板をつないだどっしりした日よけが掛かっていた。ネズミやらなにやらが隠れているかもしれないと思い、セリアは耳をそばだてた。甲高い音をたてながら日よけを巻き上げると、月光が部屋に流れこんだ。開け放した窓に粗布のカーテンを閉め、振りかえって小屋の内部を観察する。家具は数えるほどで、ぼろぼろの旅行かばん、部屋の端のロープベッド、ストーブ、テーブルに、椅子が二脚あるだけだ。

　慎重な足どりで旅行かばんに近づき、ふたを開けて中身を探る。よれよれの毛布と斧、木槌にブリキのボウルがいくつか、ほかにもさまざまな物が入っていた。窓から夜風が入ってきて髪をそよがせ、肌にひんやりした空気を感じたセリアは気持ちよさげに顔を上げた。なんて……なんて静かなのだろう。

　前触れもなしに奇妙な悪寒が這い上がってきて、胸の内に巣くった。その場に立ちつくし、セリアは震える腕で体をかき抱いた。怖がる必要などない、と自分に言い聞かせる。暗闇を怖がるのは子どもだけだ。それなのに、小屋に満ちた恐怖感が体にまとわりついて離れない。ひとりきりになるのは、レガーレの船の船倉に閉じこめられたとき以来だ。闇のなかにぽつんと取り残されているのが、急にたとえようもなく恐ろしくなった。足がすくんで動けない。

力の抜けた両手から布袋が転げ落ちた。

大きく息をして、なんとか扉に向かおうとする。闇に引きずりこまれそうだ。グリフィン、と大声で叫ぼうとするのに、出てくるのはくぐもったささやき声ばかりだった。

戸口の外でなにかが動いた。恐怖に口もきけず、慌てて小屋から駆けだしたところで、肘をつかまれた。「セリア――」

腕をねじって相手の手を振りほどき、ふらふらと二、三歩後ずさって目を大きく見開いた。グリフィンがすぐ前に立って、目を細めている。「どうした？ けがでもしたのか？ 小屋になにかいたのか？」

そんな単純な話ではない。あれはまぎれもなく、自分の力のおよばない、得体の知れない子どもじみた恐怖だった。「な、なんでもないわ」きれぎれに答えながら、自分はついに正気を失ってしまったのだろうかと自問した。グリフィンがこちらに進みでて、セリアはいま一度後ずさった。彼に触れられたらこなごなに壊れてしまう、と動転した頭で思う。もう耐えられなかった。いまこの場ですべてを終わりにしたかった。怖がるのも、うろたえるのも、もううんざりだ。パリの実家が恋しい。扉越しに家族の声を聞きながら、自室のやわらかなベッドの上でしわひとつない糊のきいたシーツにくるまれたかった。二度と覚めない眠りにつきたかった。

「セリア」げっそりした彼女の顔を見つめて、グリフィンがそっと声をかける。「セリア、こっちに来い」

「いや」

「湖に行くぞ」

「いやだったら――」

「なら勝手にしろ」きびすをかえし、グリフィンは悠然と去っていく。一瞬ためらってから、セリアは彼のあとを追った。

後ろをついてくる足音を耳にして、グリフィンは眉間のしわを消した。案の定、セリアは疲れきって判断もままならないらしい。彼女に対する自分の反応にグリフィンはひどくまごついた。だが明日になればそれも終わりだと思うとせいせいした。女などいっときの欲望を満たすための都合のいい存在にすぎない。体さえ満足すればあとは用済みだ。これほど自分におんぶにだっこな女は彼女が初めてだし、そもそもこんな関係は気に食わない。彼女の瞳に宿る悲しみを見たときにわきおこった感情も。それから、彼女の気持ちをほぐしてやりたくなる、頻繁な衝動も。優しさは自分とはあいいれない感情だ――絶対に。

岸辺に着くと、グリフィンは抜け目なくあたりを見まわした。「足の包帯をとれ」と短く告げる。「グリーンパウダーも洗い流してかまわない。もう十分効いただろう」

小石が転がる湖岸に腰を下ろしたセリアは、ほっそりした脚を片方ずつ伸ばした。一日中ほてって妙にむずがゆかったから、足を洗えばさぞすっきりするだろう。身をかがめ、右足の包帯の結び目を引っ張って緩める。かび臭く苦い、薬草の臭いが鼻をついた。なんとかしてほどこうとするものの、普段とちがって指がうまく動かない。

するとグリフィンが低く悪態をつき、かたわらに膝をついた。なにが気にさわったのだろう。セリアは彼を見つめた。グリフィンが手際よく包帯をほどき、セリアの足を湖に浸す。冷たい水と、こびりついた粉をそっととこすり落とす力強い手の感触に、セリアは瞳を閉じた。太い指がなめらかな動きで爪先のあいだを優しく動き、足指のつけ根のふくらみを通って、土踏まずを揉みほぐした。心ならずも至福のため息で応えてしまう。足首が曲げられて足が下ろされ、反対の足に手が伸びる。セリアは彼の手を心地よく感じる自分を恥じたが、くつろぎのひとときを楽しむのをやめられなかった。

安らぎの時間はあっけなく終わり、目を開けるとグリフィンがブーツを脱いでいるところだった。「あなたも足を洗うの？」

グリフィンはベストを地面に放った。「いや、泳ぐ」

「でも、ワニがいるかもしれないのに――」

「湖のこちら側にはいない」彼は笑った。「いつもはな」

「一匹でもこちらに訪ねてくる気になったらどうするの？」

「そのときはヴァルラン家の者を連れていると説明するさ。きっと尻尾を巻いて逃げていくぞ」

彼が一糸まとわぬ姿になるのを見て、セリアははっと目をそむけ、両手で顔を覆った。

「既婚女性にしてはなんとも慎み深いな」真っ赤になった耳にあざけるような低い声が響いた。「それともおまえの夫は、暗がりでしかおまえを抱かなかったか？　いや、答えなくてもいい。顔に書いてある」

セリアは指の隙間からグリフィンをねめつけた。彼は笑い声をあげて湖のなかへ入っていった。水に潜って水面下に消え、また顔を出すさまをセリアは眺めた。彼が泳いでいるあいだに、月の光にかざして足の裏を調べ、治りの早さに目を見張った。ひどい水ぶくれはすべてかさぶたになっており、腫れもすっかり引いている。まっさらな白い肌と、薄汚れた灰色の肌で、脚には境目ができている。セリアは眉をひそめて湖に目をやった。体を洗えたらどんなに気持ちがいいだろう。

グリフィンが水のなかを歩いてやってきて真向かいに立ち、おまえの頭のなかなどお見とおしだとばかりに言った。「その気があったらとうの昔に襲っているさ」そっけない声が告げる。「少しは信用してくれてもいいんじゃないか?」

ためらいながらも、セリアはいまいましい黒シャツに手をかけ、一番上のボタンをはずした。

「襲うとは言わなかったが」グリフィンの声が耳に届く。「見ないとも言わなかったよな」

とっさに両腕で膝をかき抱き、セリアは泳ぐという考えを頭から追い払った。

「おいおい」うんざりした声が聞こえてくる。「いまのは冗談だよ」そう言うとグリフィンは背を向けて、また水に潜っていった。

セリアは心を決めると素早く行動した。急いでシャツのボタンをはずし、ブリーチを脱ぐ。腰まで湖につかり、水をはね上げながら両手ですくった。いったん頭まで潜り、頭皮をよくこすってから、濡れた髪を後ろにやって絞った。グリフィンに見られているかどうかはわからなかったし、見られてもかまわなかった。水のなかは天国さながらで、さっぱりと生きかえった心地がした。

　岸辺に戻って濡れた体に黒シャツを羽織り、袖に腕をとおした。袖で顔をぬぐい、しずくのたれるもつれた髪を指で撫でつける。

　そこへグリフィンが戻ってきたので、セリアは背を向けた。後ろに裸の彼がいて、衣擦れの音をさせながら服を着ているのかと思うと顔から火が出そうだった。身支度の気配がやみ、静寂が流れる。

「疲れたわ」セリアは意を決して沈黙を破り、ささやいた。

「行くぞ《アロン》」彼女を小屋のほうに押しながら、グリフィンが言う。「もたもたするな。少し眠ったらすぐ出発だ」

# 4

ベッドの端に腰掛け、セリアは固いチーズをひとかけと、堅くなったパンを一切れかじっていた。肌の下のごわつく綿布や毛布はかび臭かったが、ここ数日を思えば上出来だ。部屋の反対側で陰に紛れているグリフィンに視線を投げる。彼は床に座り、旅行かばんに背をあずけていた。彼がゆっくりと葉巻を吸うと、その先端が赤く光った。たばこの香りに、父がたしなんでいた食後の一服を思い出し、不思議と心が慰められた。

「ここはあなたたちの隠れ家なの？」

「ああ、うちの連中もたまに使っている」

あれこれ訊かれるのを毛嫌いしている様子だったが、質問はまだ山ほどあった。

「家はどこかにあるの？」

葉巻をくわえて煙を一筋吐きだし、グリフィンはおもむろに答えた。「船がおれの家だ」

「あなたの帰りを待っている人はいないの？　奥様とか、家族とか？」

「家族などほしいと思ったためしはないし、これからもほしくない」

たしかに子どもや妻や、ほかの肉親の誰かと一緒にいる彼など想像できない。食事をつづけながら、セリアは彼のほうを盗み見た。葉巻の火以外はなにも見えず、じきにその火まで消えてしまった。グリフィンは、こちらがとまどうほどに黙りこくっている。

早くベッドに横になって目を閉じたかったが、そうするには不安があった。うとうとと眠りに落ちても、けっきょく自分を汚す彼の手と、覆いかぶさってくる体に目を覚ますのが落ちかもしれない。彼が自分を襲うつもりなら、行動を起こすのはいま、身を守るすべのない今夜だろう。セリアは息を殺してじっと待ち、彼の声が響くと飛び上がった。

「おれに襲われるのを待っているなら、あいにくだったな。もう寝ろ」

いくぶんほっとして、セリアは薄いマットレスに身を横たえ、膝を丸めた。疲れのあまり深いまどろみに落ちていくまで、いくらもかからなかった。

だが、訪れた眠りはせわしなかった。自分が寝返りを打ち、夢とうつつを行き来し、支離滅裂なうわごとをくりかえしているのがわかった。見えない力にあちらへこちらへと引っ張りまわされ、走りだそうとすると押しとどめられ、平衡を失う。怖くなり、頭を抱えてフィリップの名前を呼んだ。彼に会いたかった……抱きしめられ、守られ、愛されたくてたまらなかった。するとフィリップが目の前に現れ、青い瞳がほほえみかけた。

「呼んだかい？」愛情のこもった声で彼がたずねる。「ぼくはいつだってきみのそばにいるよ」

「ああ、フィリップ、死んでしまったのかと思っていたわ。わたしを置いていってしまったのかと――」

「大丈夫、ぼくはここにいる」彼はつぶやいた。「ここにいるから。怖がらなくてもいいんだよ」

「でも怖いわ……わたし……置いていかないで」彼の身になにが起こったのか訊こうとするのに、口をついて出るのは意味不明な言葉ばかりだ。早口で口走るセリアから、フィリップがどんどん離れていく。「いや！」彼を行かせまいと、セリアは手を伸ばして叫んだ。

鉤爪《かぎづめ》を思わせる指で肩をつかまれ、恐怖に振りかえると、そこに立ちはだかっているのはレガーレだった。「おまえはアンドレへのみやげだ」歯をむきだして笑いながらレガーレが言う。一体のなきがらのもとへ引っ立てられ、頭を押さえつけられる。アンドレの血まみれの顔が目に入った。アンドレは目を見開き、驚きの表情のまま凍りついていた。

セリアはレガーレの腕から逃れようと抗った。あたり一面に転がった死体を目のあたりにし、身をよじって叫ぶ。「フィリップ、行かないで」彼女は懇願した。「戻ってきて！」フィリップを捜し、おぼつかない足どりで船の甲板を横ぎるセリアをレガーレが追う。夫を見つけられさえすれば、レガーレから守ってもらえる。夫の腕のなかにいれば安全だ。

欄干に歩み寄って海を見下ろし、水面に浮かぶうつ伏せの死体の数々に目を留める。フィリップがそこにいた。海水は夫の血でどす黒く染まっている。「なんてこと、フィリップ、いやよ！」夫に向かって両手を伸ばすと、まるで彼女の声が聞こえたかのように、海に沈んでいく彼が水をかいてもがいた。夫はセリアの目の前で溺れていた。助けを求めて何度も何度も叫び声をあげるセリアの背後に、レガーレが迫り、両手で口をふさぐ……。

からみついてくる腕に抗いながら、セリアは目を覚ました。「やめて！　放して――」

「落ち着け」頭上で低い声がした。「もう大丈夫だ」

セリアはわなわなと震え、汗ばんだ顔を両手で覆った。「フィリップ？　あなた――」

「ちがう。おれだ、もう忘れたか」大きな手に頭や背中をさすられ、セリアは体を丸めて横たわり、厚い胸板の前であえいだ。

「ジャスティン」弱々しくつぶやく。グリフィンという名のほうがなじみがあるはずなのに、どうして本名のほうが口をついて出たのか。

「悪い夢を見ていたんだろう、プティット。ただの夢だ」

「フィリップに……会ったわ……生きていたのよ」

グリフィンはなおも彼女の背中をさすっていた。「まだ生きているなら、戻って捜しだしてやるさ。だが、レガーレは誰も生きては帰さない」

セリアは生来の理性を徐々に取り戻し、ごくりとつばを飲みこんでたずねた。「なぜ？」

「数年前からのレガーレの流儀だ。当時――」

「そうじゃなくて」セリアは口を挟んだ。「フィリップが生きているかどうかを、どうしてあなたが気にかけるの？」

長く、張りつめた沈黙が流れた。「ニューオーリンズに着いたら教えてやる」

「いま教えてくれないのはなぜ？　隠し立てをする必要でもあるの？　ニューオーリンズは関係ないでしょう？」セリアはしゃくりあげた。「あなただって、フィリップを殺した人たちと、お、同じ悪党だわ」すすり泣きをもらしながら、怒りもあらわにセリアはつづけた。「あなたもあの人たちと変わらない。これまで何度も人を殺めてきたんでしょう。彼らの手と同様、あなたの手もフィリップの血で汚れているのよ！」

苦悩に打ちひしがれつつも、セリアは自分がどういうわけかグリフィンを傷つけてしまったのを感じた。からみついていた彼の腕が離れる。グリフィンはベッドから立ち上がって、向こうへ行ってしまった。押し寄せる暗闇のなかにひとり取り残された恐怖が、セリアの胸の内のなにかを砕いた。周りでうなり声をあげる悪霊たちから逃れなければ。ここから逃げて、隠れ場所を探さなければ。われを忘れてベッドから飛び下り、よろめきながら入口に向かって、引き剝がさんばかりの勢いで扉を開ける。けれどもおもてに飛びだす前に、グリフィンの腕に腰をからめとられた。セリアは取り乱した叫び声をあげ、太い腕に爪を立てて暴れた。

「やめないか、ばかやろう！」グリフィンは彼女の華奢な体を揺さぶった。「やめろ！」

「放してよ……行かせて……フィリップ！」

ますます気が動転するばかりのセリアを鎮めるすべをほかに思いつけず、グリフィンは手を上げて彼女の頰を打った。

「いや」セリアはすすり泣きながら、彼に向かってくずおれた。

上からグリフィンの手が伸びてくる。彼は息を荒らげてその場にたたずみ、身をすくめる小柄な彼女を見下ろしていた。胸元にあるセリアの顔はほてり、固く握りしめられたこぶしが彼の肩に強く押しつけられている。このはかなげな女を相手にするくらいなら、船上で一戦交えるほうがましだなと、暗い気持ちでグリフィンは思った——彼女の涙を前にするくらいなら、危険や死と直面するほうがはるかに気楽だ。彼女が必要としているのは、慰めだの思いやりだの、彼にはとうてい与えられないものばかりだ。

セリアの背筋は恐怖でこわばり、歯はがちがちと震えている。髪の根元が汗で湿り、肌は冷えきっている。グリフィンは軽々と彼女を引き寄せ、温かな体に抱きとめた。腕に抱いたセリアがなにもできない小さな子どものように感じられる。しかし彼女が子どもであるはずもなく、グリフィンは居心地が悪くなるほどセリアの感触と匂いを意識していた。アンドレのベッドで見た彼女の裸体は、いまも鮮明に記憶に残っている。思い出して、胸の鼓動が激しくなった。自分はセリア・ヴァルランのために闘い、彼女を得ると主張した。だからいま、彼女を手に入れる権利がある。しかし頭の片隅に残る理性のかけらが、無防備な女性にそのようなまねをしていいのかと訴えている。

セリアは袖口で鼻を拭いた。「船が襲われたとき、わ、わたしは銃を手にしていたの。彼らが来る前に自分の命を絶つつもりだった……だけど、で、できなかった。とんだ臆病者ね。もう一度チャンスがあれば、今度はちがう行動をとってみせるわ。フィリップと一緒に死んでいればよかった」

「そんなことを言うな」彼女の濡れた頬を両の親指でぬぐいながら、グリフィンが言った。

「死んだほうがよかったのよ」セリアはむきになってささやき、とめどなく涙を流した。

グリフィンが腰をかがめてセリアを抱き上げ、ベッドに連れていく。セリアは彼にしがみついて、なすすべもなくすすり泣き、フィリップの死後、心のなかにたまっていた悲しみと恐れを吐きだした。グリフィンはなにも言わずに彼女を横たえ、その上にかがみこんで、彼女のほっそりとした体を、なめらかな髪や肩や首筋を撫でた。ようやく嗚咽が落ち着いてくると、彼女はぼうっとした面持ちでシャツをつかんで顔を拭いた。

「頭が痛いわ」か細い声で言う。

「しゃべらないほうがいい」

声に優しさが含まれているのに驚きつつ、セリアはグリフィンを見上げた。彼は言葉少なく、冷静そのもので、目の前で残忍にアンドレを殺めたのと同じ人物だとは思えない。

「あんなふうに言うつもりじゃなかった」彼女は小声でつぶやいた。「あなたの手がフィリップの血で汚れているなんて――」

「本心だろう。その程度のことでおれは怒らないよ」

ためらいながら、セリアはかすかにうなずいた。グリフィンの言うとおりだ。正直に認めたほうがいい。彼は盗賊で無法者で人殺し――その事実にたしかに嫌悪を感じている。「でも、あなたはわたしを助けてくれたわ」当惑気味にセリアは言った。「どうしてなの。ヴァルラン家から手に入れたいものでもあるの。それとも、なにか借りでも？　お願いだから理由を教えて」

片手が焼けるように熱かった。無意識に彼の胸に置いていた手だ。怖いくらいに力強い鼓動と、肌から伝わってくる熱を感じる。手を引っこめ、きゅっとこぶしを握ったが、手のひらにはまだ彼の鼓動の名残があった。

グリフィンは焼きごてをあてられたかのごとくひるんでいた。セリアを腕に抱いたりするのではなかった。なけなしの思いやりと道義心を呼び覚ましたところで、どうしても彼女を離せない。いままで生きてきて、これほどまでに強くなにかを求めたことはない。「誰にも借りなどない」かすれ声で彼は言った。「だがおまえは、このおれに借りがあるんだったな」

彼がなにを言わんとしているかは明らかだろう。セリアの心臓がびくんと跳ね上がる。「ニューオーリンズに、つ、着いたら」口からたどたどしい声がもれる。「ムッシュー・ヴァルランが、わたしの命を救ってくれたお礼をするはずよ」

「いまこの場で借りを返してほしい」彼の声はかすれ、張りつめていた。

「お金の持ちあわせが――」

「ほしいのは金じゃない」

セリアは太い腕のなかから飛びだし、ベッドから這いだそうとした。だが彼の腕は鉄の鎖さながら彼女の胸と腰にまわされた。

「やめて」セリアはあえいだ。

硬いひげがうなじをこすり、熱を帯びたやわらかな唇が背筋をなぞる。セリアは低く叫んだ。グリフィンの熱い吐息が、首筋から髪へと落ちかかり、セリアのシャツへと沈んでいく。

「お願い」セリアは取り乱した声で訴えた。「こんなのはやめて――」くるりと回転させられ、彼と向きあうと、驚くほど優しいキスが唇をかすめた。頭をのけぞらせてがむしゃらに身をよじり、セリアは唇のあいだから短い叫びをもらした。グリフィンは両手で彼女の金髪をつかみ、頭をベッドに押しつけた。たくましい太ももで細い腰を挟むようにして上にまたがる。セリアは恐怖にすすり泣きながら、相手の顔や胸に爪を立てたが、首筋から頬、顎、涙に濡れたまつげへとあてもなくさまよう貪欲な唇を止めることはできなかった。唇で唇をこじ開けられ、舌を深く挿し入れられ、彼女は叫びを封じられた。

グリフィンはすぐさま彼女をものにするつもりだった。この欲望がひとりよがりなものかどうかなど、どうでもよかった——彼女のなかに身を沈め、この渇きを癒やさなければ。彼はセリアの服を手荒に剝ぎ取った。

ふいにセリアの声がやんだ。顔をそむけて目を閉じ、これから起こる出来事を耐え忍ぼうと覚悟を決めたらしい。グリフィンはその一糸まとわぬ姿を見つめた。壊れそうなほどにほっそりとした体は絹を思わせるなめらかさで、月光を浴びた肌は透きとおるようだ。胸元に浮かぶ細い静脈を、淡い色をした胸のつぼみを、つややかな柔毛を彼は目で堪能した。

口づけのせいでセリアの唇は濡れていた。グリフィンはゆっくりと彼女の上に身をかがめ、なじみのない慈しみを感じながら、やわらかな唇を味わった。唇がかすめても、彼女は歯を食いしばって身じろぎもしなかった。乳房の脇に触れ、指先で丸みをなぞる。ほっそりとした体には甘い香り、彼女だけの自然な芳香が染みついていた。グリフィンはピンクの乳首が硬いつぼみになるまで唇を押しつけ、硬くなったその先端をひげでこすり、舌で転がした。

セリアは怒りにわなないた。グリフィンの愛撫に、フィリップとの時間を汚されたように感じていた。「やめて」うわずった声で訴える。「さっさと終わらせてしまって！　同意のうえでの行為みたいに……そんなふうにするのは卑怯だわ……」

だがグリフィンの耳には、彼女の声など届いていないらしかった。もう片方の乳房にも、唇が焼けつくほどの余韻を残していく。セリアはうめき声を押し殺し、体を折り曲げて、おなかの奥のほうと脚のあいだでくすぶる炎を消そうとした。すぐさまグリフィンがうなじを探りあて、敏感な部分をついばむようなキスで苛む。熱い指が背骨のくぼみに置かれ、なぞったり、揉みさすったりしながら、すべらかな臀部へと下りていった。セリアはこぶしを握りしめ、木綿の布団に汗ばんだ顔をうずめた。「あなたなんて大嫌いよ」くぐもった声であえぐ。「好きになることなんて絶対にないわ。放して！」

「いやだ」

「い、いくら命を助けたからって、わたしはあなたのものではないし、こんなまねをする権利はあなたに――」

「おまえはおれのものだ。ヴァルラン家に送り届けるまではな」グリフィンは抗うセリアにあらためて唇を重ねた。これまでは自ら進んで身を投げだしてくる女ばかりで、誘惑するなど生まれて初めてだ。彼にとってベッドでの行為は常に、手早く、荒々しくすませてしまう類のものだった。だがいまは、もっと別のなにかを求めている自分がいる。それを手に入れるためなら、柄にもない忍耐強さで待ってもいいと思えた。

彼は大きな手を滑らせて、セリアの胸のふくらみをつつみこんだ。手のひらの下で胸が早鐘を打っている。「怖がらなくていい」乳房に愛撫を与えてなだめた。「痛い思いはさせない」

まるで的はずれなせりふに、セリアは引きつった笑いをあげた。たくましい体で強引に組み敷きながら、怖がるなもないものだ。彼の心に激しい劣情が宿っているのが感じとれる。いまこの瞬間にも、ブリーチを剝ぎ取って野獣のごとく襲いかかられそうだ。だが唇が重ねられると、なじみのない笑いはしだいに小さくなり、グリフィンの灼熱の唇に溶けていった。激しくリズムを刻む心臓が、セリアの肺から空気を奪っていく。彼は舌でゆっくりとセリアの頰の内側を探り、舌の裏の繊細な部分をなぞった。

夢とみまがう恍惚へと落ちていくのを、セリアは感じた。自分が誰で、いまなにをしているのかなど、もはやどうでもいい。この感覚を、どうしても止めることができない。乳房がうずき、指先で円を描くように優しく胸をなぞられるとあえぎ声をあげずにはいられなかった。グリフィンの腕の筋肉が張りつめる。彼に身を起こされ、抱き寄せられると、胸板を覆うやわらかな胸毛に乳首が埋まった。大きな手が背筋を這いのぼり、うなじにかかる金髪をぎゅっとつかむ。「おれの名を呼べ」セリアの首筋で彼がつぶやいた。ひげが素肌にこすれ、えもいわれぬ心地よさが全身を貫いた。

「いや」

「呼ぶんだ」

セリアは当惑のあまりすすり泣き、フィリップの姿を思い浮かべて、自分を取り戻そうとした。しかし夫の顔は消え失せ、あとに残るのは暗闇と、苛むような他人の愛撫ばかりだった。涙が頬を伝う。「ジャスティン」きれぎれの声でセリアは言った。

「それでいい」彼はささやいて、セリアの小さな頭を両手でつかみ、ふたたびベッドに横たえた。

「ジャスティン……」セリアは身震いした。彼のキスが顔中をかすめ、頬や顎に伝った涙をすくい取る。舌先が彼女の唇を割って、湿ったやわらかい部分に入りこんでくる。こんなキスは生まれて初めてだった。時間をかけて入念に口づけられ、頭のなかが混沌と化す。

それでもぼんやりと、彼にすべてを許してしまったあとに自分を待ち受ける、深い罪悪感を意識することはできた。必死に抵抗すれば、逃げだせる望みはあるだろう。けれども悲しむべきことに、セリアはもはや戦う意志を失っていた……体が求めているのがわかった。すべての苦悩を、恍惚以外のあらゆる感覚を消し去ってくれる、酔わせるような愛撫を求めているのが。

やがてグリフィンがゆっくりと立ち上がり、彼女をじっと見つめたまま、着ていた服を脱いだ。彼の体重がふたたびのしかかり、小さなベッドが抗うようにきしむ。毛深い脚が膝を割って入ってきて、セリアは震える声でうめいた。グリフィンが唇を重ね、太もものあいだを覆う淡い金色の巻き毛をまさぐる。閉ざされた秘部の繊細な入り口を探りあて、そっと指で撫でて開く。セリアは弱々しく抵抗したが、両膝が邪魔をして脚を閉じることもできず、低い声でささやきかけられると抗う気も消えてしまった。

太ももの内側を這う彼の手のひらが、巻き毛のかすかに濡れた部分を探りあてる。恥ずかしさと不安に耐えきれず、セリアは体を横向きにひねった。けれどもすぐに仰向けに引き戻され、またしても脚のあいだに手が伸びてきた。入り口を探す指先の感触に、大切な部分がきゅっと引きしまるのがわかる。

セリアはあえぎ声を押し殺そうとした。温かく経験豊富な手に腰を押しつけたくなる、愚かな衝動を無視しようとした。彼の指がふくらんだ裂け目に滑りこみ、そっとなかをまさぐる。「すごく締まってる」とつぶやくグリフィンに敏感な部分をなぞられて、セリアは驚いて息をのみ、背を弓なりにした。「落ち着いて、マ・プティット……力を抜いて。傷つけたりしないから」

優しいせりふをささやきながら、グリフィンはこれまでけっして脳裏から消し去れなかった感覚、外界への強い警戒心をいっとき忘れた。セリアから喜びを引きだすことだけに意識を集中させる。それは、泉の水を飲んで渇きを癒やすのにも似ていた。小さな両の手がひげに、髪に、筋肉が盛り上がる背中に触れてくる。セリアはおずおずと彼の体に手足をからませ、たくましく強靭な肉体にわが身を押しあてた。グリフィンは華奢な腰を太ももで挟み、熱くそそり立つものを下腹部に押しつけた。

グリフィンは挿入を始めたが、なかがありえないほどきついのに気づいて、つと動きを止めた。セリアは唇と手の愛撫に身をよじり、お願いだからやめてとか細い声で懇願している。

丸めた指を彼のうなじに食いこませ、顔を彼の肩にうずめて、恐れと切望感にあえぎ声をもらしている。すべてをゆだねるそのしぐさに心をそそられて、グリフィンは一突きに彼女を貫いた。その瞬間、グリフィンは衝撃のあまりめまいを覚えた。セリアは痛みに叫びながら、なんとかして彼を受け入れようとしている。彼をつつみこんで激しく脈打つ部分が、かつて誰にも破られたことのないのがわかった。

彼はずっと、処女とのつきあいは注意深く避けてきた。そのような関係は面倒以外のなにものでもないし、経験のない女には魅力を感じない。だから初めて処女を相手にしてしまったことを悟り、むしろ不快感を覚えていた。事前に気づいてもよさそうなものだったが——彼女を求める気持ちが強すぎたのだろう。そもそも彼女は結婚もしている。まさかあれは狂言だったとでも？　グリフィンはセリアの顔を両手で挟み、怒りを込めてにらんだ。「いったいどういうことなんだ。フィリップの妻じゃなかったのか。結婚してたというのは嘘か。さっさと説明しろ、くそっ！」

セリアは縮こまって黙りこんでいる。つらそうに体を丸めて……大柄な彼に手荒に扱われて、そのうえに怒鳴りつけられたせいだ。グリフィンがわずかに動いただけで、彼女は不安げに悲鳴をあげ、閉じたまぶたの下から涙をこぼした。

荒く息を吐きながら、グリフィンはセリアの顔を挟む手を離した。「ちくしょう、答えろ！」

セリアはうめき、彼の怒りから逃れようとするかのように顔を横にそむけた。

いったいおれはどうすればいいんだ。グリフィンはまごついた。純潔を奪ってしまったことなど一度もない。とにかく、彼女をこれ以上傷つけたくはない。セリアは両手でグリフィンの胸を押しやり、彼の下で身をよじっている。「暴れるんじゃない」と声をかけ、彼女の動きを封じる。「じっとしていろ」眉間に唇を寄せ、そっとキスをする。

唇のぬくもりを感じたのか、セリアはなぜか催眠術にかかったかのようにおとなしくなり、体の力を抜いていった。

「言えばよかったのに。そうすれば、もっと優しくしてやれた」グリフィンは彼女の両の手首を自分のうなじのあたりに持っていった。「手はそのままだ、プティット。じっとしていろ」

セリアの眉間から唇を離し、そこに温かな息をかける。さらに奥へと入ると、彼女は鋭く息を吸いこんだ。ざらついた指先で彼女の唇をなぞり、つづけて唇を重ねる。グリフィンはたっぷり時間をかけて、セリアの唇を嚙んだり吸ったりして味わった。あるときはけだるくかすめる程度に、あるときは激しく情熱的に、彼女の口がぬくもりを帯びて腫れあがり、彼女の全身がうずくまで。

さらに唇で優しい愛撫を与える前に、彼はセリアの体をゆっくりと撫でてやった。少しずつなかから身を引くと、彼女は抗うかのようにすすり泣きをもらした。

セリアは空っぽになったような不安を覚えた。重たい圧迫感を体が求めている。やがてグリフィンの唇が胸の谷間をかすめ、みぞおちから臍《へそ》へと移動していった。舌先が臍の縁をそっと舐めてから、なかまでまさぐる。あまりに親密な行為にこらえきれず、セリアは懇願するようにうめいた。

ふたたびグリフィンの体が覆いかぶさってきて、やわらかな秘部に硬いものをじらすように押しつける。彼の手が背中にまわされるのを感じて、セリアは自ら背を弓なりにした。太い指が背骨のつけ根を探りあてる。セリアは息をのんで、両肩から膝の裏まで広がっていく快感を味わった。激しくうずく部分に彼のものがわずかに侵入し、彼女を押し開いていく。セリアは痛みに耐えかねて、相手の肩に爪を立てた。

「おれを見るんだ、セリア」かすれ声で彼が言う。

グリフィンの目をじっと見つめた。陰りのある深い青の魔法にかけられたかのごとく、脚のあいだの痛みが消えていく。奥まで貫かれ、すっかり満たされても、セリアはもう抗わなかった。ふたりは同時に息を吐いた。時が止まり、この世界にふたりきりで取り残された錯覚に陥っていた。グリフィンはゆっくりと挿入をくりかえして、甘やかな体を味わっている。

セリアはなすすべもなくグリフィンに抱きついていた。とことんまで抵抗するべきだと頭ではわかっている。彼を求めるなど、どうかしている。けれども彼はセリアから歓喜を引きだそうと、許しがたいほどに優しい唇と手で責めたててくる。セリアは長い黒髪に手を差し入れて、ぴったりと唇を重ねた。グリフィンが容赦なく唇を奪い、堪能する。

甘やかさと痛みの入り交じった恍惚が、セリアのなかで勢いよくはじけた。彼女はなすすべもなく身をそらせ、彼の胸元であえいだ。頭のなかが真っ白で、このまま気を失ってしまうのではないかと思った。グリフィンが最後にもう一度貫く。その全身を覆う筋肉が、みごとに鍛え上げられた鋼のごとく張りつめた。長いひげがセリアの首筋のやわらかな肌をこすり、熱い吐息が全神経の先を焼き焦がした。

喜びの余韻はなかなか消えず、その間もずっと、グリフィンはセリアの頭を自分の肩にもたせて、震える体を抱きしめていた。彼女は動くことさえできなかった。疲れきって、まどろみへとゆっくり落ちていくのを感じた。ほんのいっとき、かつて味わったことのない深い安らぎを覚えたが、その思いはすぐに消え、胸には恥辱だけが残った。けれども、そんな感情の変化に対応することさえ不可能だった。ひどく物憂く、温かな腕のなかから動きたくない。セリアは彼にすっかり身をあずけ、眠りの底に落ちていった。

それからずいぶん時間が経ったころ、セリアは闇につつまれた川の存在を感じた。そのゆったりとした流れに抱かれ、いずこかへ運ばれている。自分が目覚めているのか、夢のなかでまどろんでいるのか判断がつかず、心地よさに身を任せた。いたずらな手が、えもいわれぬ優しさで体を撫でてくれる。情熱的な唇が巧みに重ねられる。あっけなく膝を割られ、セリアはけだるく横たわったまま、力強く押し入ってくる彼を受け入れた。

小さく彼の名を呼び、抗いもせず、導かれるがままに脚を腰にからめる。グリフィンはセリアの切望を怖いくらい正確に読みとり、彼女に合わせてリズムを刻んだ。情熱を高め、かきたて、やがてお互いの思いが共鳴するまで。いずれセリアは、二度までも許してしまった自分を嫌悪するだろう。けれどもいまは、甘い忘却に身をゆだねていたい……その思いは、かつて感じたことがないほど強いものだった。

まだ早朝だというのに、風のない蒸し暑い一日が予感される。セリアはいまいましい黒シャツをしっかり押さえながら、用心深く小屋の外に出た。眠っているグリフィンを起こさぬよう、物音をたてずに歩く。いまはまだ、彼と顔を合わせるほどの勇気も気力もない。湖の岸辺にたどり着くころには、なじみのない痛みを脚のあいだに覚えた。ゆうべのことが思い出され、顔が真っ赤になる。

本で得た知識も、小耳に挟んだ噂も、カトリックの教えも、父から授けられた医学の知識ですら、なんの備えにもなりはしなかった。たとえ相手が夫であっても淑女は快感を得てはならない――そう考える人は世のなかに大勢いる。赤の他人との交わりに喜びを覚えた自分には、弁解の余地もない。しかもグリフィンは赤の他人であるばかりか、海賊で、人殺しで、盗っ人で、他人の財産を奪って生きている見下げ果てた人間だ。罪悪感のあまり、セリアは頭痛に襲われた。まったくありえない話だ。夫を失ってわずか数日で、自分がここまで堕ちてしまうとは。これほどみだらな一面が備わっている可能性など、考えてみたこともなかった。そんな自分に、グリフィンに対する以上の深い嫌悪感を覚える。

セリアはこらえきれずに泣きながら、黒シャツを岸辺に脱ぎ捨て、血で汚れた太ももに水をすくってかけた。だが、もはや泣く権利などないのだと悟った。二度とあのような喜びを自分に許す日が来ないことも。ゆうべの出来事の責任は、抗わなかった自分にある。後悔を抱えて死ぬまで祈りを捧げても、この罪と恥辱が消えることはない。

フィリップ――セリアは苦しみのなかで思った――わたしの本性を、あなたに知られなくてよかった。

彼女は足元をふらつかせながら体を清めた。白い肌に擦り傷やあざを見つけるたび、自責の念は濃くなるばかりだ。すべてグリフィンが残した痕跡。彼に体を押しつけ、その手の下で身もだえたさまを思い出し、セリアは唇を噛んだ。

そのとき、背後で物音がした。勢いよく振りむくとグリフィンが立っていた。くたびれたブリーチ一枚という姿で、毛に覆われた胸をさらし、長い髪はうなじで結んでいる。そんな格好で自然のなかに立つ彼は、妙にくつろいで見えた――普通の文明社会に身を置いたときには、きっとここまでくつろいだ顔は見せないだろう。

水に濡れてきらめくセリアの裸体に、彼が視線を這わせた。彼女が脱ぎ捨てたシャツをつかんで体を隠しても、一向に飽きずに見つめている。「二度とひとりでどこかへ行くな」

涙で腫れた目で、セリアは咎めるように彼をにらんだ。「行きたいときにはどこへだって行くわ」とやりかえす。

「命が惜しかったらおれに従うんだな。まだニューオーリンズには着いていないんだ」

その口調は優しげなのにどこかすごみがあり、怯えたセリアは背筋に悪寒が走るのを感じた。「わかったわ《ダコール》」という同意の言葉さえ、なかなか出てこなかった。シャツの前をぎゅっとかきあわせ、岸辺からそろそろと離れる。

グリフィンがしゃがみこみ、顔や胸に水をすくってかける。日に焼けた褐色の肌の上で、水の雫がダイヤモンドさながらに光った。彼が向きなおり、目を細めて視線を投げてくる。

「どうして処女だった?」遠まわしという言葉などとっくの昔に忘れてしまったとばかりに単刀直入に訊いてくる。

セリアは全身を真っ赤に染めた。肉体的にはほかの誰よりも親密な関係になったとはいえ、彼の人となりについてはなにもわかっていない。そんな相手にごく私的なことを打ち明けるのは不可能だ。とはいえ、ここで進んで打ち明けなくても、いずれ彼は無理やり答えを引きだそうとするだろう。「フィリップは紳士だったわ。だから……待ってくれると言った。彼の求めをわたしが快く受け入れて……妻としての義務を果たす気になるまで」

「妻としての義務を果たす、か」グリフィンは冷笑を浮かべてくりかえした。「あれを義務などと言う女に、あいつが迫らなかったのも無理はない。そもそもおまえの年なら――二三か、それとも四か……?」

「二四よ」とセリアはつぶやいた。

「ニューオーリンズではれっきとしたオールドミスだ。だから本来なら、感涙にむせび泣いて夫をベッドに歓迎すべきだったんだよ。それなのに、待てと言うとはな」

「言うべきじゃなかったわ」小声でつぶやいたのに、彼の耳にはしっかりと届いていた。

「ああ、言うべきじゃなかった。まったく、まさか処女だとは」

「知っていたら、わたしをほうっておいてくれたの?」苦々しげにたずねる。

しばらくまじまじと彼女の目を見つめてから、グリフィンは答えた。「いいや」彼は謝罪の言葉をかけるでもなく、気分はどうかと気にかけるそぶりさえ見せない。セリアは自己憐憫と憤怒に苛まれていた。グリフィンは冷酷なけだものだ。

「なにかを失ったわけじゃないいんだから安心しろ」彼女の瞳に浮かぶ怒りを読みとり、グリフィンが言う。「おまえの最初の男はフィリップだ、誰だってそう信じて疑いやしない」

「失ったものを悔いてるわけじゃない」セリアはぴしゃりと言い放った。

グリフィンはいぶかしげにこちらを見ている。

セリアは眉間にしわを寄せた。「不安なのは今後のことだわ。あなたには考えもおよばないでしょうけど。ゆうべの出来事のせいで子どもができたら、いったいどうするつもり？」

無表情をよそおってはいたが、グリフィンは内心まごついていた。セリアの話はもっともだ――その可能性はまったく考慮していなかった。なんといっても、これまで相手にしてきた女はみな、望まぬ妊娠を防ぎ、万一のときにはそれに対処するすべを持っていた。だがお嬢様育ちの敬虔なフランス女性に、そうした知識があるわけもない。「たしかに可能性はあるな。ごくわずかな可能性だが、そのときにはふたりでなんとかしよう」

「なにもできやしないくせに」嫌悪もあらわにセリアは言いかえした。「そもそものころには、あなたの行方だってわからない」

「なんとかするさ」ぶっきらぼうに彼が言う。

「どうやって？　ニューオーリンズに、知らせてくれる人でもいるの？」問いつめても彼は答えない。セリアの胸の内で怒りが爆発した。「どうしてなんでもかんでもひた隠しにするの。あなたにとってわたしはいったいなんなの。ヴァルラン家からなにを得ようとしているの。本当に向こうまでわたしを送り届ける気があるの、それとも単なる身代金目的？」だんまりを決めこむグリフィンにうんざりし、セリアはくるりと振りかえり、こわばった背を彼に向けた。「もうどうだっていいわ。どこに行こうが、なにが起ころうがかまわない。なにもかも終わりにしたい」一匹の蚊がセリアの腕に止まり、小さな触角を嬉しそうにこすりあわせる。セリアは腹立ち紛れにそれをぴしゃりとたたいた。「虫も沼も大嫌い。あなたから、できるだけ離れた場所に行ければいいのに！　ちゃんとしたものが食べたいし、そ、それにお風呂に入って、清潔な服を着たいわ。ふかふかのベッドで眠って、それから……」セリアは哀れっぽく声を張り上げた。「なにより、櫛が必要だわ！」

グリフィンは愉快げに唇の端を上げた。かんしゃくを起こすのはいい兆候、まだ心が壊れていない証拠だ。背後に近寄ると彼女がはっと息をのみ、気配を感じたのがわかった。肩にかかるもつれた金髪を一束つかみ、値踏みする目で眺める。「こいつはたしかに櫛がいるな」

セリアはまだ顔をそむけたままだ。「からかわないで！」

「船一隻分のヘアブラシを買ってやろう」

「ゆうべの罪滅ぼしのつもり？」

グリフィンはふっと笑った。「それで許してくれるのか？」

「なにをくれたって、ゆうべのわたしへの振る舞いをあがなうことにはならないわ」

「どうやら、おれがおまえにどれだけのものを与えられるか、わかってないらしいな」

「船何隻分もの盗品かしら？　せっかくだけど、結構よ」

離れようとするセリアをグリフィンは追い、自分のほうに振りむかせ、両手で肩をつかんだ。「それ以外にももっとだ」彼はつぶやいた。「ヴァルラン家に連れていく義務があるわけじゃない。なんなら、予定を変更してもかまわない」彼女が逃れようとしたので、肩をつかむ手に力を込める。「じっとしていろ。レディを腕に抱いたのはおまえが初めてだ。味わえるだけ味わうのもいいかもしれない。おまえは魅力的な女だ、セリア。なかなか飽きそうにない。それに、さっきは辛らつな物言いをしてくれたが、ゆうべ楽しんだのはおれだけじゃないはずだ」

「どういう意味？」身をよじりながらセリアは詰問した。

「おれたちは案外うまくいくんじゃないかと言ってるんだよ。ヴァルラン家に連れていく代わりに、おれがおまえの面倒をみてもいい」

セリアはその場に立ちつくした。「なんですって」

グリフィンは群青の瞳でこちらをじっと見つめ、口元に曖昧な笑みを浮かべている。「行き先はおまえに決めさせてやる。世界中のどこだっていい。この世界には、一生かかっても見きれないほど、魅惑的で美しい風景がたくさんある。旅に疲れたら、ふたつでもみっつでも家を建ててやろう。金はほしいだけくれてやる。条件はただひとつ、ベッドでおれを拒まないことだ」

「ゆうべのような痛みを幾晩も耐え忍べというの？」彼がひとつ言葉を放つたび、自分がますます堕ちていく気がした。

「いずれ、世にも心地よい営みだと思えるようになるはずだ」

「あなたの愛人になれというの？」セリアは絞りだすように言った。

「そういうことだな」淡々とグリフィンが応じる。

目を見開いて、じっと彼を見つめる。「わたしがそんな申し出に引かれるとでも？　検討する余地すらないわ。わたしが求めるのは世のほかの女性と同じ。夫と子どもがいる穏やかな家庭――」

「へえ？　ゆうべは、もっと別のものを望んでいる様子だったが」

愕然としながらも、セリアはそれが図星なのを悟った。自分にはいままで知らなかった一面、これから一生抑えつけ、隠しとおさなければいけない一面がある。グリフィンがその一面を引きだしたのだ。

「あなたにはうんざりだわ」セリアは声を震わせた。

思ったとおりの反応だとばかりにグリフィンがほほえむ。

「人の弱みにつけこむなんて」彼女はつづけた。「夫のことであれほどまでに取り乱していなかったら、けっしてあんなふうに振る舞ったりしなかったわ。娼婦ではあるまいし、人をお金で買おうとしても無駄よ。あ、あなたは身勝手なけだものよ！　薄汚くてだらしない野蛮人――あなたを見ただけでぞっとする！　あなたがどこの誰か、もうお見とおしよ。あなたはドブネズミだわ、下水に帰りなさい！」

「つまり、返事はノーってことか？」

セリアは頭に血がのぼって、なにも言いかえせない。

グリフィンはしばらくほほえんだままだったが、やがてまじめな顔になった。「おれを見るんだ」

その言葉に、セリアは心臓が止まるのを感じた、ほんの数時間前、激情のさなかに聞いたのと同じせりふ。

「見ろと言ってるだろう、セリア」

彼女はしぶしぶ視線を上げた。

「ゆうべおれを受け入れたのは、夫を失った悲しみからだったかもしれない。だが二度目はちがうはずだ」


あとどれくらいで目的地に着くのか……グリフィンにたずねたセリアは、三日月の街《クレッセント・シティ》とも呼ばれるニューオーリンズまで、すでにだいぶ近づいているのを知って驚いた。

「あと三時間くらいだ」全速力で走ろうとする馬の手綱を引いて速度を落としながら、彼は言った。普通なら偶然迷いこまなければ見つけられそうもない森の小道に沿って、馬を進めている。「ミシシッピ川を渡ったあと、バイユー・セント・ジョンを少し下ればすぐヴァルラン・プランテーションだ」

「なぜ、ヴァルラン家の場所を知っているの？」

「彼らとは……知りあいでね」低い枝がいくつも手を伸ばしている場所に来ると、グリフィンは馬を並足にし、頭をかがめた。

「そんな話、信じない」セリアはつんとして言った。「ヴァルラン家が盗人の海賊と知りあいだなんて」

グリフィンは声をあげて笑った。「ヴァルラン家は先々代まで盗人の海賊だったんだぜ。ニューオーリンズの名家はみんなそうだ」

「ムッシュー・ヴァルランが怖くないの？」

「おれには怖いやつなんていない」

その自信たっぷりな態度にうんざりし、セリアはなんとかして彼を怒らせてやろうとむきになった。「ムッシュー・ヴァルランは強大な権力を持った危険な人よ。フィリップに聞いたわ、剣の腕はルイジアナ州一だって。フィリップの身に起きたことをあの方が知ったら――」

「息子になにがあったか、ヴァルランはもう知ってるはずだ」グリフィンは静かに言った。「おまえたちの乗っていた船は二日前に港に戻された。メキシコ湾で襲撃に遭った商船のうちの一隻としてな。ヴァルラン家もすでに最悪の結末を想定しているだろう」

商船のうちの一隻？　ほかにいったい何隻の船が襲われたというのだろう？　殺された人びとの顔や切断された手足、血に濡れた甲板を思い出し、セリアはかすかに身を震わせた。

家族を亡くしたのは自分だけではない。たくさんの遺族が息子や夫、父親、兄弟の死を悼んでいるのだろう。「レガーレが部下に指示を出しているのを聞いたわ」セリアは詰まった喉からやっとの思いで声を絞りだした。「生き残った連中は船倉に閉じこめておけって……それから……船に火を放つって。どうしてそんな仕打ちが……同じ人間とは思えない……」

「まったくだな」彼はそっけなく答えた。

「本気で言ってる？　あなたもあの男と同じ穴のむじなではないの？　船を拿捕したあとは、それが一番手っ取り早い方法だと――」

「いや、罪もない男たちをみな殺しにしてもなんの得にもならない。船を襲うのはあくまで金儲けのためで、血に飢えているわけじゃない」

「でも、あなたは人を殺めたわ。この目で見たもの。わたしをあの島から連れだすのに、少なくとも三人の命を奪ったわ」

「ああでもしなかったら、おまえも死んでいた。アンドレに何時間もいたぶられた挙句にな」

「あなたも、あの島にいた人たちも……わたしが知っている男の人たちとはまるでちがう。フィリップはわたしの父に似ていたわ。思いやり深く、命を粗末にせず、けっして他人を傷つけたりしない。彼ならきっと、誰かが苦しむのを見るくらいなら自分が痛みに耐えるのを選ぶ――」

「優しいだけじゃなんにもならない」にべもなくグリフィンが言う。

「でも、悔いのない死だったと思うわ」

「そのときがきたら、おれもそうありたいもんだね」

おそらく本心なのだろう、恐れと当惑とともにセリアは思った。グリフィンを見ていると荒野の獣を想像してしまう。過去も未来も見ず、目の前の欲求を満たす方法だけを考える獣だ。後悔、罪悪感、恥辱、遺憾――人なら誰しもが備えているはずの感情も、彼にはけっして持ちえない、いや、理解すらできないものなのかもしれない。

「海賊になったのはいつ？」

「最初は私掠船に乗っていた。法に触れる行為はいっさいしなかった。許可を得て交戦国の商船を拿捕し、敵国の財産を港に運んで多額の謝礼金をもらっていた。だが一、二度、魔がさして敵国船以外の船を襲い、それ以来、反逆者の烙印を押された」

「実際に反逆者なんだから仕方ないわね」

「そうだな」

「もしつかまったら――」

「絞首刑だ」

「でも、もう海賊稼業はやめるのでしょう？　レガーレがあなたを追っているだろうし、見つかったらただじゃすまされないのではなくて？」

「しばらくは身を隠す羽目になるだろうな」彼の声に暗い満足感がにじむ。「弟が死んだと知らされたときの、やつの顔が見たかったよ。アンドレを地獄に送るのは愉快だった」セリアが震えているのに気づき、グリフィンは眉をひそめた。「やつを恐れる必要はない。おれがレガーレからちゃんと守ってやる」

「怖いのはあなただわ」張りつめた声でセリアが言うと、ふたりのあいだには水を打ったような沈黙が流れた。

やがてふたりは、ミシシッピ川の人目につかない岸辺に着いた。そこにいたむさ苦しい身なりの男ふたりが、平底船で向こう岸まで渡してくれるという。男たちはグリフィンと、密輸の仕事でつながりがあるのだろう。彼に大いに敬意を払い、親しみを込めて接するさまからそれがわかった。グリフィンの要望に応えて、男のひとりがセリアに自分の帽子をくれた。彼女は長い髪を押しこみ、帽子をまぶかにかぶった。そうすると、だぼだぼの服にほっそりとした体のせいもあり、まるで痩せっぽちの少年に見えた。

男たちはセリアには聞こえぬよう、声を潜めて何事か話しあっている。彼女は船の手すりに両手をのせて、緩やかな川の流れを見つめていた。ミシシッピ川の話は、フィリップがくれた手紙の一通に書かれていた。なんでも、透明な水より沈泥の混じった水を飲むほうが健康にいいと主張する人もいるのだとか。黄褐色のよどみを疑り深い目で眺めながら、セリアはそんなわけはあるまいと結論づけた。

薄い雲の浮かぶ鮮やかな青空に向かって、巨木が背を伸ばしている。岸辺を泳ぐカメの群れが、半ば水没した木々のあらわな根の周りに集まっている。川下に目をやると、おそらくニューオーリンズの街の輪郭だろう、水平線の先におぼろな影が見えた。

街の波止場ではきっと、世界中からやってきた船がひしめいているのだろう。フィリップが手紙に書いていたとおり、さまざまな肌色の多種多様な人びとも集まっているにちがいない。長いあいだ想像するだけだった場所にやっと着いたのだと思うと、信じられない気がした。とはいえ、期待や興奮は感じていない――ただ胸にぽっかりと穴が開いていた。彼女は過去と決別し、未来も失った。

「フランスとはまるでちがうはずだ」背後から低い声が聞こえた。

「ええ、そうね」と応えつつ、どうしてグリフィンに心の動きを読まれてしまうのだろうと思う。

「ここの住民は、おまえの故郷の人間よりも気性が荒い。どんなに上品なクレオール人でも泥臭い、ときには野蛮な一面を持っているから、慣れるには時間がかかるかもしれない」

「かまわないわ《スラ・ヌ・フエ・リヤン》」セリアは言った。「ヴァルラン家の方々が許してくださるかぎり、ここにとどまるつもりよ。フランスに戻る気はないわ」戻れば家族は喜んで迎えてくれるだろうが、あのような出来事が身に降りかかったあとで、これまでどおりの人生を歩むのは無理だ。

かたわらに立ったグリフィンが、彼女がしりごみするのに気づいたのだろう、「きっとうまくやっていけるさ」と抑揚のない声で言った。

「なぜそんなふうに言えるの？」

「服喪期間が過ぎれば、おまえはニューオーリンズで一番魅力的な結婚相手になる。フランスから来た魅惑の未亡人。それなりに若く、相当の財産も相続している――そうだな、ヴュー・カレからアメリカ人の居住地区まで、あらゆる目ぼしい男がおまえをものにしようと狙うはずだ」

「再婚する気はこれっぽっちもないわ」

「どうして？」

「誰かの妻になれる人間じゃないから」

グリフィンはけだるく肩をすくめた。「かもな。おれも誰かの夫になれる人間じゃない。結婚ほど不自然な取り決めはないと昔から思ってる」

「不自然？」

「生涯、誰かひとりに忠誠を誓えるやつなどいない。どんな女だって、いずれ飽きが来る」

「世の男性がみんなあなたと同じ考えというわけではないわ」

「すこぶるうまくいっている夫婦でも、いずれはどちらかが道を踏みはずす」

「それはどうかしら」セリアは冷ややかに返した。「フィリップに道を踏みはずさせることは誰にもできなかったわ。わたしだって絶対にそんな……」彼女はふいに口ごもった。心臓が激しく鼓動を打ちはじめる。現実に打ちのめされ、こぶしをぎゅっと握る。自分はフィリップを裏切ったのだ。道義心も忠誠もすっかり忘れ去り、一夜を過ごした。胸を締めつけるほどの恥辱がこみあげる。フィリップが亡くなっているからといって、不義を犯した事実に変わりはない。

グリフィンには、セリアの気持ちが手にとるようにわかった。彼女を腕に抱き、安心させてやりたい衝動にふいに駆られてとまどいを覚える。彼女ともうすぐ別れられるのがせめてもの救いだ――セリアによって引きだされる、おのれの知らない一面がうとましい。「ゆうべのことで自分を責める必要はない」彼はぞんざいに言った。「楽しい夜だったし、そう大げさに考える問題じゃない」

言葉の意味を十分に理解すると、セリアは背筋をこわばらせた。彼ほど憎たらしい人間には会ったためしがない。「どこが楽しい夜なの」帽子のつばの下から相手をにらみつける。「楽しくなかったか？」人を怒らせるのがおもしろいのか、グリフィンは笑った。「だったら、どんな気持ちだった？」

セリアは顔を真っ赤に染め、落ち着きを取り戻そうと数回息をついた。辛らつな侮辱の言葉が口元まで出かかる。彼の存在がどれほど不快か、ゆうべの記憶がどれほどいまわしいか、言ってやりたかった。だがからかうような表情を前にすると、言葉が出てこない。射るように鋭い瞳はどこまでも青く――空や海よりも深い。その瞳が暗闇に浮かぶさま、耳元でささやいた低い声、乳房をこすったひげの感触がよみがえる。たくましい体の重みと、硬いものに満たされるえもいわれぬ心地よさも。きめの粗いシャツの下で乳首がうずくのを覚え、セリアは愕然として唇の内側を嚙んだ。グリフィンはいったい自分になにをしたのか。彼に呼び覚まされたこのみだらな渇望を、いったいどうやって止めればいいのか。

グリフィンはセリアの内心の苦悩に気づいていた。両手を脇にたらしたまま必死に動かすまいとし、彼女に触れ、腰を引き寄せて、飢えたように口づけたい衝動と戦っていた。彼はようやく悟った。セリアとともにいるのは危険だ。ニューオーリンズにいるあいだは誰にも隙を見せてはならない。この首には賞金がかかっているのだし、ここにいるのが誰かに見つかれば、それはおのれの死を意味する。そこまで考えると、頭のなかがすっきりした。じきにヴァルラン・プランテーションに着けば、彼女とは永遠に別れられる。

「おまえには本当にそそられるよ」セリアの帽子のつばを指でつまらなそうにはじきながら、グリフィンは言った。「ちゃんとした格好をしていれば、さぞかし目を引かれるだろう……体中に香水を染みこませ、粉をはたき、リボンをあしらった絹のドレスを身にまとえば。ぜひとも見てみたいもんだ」

グリフィンの声に潜むかすかなからかいの響きに、セリアはなぜか耳を奪われた。うろたえ、彼に視線をそそいだまま、手のひらの汗を黒シャツの袖でぬぐう。「いま気づいたわ、グリフィン船長」ひげに覆われた彼の顔に意識を集中させる。「フィリップと同じなのは瞳の色だけじゃない、眉の形もだわ。一方の眉が、反対の眉よりほんの少しつりあがっているの」

グリフィンは無言で、じっと彼女を見つめている。

セリアはかぶりを振りつつ、疑念がわきおこるのを止められずにいた。見た目だけの話だとはいえ、たしかにフィリップとグリフィンのあいだには共通点がある。ただの偶然なのか。そんな偶然が果たしてありうるのか。この疑念が当たっていたら、自分は世界一の大ばか者で、彼は世界一の冷酷なならず者ということになる。「ヴァルラン家の知りあいだと言ったわね」セリアはおもむろにつづけた。「ひょっとしてただの知りあいではなく……ある種の……親族かなにかなの？」

彼は黙りこくったままだった。しかし、感情のうかがい知れない青い瞳はセリアをじっと見据えたままで、彼女は膝から力が抜けていくのを感じた。この二日間、取り乱したり恐怖に怯えたりしていなければ、もっと前に思いあたっていただろう。「フ、フィリップと血がつながっているのね」震える声でささやき、セリアは足元をふらつかせた。すぐにグリフィンの腕に抱きとめられ、そのたくましい体にわれ知らず身をあずける。「わたしが彼の妻だから助けたのね。あなたは……ヴァルラン家の人間なんでしょう」

# 5

バランスを立てなおしたセリアをグリフィンは離し、押し殺した声で告げた。「こっちは身の危険を冒して助けてやってるんだ。これからプランテーションに着くまで、少しでも騒いだり、誰かに助けを求めたりしてみろ。おれの家族とおれ自身の首のために、おまえを殺すことになるぞ。わかったか？」

そのせりふを信じるほかなかった。グリフィンが残忍な人殺しなのはこの目で見ている。だが彼に対する恐怖より、義憤の思いが先に立った。「フィリップを知っていたのね」セリアは彼を責めた。「なぜ教えてくれなかったの？」

「カラス島や舟の上で、おまえにぺらぺらしゃべられたら困るからだ」

「よくも、ゆうべみたいなまねができたわね――フィリップを知っているのに」セリアは怒りに満ちた声をもらした。「ヴァルラン家の人間なの？　親類かなにか？　フィリップのいとこのひとりとか？　モン・デュー、なぜゆうべわたしを襲ったの？　もし――」

「おまえがほしかったからだ。いいから黙れ」

自分でも驚くほど激しい怒りが、セリアのなかで抑えきれずに爆発した。「いやよ」声を荒らげる。漕ぎ手の男ふたりが、こちらを見やった。「誰が黙るものですか！　質問に答えてちょうだい、わたしには知る権利があるわ。よくもあんなけがらわしい――」

　目にも止まらぬ速さで彼の手が伸びてきて、セリアの言葉はさえぎられた。口をきつく封じられ、顎が動かず、嚙みつくのもかなわない。セリアは目を見開き、猛烈な怒りで顔をまだらに赤く染め、鋭い声で漕ぎ手のひとりに指示を飛ばすグリフィンの手に爪を立てた。漕ぎ手からグリフィンに汗まみれのバンダナが渡される。セリアはやっとの思いでくぐもった叫び声をあげたが、布の詰め物を口に押しこまれ、その上から汗臭いバンダナで縛られてしまった。怒り狂ってもがくと、グリフィンの髪をまとめていた紐で両手を後ろ手に縛られた。グリフィンと向かいあわせにされ、軽く肩を揺さぶられる。長い黒髪が、彼の顔や肩に落ちかかっていた。

「二日前にこうしておくべきだったな」グリフィンはすごみのある声で言った。「じたばたすると船から落っこちるぞ。落ちても助けてやらないからな」とげとげしい口ぶりとは裏腹に、腕をつかみ、木箱のほうに引っ張っていく手つきは優しかった。「座れ」彼は命じた。セリアは脚をこわばらせ、挑戦的に相手をにらんだ。グリフィンの目が細められる。「無理やり座らせてやろうか」

　セリアはのろのろと腰を下ろし、水平線にじっと視線をそそいだ。胸の内は激しい嫌悪で燃えさかっていた。手首を何度か動かしてみたが、自力で紐をほどくのは無理だとわかった。グリフィンが猿ぐつわを嚙ませたのはまったく賢明な選択だ。こんなものさえなければ、いまならためらうことなく声をかぎりに彼の正体を叫んでやった。彼を刑務所に送る方法があればいいのに。ニューオーリンズの市議会建物《カビルド》に設けられた不潔な監獄については、フィリップから聞かされて知っている。病気の囚人の往診をしたときのおぞましい光景を。グリフィンなど、縄の端につるされてしまえばいいのだ。彼がヴァルラン家の一員だなんてありえない。ジャスティン・ヴァルラン……彼女は必死に記憶をたどった。父親はマクシミリアン、継母はリゼット、おじやおば、腹ちがいの妹たちの名もフィリップから聞いている。だがジャスティンという名にはまるで聞き覚えがない。

平底舟が岸辺にたどり着き、生い茂る木々に囲まれた小さな入り江に入っていく。「ご苦労だったな」グリフィンは低い声で言い、男たちに渡し船の礼金を払った。それからまるで人形のように軽々とセリアを抱き上げて舟を下り、雑木林に足を踏み入れた。セリアは彼の腕のなかで身をこわばらせた。これから向かう先の様子を目にし、茶色の瞳を見開く。これまで通ってきた場所よりもなお薄暗く、じっとりと湿っぽい沼地が延々と広がっている。オークの巨木が空を埋めつくす勢いで大枝を伸ばし、蔓《つる》植物や灰色の苔がわずかな木もれ日さえも覆い隠している。どこもかしこもじめじめとして不気味に静まりかえり、腐敗の臭いがたちこめている。よどんだ水の下では、いったいどんな生き物がうごめいていることやら。この沼は生きている……魔物の口のなかに足を踏み入れ、腹のなかまで来てしまった気分だ。グリフィンがわずかな足場を見つけてセリアを用心深くそこに立たせる。「動くなよ」彼は言っ

櫂付きの小さな丸木舟が二艘、半ば水没した樹木のたわんだ根元につないであった。

た。「ヘビを踏みつけたり、陥没穴にはまったりしたら困るからな。おれはどっちの舟のほうが具合がいいか見てくる」

またたきさえできない状態なのに、動くなもなにもない。視線の先では、グリフィンが小舟の具合を見ている。真昼間だというのに、この沼地はどんよりと暗いトンネルを思わせる。万一ここで道に迷っても、誰にも発見してもらえまい。ふたりは食料も持っていない。樹木と水と泥の果てなき迷路を、グリフィンはどうやって抜けるつもりなのだろう？　この迷路を行くくらいなら、いっそ隙をうかがってカラス島に引き返すほうがいいように思えてくる。

グリフィンが戻ってきて、セリアの華奢な腰に腕をまわした。彼女が身を震わせるのを感じとったのだろう、彼は眉をひそめた。「あのな」さりげない声で告げる。「愛人になると言っていれば、また沼地に足を踏み入れる羽目になどならなかったんだぞ」セリアが知らん顔をしていると、彼は淡々とつづけた。「といっても、ここは危険でもなんでもない。子どものころはよくこのあたりをうろついた」言葉を切り、憎々しげににらむセリアを難しい顔で見つめる。「悪いが猿ぐつわはまだはずせない。バイユーで誰かとすれちがうかもしれないからな。おれは賞金首だ、おまえに騒がれたら困る」

グリフィンは彼女を丸木舟に乗せ、向かいあって腰を下ろし、一対の櫂を手にぬかるんだ岸から漕ぎだした。「おとなしく座っていろ」体をねじって背後を確認しながら命じる。

ひどく緊張し、セリアはできるだけ体を小さく丸めた。びっくりするほど大きなカエルが、舟の気配に気づいて飛び跳ねる。ヌママムシが水を切ってしなやかに進んでいく。セリアは舟底に視線を落とし、不快のあまりうめき声をあげそうになるのをこらえた。グリフィンは疲れた様子さえ見せず、リズミカルに漕いでいる。速度を緩めたのは、イグサの群生と倒木の脇を迂回するときだけだった。沼の水深は三〇センチほどしかない場所もあるらしく、そんなときはぬかるんだ水底に櫂が引っかかった。

作業に没頭しているグリフィンの腕の筋肉が盛り上がり、引きしまった腹がさらに張りつめる。ときおり蚊をはじめとする虫が褐色にきらめく肌に止まったが、彼は気にも留めなかった。セリアの視線は、われ知らず彼に吸い寄せられた。あの強靭な肉体と伸び放題のひげと髪で、グリフィンはさぞかし人に恐れられているのだろう。セリアは、幼いころに夢中になって読んだおとぎ話を思い出していた。恐ろしい人食い鬼の魔の手から娘を救いだす、王子や勇敢な騎士の物語だ。グリフィンは自分を助けだしてくれたが、あいにく似ているのは王子ではなく人食い鬼のほうだ。

セリアは瞳を閉じ、フィリップの顔を物憂く思い浮かべた。ハンサムな男らしい顔。愛嬌のある表情豊かな大きな口は、まじめに引き結ばれたかと思えば、次の瞬間にはいたずらっぽい笑みを形作る。頑丈そうな形のよい顎、非の打ちどころのない筋のとおった鼻。つややかな短い黒髪が指のあいだを滑り、きれいにひげを剃った頬が自分の頬をなぞる感覚がまざまざとよみがえる。愛している、と優しくささやく声まで聞こえる気がした。フィリップと愛を交わさなかった自分は、なんて愚かだったのだろう。彼に捧げるはずだったものはいまや、野蛮な他人に奪われてしまった。彼女の純潔にも、それが持つ意味にも、なんの敬意も払わない男に。

　グリフィンが、遠くになにかを認めたらしい。セリアは彼の視線を追い、緑色ににごる静かなバイユーにかすかな動きがあるのを見つけた。こちらに向きなおったグリフィンの表情は冷ややかだった。「平底舟が一艘こっちに来る。下を向いていろ。くれぐれも音をたてるなよ」

　セリアは反抗的に彼をにらみかえした。通りすがりの船人の気を引き、何事だろうと思わせることさえできれば、グリフィンを窮地に追いこめる。手を縛られ、猿ぐつわを嚙まされた自分を見れば、きっとなんとかしてくれるはずだ。悪名高き海賊をとらえ、その賞金を手に入れられるとなれば、喜んで助けてくれる。

「無駄だよ」グリフィンがつぶやいた。「あいつらに助けを期待しても。おまえが女だと気づいたが最後……そら、ちゃんと顔を伏せていろ」

　セリアはしぶしぶ従い、船人に見られぬよう帽子で顔を隠した。

　一〇メートルほどの距離を置いて舟がすれちがうときも、グリフィンは漕ぐ手を緩めなかった。向こうはいかだに毛が生えた程度の平底舟で、明らかに密輸入者と思われる男がふたり乗っていた。低く積まれた荷の山は粗い厚布で覆われている。ふたりの男はグリフィンに気づいていない様子だが、それがただのふりなのは明白だ。ケンタッキーの未開拓地からやってきた粗暴な連中だろう。彼らはニューオーリンズとルイヴィルのあいだで合法、非合法問わず物資の運搬を行っている。教育はほとんど受けていないが、小銃の扱いに長けている。

そのくらいの防衛力がなければ、慈悲のかけらもかけずに強奪し、命を奪う狡猾な海賊から身は守れまい。

男のひとりが舟の向こうから声をかけてきたが、セリアは顔を上げなかった。男の言葉は英語に似ていたものの、ひどく鼻にかかった間延びした口調だったため、なにを言われたのかわからなかった。グリフィンが同じ調子でそっけなく返事をする。それ以上の会話は交わされず、二艘の舟はそのまますれちがった。セリアは顔を上げ、ほっと息をついた。

グリフィンが群青の瞳でこちらをまじまじと見つめ、「もうすぐだ」と告げる。

もうすぐ……この数日間、自分を苛んだ白昼夢も終わる。早く両手の戒めを解かれ、むずむずする額をかきたい。セリアはようやく実感する気になれた。とにもかくにも、フィリップの家族のもとに安全に連れていってもらえるのだ。しかしそう安堵するのと同時に、苦い痛みが喉の奥に広がった。この悲しみを、慎み深く善良な人たちと分かちあい、ともにフィリップの死を悼みたい。だが、安全な暮らしを享受できる日はふたたび来るのだろうか。心の安寧を得られる、穏やかな日々は見つけられるのだろうか。

セリアはグリフィンを凝視した。彼は舟を漕ぐ作業に意識を集中させている。彼女は金色の眉をぎゅっと寄せて考えた。彼が本当にヴァルラン家の人間だとしても、ごく遠い親類にすぎないだろう。ヴァルラン家は裕福だ。一族の男児には、いずれ立派な職業に就けるよう行き届いた教育をほどこし、教養を身に着けさせたはずだ。一族の男児なら、知性あふれる男性に成長するはず——だからあえて薄汚い海賊になるわけがない。

陽射しがシャツ越しにセリアの背中を温めた。彼女は驚いて見上げ、空を覆っていた樹木がまばらになっているのに気づいた。水深も深くなっており、岸辺もただのぬかるんだ泥地などではなく、うっそうとした緑や堆積物が人の手によって取り除かれている。丸木舟はバイユーの東岸に沿って進んだ。セリアは草原の向こう、イトスギとヤナギの木立のあいだをじっと見つめた。いくつかの建物がぼんやりと浮かび上がる。あれはプランテーションにちがいない。

黙りこくっているのは激しい好奇心のためだと理解したのだろう、グリフィンが教えてくれた。「バイユーの東岸には五つのプランテーションが並んでいる」櫂を漕ぐ手を休めずにつぶやく。「これはボヌール。となりがガロン。さらにそのとなりがヴァルラン・プランテーションだ」

目の奥が痛む。セリアは体の震えを抑えられなかった。グリフィンの櫂を漕ぐ動きが先ほどまでよりゆっくりした、どこかぎこちないものに変わる。彼は遠い目つきをしていた。不思議なきらめきを持ったバイユーの空気はとても熱く、セリアは息苦しさを覚えて鼻から深く息を吸いこんだ。

グリフィンは丸木舟を岸に寄せ、風化したオークの木の根につないだ。一瞬ためらってから、ヴァルラン・プランテーションの母屋へとつづく急な上り坂を見る。「五年か」彼はささやいた。あれからなにひとつ変わっていない。涼しげで優雅な屋敷は、イトスギの木とルイジアナの青空を背景に穏やかにたたずんでいる。白い化粧漆喰塗りの三階建ての屋敷は飾らない優美さをたたえ、屋根つきの外回廊と立ち並ぶ太い円柱が彩りを添えている。足元の土の匂いとポプラとモクレンのほのかな香りが、いやおうなしに過去を呼び覚ます。五年ぶりか……。

少年たちの声が森にこだました。

ジャスティン、待って《アタン》！　追いつけないよ！

下流に行こうぜ、フィリップ。海賊を見つけるんだ。

父さんに見つからないようにしないと……。

グリフィンは素早く周りに目を走らせ、耳に響いた声が古い記憶の断片だと気づいてほっとした。セリアを丸木舟から下ろし、木に寄りかからせる。慎重な手つきで彼女の帽子を取り、汗に濡れた髪を広げてやった。神経が高ぶっているのだろう、彼女は震えていた。

「ここまで来れば安全だ」猿ぐつわをほどき、彼女の口のなかから濡れた詰め物をつまみだしながら、彼は言った。セリアはうめき声をもらし、乾いた唇を舌で舐めた。グリフィンは彼女の手首に手を伸ばした。「怖がる心配はない。きっとよくしてもらえるさ」手首の戒めを解き、ほどいた紐で自分の髪を後ろに結んだ。

「あなたはいったい何者なの？」セリアは震える声でたずねた。

「屋敷に着いたら教えてやる」グリフィンは鮮やかな空を見上げた。「こんな真昼間に来るなんて」セリアを連れて坂を上りはじめる。「おれもどうかしてる」

セリアは驚きとともに視線を落とした。細い指がグリフィンの大きな手につつみこまれている。彼に手を握られるのは初めてだった。

やがてふたりは屋敷の裏手に着いた。グリフィンがイトスギの木立の陰で足を止める。なまぬるい風に吹かれて、家庭菜園に茂る薬草の刺激的な匂いが漂う。セリアは視線をさまよわせた。小さな礼拝堂、オレンジの木立の右脇に並ぶ倉庫、手入れの行き届いた緑の芝生と、それを囲む花の茂み。フィリップの手紙に、ここがプランテーションの一角にすぎないと書かれていたのを思い出す。さらに奥に進めば広々とした庭園や温室、鶏小屋、水車小屋、鐘塔、離《ギャルソニエール》れ、農園監督の住居、厩舎があり、領地の端には奴隷小屋が点々と立ち並んでいるはずだ。

グリフィンが足を止めたのをいぶかりつつ、セリアは一歩前に踏みだしたが、すぐに引き戻された。彼の視線の先では、黒人の少年が両手にバケツを持って燻製小屋へと向かっていた。プランテーションにおける奴隷制度を受け入れる覚悟はしていたものの、いざ目の前にするとうろたえた。黒人のオーグを腹心の部下に持つグリフィンは、どんな目でこの制度を見ているのだろう?

すると彼は、セリアの考えを読んだかのごとくふいに視線を投げてきた。「おれの仲間の半分はハイチから連れてこられた黒人の元奴隷だ」ぶっきらぼうに説明する。「子どものころは周りのどんなことにも疑問など抱かなかった。だがいまは、人が人を所有するなどまちがいだとわかる」

用心深く人目を避けながら、グリフィンはセリアを厨房へと急かした。厨房は屋根付きの長いポーチで母屋とつながっている。燻製小屋を通りすぎるときに豚肉をいぶす匂いがした。空腹を覚えて、セリアはごくりとつばをのみこんだ。母屋の陰には茶色の猫がのんびりと横たわっていて、近づいてくるふたりを認めると尻尾を揺らした。

セリアを脇にしたがえたまま、グリフィンが厨房の仕切り戸の隙間からなかをうかがう。彼は満足げに目を光らせた。「やはりな」とつぶやき、指先を戸にかけて開けた。セリアはよろめきながら、腕を引かれるがまま、なかに入った。

厨房は広々としており、ゆうに三メートルはある暖炉には薪がくべられていた。鉄製の巨大な料理用コンロ、棚に並ぶ平鍋、自在鉤《じざいかぎ》からぶら下がる鍋釜類が目に入る。黒人ふたり、白人ひとりの三人の女性がジャムの瓶詰めにいそしんでいた。煮詰めた果物と砂糖の匂いで室内はむっとしていた。侵入者の物音に女たちが同時にこちらを振りかえり、ひげ面の大男を見て凍りつく。知らない人間を見る顔だった。

コンロのそばで鍋の中身をかき混ぜていた女性が、いぶかしげな瞳でグリフィンを見つめた。蒸気のせいで縮れて乱れた髪は、見たこともないほど鮮やかな赤毛だった。白磁の肌はほんのりとピンクに染まっている。黒いドレスと灰色のエプロンが、小柄ながら肉感的な体をつつんでいた。一見すると二〇代後半に見え、みずみずしい美しさが花開き、成熟した優美さをたたえている。セリアは細切れの知識をかき集め、フィリップの継母のリゼット・ヴァルランだろうと踏んだ。

最初に動いたのは、中央の木製テーブルで作業にあたる豊かな胸のふくよかな女性だった。

女性はイチゴを切るのに使っていた小ぶりのナイフを掲げ、脅すように振りまわした。

グリフィンは笑った。「落ち着いてくれ《レスト・トランキル》、そう騒ぐなよ、ベルテ――今日はなにも盗みやしない」

「ムッシュー・ジャスティン」ベルテと呼ばれた女性は叫んだ。

リゼット・ヴァルランの手からスプーンが滑り落ちる。「ジャスティン」彼女は青い瞳を見開いて息をのんだ。「あなたなの？　信じられない――」口ごもり、鉄灰色の髪に凛とした面立ちのほっそりとした女性に向きなおる。「ノエリン、マックスを呼んできてちょうだい。すぐにいらしてと」ノエリンは同意の言葉をつぶやき、厨房から出ていった。

セリアは隅のほうに身を寄せ、困惑の思いでリゼットを見つめていた。涙声でグリフィンを叱りつつ、小さな嵐さながら彼に腕をまわして抱きつく。「いったいどうしているんだろうって、みんなずっと心配していたのよ。なぜ一度も……モン・デュー、こんなに変わってしまって……」彼女は言葉を失い、日に焼けた彼の顔をのぞきこんだ。「フィリップの身になにがあったか、知っているのね――目を見ればわかるわ」

「ああ、知ってる」グリフィンは言い、リゼットの腕のなかからそっと逃れた。彼が敬意を払い愛情をそそげる女性は、この世でリゼットただひとり。その彼女であっても、触れられるのは好きではない。誰からも、触れられるのはごめんだった。彼はそっけなくセリアを身ぶりで示した。「義母さん《ベル・メール》……彼女がフィリップの結婚相手だ」

彼の言葉に、リゼットは驚き、黙りこんだ。「そんなはずはないわ。彼女はフィリップと一緒に商船に乗っていたのよ、だから――」

「船を襲ったやつらに、カラス島に連れ去られたんだ。おれも偶然そこにいてね」

「ジャスティン、じゃあ、ひょっとしてフィリップも――」

「その可能性はない」彼はかすれ声で言った。

リゼットは悲しげにうなずき、振りかえって、こわばった顔のセリアを見つめた。「かわいそうに」思いやり深く言う。「あなたがなにを乗り越えなければならなかったか、わたしには想像することしかできないけれど」セリアがなにも話せずにいると、リゼットはけげんな表情でグリフィンに向きなおった。

「フランス語で話してやってくれ」彼は言った。「英語は得意じゃないんだ」

セリアは震える手で汗ばんだ額に触れた。厨房のむっと甘い香りが鼻孔を満たす。グリフィンを見つめながら、彼女はめまいを感じた。「彼女をベル・メールと呼ぶのはなぜ？」とためらいがちにたずねる。

リゼットがグリフィンに鋭いまなざしを向け、フランス語で詰問した。「ジャスティン、あなた、自分が誰か彼女に教えていないのね？」

グリフィンは肩をすくめた。「知らないに越したことはない」

「そうだったわね」リゼットは顔をしかめ、セリアに向きなおった。「ジャスティンは昔から疑り深いたちなの。とくに女性はなかなか信用しない。ベル・メールと呼ぶのは、わたしが義母だからよ。ジャスティンとフィリップは兄弟――厳密に言えば双子のね」

セリアはぼんやりとかぶりを振った。「そんな」

「さあ、この椅子に座って。顔が真っ青よ——」

「嘘よ！」彼女はリゼットの優しい手を払いのけた。腹を殴られたような感覚に襲われる。壁に寄りかかり、グリフィンの冷淡な顔を見つめた。「フィリップには兄弟なんていない。そんな話、一度も聞かなかったもの——」

「おれの存在など忘れるほうが安全だし、面倒もないからな」グリフィンは言った。

リゼットが腹立たしげにまくしたてる。「六年も姿を消しているからでしょう！　六年も会わずにいたら、家族という気持ちだって薄らいでしまうわ！」

「五年だよ」彼は訂正した。

セリアはグリフィンに視線をそそいだまま言った。「あなたが本当にフィリップの兄弟なら……おたずね者のはずがないわ。海賊だなんて」最後の言葉を、憎しみを込めて強調する。

「それに、双子というのもでたらめよ。だって彼はまだ二七歳だったのに、あなたは……」

彼女は当惑して口ごもった。てっきり、グリフィンは三〇を超えていると思っていた。まさか、あの長い髪もひげも切ってしまえばフィリップそっくり、だなんて話があるのだろうか。

たしかに目はよく似ている。セリアは吐き気を覚えて口元に手をやった。

「そう、フィリップのじつの兄だよ、五分だけな」グリフィンが言った。「少なくとも、そう聞いている」

「八分だ」戸口から低い声が聞こえてきた。「その場に立ち会ったから知っている」

その声の持ち主は、見たこともないほど堂々たる風采をしていた。マクシミリアン・ヴァルランにちがいない。まさにフィリップの言っていたとおりの男性だった。ハンサムだがいかにも頑固そうな面立ちで、瞳はわずかに茶色がかった黒。体つきは馬術家らしく引きしまり、手足はすらりと長く、クレオール貴族ならではの暗い気品を放っている。黒のブリーチにブーツ。純白のシャツは襟元をはだけている。髪は漆黒で、こめかみのあたりにかすかに白いものが混じっていた。フィリップが両親のどちらに似たのか、あえて問うまでもない。

ジャスティンが前に進みでて、父親の視線をしっかりと受け止める。「父さん。フィリップが父さんにとってどんな存在だったかは知ってるよ。お気の毒だったね」

マクシミリアンの黒い瞳に一瞬、光るものが浮かんだ。だが彼はすぐさま悲嘆を押し隠した。よく見れば、眠れぬ夜はマクシミリアンの目の下に黒々としたくまを残し、ハンサムな顔に深い苦悩のしわを刻んでいる。

父子がにらみあい、張りつめた沈黙が流れた。彼らが父子だとはセリアには信じがたかった。背格好を別にすれば、ふたりのあいだに似通った部分はまるでない。毛並みのいい黒豹が、沼地に住む薄汚れた猫とにらみあう光景が思い浮かんだ。マクシミリアン・ヴァルランは洗練された優雅な男だ。周りにいるすべての人間の注目を集める存在感と支配力を兼ね備えている。一方のジャスティンは髪に櫛も入れず、身なりもみすぼらしい。あるのは抜け目ない狡猾さくらいだ。何年ものあいだ下層階級に身をやつしていたせいで、かつて備わっていたかもしれない教養はみじんも感じとれない。

「フィリップを殺した男を知ってる」ジャスティンは唐突に言った。「ドミニク・レガーレだ。やつの一味が船を襲い、乗組員を死に追いやり、フィリップの妻をさらった」ぎこちなくセリアを示す。「彼女を連れてきた。ここに来たのもそのためさ。レガーレには命で償ってもらう」

「その必要はない」マクシミリアンが言った。「海軍基地の司令官のもとに、新たに砲艦数隻と人員が集まっている。メキシコ湾での商船襲撃を阻む計画だ。あとは軍に任せておけ」

「軍の連中なんかにやつを見つけだせるものか」ジャスティンはせせら笑った。「あいつの居所を突き止められるのはおれだけだよ」

「息子をもうひとり失うわけにはいかない」というマクシミリアンの声はかすれていた。

「ジャスティン、話がある。こんな状態をいつまでも——」

「話をしている暇はない」ジャスティンは父の言葉をさえぎった。好奇心もあらわに父子を見ていた料理長に向きなおる。「ベルテ、食べ物をくれ。なにか持っていけるものだ。つかまる前に急いでここを出なくちゃならない。ああ、そこにあるコーンブレッドでいい」

ベルテはマクシミリアンがうなずくのを待ってから暖炉に駆け寄った。小麦粉とバターミルク、ショートニングでできたコーンブレッドが、熱い灰のなかから取りだされ、湯気を立てる。

ジャスティンは、厨房の隅で壁にもたれたままのセリアに視線を移した。顔をしかめ、大またで近くの椅子に歩み寄り、それをブーツの先で彼女のほうに押しやる。「座れよ」彼はぞんざいに言った。「いまにも倒れそうだ」

彼の手が伸びてきて、セリアは慌ててよけながら「さわらないで」と叫んだ。衝撃と屈辱でひどいめまいがする。彼がフィリップの兄、しかも双子の。彼はセリアの純潔を奪い、もてあそんだ。いずれ彼の家族と顔を合わせることになっても、屈辱感から誰にも言わないとわかったうえでの振る舞いだったのだ。彼は弟の思い出を故意に汚した。そしてセリアから官能を引きだすことで、責任の半分を彼女に負わせた。いったいどれだけ人を蔑めば気がすむのか――自分への蔑みだけでもやりきれないのに。これほどまでのやるせなさと憤りを感じるのは初めてだ。彼を痛めつけ、殴りつけ、あの行為の償いをさせたい。

リゼットが必死にセリアを慰めようとする。「セリア、あなたが恐ろしい目に遭ったのは、わたしたちみんなわかって――」

「わかるはずがないわ」セリアは荒々しくリゼットの言葉をさえぎる自分の声を聞いた。フィリップの血まみれの背中が目の前によみがえる。身につけたぼろぼろの黒シャツを握りしめ、彼女はこちらをうかがう目から身を守ろうとするかのように体をかき抱いた。「だってそうでしょう。いったいなにがわかるというの」

「たしかに」マクシミリアンが口を開いて一同を驚かせ、セリアに歩み寄って両肩に手を置いた。威厳に満ちた穏やかな声が、取り乱したセリアの耳にも届く。彼女は射るような黒い瞳から視線をそらせなかった。「きみがここにいるのは奇跡だ。わが息子もたまにはまともなことをしてくれる。相当疲れているようだから、妻に見てもらいなさい、いいね《ダコール》？　きみはいまから、わたしたち家族の一員だ」マクシミリアンはセリアの両肩に置いた手に力を入れて励ましてから、その手を離した。「もうなにも心配はいらないよ。さあ、リゼットと行きなさい」

　マクシミリアンの口調は優しく思いやりにあふれていたが、どこか有無を言わせぬところがあった。セリアはおとなしくうなずき、差しだされたリゼットの手に導かれた。

「おみごとだね」ジャスティンがあざ笑う声が聞こえる。「おれはこの三日間、なにをやっても彼女を怖がらせるばかりだった。さすがに父さんは女性の扱いを心得てる」

　セリアは足を止めて戸口にたたずみ、ほっそりした顔を憎しみで蒼白にしながらジャスティンを見やった。「二度とあなたに会わずにすむよう、神に祈るわ」こわばった声で言う。

「もう会わないさ」目にあざけりの光を宿して、ジャスティンは返した。「だが、おまえがおれを忘れる日は来ない」

　セリアが背を向けると、ジャスティンはとたんにいっさいの表情を消した。セリアを目で追い、その後ろ姿が完全に視界から消えてしまうまで、ベルテが差しだす包みを受け取ろうともしなかった。「あいつもやっと地獄から逃れられたな」彼はつぶやいた。

　マクシミリアンがきれいにひげをそった顎を思案深げに撫でる。「その地獄とやらにはおまえが連れていったのか？」

　ジャスティンはほほえんだ。「父さんの質問はいつだって的確だ」コーンブレッドの包みを掲げ、ベルテに笑いかける。「じゃあな《アデュー》、ベルテ。それと、メルシー」

「どこへ行くつもりだ？」マクシミリアンが問いただす。「ここにいろ、ジャスティン」いったんジャスティンは首を振った。「そんなの無理だとわかってるだろう。おれは……」いったん言葉を切る。ベルテはコンロの前で仕事を再開したが、耳をそばだてている。

「ベルテ、はずしてくれないか」マクシミリアンが言った。ベルテは不平をもらしながらも指示に従った。

「ひとところにとどまってるとまずいんだよ」ジャスティンは言った。「セリアを魔窟から救いだすのに、レガーレの弟のアンドレを殺さなくちゃならなかった。チャンスがあったらレガーレのほうも殺していた。いまごろやつは、おれに復讐するまでおちおち寝てもいられないはずさ。だからこっちが先にやつを見つけないと。ここに来たせいで、父さんたちまで巻きこんですまない」

「自分の家族くらい自分で守れる」マクシミリアンは険しい声で言った。「おまえのこともだ」

ジャスティンは眉を上げ、ふっと笑うと首を振った。「レガーレをどうにかできたとしても、当局を黙らせておくのは無理だ。ここにいる事実が知れたら、おれは今週中にも縛り首だろうね。おれの正体に感づいてる連中はたくさんいる。それに無実の罪をたくさんでっちあげられていてね。父さんがどれだけ州知事と親しい仲だろうと、おれの即時死刑執行を食い止めるのは不可能だよ」

マクシミリアンはやり場のない怒りに悪態をついた。「どうしてこんな人生を選んだんだ。

もっと別の選択肢だってあっただろう」

「そうかな？　生まれ落ちたその日から、おれが根っからの悪党なのはみんな知ってるはずだろう。そいつを証明してやっただけさ」

「おまえはどうしようもない愚か者だな」マクシミリアンは静かに言った。「おまえとフィリップのことで、わたしは許されざる過ちを犯した。その過ちがおまえたちの人生にまで影を落としてしまった。父親の罪をなぜ息子が……だが、いまからでもまだ遅くはない。わたしはおまえを助けたいんだ。わたしにはなにもできないと思っているんだろう、息子《モン・フィス》よ。だがこれでも、おまえが思っている以上に状況を把握しているつもりだ」

ジャスティンの胸の内に巣くう冷たい感情は、けっして消え去ろうとしない。生き残るため、彼はずっと自分のなかの優しさを抑えつけてきた。父親だろうと誰だろうと、人になにかを与えられるわけにはいかない。ジャスティンには誰も必要なかった。

「さよなら、父さん」彼は父の目を見ずに言った。

「ジャスティン、待たないか――」

「元気で」その言葉とともに厨房から滑りでると、彼は丸木舟とバイユーのもとに戻っていった。

# 6

一八一七年九月

「なんだか太ったみたい」セリアは鏡の前で腰をひねりながらつぶやいた。自分の体をまじまじと見るのは久しぶりだ。鏡など、髪をまとめるときや服の乱れを直すときに軽くのぞく程度だった。ヴァルラン家に住みだしてからすでに五カ月。いつの間にか、骨ばっていた腕が少したくましくなり、こけた頰や首のあたりにも肉がついていた。ぺしゃんこだった胸も、見栄えのする丸みを帯びはじめている。

リゼットがほほえんで、セリアのかたわらでドレスの裾上げ作業にいそしむお針子を見やった。アイルランド生まれの若くかわいらしいお針子のブリオニーは、セリアのために新しい黒絹のドレスを仕立てているところだ。「初めてわが家に来たあなたを見たときは、痩せっぽちでびっくりしたものよ」リゼットは言った。「ベルテの手料理のおかげね」

セリアはあらためて腰をひねり、ボンバジン織のスカートが丸い腰をつつむさまを見て両の眉を上げた。襟なしでハイウエストのしゃれたドレスは、首周りと肩に漆黒のジェットがちりばめられ、ふわりとしたスカートが足首まで覆い隠している。ためしに大きく息を吸ってみると、ふくらんだ胸のせいで身ごろがはちきれんばかりになった。

「じっとなさっててください、マダム」ブリオニーが言う。

セリアはしかめっ面をした。「じきに、どのドレスも着られなくなってしまいそう」

「それはまだまだ先の話」リゼットは淡々と言い、立て鏡の前に移動して、値踏みする目で自分を見つめた。「わたしこそ、ラファエルを産む前の体形に早く戻さなくっちゃ」にっこりと笑い、床に座って生地見本で遊ぶ丸々と太った赤毛の赤ん坊を見やる。「でもおまえのためなら太るのも本望よ。ママンの愚痴は忘れてね」

ブリオニーが手を休め、口に針をくわえたまま言った。「ムッシュー・ヴァルランだって、奥様が少しくらいお太りになろうとべつにご不満はなさそうですよ」

リゼットは声をあげて笑い、かぶりを振った。「マックスの評価なんて、てんであてにならないわ。わたしに夢中なんだから」

セリアは小さくほほえみつつ思った。リゼットは一グラムたりとも痩せる必要などない。均整のとれた肉感的な体つきの彼女は、まるで小さなヴィーナスだ。髪は目の覚めるような赤毛。快活なたちで、炎のごとき生命力にあふれている。彼女ならマクシミリアン・ヴァルランほどの権力者、いつも超然としている男性を、すっかり手なずけてしまうのも不思議ではない。

「夫ときたら、わたしが喪服でいるのも気に入らないんだもの」リゼットはため息交じりに言い、金襴の長椅子に戻ると、まだ幼いふたりの娘のパンタレット（丈長のドロワーズ。裾にフリルやレース飾りがついている）のつくろいを再開した。「義母のイレーネが去年亡くなって、丸一年喪に服したと思ったら今度は……」リゼットはかすかに物憂げな表情になった。フィリップを思っているのだろう。

ヴァルラン家の人びとはこれからあと七カ月、黒い服をまとい、喪に服さなければならない。その後もしばらくのあいだ、フィリップの妻であるセリアに許されるのは藤色や灰色といった暗い色のドレスだけ。クレオールのしきたりは厳しい。守らなければ、セリアはニューオーリンズ中の人から非難を浴びる羽目になる。手紙を書くときは黒枠の便箋を使うべし。宝飾品はジェットのブローチのみ。人前に出るときは、黒のクレープ地のヴェールで髪と顔を隠すこと。ドレスのボタンですら、つやのない小さな目立たないものが使われる。社交の場に顔を出すのも最低限にとどめ、家族以外の男性との交流はいっさい持ってはならない。

だが孤独な暮らしはつらくなかった。ヴァルラン・プランテーションで得られるプライバシーはむしろありがたいものだった。そこでの日々には、セリアが求めてやまない静謐《せいひつ》があった。近ごろでは、クレオール人にもアメリカ人にも多くの友だちがいるリゼットから、あまり引きこもるのもよくないと言われるようになっている。でもセリアは噂話も打ち明け話もしたくなかったし、家族の集まりもできれば遠慮したかった。ほしいのは自分の殻に閉じこもり、フィリップの死と折りあいをつけるための時間だけ。

ヴァルラン・プランテーションという小さな世界には、セリアにも手伝えるこまごまとした仕事がたくさんあった。ワイン醸造、パンにバターにジャムにソーセージにピクルス作り、購入した日用品類の詳細な帳簿付け。すべてここで働く女性たちの担当だ。石鹸や蠟燭は、毎月丸一日を割いて作らねばならなかった。グラスやカトラリーや食器を洗ってきれいに磨きあげるのも女性の役割。もちろん、絨毯の掃除も、洗濯の陣頭指揮もある。そのほかにも、つくろいものや服の裏打ち、刺繡といった針仕事があり、これはやってもやっても終わらなかった。

そうした家事を手伝いはじめると、プランテーションで働く奴隷の女性たちとも交流を持つ機会が出てきた。けれども内気なセリアには、リゼットみたいに親しく彼女たちとおしゃべりができなかった。そもそも、奴隷とそのあるじの複雑な関係もよく理解できなかった。彼らはあたかもひとつの家族のごとく暮らしていたが、そこにはけっして越えられない境界線がある。よそのプランテーションでは、使用人を所有物扱いする女あるじもいる。その一方で、彼らを家族同様に大切にしている人もいた。ある日のことだ。近隣のプランテーションの女あるじがリゼットを訪ね、長年仕えてくれた使用人が亡くなったのだと言ってさめざめと泣いた。「わたしにとっては、実の母よりいっそ母らしい存在だったのよ」女あるじはそう言って涙をこぼし、レースのハンカチで顔を拭いた。その様子を見て、セリアは当惑を覚えた。そんなに大切な相手だったのなら、どうして奴隷から解放してあげなかったのだろう。いずれときが来れば、自分にもこの奇妙な社会を理解できるのだろうけれど。

セリアには南部人の考え方がよくわからなかった。とりわけ謎なのがクレオール人。そのなかでも理解の範疇《はんちゅう》を超えているのが、ヴァルラン家の人びとだ。一族には数えきれないほどの親類縁者がいた。彼らの過去はスキャンダルや黒い秘密にまみれており、それらはけっして明るみに出ないものの、あちらこちらで噂されている。できることならセリアはフィリップに言いたかった。事前にもっといろいろ教えてくれていれば、心の準備ができたのにと。

ヴァルラン家にまつわる噂を耳に入れまいとするのは不可能だった。噂はリゼットに関するものまであった。例のごとく屋敷に訪問者が数人あったある日の午後、セリアのとなりにやってきたリゼットの義妹のアンリエットが、声を潜めて教えてくれた。ゴシップ好きの魅力的なレディであるアンリエットは、マクシミリアンの弟、アレクサンドルの妻だ。

「ねえ知ってる？　一二年前に結婚して以来、マクシミリアンお義兄様は別人になったのよ」アンリエットは愉快げにささやいた。「それまでは慈悲のかけらもない冷血漢だったの。最初の妻を手にかけたとまで言われていたんだから！」

「嘘でしょう《ヴレマン》？」セリアは疑わしげにつぶやいた。たしかにマクシミリアンには威圧的なところがある。だが、あれほどリゼットや子どもたちに愛情深く接する人に、そのようなまねができるとは思えない。

「もちろん《メ・ウイ》嘘よ。その後ちゃんと、お義兄様の身の潔白が証明されたわ。でも当時は誰もが、お義兄様を悪党だと思っていた。そう考えるだけの理由もあったの」

「理由って？」

「誰に対しても冷酷そのものだったから。お義姉様にもね」

　セリアは頑としてかぶりを振った。「ありえないわ。わたしにはとうてい信じられない」

「でも本当の話よ。いまでこそお義姉様に夢中だけど、そもそも結婚した理由が、お義姉様の体面を汚すためだったんだから」

「体面を汚す？」セリアはおうむがえしに問いながら、いまのは自分の聞きまちがいだろうかといぶかしんだ。

「ウイ！　お義姉様は当時、別の男性と婚約していたの。でもお義兄様が彼女を誘惑し、婚約者と決闘してお義姉様を手に入れた。あのころのお義兄様には思いやりのかけらもなかったわ。息子も父親そっくりになって……ああ、もちろんあなたのだんな様のフィリップじゃなくて、双子の片割れのほうね。家出して行方知れずのジャスティンの話」アンリエットはセリアに身を寄せ、秘密めかしてつづけた。「海賊になったんですって。夫のアレクサンドルが教えてくれたわ」

「なんて恥知らずな」セリアはつぶやきながら、顔面が蒼白になるのを覚えた。

「でしょう？」アンリエットは満足げに応じた。「あなた、ジャスティンについてはフィリップからなにも聞いてないのね？　でもそれも当然だわ――ヴァルラン家の人間は、ジャスティンのこととなると普通じゃないから。名前すら口にしないし。いっそ生まれなければよかったとでも思ってるんじゃないかしら。彼のおかげで一族みんながひどい迷惑を被っているの。夫によると、ジャスティンは昔からわがままで乱暴な子だったらしいわ」悲しげにため息をつく。「フィリップは天使みたいだったのにね。誰にでも優しい、善良な人だったわ。ああ、ごめんなさい、彼の話をするのはまだつらいわね」

「いいえ、大丈夫よ」穏やかに答えつつ、セリアは内心ひどく動揺していた。彼女がいきなりニューオーリンズに現れた経緯……その真相を知っているのは、当のセリアとマクシミリアンとリゼットだけだ。マクシミリアンがうまく話をでっちあげてくれたおかげで、海賊船に襲われたヴァルラン家の商船から勇猛果敢な船乗りたちがなんとか逃げだし、セリアを無事にニューオーリンズに送り届けてくれたことになっている。

「この一件にジャスティンがかかわっている事実が知られたら」マクシミリアンはセリアとリゼットに説明した。「あいつが当局につかまる可能性がますます高くなる。息子の名前が出るたび、あいつの行方に関心を持つ人間が増えるわけだからな。海賊どもの横行ぶりは、地元の産業にとっても政治家にとっても悩みの種だ。権力者のなかには、ジャスティンをとらえれば海賊どものいい見せしめになると考えている者もいる」

「見せしめにするなら、ドミニク・レガーレのほうがふさわしいのに」セリアは硬い声で言った。「たしかにわたしは、ご子息に好意を抱いてません。でもムッシュー・ヴァルラン、彼はレガーレみたいな冷酷な悪魔ではありません」

「あたりまえじゃない」リゼットが静かな声で同調した。「ジャスティンのなかにはまだ、善良な部分が残ってる。じゃなかったら、自らの危険もかえりみずにあなたをここまで送り届けたりしない、そうではなくて《ネスパ》?」

セリアは無言で膝に視線を落とした。自分とジャスティンのあいだになにがあったか、リゼットは知らない。これからも知ることはない。リゼットは義理の息子の善良さを信じたがっている。それにセリアが真実を語れば、ヴァルラン家の人びとはむしろ彼女に嫌悪感を抱くだろう。セリアは蔑みとともに思った。ジャスティンのなかに善良さなんてない。自分のなかにも。彼女は地元の司祭に懺悔したとき、おのれの犯した恐ろしい罪を告白できなかった。つまり、いまだにその罪を胸に抱えているのだ。だが赤の他人に言えるわけがない。亡くなった夫の兄とベッドをともにし、あまつさえその行為に喜びを覚えたなどとは。

ヴァルラン・プランテーションでの多忙な暮らしがこんなに快適なものでなかったら、きっとセリアはウルスラ修道院に行こうと考えたはずだ。修道院の静かで孤独な暮らしはとても魅力的に思えたし、再婚するつもりもなかった。彼女にとってフィリップは最初で最後の愛する男《ひと》。彼に劣る、代わりの男性で我慢したくなどない。だがヴァルラン家は、修道院で得られただろうプライバシーばかりか、自由をもセリアに与えてくれた。それにここにはリゼットの赤毛の子どもたち——エヴェリーナ、アンジェリーヌ、ラファエル——もいる。三人にとってセリアはすでに、おばさん《タント》のような存在となっている。クレオール社会では、未亡人や未婚のオールドミスが親族の子どものお目付け役となるのが慣わしだ。八歳と六歳のふたりの姪は、母屋のそばに立つ小さいながらも快適な離れ《ギャルソニエール》に住まうセリアのところに、たびたび遊びに来てくれるようにもなった。

通常、ギャルソニエールは一族の未婚男子や一〇代の少年たちが使う。だがリゼットとマクシミリアンの長男であるラファエルはまだ赤ん坊だし、いまのところ、このプランテーションに一族の男子はほかに住んでいない。そんなわけで、リゼットの勧めもあり、セリアは男性的なしつらえのどこか暗いギャルソニエールの内装に住みやすいよう手をくわえた。マクシミリアンも、母屋にしまってある未使用の家具や置物などを使いなさいと助言してくれた。「なんでも自由に持っていくといい。ほとんどは何年もしまったきりだからね」

嬉しいことに、母屋にはセリア好みの品々が見つかり、すぐにギャルソニエールに運びこまれた。淡い緑と薔薇色のタペストリー、きれいに包装されたままの木箱に入ったピンクの花柄の食器、小さなサテュロス神の像があしらわれたイタリア・バロック様式の時計、ルイ一五世様式の長椅子と揃いの椅子は、座面がレモン色のダマスク張りで、金の縁どりが美しかった。壁には繊細な紋様の壁紙を選び、扉をはじめとする木造部分は純白に塗装しなおしてもらった。やがてギャルソニエールは、明るく優雅なおもむきの快適なコテージへと変身した。すっかり自分好みの建物に変わったギャルソニエールのなかでもとくに気に入っているのが、ガラス張りのフランス戸と白い大理石の暖炉が特徴的な居間、そして、地元産の家具が並ぶ珍しい八角形の書斎だ。

「素敵に生まれ変わったわね」セリアの手によって内装を整えられたギャルソニエールを見て、リゼットは褒めたたえた。「色使いや家具の選び方のセンスがとてもいいわ……あら、この部屋はなに《ケスク・セット・シャンブル》？」建物内の一番小さな部屋への扉を開けたリゼットがたずねる。長方形の古ぼけたテーブルとスツール、イーゼルだけが置かれた小部屋には、カーテンも絨毯もない。壁際にはまっさらのカンバスが数枚立てかけてある。テーブルにはスケッチブックや絵筆、絵の具が散乱している。リゼットは驚いた様子でセリアを見つめた。「マックスから、あなたに頼まれものがあって街で調達してきたと聞いてはいたけど、まさか画家だとは思わなかったわ」

セリアは頰を真っ赤に染めた。「あの、画家だなんてそんな。ただの……趣味なんです。見ないでください。人にお見せするほどのものじゃないんです」

閉じたスケッチブックに伸ばしかけた手を、リゼットがすっと引いた。

気分を害したのではないだろうか。セリアは心配になり、狼狽のあまり顔が熱くなるのを覚えつつ必死に説明した。「誰にも見せたことがないんです。単なる手慰み……ほんの気晴らしに描いてるだけですから。子どものころから絵を描くのが好きだったんですが、母が亡くなってからは趣味に割ける時間もなくて……」ぎこちなく咳払いをする。「この部屋を勝手にこんなふうに変えてすみません。ここでわたしがする作業はどなたの足しにもなりませんし、人様に見ていただけるほどの絵も描けませんけど、絵筆を手にすると心が落ち着いて……でも、誰かに見られるんじゃないかと思うと緊張しますし。フィリップがいたら、きっとこんな趣味に走ったりもしなかったと思うんです。彼のことだから、下手な絵でも見たいと言い張ったでしょうし、かといって見せるのはいやですから」

「おばかさんね、セリア……」リゼットの声は優しかった。「なにをそんなに動揺しているの。この部屋なら、あなたの好きに使っていいのよ。むしろ趣味があると聞いて嬉しいくらい。けっして邪魔したりしないから安心なさい」

「ありがとうございます」セリアはほとんど聞きとれないほど小さな声で応じた。

うつむいた彼女をリゼットがまじまじと見る。「シェリ、あなたって本当に口数が少なくて、欲のない子ね。おとなしすぎて、ときどき心配になるわ」

「本当に、いまの暮らしに不満なんてありませんから……心配は無用ですわ」それ以上なにか言われる前に、セリアは小部屋をあとにした。リゼットの性格からして、周囲の人間に惜しみなく愛情をそそごうとするのは当然だろう。だがセリアがこれまでに親しく接した人間は、父と兄弟姉妹、そしてフィリップだけ。胸の内をさらけだせたのも彼らだけだ。

父には、フィリップが亡くなり、ここで新たな人生を歩みだしたと手紙で知らせてある。淡々とした手紙に対し、家族は思いやりにあふれていながら、どこか無味乾燥な返事をくれた。他人の目には、セリアたち家族のやりとりは奇異に映るだろう。ヴェリテ家の人間はあまり感情表現が豊かなたちではない。常に冷静で現実的。感情をほとばしらせるのを避けるきらいがある。父も、家族がとにかく健康でさえあれば、ほかの心配事は取るに足りない問題と考えている。そんな父の子どもたちのなかでも、セリアはとりわけ内にこもる性質だと自覚している。誰も、フィリップですら、セリアの心の奥底にある感情、しっかりと鍵をかけてしまいこんだ思いには触れなかった。

セリアのなかには激しい欲求、言葉では言いあらわせない切望があった。でもフィリップなら大丈夫、彼ならきっと、内に秘めたこの荒々しい思いをいずれ理解してくれると思った。それでもやはり不安だった。肉体だけではなく魂も結びつけられるほどの、深い絆を彼と築けるのかどうか。けっきょく、その答えはわからずじまいだった。

床に就く前の数時間、セリアはフィリップに思いを馳せることを自らに禁じていた。それを許したら、きっと恐ろしい夢を見る羽目になる。溺れかかったフィリップが自分に向かって手を伸ばし、助けてくれと懇願する夢だ。そしてセリアは冷や汗にまみれ、涙で頬を濡らして目覚める。ありえないと知りつつ、夫がまだ生きているのを感じて身を震わせながら。

「だめよ、ヴェスタ」セリアは膝にのぼろうとした茶色の雌猫をそっと押しやった。噴水でしぶきをあげる水を見るのに飽きたのだろう、ヴェスタは濡れた前足を片方、彼女の膝にのせていた。ギャルソニエールに住まいを移して以来、ヴェスタも一緒に住むようになった。この招かれざる客との同居生活をしぶしぶ受け入れたあと、セリアは古代ローマの炉の女神にちなんで猫をヴェスタと名づけてやった。いま、ひとりと一匹はヴァルラン家の庭園の一角に座っている。四本の小道に囲まれた四角形の広場の、二列に並ぶレモンの木にさえぎられたセリアのお気に入りの場所だ。広場の一面には石壁がそびえ、その壁際にアーチ状の壁龕《ニッチ》と水盤が重なった噴水がしつらえてある。

気持ちのいい風の吹く、よく晴れた日だった。フランスはいつもこんな天気だが、ニューオーリンズでは珍しい。セリアはつば広の黒いボンネットを脱ぎ、片足を尻の下に敷いて楽な体勢をとった。慎みに欠けるが、誰に見られるわけでもない。周囲の風景を漫然とスケッチしながら、空想の世界にひたった。

膝に抱いてくれないセリアに業を煮やしたのだろう、ヴェスタがベンチを飛び下りて彼女の足元に寝そべり、白い毛と茶色の毛が交じった足を舐めはじめる。セリアはほほえんで履き物を脱ぎ、爪先で猫のふわふわのおなかをくすぐった。たちまちヴェスタが盛大にごろごろ言いだす。猫は薄目を開けてセリアを見上げた。

絶え間なく流れる水の音と心なごむ風の音、そして穏やかな陽射しに、うつらうつらしてくる。セリアは石壁にもたれた。そういえばリゼットが言っていた。フィリップもよくここで、哲学書や詩集を読んでいたと。セリアは夫がこのベンチに座っているさまを思い描いてみた。陽射しを浴びて黒髪を栗色にきらめかせながら、ベンチに寝転がり、長い脚を交差させるさまを。

衝動に駆られて、セリアは彼の顔をスケッチしはじめた。引きしまった顎、秀でた頬骨、意志の強さを感じさせる鼻筋、少し上がり気味の太い眉。頭を支える首は太い。髪はちゃんと撫でつけてあるが、逆毛のところだけ、額に前髪がたれている。木炭はあたかもなにかの力に導かれるかのごとく紙の上を動いた。セリアはほとんど忘我の境地で、そのほかのこまかな特徴が形をとっていくさまをただ見ていた。引き結ばれた大きな口。目じりに刻まれた笑いじわ。自信あふれる感情豊かな男性という印象を与える、彫りの深い面立ち。

絵を見ながら、セリアは眉根を寄せた。どこかがちがう……目だろうか。フィリップの目はもう少し小さかったし、形もこんなではなかった。目じりを少し上げ、瞳孔との境がわからなくなるくらい虹彩の色を濃くしてみる。眉もさらに太くした。唇を嚙んで、せっせと手をくわえていく。できあがったスケッチを掲げ、まじまじと見つめ、かぶりを振った。どうかしたの、と問いかけるかのようにヴェスタがみゃーおと鳴く。「なんだかいまひとつね。どうしてフィリップの顔の特徴を思い出せない……」

唐突に、手のなかで紙が震えだす。目は最初のときよりもだいぶよく描けていたが……フィリップの目ではなかった。額と鼻の下に冷たい汗がにじむのがわかる。絵のなかの目は人をあざける光を宿しており、訳知り顔にセリアを見ている。

おれを見るんだ、セリア……。

ごくりとつばをのみこみ、やっとの思いで手を開くと、スケッチははらはらと地面に落ちた。すぐさまヴェスタが紙の上にのり、音をたてながら爪で引っかいて穴を開ける。セリアは胸に手をあて、荒れ狂う心臓の鼓動を感じとった。なにをびくびくしているの、と自分をきつくたしなめる。彼はここにいないのだし、もう二度と会うはずもない。それなのに、いとも簡単に取り乱すなんて。だが高ぶった感情はなかなかおさまらなかった。セリアは目を閉じた。

記憶はときおり、あたかも昨日の出来事のごとく鮮やかによみがえり、この数カ月間の平穏な日々を消し去ってしまう。いまもなお感じられる、乳房をつかんだジャスティンの手、脚を押し広げる膝、肌にかかった熱い息。彼はセリアを貫きながら瞳をのぞきこみ、彼女が強烈な歓喜につつまれるさまを見ていた。彼は相手の弱さやもろさにけっしてほだされず――むしろ、無情にもそれらを利用した。だから彼を止めようにも止められなかったのよ……そう思うなり、セリアは怒りと当惑に頬を染めた。止めるつもりなど自分にはなかった。

そんな自分を一生、軽蔑するだろう。

ヴェスタがもてあそんでいるスケッチの残骸を拾い、手のなかで握りつぶす。

落ち着かないものを覚えつつ、セリアは画材をギャルソニエールの小部屋に戻し、人びとが忙しく立ち働く母屋の厨房に向かった。朝の空気に酵母の匂いが混じっている。テーブルにずらりと並ぶ石壺は、内側にラードを塗り、パン生地を寝かせておくためのものだ。その生地を女性陣がたくみな手つきでこね、形にし、鉄板の型に入れていく。メイド長のノエリンが日干しを終えた小麦粉の入ったトレーを手に現れ、セリアに朝のあいさつをした。初老の黒人女性のノエリンは、ずいぶん長いあいだヴァルラン家に仕えているらしい。

リゼットは厨房の一隅で小さなパン生地をひねり、夕食用のロールパンを作っているところだった。そのかたわらで長女のエヴェリーナが、生のロールパンに羽根を使ってラードを塗りつけている。アンジェリーヌはテーブルにのって、焼きあがったパンの耳をかじっていた。セリアは思わずほほえんだ。この母娘は本当にそっくりだ。三人揃って、赤毛を編んでうなじのあたりにまとめているものだからよけいに似て見える。

「セリアおばちゃまだ！」アンジェリーヌが歓声をあげてテーブルから下り、細い腕でセリアの腰にしがみつく。「ママンのパンづくりをてつだっているのよ」

「そう、偉いわね」セリアは応じながら、幼女の髪を撫でた。

「どこがお手伝いなの？」エヴェリーナが妹をたしなめる。「つまみ食いしてるだけじゃない」

アンジェリーヌはしかめっ面をした。「あたしにもおてつだいできるって、ママンが言ったもん」

「そうね」セリアはさりげなく口を挟んだ。「味見も大切な仕事だものね」幼女の小さな手からパンをとり、端にかじりつく。「おいしい……こういうとき、アメリカ人はなんて言うんだったかしら。うんまい、だった？」

少女たちがくすくす笑い、口を揃えてセリアの発音を直す。リゼットは眉根を寄せて娘たちを見やり、「ふたりとも、セリアにそういう生意気な口をきいちゃだめでしょう」と叱りつけた。

「いいんです、わたしがふたりに、発音を直してねって頼んであるんですから」セリアは声をあげて笑いながら説明した。「ふたりのほうが、わたしよりずっと英語が上手なんですもの」

「わたしもね、英語を覚えるにはずいぶん時間がかかったの」リゼットが打ち明ける。「でもニューオーリンズにいるかぎり、英語は必須。アメリカ人がたくさんいるし、その数は年々増えるばかりだもの。もちろん、英語の単語すら口にしないと決めているクレオール人もなかにはいるわ。他人が目の前で英語を話すのさえ許さないなんて人もね。でもマックスは、子どもたちには両方の言葉を話せるようになってほしいと考えているの。お互いの文化を吸収したほうがいいからって」

「フィリップは英語の聞きとりがとても得意だったわ」セリアは上の空で言った。

「ジャスティンもよ、なのに……」リゼットはふいに言葉を切り、セリアがたじろぐさまを見てばつの悪そうな表情を浮かべた。「ごめんなさい《パルドン》、セリア」

「いいんです」セリアはつぶやいた。

「どうして彼の名を口にしたりしたのかしら。でもね、ここ数日はなんだかジャスティンが気になって。夢にまで出てくる始末よ」リゼットは肩をすくめて、ふっとほほえんだ。「ノエリンは、ロアのお告げだって言うんだけど」

「ロアのお告げ？」

「詳しくはノエリンに訊いてちょうだい」リゼットは答え、エヴェリーナの両耳を手でふさいでから、口だけ動かして「ヴードゥーよ」と言った。

カトリックの家庭で育ったリゼットは、サントドミンゴからの移民である奴隷や、地元の一部の白人が信仰するアフリカやハイチの神々を信じていない。子どもたちに関しても、なるべく迷信に触れることがないよう努めている。ヴードゥーは、ニューオーリンズに深く根を下ろしている宗教だ。何百人もの信者が毎年、神々をあがめるため、ポンチャトレーン湖やバイユー・セント・ジョンで行われる儀式に集まるほどだ。

だがノエリンがヴードゥーを信じているとは意外だった。好奇心に駆られたセリアは、しっかり者のメイド長を捜しにおもてに出た。ノエリンは、日干し中の小麦粉が入ったトレーを手にとろうとしているところだった。「ノエリン？」

メイド長が白髪交じりの頭を上げる。「ウイ、マダム？」

「ロアの意味を教えてほしいんだけど」

「ロア」ノエリンはおうむがえしに言うとトレーを大樹の切り株に戻し、細い体を起こした。きらきらした黒い瞳に笑みが浮かぶ。「ロアにはいろんな種類がいるんです、マダム。ヴードゥーの精霊なんですけどね、どのロアにも善良な面と邪悪な面があります。たとえばレグバというロアは十字路に潜んでいて、罪をつかさどる精霊なもんですから、人をそそのかして悪いことをさせようとします。ええと、ちゃんと通じてます《コンプルネ》か？」

セリアはわずかに頬を赤らめつつうなずいた。

「でもレグバには、人に情けをかける優しさもあるんです。レグバの助けがあれば、運命から逃れられたりもします。ほかにもエルズリーとダンバラというロアが――」

「なるほど」セリアはさえぎった。すべてのロアについてことこまかに説明されてはかなわない。「それで……リゼットがジャスティンの夢を見るのは、精霊のお告げだと言ったそうだけど、どういう意味なの？」

「ロアが夢でお告げを与えているって意味ですよ、マダム」ノエリンの視線が鋭くなる。

「ひょっとして、マダムも夢を見るんですか？」

「ええ、ジャスティンの夢ではないけど」セリアは優しい声音で言い添えた。「夫の夢よ。夢のなかでは彼は生きてるの」

「おやまあ」ノエリンは首をかしげて、思いやり深くセリアを見つめた。「それはロアのお告げじゃないですよ、マダム。男の人が亡くなると、空っぽになりますでしょ……心と、それからベッドが。だからですよ。でもいつか、新しい男の人が現れて、空っぽなところを満たしてくれます。そうすれば夢も見なくなりますよ」

「それはどうかしら」セリアは疑わしげに言った。「また結婚する気になれるとはとうてい思えないわ」

ノエリンはほほえんだ。「あたしみたいに中年になるとわかるんですよ、マダム。この世では、人が絶対にありえないと言うことほど現実になるんです」

その晩、ヴァルラン家では親族を招いて内輪だけのお茶会が開かれた。招かれたのは、初老の紳士淑女が数人に、マクシミリアンの弟アレクサンドルと、その妻アンリエット。彼らは居間に集まって気さくなおしゃべりを楽しんだ。おしゃべりのあいだは、濃いブラックコーヒーと、〈ババ〉と呼ばれるラム酒漬けのケーキが供された。

セリアは部屋の片隅の席を選び、一同が快活に話すさまを黙って眺めていた。視線の先にいるのはもっぱら、長椅子に座るリゼットとマクシミリアンだった。いつもならこの時間にはすでにベッドに入っているはずのラファエルも、父親の胸に抱かれておとなしく眠っている。マクシミリアンは大きな手で、赤ん坊のふわふわの赤毛を何度も撫でた。その優しいしぐさにセリアは胸を打たれた。

客人は真夜中すぎまでゆっくりしていたが、ケーキの最後の一口とコーヒーの最後の一滴がなくなると、ようやくお開きとなった。マクシミリアンは赤ん坊をリゼットに預け、弟夫婦を玄関まで見送りに向かった。戻ってくるなり、客人が残っていないかどうかあたりを見まわす。

「みんなもう帰ったわ」リゼットが請けあった。

「それはよかった」マクシミリアンは黒のクラヴァットをほどき、首の両脇にたらした。赤ん坊に優しくささやきかける妻を見てほほえむ。リゼットが顔を上げ、夫の黒い瞳を見つめる。マクシミリアンの表情が一変した。ふたりが親密なまなざしを交わしあうと、居間の室温がかすかに上がったかに感じられた。

　ばつの悪さを覚えつつ、セリアは夫婦ふたりきりの時間を邪魔しているのを悟った。咳払いをして告げる。「あの……おやすみなさい《ボン・ニュイ》。そろそろ部屋に戻りますね」わざとあくびをし、屋敷の裏手に向かおうとする。「今夜はおかげさまで楽しかったわ」

「ああ、ちょっと待って」マクシミリアンが妻から意識を引き剝がし、声をかけてきた。「ギャルソニエールまで、エリヤかアルノーに送らせよう。だいぶ遅いから、ひとりでは危ない」

「メルシー、でも心配無用です。母屋からすぐですもの。夜中にひとりであちらに戻るのは初めてじゃありませんし」

「そうは言っても――」

「本当に平気です」セリアは早口にさえぎった。「ひとりで戻れますから」

「おやすみなさい」リゼットがどこか夢見心地な声で言い、赤ん坊を抱いて階段のほうに向かった。

セリアは母屋をあとにした。昼間感じた落ち着かない気分がまだ胸に巣くっている。寝室に下がったあと、マクシミリアンとリゼットのあいだになにが起きるかは想像するまでもなかった。夫や家族とともに安寧に暮らすリゼットがうらやましい。とたんに罪悪感に駆られて嫉妬心を追い払おうとしたが、できなかった。

ギャルソニエールにつづく小道に足を踏みだす。そこにフィリップが待っていてくれたなら。そう思うと目の奥がちくりと痛んだ。これほどの孤独感を覚えるのは生まれて初めてだ。フィリップと離れ離れだったころでさえ、いつかは会いに来てくれるとわかっていた。でもいまは、そのような安心感すら抱けない。セリアはうつむいたまま歩いた。彼がまだ生きていたなら、コテージの扉のところで待っていてくれたなら……。「今夜は離さないよ」彼はそう言うだろう。たくましい腕でセリアを抱きしめ、髪に口づけながらささやくだろう。「きみを組み敷き……抱きしめて……愛してあげる……」

ふいにイメージがかき消え、闇のなかに取り残される。虫の鳴き声が聞こえ、風が木々をよそがせた。黒々とした夜が重たく彼女をつつみこむ。心臓が激しく鼓動を打つ。セリアはパニックに襲われつつ、またもや冷たい恐怖にからめとられるのを感じていた。カラス島を発ってからというもの、闇にひとり取り残される恐怖がとりついて離れない。それは、けっして克服できない恐れだった。

歩を速め、セリアはぼんやりと浮かび上がるギャルソニエールに意識を集中させた。呼吸は荒々しさと速さを増すばかりだ。

　そのとき、なにかが近づいてくる気配があった。セリアは恐ろしさに身を硬くした。叫び声をあげようとして開けた口が、手のひらにふさがれた。飛びださんばかりに目を大きく見開きながら、死に物狂いで身をよじる。だが鋼鉄のごとき腕に押さえこまれて、逃げられなかった。

　かすかに聞き覚えのある声が耳元でした。「落ち着けよ、そう暴れるなって。あんたに危害はくわえねえから。おれだよ、ジャック・リスク様だ。もう忘れたのかい？」

　セリアは激しく身を震わせた。恐怖にからめとられて相手の言葉をきちんと理解できない。リスクが優しい声音でつづける。「ちょっと手伝ってほしくてな。それでこうして、あんたが外に出てくるのを待ってたわけさ。そら、しゃんとしな。あんたに一仕事してもらわないと――」

　リスクは凍りついたように言葉を失った。拳銃の撃鉄を起こす音がし、彼のこめかみに冷たい金属が押しあてられているのがわかった。落ち着きはらった声が、静寂を切り裂く。

「けだものめ、彼女を放せ。いますぐだ」

「くそっ」リスクはつぶやき、セリアの腰と口から手を離した。降伏のしるしに、両腕を軽く広げる。

　セリアはよろめきながら逃れ、怒りと安堵にすすり泣きをもらした。振りかえると、マクシミリアンがリスクのこめかみに銃口を突きつけていた。

まだ若い海賊は、五カ月前と同じ格好をしていた。頭にバンダナを巻き、見えない目を黒い眼帯で隠している。引きしまった体はブリーチとブーツ、ぼろぼろのシャツにつつまれている。半身が血まみれなのに気づいて、セリアは目を見開いた。ボン・デュー、まさか、彼はけがを?

「ヴァルラン家の当主様かい?」リスクは用心深くたずねた。

問いかけを無視して、マクシミリアンはセリアを見やった。「けがは?」

セリアはかぶりを振って答えた。すっかり喉が詰まって、声も出ない。

「よかった」マクシミリアンはほっとした声で言った。「母屋に行きなさい」と命じてから、彼女がためらうのを認めて厳しい声音でくりかえした。「行くんだ」

小道の端をそろそろと歩いて、セリアは母屋に向かった。

「おれに制裁をくわえるつもりだろうけど」リスクがマクシミリアンに言うのが聞こえた。「話を聞いてからのほうがいいと思うぜ」

「わが領地への不法侵入は見逃すとしても……わが義理の娘を襲った罪についてはそういうわけにいかん」

「襲ってなんかいねえよ、おれはただ――」

「きさま、どこのどいつだ?」

「ただの大ばか野郎よ」リスクはつぶやき、銃口を軽く押しつけられると顔をしかめた。

「ジャック・リスクだ」

「ここへ来た目的は」

「グリフィン船長のことでちょいとね」むっつりと返す。

セリアは母屋の外壁に身をもたせた。喉元をわしづかみにしていた恐怖が徐々に消え、楽に息ができるようになっていた。マクシミリアンがリスクを自分のほうに向きなおらせる様子を、まじまじと見つめる。

「……いっそ、船長なんざあの臭いバイユーにほっぽりだして、さっさと忘れちまえばよかったんだ」リスクは不機嫌に言いつつ、背を丸めて体の力を抜いた。「全身撃たれて、ざるみたいになってるんだからさ。もう長くはもたないだろうけど、あんたたちならもしかしてと思って――」

「どこにいる？」マクシミリアンは荒々しく問いただした。

リスクが川のほうを指す。「そこに丸木舟があんだろ」

「ほかに誰かいるのか」

「いいや。母ちゃんの墓に誓って誰もいねえ」

男ふたりが傾斜した川岸の、丸木舟が係留されているほうに向かう。セリアは目を見開いて、ふたりのあとを追った。ジャスティンがけがをしている、いや、死にかけている。まさかレガーレと対決したのだろうか。汗ばんだ手のひらをドレスでぬぐった彼女は、好奇心と、名づけたくもないある感情に駆られて、男たちのあとからついていった。履き物の下で小枝の折れる音がし、マクシミリアンが肩越しに振りかえる。目が合った瞬間、セリアは思わず足を止めた。幸い義父は戻りなさいとは言わず、向きなおると、川沿いに歩みを進めた。丸木舟にたどり着いた男たちが舟底を見下ろす。マクシミリアンは、はためにもわかるほど肩をこわばらせた。

足音を忍ばせて彼のかたわらに行ったセリアは、大きく息をのんだ。ジャスティンの体は血まみれの服と包帯につつまれていた。気を失っているらしく、小さな舟の真ん中にぶざまに四肢を放りだして横たわっている。顔は横向きになってよく見えないが、顎がひげに覆われているのは確認できた。大きな手が片方、濡れた舟底に手のひらを上にして置かれており、指が軽く握られていた。妙な感じだった。彼ほどの生命力と精神力にあふれた男性が、こんなふうに力なく倒れている姿は見たことがない。セリアはマクシミリアンを見上げた。義父はなにも言わず、大理石の彫像のごとき硬い表情を浮かべていた。

「ここまで運ぶのが精いっぱいだった」リスクが説明した。「やっとの思いで、この丸木舟に乗せたんだよ」

マクシミリアンは拳銃をセリアに預け、慎重な手つきで武器を握らせた。「引き金は力いっぱい引きなさい」とぶっきらぼうに言う。

うなずいたものの、セリアは前回、拳銃を手にしたときのことを思い出して蒼白になった。マクシミリアンが横目でリスクを見やる。「屋敷まで一緒に来たまえ、ミスター・リスク。ふたりだけで話がある」

リスクは抗議の言葉を口にした。「ごめんだね。ここまで運んだだけで十分だろ。船と乗組員を待たせてるんだよ。とっとと息子を連れていって、なんとかしてやんな。これ以上のことはおれにはできねえ――自分の身を守るので精いっぱいなんだから。こんなところにいたら、危なくて仕方が――」

「おまえに選択肢はない」

セリアのおぼつかない手に握られた拳銃を見やり、リスクはあからさまに動揺した表情を浮かべた。「おれに銃口を向ける必要はねえ――」

「黙れ《テゼ・ヴ》」マクシミリアンはぞんざいに言い、海賊の口を封じた。

ジャスティンはまだ生きているのだろうか。舟底に倒れた彼は死んだように動かない。義父は足首まで水につかるのをものともせず、川のなかに入っていった。丸木舟の上に身を乗りだして、力を失った体を抱き上げて広い肩にかつぎ、重みに耐えかねて大きく息を吐く。苦労しいしい息子を屋敷まで運ぶマクシミリアンのあとに、セリアとリスクもついていった。

歩きながら、セリアは銃口をリスクに向けつづけた。ジャスティンとその部下の顔を見たせいで、カラス島での暗い記憶がよみがえっていた。あのときもいまも、リスクの言動は信用できない。だが頭のなかが疑問符だらけで、訊かずにはいられなかった。「レガーレにやられたの？」と低い声でたずねる。

リスクは即答した。「ああ、ネズミを追う犬さながらにおれたちを追ってきてな。手下どもに四方を囲まれて、逃げ場なんてありゃしなかった。襲われたのはメキシコ湾――二週間前の話だ。船長は大砲の攻撃に巻きこまれて……重傷を負った。おれとオーグと数人の仲間で船長を川岸の低地にこっそり運び、そこに横たえて傷がよくなるのを待ったんだが——」いったん言葉を切り、咳払いをする。「当然ながら、レガーレに発見された。陸路でおれたちの隠れ場所に接近し、奇襲攻撃を仕掛けてきやがったんだ」かぶりを振り、誇らしげな口調になってつづける。「おれたちの戦いぶりを見せてやりたかったぜ。連中を撤退させたんだからな」少年じみた興奮の色が消え去る。「といっても、そこから脱出したときには、船長の体力もほとんど尽きていたけどな」

「わが身の危険を承知のうえで、彼をここに運んだのはなぜ？」セリアは静かに問いかけた。

「彼を見捨てて、逃げることもできたはずよ」

「船長を見捨てるだって？」みくびるな、とばかりにリスクが問いただす。「船長にあんだけ世話になりながら、よくもそんな薄情を言えるな。おれは船長となら一緒に地獄に落ちたっていい。目玉を失ったのだって、船長のためだから惜しいとも思わない。船長だっておれのために、いや、ヴァガボンド号の乗組員のために、同じようにしてくれる」

「わたしが、彼に世話になった……」セリアは苦々しげにリスクの言葉をくりかえした。ジャスティン・ヴァルラン……グリフィン船長……名前はどうあれ、彼が残酷で身勝手なけだものである事実に変わりはない。こんなふうに大けがを負っていなかったら、いますぐもっと手ひどく痛めつけてやりたいくらいだ。

一行が屋敷裏手のフランス戸から邸内に入ると、リゼットが飛んできた。すぐ後ろからノエリンも現れる。リゼットはすぐには状況をのみこめない様子で、夫の肩にかつがれた義理の息子をただ見ていた。「マックス――」

「二階に」マクシミリアンが息を切らしつつ言う。彼はジャスティンが子どものころに使っていた部屋に向かい、戸口で歩みを止めて、妻がランプに明かりをともすのを待った。簡素な部屋で、飾りけのないマホガニーの家具が並び、高い支柱のベッドには深紅のダマスク織の上掛けがかかっている。リゼットがすぐさま重たげな上掛けを引き剝がす。マクシミリアンは重傷を負った息子の体を純白のリンネルのシーツに横たえた。

沈黙が流れる部屋で、リゼットとノエリンが忙しく立ち働く音だけが響いた。メイド長がナイトテーブルにタオルと薬品類を並べる。リゼットがはさみを手にとり、ぼろぼろのシャツや薄汚れた包帯を切っていく。セリアは無言で、拳銃を義父に返した。部屋の隅に下がり、ジャスティンのけがのひどさを目の当たりにして、両手の指をきつく絡みあわせた。

右肩と太ももの銃創が膿みはじめている。おそらくレピアーによるものだろう、みぞおちのあたりがざっくりと切られている。紫色の皮下出血は、肋骨が折れていることを物語っている。鼻から耳にかけてこびりつく乾いた血。どこもかしこも火薬によるやけどで黒ずみ、裂傷に覆われている。右の脇腹には剣で突かれたとおぼしきぎざぎざの傷。適当に縫いあわされているだけで、消毒をした形跡もない。

「オーグとおれで、弾は抜いておいた」リスクがつぶやく。「いまさらなにをしても無駄だと思うぜ」

セリアも内心でリスクの見立てに同意した。

ジャスティンの目に巻かれた包帯を取ったリゼットが、小さな悲鳴をあげた。

「爆発の衝撃で見えなくなっちまった」リスクが言った。

セリアは反射的に前に進みでていた。リゼットがきっぱりとした態度で、セリアの動きを制す。「手当てはノエリンとわたしがします。みんな、部屋を出てちょうだい」

「お医者様は呼ばないのですか？」セリアはたずねながら、落ち着きはらった自分の声音に驚いていた。

マクシミリアンがかぶりを振り、暗いまなざしを息子から引き剝がした。「息子がここにいると知れたら、すぐに当局の人間がやってくるだろう。もちろん、賞金稼ぎも。そうなったら、連中は息子がどんな状態だろうと連れていく」

「そのとおりだ」リスクが訳知り顔でうなずいた。「船長やおれみたいな人間には、安全な場所なんてない」

義父はジャスティンに視線を戻した。「できるかぎり手をつくして、希望を持ちつづけるしか――」言葉を失い、歯嚙みする。彼は自制心を取り戻してから、「きみに訊きたいことがある」と言って、先に部屋を出るようリスクに身ぶりで命じた。

その場に残ったセリアは、リゼットたちがジャスティンの服の残骸を取り除いていくさまを見ていた。あらわになった裸身を目にして心臓が高鳴る。そのたくましい肉体は、彼女の記憶から消えてはいなかった。男性の体なら、父の診察の手伝いをした際に何度か目にした。ここまでだがこれほどまでに強靭で、どこもかしこも男らしい肉体の持ち主はいなかった。ここまでの重傷を負ってもなお、危険なオーラを放っている。あたかも眠っているライオン、目覚めたとたんに獲物に襲いかかるライオンのようだ。

　湯気の立つ湯の入ったたらいを手に、メイドがひとり戸口に現れた。セリアはうなずいて礼を言いつつ、たらいを受け取った。それをベッド脇に置き、ついでに、リゼットが床に放ったぼろぼろの布切れを拾う。ノエリンがそれを取り上げ、鼻梁にしわを寄せて臭いを嗅いだ。「きれいなタオルをもっと持ってきます」メイド長はつぶやいた。「これは焼き捨てときましょう」

「それがいいわ《ボン・ニデ》」セリアはタオルを湯にひたし、丁寧に絞った。血がこびりついたジャスティンのまぶたを目にしたとたん、胸の内に悲しみにも似た奇妙な感情がわいた。心底憎んでいる相手に、どうして哀れみを覚えるのか自分でもわからない。

「こんなひどいけがが、初めて見るわ」リゼットが声を振り絞るように言い、ジャスティンの腕に張りついた包帯を引き剝がそうとした。その小さな手が震えているのに気づいて、セリアは同情を覚えた。なにも言わずにその仕事を代わり、手際よく包帯を取り除いていく。包帯の下に隠れていたけがはぱっくりと傷口が開き、やはり膿んでいたが、驚きはしなかった。

「わたしは見たことがあります」セリアは静かな声で打ち明けながら、包帯を丸めて脇にやった。「オーストリア軍とプロイセン軍が、パリに侵攻したときに。皇帝ナポレオンがフランスを戦場に変えたんです。抵抗運動に参加した少年が大けがを……」いったん口をつぐみ、英語ではなんと言うのだろうと言葉を探す。「イリヤ・トロワ・ザン……あれは三年以来

――」

「三年前ね」リゼットが訂正してくれる。

「はい。少年はパリの自宅に運ばれました。父が治療に呼ばれ、わたしも同行したんです。あの子がちょうど、こんなけがを」セリアがジャスティンの肋骨に湯でぬくまったタオルをあてると、彼はかすかに身じろぎした。脇腹の縫いあわされた傷は、いったん開いて消毒しなければなるまい。「父が、戦時にはこの手のけがは珍しくないのだと言っていました」

「その子は助かったの？」リゼットがたずねた。

セリアは短くうなずきながら、ジャスティンの泥まみれの顔や肩にかかる長い黒髪をひとつにまとめた。「怖いのは感染症です。感染を防ぎ、高熱が出たときに対処できれば――」

「対処してみせるわ」リゼットは静かな決意を込めて言った。「マックスのために」

父子の複雑な関係がセリアにはよく理解できずにいた。ふたりが対立しているのは明らかだ。過去の出来事が、お互いへの感情に影を落としているのだろう。とはいえ、マクシミリアンが息子の行く末を案じているのは否定しようもない。フィリップの死からほんの数カ月しか経っていないのに次男まで亡くしたら、義父はどれほど嘆き悲しむだろう。傷ついた体を見下ろしながら、セリアはわきおこる新たな思いにわれながらいぶかしんでいた……たとえなにかの奇跡で助かっても、ジャスティンは一生、視力を失ったままかもしれない。見るものを焼きつくす群青の瞳のきらめきが脳裏によみがえる。ジャスティンのことだ、きっと、他人に頼る人生を強いられるくらいなら死を選ぶだろう。

感傷を頭のなかから追い払い、セリアは脇腹の傷を縫った糸を切っていった。

「毒素を取り除くための薬草のたぐいならたくさんあるわ」リゼットが言い、戸口に向かう。

「ノエリンが薬草の軟膏を用意しているはずよ。すぐに戻るから、彼を見ててちょうだい」

「ええ」セリアはジャスティンとふたりきりで取り残された。タオルを湯にひたし、きゅっと絞って、膿んだ傷口にあてる。気を失っていても痛みは感じるのだろう。彼はうめき、小刻みに体をひくつかせた。

「いまなら簡単に復讐ができるわね、モナミ」セリアは優しく語りかけた。「わたしのお情けにすがる日が来るなんて、思ってもみなかったでしょう?」眉間にしわを寄せて、傷口から膿を取り除く作業に集中する。膿をぬぐうたび、彼が痛みに息をのみ、胸板が上下した。

「どんなに努力しても、ざまを見なさいとは思えないみたい」傷口にタオルを押しあてて、出血を止める。「大丈夫、あなたなら我慢できるわ。これからこうやって何時間も、ふたりでがんばるのよ」

ジャスティンが支離滅裂な言葉を口走りながら、おぼつかない手を脇腹に伸ばす。セリアはその手をそっと押しのけ、抑えた声で語りつづけた。「だめよ、モナミ、じっとしていて。動いたら手当てがしにくくなるでしょう? おとなしくしてて」

濡れたタオルの端を使って、腫れあがったまぶたをそっとなぞり、すすや血を拭きとる。ジャスティンが顔をそむけようとしたので、セリアは片手で頰を押さえた。手のひらの感触に安堵したのか、彼はおとなしくなった。「きっとよくなるわ」とささやきかけつつ、顔を拭いていく。セリアは苦々しい思いと、固い決意がわきおこるのを感じた。「死んでもらっては困るの……よくなって、フィリップのかたきをとってもらうんだから。レガーレには命で償ってもらう、そう言ったわよね。約束は守ってもらうわ」

# 7

「容体は？」ギャルソニエールからジャスティンの寝室にやってきたセリアは、戸口に立ったままたずねた。ゆうべはよく眠れず、ジャスティンとそのけがについて、ずっと考えをめぐらせていた。義両親とノエリンは全力で看病にあたっている。ジャスティンの身を案じるのは、セリアではなく彼らの仕事だ。頭ではそう理解できている。けれども、顔も洗わず朝食もまだなのに、彼の具合を確認せずにはいられなかった。

腰のあたりまで引き上げられたリンネルのシーツの純白が、ジャスティンの肌の色と対照的だ。ゆうべ目にした肢体は、どこもかしこも濃い褐色だった。自由な快楽主義者よろしく、彼が丸裸で湖に飛びこんだときの光景を思い出す。

目にもそれ以外の傷にも包帯が巻かれていた。枕にのせた頭は横を向いており、フランス語のうわごとが聞こえる。

ベッド脇の椅子に座ったリゼットは髪が乱れ、やつれた表情をしていた。「熱が上がってきたわ」

「お疲れでしょう」視線をジャスティンにそそいだまま、セリアは言った。

「マックスが一晩中、看病すると言って聞かなかったの。わたしは夫がとなりにいないと眠れないから」リゼットはジャスティンの額のタオルを取り替えた。「いまは子どもたちと一緒にいるわ。病気のお客様がいると説明しているところ」

「お子さんたちは、お見舞いは？」

「させないつもりよ。見舞ったら、誰なのか知りたがるでしょうし。ジャスティンが最後に帰ってきたのは五年前で、ほんの数分でまた出ていってしまったから」

「フィリップ……」うわごとを言ったジャスティンがベッドの上でもがき、頭が枕から落ちそうになる。言葉がひどく不明瞭で、なんと言っているのかよくわからない。「おれがいけないんだ……怒らないで……フィリップはなにもしてない……」

リゼットが枕の位置を直し、目に巻いた包帯の具合を見る。セリアは戸口にたたずみつづけた。全神経が彼のもとに行きなさいと訴えている。わたしったらどうかしてるわ、と思ったが、激しい感情は消え去らない。ジャスティンはなおもつぶやきながら、なにかつかむものを探すかのごとく、両手でひっきりなしにマットレスをかいている。

「子どものころを思い出しているのね」リゼットは言い、椅子の背にもたれた。「ときどき、ジャスティンが悪さをしたのにふたり揃って叱られることがあったの。フィリップはけっして不平を言わなかったけど、ジャスティンはさぞかし罪悪感を覚えていたと思うわ」

どんな理由があろうと、ジャスティンが罪悪感を覚えるとは思えない。「兄弟でライバル意識はなかったんでしょうか？」

「もちろんあったわ」リゼットはひげに覆われたジャスティンの顔を悲しげに見やった。「子どものころはほとんど、父親にないがしろにされていたの。マックスは最初の妻のコリーヌを亡くして以来、周りを顧みない人になってしまったそうよ。子どもたちに対しても、規律を教える以外はなにもしなくなった。ニューオーリンズ中の人が、フィリップは善い子、ジャスティンは悪い子とみなしていたわ。どちらにとっても苦痛だったでしょうね」

「ジャスティンはフィリップに嫉妬していたのでは？」

「それはお互いさまよ。もちろんふたりとも、絶対にそんなわけないと言い張るでしょうけど」リゼットは立ち上がり、長い時間ずっと座っていたせいだろう、片手を腰にあてた。

「わたしが交代します」セリアは申し出た。

「ノン、メルシー。あなたに負担をかけるわけにはいかないわ。ノエリンに代わってもらうから大丈夫」

「負担じゃありません」セリアはきびきびと応じた。「それにわたしは医者の娘ですよ。病室も慣れっこです」

リゼットは半裸で横たわるジャスティンに視線を投げた。「でも、ただ見ていればいいわけじゃないのだし――」

「これでも既婚者ですよ」セリアは淡々と応じた。「多少のことでは狼狽したりしません。それにノエリンにはプランテーションの仕事もありますし。わたしはどうせ、今日はなにも用事がありませんから」これで話はついたとばかりに、身ぶりでリゼットに退室を促した。

義母はためらい、不思議そうなまなざしをセリアに向けた。「ジャスティンをよくは思っていないのでしょう、セリア。いやな相手の看病をするのは不快ではないの？」

「フランスの女性は理性的なんです。感情に流されて、やるべき仕事をしないのは主義じゃありませんし」

なおも見つめていたリゼットは、やがて肩をすくめた。「わかったわ。わたしたちは家事をすませてしまうわね。なにかあったらキャリーかレナに言って、ノエリンでもわたしでも呼んでちょうだい。助かるわ、セリア」

「なんてことないですから」セリアは椅子に腰を下ろした。「あの、彼はどうして家を出ていったんですか？」

リゼットは戸口で歩を止め、その問いかけについてしばし考える顔をした。「家庭の事情と、当人の性格のせいかしら。ジャスティンは権威をいっさい認めなかった。とくに父親の権威をね」彼女はため息をついて部屋をあとにした。

どうしてここまでジャスティンの看病役を固持したのか。セリアは自分でも理解できなかった。ただ、ここにいなければならないと思った。彼を見つめていると、たくましい体に組み敷かれ、荒々しく貫かれた瞬間を思い出してしまう。そんな相手にどんな感情を抱けばいいというのだろう。自分を傷つけ、屈辱を与えた張本人に。だが彼は、命の恩人でもあるのだ。

「あなたほど見下げ果てた人はいない」セリアは語りかけた。「あなたはおぞましいけだものよ、グリフィン……そう、この名前のほうがあなたにはお似合いだわ。フィリップの兄なのは信じられても、双子の兄だなんてありえない。瞳はたしかにそっくりだけど、弟に似てると自慢できるのはそれだけよ」目元に巻かれた包帯に触れる。「でも、これからは瞳が似てることも自慢できない」

指先でそっと包帯をなぞっていく。すると彼は、指の感触に気づいたかのように、頭を振るのをやめた。唇から低いうめき声がもれる。

「弟に嫉妬していたのでしょう?」セリアは一瞬ためらってから、乱れた長い黒髪に触れた。未開人ではあるまいし、男性がこんなに髪を伸ばすなんてと思ったが、指先にからめた豊かな髪の感触は心地よかった。「フィリップは理想的な男性だったけど、あなたは彼とは正反対ね。なのに兄弟だなんて。フィリップは優しくて上品だった。あなたは……上品さのかけらも持ちあわせていない」セリアは遠い目になった。「嫉妬がどんなものかくらい知ってるわ。わたしにも妹がいるもの。みんなかわいくて、やすやすと男性をとりこにする。わたしとは大ちがい……」口をつぐみ、苦笑を浮かべる。「わたしの愛嬌のなさはもう知ってたわね」彼女は苦笑を消した。「フィリップの妻だからわたしを求めたんでしょう? 弟から奪い、飽きたら捨てるのにちょうどいいと思ったのでしょう? フィリップはね、わたしという人間を求めてくれたのよ。あなたにはけっして理解できないでしょうけど。きっと女性に対してそんな感情を抱くこともできないわね。だからあなたには、真に愛される幸せは理解できない。つかの間であっても、そんな愛を得られたら——」

セリアは唐突に口を閉じた。いつの間にかジャスティンの髪を撫でていたことに気づいて、さっと手をどけた。気持ちとは裏腹に優しくしてしまう自分がわからない。彼女はまごつき、そそくさと、ナイトテーブルに置かれた軟膏や薬瓶の整理を始めた。

悪霊たちが襲ってくる。彼の肉を長く黒い鉤爪で引き裂き、目玉をえぐる。猿ぐつわを噛まされ、手足を縛られたジャスティンは、ただ苦痛に身をよじるしかない。叫び声すらも喉の奥に詰まっている。周囲には煙と炎。彼はまさに地獄の淵をさまよっている。と突然、冷たいなにかが頬に触れ、悪霊どもを追い払ってくれた。ジャスティンは安堵のため息をもらした。悪霊は少し離れたところで、ふたたび彼に責め苦を与えるときを待っている。獲物を観察するやつらの甲高い鳴き声が聞こえる。

そして穏やかな声。天使のささやきが、安寧と平穏を約束してくれる。ジャスティンは死に物狂いで、見えない庇護主に意識を集中させ、このままそばにいてくれと祈りつづけた。悪霊どもが接近し、ふたたび彼を襲おうとする。ひとりでやつらと立ち向かう勇気はない。

ノエリンが用意した異臭を放つ軟膏の瓶を手にとり、セリアはジャスティンの腫れた顔やひび割れた唇、ひげが焼け焦げた部分に薬を塗っていった。彼の唇が動き、声を出さずに何事かつぶやく。「目の包帯はあとで取り替えてあげる」セリアは告げた。「わたしは医者ではないけど、きっとまた見えるようになると思うわ。運のいい人ね。ノエリンがロアの話をしてくれたけど、あなたには情け深いロアがついているのよ」

　薬瓶をナイトテーブルに戻し、じっと横たわるジャスティンに向きなおる。とたんにセリアは衝撃に打たれて凍りついた。彼は気づいている。彼女がここにいると承知している。

　セリアは表情を失ったジャスティンの顔を凝視した。「ジャスティン？」

　ふいに彼が身じろぎをした。うめき声をあげ、包帯を巻いた肩に片手を伸ばす。傷が悪化するといけないので、セリアはその手を払おうとした。すると彼の指が、血が止まるほどきつく彼女の細い腕をつかんできた。痛みに息をのむ。

「やめて、放して」うわずった声で訴えて、セリアは指を引き剝がそうとした。

　だが次の息をつく前に、彼女はつかまれた腕も、その痛みも忘れてしまった。身を震わせながら、ふたりのあいだになにかが生まれつつあるのを覚えた。かつて感じたことのない、温かな波に似たものだ。彼女は驚きとともに、荒い息を吐くジャスティンを見つめた。一瞬、彼の胸中にある感情をわがもののごとく知覚できた。恐怖と孤独感だ。暗闇に閉じこめられ、化け物に鉤爪を深々と突きたてられ、肉を引き裂かれ――。

「いや！」怯えたセリアはよろめきながら椅子から立ち上がった。心臓が激しく鼓動を打っていた。ジャスティンの手のなかから乱暴に自分の腕を引き抜き、鬱血して早くも青みを帯びつつある部分をさする。振りかえって彼を見ると、右手をしきりに握ったり開いたりしていた。

　セリアはためらいつつもベッド脇に戻った。ジャスティンはすでに手の動きを止めていたが、彼女の存在を感じとっているのが察せられた。気づいているにちがいなかった。セリアは震える手を自分の顔にやり、額と目にかかる髪をかきあげた。なにがどうなっているのかわからないが、きっといまのは想像の産物だ。いますぐ病室を出て、彼から逃れたかった。なのになぜか、彼をひとりにしてはいけない気がしている。

「そばにいるべき理由なんてないのに」セリアはつぶやいた。「あなたにはなんの借りもない。これからだってそうよ……」言葉がかき消える。衝動を抑えきれず、ベッドの端に腰を下ろし、ジャスティンの手をとって甲を撫でた。太い指がふたたび彼女の手をつかむ。「ジャスティン？　聞こえる？」まじまじと観察してみたが、熱に浮かされて深い眠りについているらしい。

セリアは彼の手に視線を落とした。きれいな形をした長い指。日に焼けた力強い手は、重労働をこなしてきたのだろう。手の甲と指の背には黒い毛がはえている。

ベッドに横たわる大きな体を頭のてっぺんから爪先に向かってゆっくりと見ていく。シーツは腰骨のあたりまでしか掛かっていなかった。セリアは頬を赤く染めながら、彼の体をまじまじと見つめた。胸板と下腹部を覆う毛、古傷の跡、活動的な人ならではの発達した筋肉。うなじだけが、長い髪に隠れているせいでほかの部分より少し白かった。

こんなふうに男の人の肉体を間近に観察するのは生まれて初めてだ。彼の体に魅了される一方で、ばつの悪さも覚えた。いままでに、ジャスティン・ヴァルランに惹かれた女性はいたのだろうか。たしかに彼はたくましく、ずば抜けて男らしいが、けっしてハンサムではない。虚栄心はかけらもないだろう。そんなものがあったら、ひげと髪をここまで伸ばすのに一苦労したはずだ。彼には粗野、あるいは原始的といった言葉が似合う。たぶん、そういうふうにしか生きられないのだろう。男性は自分を変えられない生き物だから。「あなたみたいな人でも、誰かを愛せるのかしら」内心の疑問を声に出してつぶやきながら、セリアは力を失ったジャスティンの指を無意識にもてあそんだ。「無理よね、海賊には愛なんて邪魔なだけだもの」

「今日は木曜日なのよ、じきにお友だちが続々とやってくるわ」リゼットが不安げに訴えた。「お引き取りいただくほうがいいのかしら。でも、その場合はなんて言えばいいの。そもそもジャスティンがここにいることをずっと隠しとおすなんて不可能でしょう。農園で働く人たちもみんな、わが家に誰かがいると気づいているわ。噂があっという間に街中に広がるに決まってる。そして街の人たちが疑念を口にしだし、やがて当局がそれに気づいて、そうなったらもう――」

「すべて予測ずみだ」マクシミリアンがぶっきらぼうに言って、小柄な妻を膝に引き寄せた。「ひとまず今日のところは、もっともらしい理由をでっちあげよう」

リゼットは両の腕を夫の首にまわし、いらだたしげにため息をついた。「嘘は苦手なの。それにひとつ嘘をつけば、また別の嘘をつかなくちゃいけなくなる。嘘と本当の区別がつかなくなるわ」

書斎の一隅で、セリアは義両親が話しあうのを見ていた。ジャスティンの部屋でまたもや寝ずの看病をし、書斎にやってきたところだった。すでに一週間近く、彼のベッド脇で何時間も過ごす日がつづいている。こういう仕事にはわたしが一番慣れてますから……控えめながらも頑固に主張して、セリアは看護にあたっていた。そもそも自分以外の人にはほかにちゃんと役割がある。リゼットとノエリンは農園の運営を担っているし、マクシミリアンは海運業で忙しい。

ジャスティンは依然として意識を取り戻さないが、うわごとを言ったり、ときには実母の名を呼んだりもする。コリーヌは双子がまだ五歳のときに亡くなったと聞いている。母親の話をするとき、フィリップは悲しみと後悔に暮れた様子だった。でもジャスティンは実母に敵意しか抱いていないらしい。彼はうわごとでフィリップの名もしばしば口にしたが、弟に対する感情はよくわからなかった。

看護にひどく疲れたときだけ、セリアはほんの数時間、ノエリンや義両親に交代してもらった。だがなるべく早く病室に戻った。彼女がいるほうがジャスティンも静かにやすめるらしく、昼のあいだからスプーンで流しこむスープもちゃんと飲むし、傷口の消毒や包帯の交換をするときもおとなしくしているからだ。

傷口はきちんと縫ったあと、ノエリンが用意した粉状の止血薬をまぶしておいた。緑色のその粉薬は、オーグがセリアの足のけがに振りかけたものとそっくりだった。意外に思い、セリアはノエリンに頼んで薬の材料となる薬草を見せてもらった。湿地帯に群生するゼラニウムの根を乾燥させ、すりつぶして作るらしい。熱さましには、インディアンセージの苦い飲み薬を用いた。白い花と産毛に覆われた葉に熱湯をかけ、ゆっくりと成分を抽出させたものである。ひどい臭いがするためジャスティンに飲ませるのは一苦労だったが、セリアはなんとかなだめすかして飲ませていた。彼が言うことを聞くのはセリアだけだった。

この状況を誰もが不思議に思っていたが、とりわけ大きく首をかしげていたのは当のセリアだ。義両親はセリアが看護役を固持する理由と、それに対するジャスティンの反応についてあれこれと憶測をめぐらせているらしいが、その内容は神のみぞ知るだった。「ねえ、セリア」リゼットが当惑気味に問いかけてきたことがある。「フィリップとの思い出のために、ジャスティンの面倒を見なくてはいけないと思っているのかもしれないけど――」

「フィリップとは関係ありません」セリアは正直に答えた。

「でもジャスティンの世話ならすべて、ノエリンやわたしが代わりにできるし――」

「わたしがついてるほうが、彼も具合がよさそうですから」自分の必死な口調に辟易したが、気持ちを抑えられなかった。「そうだと思いません？　実際にそういう場面を何度も目になさったでしょう？」

「ええ、たしかにね」リゼットは認めた。「だからといって、くたくたになるまで看病にあたる必要はないでしょう」

セリアは無表情な顔を作って応じた。「ジャスティンの義理の母親なんですから、彼の世話をどうするかはあなたが決めていいと思うんです。わたしが看病しないほうがいいなら、そうおっしゃってください」

「そういう意味では――」リゼットは言葉を切り、わずかに眉をひそめた。このままでは口論になりそうだとお互いに気づいていた。「あなたとけんかをするつもりはないわ。でもこれだけはわかってちょうだい。へとへとになるまであの子の看病をしてくれなくていいのよ。ほかにもできる人間はいるのだし」

「わかりました」

「わかってくれればいいわ」

「ええ」

それからふたりは居心地が悪そうにお互いを見やり、セリアは病室に向かった。幸い、リゼットに引き止められることはなかった。ジャスティンのそばで過ごし、片時も目を離さずにいなければとの思いは日を追うごとに強くなっていくばかりだ。彼はきっと、看病にあたるセリアの存在に気づいている。彼女の語りかける声も聞こえているらしかった。

物思いからわれにかえり、セリアはあらためて義両親の会話に耳を傾けた。「みなさんにいったいなんと説明すればいいの、愛しいあなた《ビャン・ネメ》？」リゼットがたずねる。「なにか隠してると気づいたら真っ先に、ジャスティンに関係したことにちがいないと考えるはずよ」

「隠しとおす方法はある」マクシミリアンがゆっくりと応じた。「だが名案とは言えない。その方法に頼れば、家族全員がまた大変な思いをする。それに始めたら最後、途中でやめるのも無理だろう。だからもう少し時間をくれ、別の方法を考えるから」

リゼットとセリアは不安げな視線を交わした。リゼットが夫に向きなおる。「時間なんて、もう残されてないのよ、マックス」

「そのとおりだわ《セヴレ》」セリアは心配そうに眉根を寄せてうなずいた。「その方法とやらを聞かせてくれませんか？　そうすれば、名案かどうか三人で考えられる――」

　セリアはふいに言葉を切った。奇妙な感覚にとらわれる。幾層にも重なった闇の下から、もがきつつ浮かび上がるなにかの、いや、誰かの姿が見える……ジャスティンだった。彼女は蒼白になってスカートを握りしめ、足早に戸口へ向かった。「すみません。ジャスティンの様子を見に行かなくては」急いで大階段を目指し、しまいには駆け足になって、飛ぶように階段を上った。


　のろのろと目を覚ましたジャスティンは、ここはいったいどこだろうといぶかしんだ。自分の身になにが起こったのか。どうやらベッドでシーツにくるまり、枕に頭をのせて横になっているらしいが、そんなのありえない。周囲は闇につつまれている。薬草の鼻をつく臭いと、洗いたてのタオルの匂いがする。彼は小さくうめいて目を開けようとしたが、できなかった。片手を上げかけて、まるで力が入らない事実に驚いた。体力が衰えるなど、ついぞなかったのに。

　息を切らして奮闘し、片手を顔にやると、目元に包帯が何重にも巻かれているのがわかった。なにがあったか思い出したとたん、パニックに襲われた。レガーレ一味との争い……銃声……勝ち誇った顔でジャスティンの脇腹に剣を突きたてたレガーレ……リスクの心配そうな懇願の声……おれはこれから死ぬんだ、あのときジャスティンはそう思ったのだった。いまも全身が痛み、脚を動かせず、脚がそこにある感覚すらない。ひょっとして切断されたのだろうか。彼は包帯を手探りし、引きちぎろうとした。なにがどうなっているのかこの目でたしかめねば。だが刺すほどの痛みを目に感じ、めまいを覚えた。

「だめよ、包帯をいじらないで」優しいが切迫感のこもった声が聞こえた。どこからともなく女が現れてかたわらに来ていた。ひんやりとしたふたつの手が彼の手をとり、マットレスに下ろす。ジャスティンは女の手を払いのけた。「目の包帯はもうしばらくしていなくてはだめよ」女はなだめる声で言った。「きっとよくなるわ。いまはゆっくりやすんでちょうだい。おとなしく《ドゥースマン》して、なにも心配はいらないから」

夢に出てきた天使が瞬時に思い出される。彼女の声にちがいなかった。天使がとなりにいて、彼の頭にそっと手を置いている。「おれの脚は」ジャスティンはかすれ声でそれだけ言った。

「よくなってるわ」天使がささやいて、額ににじむ汗を拭いてくれた。「また歩けるようになるわ」

「痛いんだ……」真っ赤に焼けた火かき棒でかきまわされているように頭が痛い、そう訴えようとした。天使はすぐにわかってくれたらしい。ほっそりとしていながら力強い腕が首の後ろにまわされ、上半身が起こされる。やわらかな弾力を帯びた天使の胸が頬をかすめ、ジャスティンはほのかな花の香りにつつまれた。唇にグラスの縁が押しあてられる。ヤナギの樹皮の煎じ薬を薄めたものだろう。つんとする臭いにむせた。

「いらない……」

「少しだけでいいから」天使がなだめる。「一口か二口でいいわ」

彼女を喜ばせたくて、我慢して飲んだ。するとすぐに頭が枕に戻され、心地よい腕の支えが取り去られた。わずかばかり残されていた気力までが枯渇していく。「本当にきみなのか?」ジャスティンはやっとの思いでたずねた。

「もちろん《ビヤン・スール》、本当にわたしよ」天使の指が軽やかに彼の髪を撫でる。

しばしののち、彼女がかたわらを離れるのが感じとれた。「いてくれ」ジャスティンはかすれ声で懇願した。だが天使は聞こえなかったかのように行ってしまい、彼もたちまち深い眠りについた。


夜になってもセリアは病室に戻らなかった。もはや自分がそばにいる必要はない。感染症の恐れはなくなったし、体力も徐々に回復するだろう。義両親はジャスティンに対するセリアの献身ぶりをいぶかしんでいただろうが、いまごろは、唐突に関心を失った彼女の態度にまさに困惑しているはずだ。わずか数時間のうちに、強迫観念とも言うべきものが無関心に取って代わられるのを目の当たりにしたのだ。いったいどういうわけなのか、義両親には見当もつくまい。「疲れたから」だと説明はしておいた。意識を取り戻したジャスティンに会うのが怖いのだとは言えなかった。

彼が目覚めたときの自分の心の変化に、セリアはひどく動揺していた。その瞬間を、胸がぎゅっと締めつけられるほど優しい気持ちにとらわれたひとときを、何度も何度も思いかえしてみた。腕に感じたジャスティンの頭の重み。口元に運ばれた薬をおとなしく飲み下すさま。いてくれ、と訴えたときのかすれた声。セリアだってそばにいたかった。ジャスティンの髪を撫で、気持ちを落ち着かせ、励ましてあげたかった。だが、あのけがらわしい海賊にそんな感情を抱くはずがない。だからセリアは、気持ちをきちんと整理できるまで彼に会ってはならなかった。

その晩セリアは偶然、リゼットとマクシミリアンが彼女の態度の急変について居間で話しあうのを耳にした。庭を散策して、夕食のために母屋に戻ったところだった。誰かが自分の名を口にしたのが聞こえたので、すぐに正面玄関に足を踏み入れ、聞き耳を立てた。

「セリアが嫌いなわけじゃないの」リゼットの声だった。「でも、彼女がなにを考えているのか理解できなくて。本心をまるで見せてくれないんだもの」

マクシミリアンがハスキーな声で笑う。「きみがセリアを理解する必要はないだろう、プティット。むしろ当のセリアも、自分の本当の気持ちがわからないんじゃないかな」

「でも、セリアはジャスティンを憎んでるはずなのよ。だったら、熱にうなされるジャスティンの看病なんてしたがらないのが当然でしょう」

「おそらく」マクシミリアンが思案ありげに言う。「ふたりのあいだになにか、隠しておきたい秘密があるんだろう」

セリアは頬が赤くなるのを覚えた。マクシミリアンは洞察力に優れた人だし、息子がどんな人間か、身びいきせずに判断できる。セリアの同意の有無まではともかく、ふたりが関係を持った可能性を疑っているのではないだろうか。屈辱感に襲われたセリアは正面玄関をあとにし、ギャルソニエールに向かおうとした。

そのとき、屋敷へとつづく長い私道を、地味ながらも優雅な外観の馬車が一台走ってくるのが見えた。セリアは歩みを止めて、近づいてくる馬車を見ていた。止まった馬車からひとりの青年が現れ、従者の手も借りずに地面に降り立ち、軍人らしい整然とした足どりで屋敷正面の階段を上ってくる。アメリカ人だった。今日は私服だが、フィリップの葬儀に軍服姿で参列してくれたのを覚えている。名前はたしかピーター・ベネディクト大尉。ニューオーリンズの海軍基地で司令官を務める、マシューズ中佐の部下だ。

ベネディクトは玄関脇に立つセリアに気づくと意外そうな顔をした。「マダム・ヴァルラン」と呼びかけて、手袋をした手でセリアの素手をとり、礼儀正しく頭を下げる。「ごぶさたしています。わたしなどお忘れかもしれませんが」

「いいえ、覚えていますわ、ベネディクト大尉」セリアは応じ、少年っぽさの残る相手の顔を見た。その面立ちから、まっすぐな性格と、義務や慣習をなによりも重んじる人柄がうかがえた。温かみのある茶色の瞳と視線が合ったとき、メキシコ湾における海賊行為の取り締まりに向け、ベネディクトとマシューズが陣頭指揮をとっているのが思い出された。ジャスティンのような悪名高い海賊を捕らえれば、大尉はその業績を大いにたたえられることになるのだろう。ひょっとして大尉は、ヴァルラン家の客人に関する噂を耳にしたのだろうか。まさか、客人がジャスティンではないかと疑ってこの家にやってきた？

「今日はムッシュー・ヴァルランにお話があってうかがいました」ベネディクトは言い、探るまなざしをセリアに向けた。

セリアは必死に無頓着をよそおった。「仕事の話ではありませんよね、大尉？」

「ええ、たぶん」ベネディクトは扉に向かって足を一歩踏みだしたが、セリアがその場から動かずにいると、つと歩みを止めた。

そのとき、ノエリンが扉を開け、無表情に客人を見やった。「いらっしゃいませ、ムッシュー」と迎えつつ、ベネディクトのきまじめな顔からセリアの不安げな顔へと視線を移す。

「ベネディクト大尉と申します」青年は自ら名のった。「ムッシュー・ヴァルランはおいででしょうか」

ベネディクトを値踏みする目で見たノエリンは、表情ひとつ変えずに応じた。「どうぞ、お入りくださいませ。お時間があるかどうか、だんな様に訊いてまいりますから」

「わたしの話に興味がおありのはずだ、そうムッシューにお伝えください」ベネディクトが言った。「マシューズ中佐の命でこちらにうかがいましたので」

三人は揃って玄関広間へと歩を進めた。広間を彩るマホガニーの羽目板と長椅子は、最近磨き上げたばかりなので輝きを放っている。セリアは大尉をひとりその場に残し、大変な事態になりそうだと義両親に告げに行くことにした。黒いドレスの長袖を神経質に引っ張りつつ、ノエリンのあとについて居間へ向かう。

そこへちょうど居間から出てきたマクシミリアンが現れ、セリアとノエリンのこわばった表情に気づくなり、両の眉を上げた。

セリアは無意識に彼の腕をとった。「ムッシュー」とうわずった声でささやきかけ、義父の手首を握りしめる。「ジャスティンが危ないんです。お客様が——海軍の大尉がいらして。きっとなにか聞きつけたんだわ。あの人になんて説明すればいいの。いったいどう——」

「しーっ」マクシミリアンはセリアの手を軽くたたいてなだめ、自分の腕から引き剝がした。彼女の頭越しに、ずうずうしくも聞き耳を立てている年若い大尉のほうを見やる。「わたしに任せなさい。きみはリゼットのところに、いいね？」

「わかりました」セリアはほとんど聞き取れないほど小さい声で応じた。マクシミリアンが玄関広間に向かい、アメリカ人の流儀にならってベネディクトと握手を交わす。

居間に行くと、リゼットはノエリンに指示を出しているところだった。「マリーに言って、カフェを用意させてちょうだい。いつもより薄めにね。アメリカ人はそのほうが好みだから。それと、なにか軽いお茶請け、ケーキかラングドシャでもお出しして」かたわらに突っ立っているセリアに気づいて、安心させるようにほほえむ。「そんなふうに眉間にしわを寄せてはだめよ、シェリ。なにか不安を抱えているみたいに見えるわ」

「だって不安なんですもの」

「あら、なぜ？　マックスはジャスティンに指一本触れさせやしないわ」

「だといいんですけど」

「わたしたちを信じてちょうだい。それより《マントナン》、マックスがなにを言おうと反論しないでね。それと、たとえ驚いても顔に出さないこと、ダコール？」

「ダコール」セリアはリゼットを見つめた。「これからどうするつもりか、聞いたんですか？」

「聞いてはいないけど、わたしの予想では――」リゼットは言いかけ、男たちが居間に現れたので口をつぐんだ。

部屋に入ってきた大尉を、リゼットはまばゆい笑みで迎えた。うやうやしく彼女の手をとった大尉が一瞬、その笑みに言葉を失う。リゼットはニューオーリンズ一の美貌を誇ると褒めそやされている。老若問わず、男性はみな彼女の美しさに見ほれてしまう。地味な喪服を着ていてもその愛らしさは消えない。むしろ鮮やかな赤毛と抜けるように白い肌が、漆黒のドレスのおかげでよけいに輝いて見える。

「ようこそいらっしゃいました、大尉」義母は言った。

「ゆっくりなさっているところをお邪魔しまして、すみません」

「いいえ、せっかく久しぶりにお話しできるんですもの。マシューズ中佐はお元気？　海軍基地での仕事は順調なのかしら。そう、順調なの、それはよかった。あなたや中佐みたいに技能と知性を備えた方々がいらっしゃれば、海賊たちもすぐにメキシコ湾からいなくなりますわね」

「それがまったく逆で《オ・コントレール》ね」マクシミリアンがぶっきらぼうにさえぎる。「ヴィルレ知事は、海賊どもが増長しているとお考えだ」

ベネディクトが気色ばむ。「十分な人員と装備があれば、盗っ人どもをもっと効率的に取り締まれるのです。そもそもニューオーリンズの市民が、海賊たちの盗品売買を助長させているのではありませんか。密輸品を積極的に買っているのはあなた方でしょう」

「海軍基地の装備ならすでに十分――」マクシミリアンが反論するのを、リゼットが慌ててさえぎった。夫の政治論争好きをよく承知しているのだろう。

「あなた《モン・マリ》、その話はまたの機会になさったら。どうぞ、みなさんおかけになって。マリーがすぐに飲み物を持ってきますから」リゼットが優雅な身のこなしで長椅子に座り、一同も腰を下ろした。「大尉」彼女はさりげなく水を向けた。「それで、今日はどんなご用ですの？」

「みなさん、つつがなく暮らしてらっしゃるか、おたずねするためにまいりました」

「あら、それはご親切に」

ベネディクトはさらに返答を待っている様子だったが、返ってくるのは沈黙ばかりだ。六個の瞳にじっと見つめられ、大尉は咳払いをしてからつづけた。「マシューズ中佐もみなさんを気にかけてましたので、こうしてわたしが確認に来たしだいです。というのも、数日前から噂を耳にしておりまして……」言葉を切り、期待を込めた目で一同を見る。誰もなにも言わなかった。大尉がまた、仕方なしに静寂を破る。「今朝ほど、ムッシューの弟さん、アレクサンドル氏と奥方のアンリエットさんに街でばったり会いまして――」

アンリエットですって？　セリアは不安に駆られた。ゴシップ好きの彼女がなにか言ったのではないだろうか。

「奥方のほうから、興味深い話を聞かされたのです」ベネディクトは言葉を継いだ。

「なるほど」マクシミリアンは穏やかに応じた。「アンリエットはおしゃべりなたちですからね」

「そうですか、まあともかく、彼女から噂は本当だと言われまして」

マクシミリアンは退屈そうに、椅子のひじ掛けを指先でたたきだした。「それで、噂というのは……？」

「お宅にけがをした客人がいるそうですね。ただの客人ではなく」

セリアは膝の上で両のこぶしを握った。顔から血の気が失せていくのが自分でもわかった。あれだけ懸命に看病してきたジャスティンを、あっさりと連れていかれてしまうのか。当局はきっと彼に厳罰を与えるにちがいない。ジャスティンはまだ体力が回復しきっていないし、傷口だってすぐにまた開いてしまうだろう。今朝の出来事がふたたび脳裏によみがえる。彼の頭を腕に抱き、信じきった様子の彼に薬を飲ませると、かすれた声で「本当にきみなのか？」とたずねた……。

義父の声が物思いを破る。「ええ、おりますよ」

ベネディクトが疑いの目でマクシミリアンを見る。「どなたですか。親類の方？　それとも親しいご友人とか？」

「家族です」マクシミリアンは真正面から大尉を見据えた。「わが息子ですよ」

ベネディクトは興奮して頬を上気させ、「やはりそうですか」と言った。冷静をよそおっているのは明らかだ。

どうして！　セリアは叫んでしまいたかった。義父がジャスティンを裏切るなんて信じられなかった。大尉にばらすなど、ジャスティンの死刑執行令状に署名するも同然ではないか。

「数日前、真夜中にわが家に連れてこられたんですよ」マクシミリアンがつづけた。「海賊どもの住む島から逃れたときに、ひどいけがを負いましてね」かたわらの女性ふたりを見やる。リゼットは落ち着いた表情で夫を見つめているが、セリアは蒼白だ。義父は深呼吸をし、できれば使いたくなかったはずの嘘をついに口にした。「まさに奇跡です」と大尉に向かって告げる。「息子のフィリップがわれわれのもとに帰ってきてくれるとは」

凍りつくような静寂が訪れる。セリアは頭のなかが真っ白だった。

「フィリップですって」ベネディクトが呆然としておうむがえしに言う。

マクシミリアンはこともなげにうなずいた。「ええ」

「でも、彼は亡くなったはずでは」

「海賊に殺されたとばかり思っていました。実際には、襲撃の際に命は落とさなかったものの、それから五カ月間、囚われの身だったそうです。この喜ばしい話をお聞かせするのは、あなたが初めてなんですよ、大尉。ええ、フィリップは生きていたんです」

ベネディクトは疑念に満ちた目をセリアに向けた。「本当なんですか、マダム？」と問いただす。

驚愕して声も出せず、セリアはただうなずいた。運良く機転が働き、驚きの表情を隠すために大尉から顔をそむけることができた。彼女はめまいに襲われていた。たちの悪い冗談としか思えない。それとも義父は頭がどうかしてしまったのだろうか。こんなばかげた嘘で人を騙せると本当に思っているのか。大尉が二階に行き、ジャスティンを見れば、フィリップではないとたちまちわかってしまうのに。この程度の策略で、いったいどれだけの時間が稼げるというのだろう。

考えていると、リゼットの腕が肩にまわされた。「フィリップの妻であるセリアが、どれほどのショックを受けたか考えてやってください」義母はベネディクトに向かって言った。「ご覧のとおり、フィリップのけがの具合を目の当たりにしたために、それはもう苦しんで。だって、けがのせいで命を落としかけていたんですもの。ここ数日はずっと看病をつづけてきたから、セリアまですっかり衰弱してしまって」

ベネディクトは青い顔をして立ち上がった。「いますぐ彼に会いたいのですが」

「無理でしょうね」マクシミリアンも立ち上がって応じた。大尉を見下ろして言い添える。

「いまはまだ人に会える状態ではないのです」

「この目でたしかめなければなりません、もし彼が――」

「ご遠慮願いたい」義父は険しい目つきになってさえぎった。すっかり気おされた様子の大尉が反射的に後ずさる。「数日後には会えると思います。息子が体力を取り戻せば」

「いま会わねばなりません。海賊たちの島とそこにいる連中に、彼がなんらかの関わりを持っているかもしれないとの情報があるのです」

「いまのフィリップは誰とも話などできない。何日も前から譫妄《せんもう》状態なのです。目も見えない。よくなるのかどうかすらわからない。だからたっぷりとやすませてやる必要があるのですよ」

「質問はいっさいしません。だがなんとしてもこの場で見てみなければ――」

「ここはわたしの家だ。わが家であなたになにかを主張する権利はないのですよ、大尉。息子はさんざん苦しい目に遭ってきた。それを、あなたの好奇心を満たすだけのためにまだつらい思いをさせるつもりですか。あのような状態の息子を、誰にだろうと見せるわけにはいかん」

「ムッシュー・ヴァルラン」ベネディクトが言った。「クレオール人は名誉を重んじる人種でしたね。二階にいる人物が正真正銘フィリップ・ヴァルランであると、ご自身の名誉をかけて誓えますか？」

マクシミリアンは冷たく大尉をにらんだ。「その質問はわたしへの侮辱にあたると、わかって言ってるのでしょうね」

ベネディクトは身を硬くした。決闘をさせたら、ルイジアナ中を探しても勝てる者はいない――そう評される男と対決している自分にはたと気づいたのだろう。決闘と聞いて人びとは眉をひそめるが、ここではいまだに頻繁に行われている。短気なクレオール人にとって、侮辱されたら剣や拳銃で名誉を回復するしか方法はない。「侮辱だなどと、そのようなつもりで言ったのではありません。どうかご容赦ください」

義父は短くうなずいた。「では、どうしても聞きたいのなら言おう。二階にいるのはわが息子フィリップだと、名誉をかけて誓う」

ベネディクトはとぎれがちに息を吸った。「信じられない。どうしてもっと早く周りの人間に知らせなかったのですか？」

その問いかけにはリゼットが答えた。彼女はセリアの肩にずっと腕をまわしていた。セリアはその腕を振り払ってしまいたかったが、詮索するような大尉のまなざしに気づいて、必死に耐えた。「すべてフィリップのためですわ。知らせていたら、訪問客が押し寄せ、彼らへのもてなしだの、説明だのに奔走する羽目になったでしょう。フィリップを心配して来てくださるのはわかりますけれど」

「医者には見せたのですか？」ベネディクトがたずねた。

「全力を尽くして治療にあたってますわ」リゼットは請けあった。

ベネディクトがリゼットの愛想のいい顔から、マクシミリアンの冷徹な顔、セリアのうつむいた頭へと視線を移す。「本件は、マシューズ中佐にただちに報告しなければなりません。早急にフィリップへの尋問を行うよう、中佐から命令が下るでしょう」

「息子が回復してからだ」マクシミリアンが応えた。

「では、わたしはこれで」

「玄関までお送りしよう」

男たちが居間を出ていく。セリアは顔を上げ、リゼットを見つめた。

義母はセリアの肩から腕を下ろし、両手を握りあわせた。「マックスはジャスティンに指一本触れさせやしない、そう言ったでしょう?」自信に満ちた声音を作ろうとしたのだろうが、成功しているとは言いがたい。

ヒステリックな笑い声が口からこぼれるのを、セリアは止められなかった。片手で口を押さえつつ、とぎれとぎれの笑いをもらす。「モン・デュー、信じられない」よほど経ってから言い、頰に伝った涙をぬぐう。「自分が正気を失っているのはわかってたわ。でもいままで、頭が変なのはわたしひとりだと思ってた。さっき耳にしたマクシミリアンのせりふは現実かしら……ううん、夢を見ているのよね。それにしたって、こんなおかしな夢は初めて見るけど」

そこへ義父が戻ってきた。「夢じゃない」と苦笑交じりに否定し、室内を行ったり来たりしはじめる。

リゼットは夫を見上げた。「これからどうなるのかしら」

「当分、彼らに監視されるだろう。人の出入りもすべて。この家に海賊がいたら、なんとしても取り逃がすわけにはいかないだろうからな」マクシミリアンは暖炉に歩み寄り、炉棚に両腕をのせて、空っぽの炉床をにらんだ。「いまのジャスティンには逃げることも、わが身を守ることもできない。家から連れだしていたら、確実につかまっただろう。つかまらなかったとしても、息子の身の安全を確信できる逃げ場所などない。だったら、ここで回復を待つほうがいい。当面はジャスティンにフィリップのふりをさせ、その間に今後の計画を立てるつもりだ」肩越しに振りかえり、立ちすくむセリアを見やる。「ずっとこの状態がつづくわけではないよ、セリア」

「フィリップのふりをさせる」セリアはおうむがえしに言った。皮肉に満ちたかすれ声は自分のものとは思えなかった。「わたしの夫……紳士的な医師のふりをさせるというの？　人間だと周りに認めてもらうのさえ、ジャスティンには難しいでしょうに。そもそも、どうやって周囲の目をあざむくつもりなんですか？　この……このばかげた計画には致命的な欠点があるわ。双子だろうがなんだろうが、ジャスティンはフィリップに似ても似つかないもの！」

　マクシミリアンがふたたび室内を歩きだす。「いまはたしかに似ていない。ひげもあるし、髪も伸ばし放題だからな。だがふたりは一卵性双生児だ」

「一卵性」セリアは意外な事実に驚きの声をあげた。リゼットを見ると、義母はかすかにうなずいた。「つまり《アロール》、外見はフィリップそっくりにできるわけですね。でも、声は？　癖や普段のしぐさだって――」

「あまり近しく人と接しなければ大丈夫だ」マクシミリアンは言った。

「ニューオーリンズ中の人がフィリップを知っているのでしょう。夫はこの街で大勢の人を助けてきたし、友だちもたくさんいるはずよ。まさか、その人たちまで騙せると思っているんですか?」

「短期間なら」義父はセリアのいる長椅子に歩み寄り、目の前にしゃがみこんだ。義父の瞳は青ではなく黒だったが、フィリップを思い出させた。夫もよくこんなふうに人の顔をじっと見たものだった。そうすれば、相手の恐れも望みもすべてわかるとでもいうように。「セリア」義父は静かに呼びかけた。「この計画は、きみの協力なしでは成功しない。ジャスティンをフィリップだと偽るには、きみにその妻らしく振る舞ってもらう必要があるんだ」

「わたしが協力したところで、成功するわけがないわ。それに彼の妻として振る舞うなんてできません。あの……あの不愉快なけだものに妻らしい愛情で接したり、それから——」

「セリア」マクシミリアンは彼女の両手をとり、しっかりと握りしめた。「わたしはめったに人にものを頼まない人間だ」低い声は眠りへといざなうかのようだ。「人に借りを作るのも好きではない。だが、家族を守るためならなんだってする。ジャスティンもフィリップ同様、わたしの大切な息子だ。わたしは過去に過ちを犯し、そのために息子たちを苦しませた。ジャスティンは幼いころから、どんなに必要だろうと、相手が誰だろうと助けを拒んできた。だが今回ばかりは見捨てるわけにいかない。フィリップが生きていたら、きっと兄を助けてくれと言ったはずだ。だからフィリップに代わってわたしがきみに頼みたい。ジャスティンを助けてやってくれ。彼のためでなく、わたしのために」

セリアは大きく息をのみ、義父から視線を引き剝がした。「気が進まないわ」とつぶやく。

「でも、助けてくれるね?」マクシミリアンが促した。

人を説得するのがうまいとの評判は本当だったらしい。義父には、話を断れないほうにもっていく才能がある。「ええ」セリアはしぶしぶ答えた。「おふたりにはずいぶん親切にしていただきましたから。わたしにはおふたりと、それからフィリップに借りがあります」義父から身を離すようにして長椅子から立ち上がったが、膝に力が入らなかった。「ひとりで考えたいので、ギャルソニエールに戻ります」

リゼットが歩み寄り、抱きしめてくる。「ありがとう、セリア」

小さくうなずいて、セリアは居間をあとにした。

マクシミリアンがリゼットの背後に立ち、妻を後ろから抱きしめ、その小さな頭に顎をのせる。リゼットは夫の腕に自分の腕を重ね、たくましい胸板に背をもたせた。「ビヤン・ネメ」とささやきかける。「うまくいくと思う?」

マクシミリアンは赤毛に唇を寄せてため息をついた。「それ以外の質問ならなんでも歓迎なんだが」

それから一時間半後、セリアは母屋に戻った。食堂から話し声が聞こえ、魚やオートミールの匂いが漂ってくる。あんな話をしたあとで、義両親もよく食事ができるものだ。セリアの食欲は完全に失せていた。むっつりとした顔で大階段を目指し、上り口にたたずんで、手すりに片手を置く。

二階に引き寄せられる感覚に襲われた。その力に導かれて足が勝手に動き、気づいたときには階段を上っていた。体のなかにぴんと張りつめた細い糸が張りめぐらされている感覚もあった。手すりに置いた手のひらが汗で滑る。背筋を熱いおののきと冷たいしびれが交互に走った。ジャスティンがわたしを待っている。わたしが階段を上っていることに、彼はきっと気づいている。

分厚い絨毯が敷かれた廊下を静かに歩き、病室の開いた扉の前で立ち止まる。セリアは茶色の瞳を見開いて、ベッドの上の人影をじっと見つめた。ジャスティンは身を起こして、包帯を巻いた顔を彼女のほうに向けていた。物音ひとつたてなかったのに、彼はまるで目が見えるかのごとくセリアの存在を認識している。

「セリア」ジャスティンはかすれ声で呼んだ。

その呼び方に、セリアは身を震わせた。無言でベッドに歩み寄り、かたわらで足を止める。ジャスティンは身じろぎひとつせず、セリアの存在をただ感じていた。彼女だったのか、おれをずっと見ていてくれたあの天使は。セリアのひんやりとした手、優しい声。彼女が体を清め、食事をさせ、薬を口に流しこみ、手を握りしめてくれていたのだ。おそらく、意識を失っているあいだの出来事はなにも覚えていないだろうと思って。だがジャスティンは、一部だけかもしれないがちゃんと覚えていた。セリアは彼を憎みながらも看病してくれたのだ。だがいったいどうしてそんなまねを？

なんだかおかしくなって、ジャスティンは口元をゆがめて笑った。「セリア」と呼びかけ、いかにも海賊めいた低い声で笑う。「おれのかわいい奥さん」

セリアは身を硬くした。からかうような、あのいやらしい笑い方だ。マクシミリアンがすでに現状を説明したのだろう。「あなたの妻ではありません！」

「世間的にはそういうことになってるらしいぜ」

「これは……」セリアは英語でなんと言えばいいのか必死に考えた。「フォー・サンブラン」

「単なる見せかけ、か」

「そのとおりよ！　それに、あなたを助けるのは、お義父様に懇願されたからだわ」

「親父が懇願しただって？　そいつは見てみたかったな。いや、見たいのはそれだけじゃない」ジャスティンは手を伸ばし、やすやすとセリアの腕をつかんだ。セリアはいらだちに襲われつつ、彼の正確な動きに驚きも覚えた。彼女を引き寄せたジャスティンが臀部に触れてくる。「うまいもんを食って暮らしてたらしいな」というせりふに、セリアは憤怒の声をあげながら身を引き離した。「そのほうがいいぜ。痩せっぽちの女と寝るのは気持ちよくない」

「あなたと寝たりしません」セリアは歯噛みしながら言った。「ここに来た理由のひとつは、その点をはっきりさせておくためよ。あなたがわたしのルールに従うなら、そのみじめな人生をこれからも送れるよう手を貸してあげる」ポケットから紙切れを取りだす。「ルールを書いてきたわ、いまからあなたに――」

「わかったよ」ジャスティンがさえぎる。

「まだ読んでない――」

「おまえのルールに従う。どんないまいましいルールだろうと」

「読みあげるから聞いてほしいんだけど」

「またにしてくれ。どうせまだしばらくは寝たきりで、おまえのなすがままだ」

セリアは安全な距離を保ったまま、ベッドの周りを歩いた。移動するたび、まるで目が見えているかのようにジャスティンがセリアのほうを向く。彼の肌色はずいぶんよくなっていた。驚くべき速さで回復しているらしい。

「なにを考えてる?」ジャスティンがたずねた。「顔が見えないからわからない」

「ひげが伸びて、大きなヤギみたいだなと思っていたところよ」

ジャスティンはほほえんで、縮れたひげに手を伸ばした。「じきに剃らなくちゃいけない」

「剃っても、誰もあなたをフィリップと思いやしないわ」

「そうかな」ジャスティンはヘッドボードに背をもたせ、ほほえみを嘲笑に変えた。「おまえだって騙せるぜ、かわいい奥さん」

「その呼び方はよして!」

脇腹をかいたジャスティンが、折れた肋骨に触れたのだろう、顔をしかめた。「体を拭いてほしいな」脇の下に黒々とした毛が見えた。

「今度ね」

「いまだ」

「リゼットかノエリンに拭いてもらって」

「おまえみたいな臆病者にはできないよな――おれが目覚めているあいだは。でも、意識を失っているあいだにやっただろう？　無力なおれの全身をくまなく拭いたはずだ。おれの裸に見とれたんじゃないかい？」

「ばかなことを言わないで、この……この、うぬぼれたけだもの！」

「おや、おれの体を拭かなかったのか？」

「いやいや拭いたのよ。必要だったから。ちっとも見とれたりしなかったわ。あなたの裸を見たがらないからって、臆病者呼ばわりしないで。二度と体を拭いてあげたりなんかしないわ！」

「そこまで言うならあきらめるか」ジャスティンはいったん口を閉じてから言い足した。「でも、よき妻なら夫にそれくらいするもんだけどな」

「あなたは夫じゃありませんから。それに、これもわたしのルールのひとつよ。フィリップごっこを利用して、そういうばかげた要求はしないで」

「ばかげた？　自分がなにもできない身になって、この臭い体を拭いてくださいと誰かに頼んだときに思い知ればいいさ。おれの頼みが本当にばかげてるかどうか。拭いてくれないならせめて、タオルかなにかをくれよ。手の届く範囲だけでも自分でやるから」歩み去るセリアの足音に気づいて、ジャスティンはあざける声でつづけた。「逃げるのか？」返事はない。

やがて、水差しからたらいに水をそそぐ音が聞こえてきた。ジャスティンは期待とともに横たわり、ベッド脇に戻ってくる足音に耳をそばだてた。驚くほど唐突にシーツが剝がされる。

ジャスティンの目に巻かれた包帯がセリアにはありがたかった。彼の目が見える状態だったら、けっしてこんなまねはできない。意識不明のときでさえ、裸身をすぐ前にして激しく狼狽したのに。いまやジャスティンは目覚め、彼女の目になにが映っているかを認識している。セリアは頭のてっぺんから爪先まで真っ赤になった。

彼女は機械的に、ジャスティンの体の下に洗いたての長いタオルを敷き、水の入ったたらいにスポンジを浸し、包帯を濡らさぬよう注意しながら、首から肩へと清めていった。ジャスティンが小さな吐息をもらして体の力を抜く。冷たい水が肌に触れる心地よさを、彼は隠そうともしなかった。セリアは長いひげをどけて胸元にスポンジをあてた。

「上手なんだな」ジャスティンがつぶやく。セリアは応えなかった。腕を脇にやろうとすると、彼は自らその腕をどけた。「なにか言ってくれないか。女の声を聞くのは久しぶりなんだ」

「なにを言えばいいの」

「この数カ月間、どんなふうに暮らしてたかとか」

「ご家族にとてもよくしていただいてるわ。ここでの暮らしは静かで穏やかだった。あなたが現れるまでは」

ジャスティンがにんまりとする。「おれにはトラブルがつきものでね。犬にノミがつきものなのと同じだ」

「なるべく早く、トラブルともどもいなくなってほしいわ」

「おれもそう思ってるよ」ジャスティンは顔の包帯に触れた。「こいつはいつはずせる?」

「わからないわ。普通は目が真っ先によくなるけど」

彼は指先で包帯をいじっている。「けがの具合はどの程度なんだ?」という声には最前にはなかった険しさが感じられた。「いつまで包帯を巻いてなくちゃいけない?」

「わたしは医者じゃないの」

「見当はつくだろう?」

見当などつけたくなかった。いまはまだ、二度と治らない可能性もある。「あなたには時間と休息が必要よ」セリアは穏やかに言った。「わたしに言えるのはそれだけ」

ジャスティンは不自然なほど静かで、あたかも彼女の心を読みとったかのようだった。

「失明したのか? まさか両目とも?」

「視力をどの程度取り戻せるかはわからない。とにかくいまは様子を見て、それから――」

「だったら自分で判断する」彼は包帯の下に指を突っこんではずそうとした。

驚愕のあまりそのさまをただ見ていたセリアだったが、やがて彼の手をつかんだ。「ジャスティン、だめよ! 落ち着いて――」

ジャスティンはいらだたしげに彼女を押しやった。

「まだ包帯を取るのは早いわ、そんなことをしたらまた悪化してしまう!」セリアはフランス語でまくしたてつつ急いでジャスティンのもとに戻り、リンネルの白い布を引っ張るのをやめさせようとした。しかし体力を失った状態ですら、ジャスティンには彼女を寄せつけずにいるだけの力が残っていた。包帯が床にはらりと落ちる。

目を開けかけて灼熱の痛みに貫かれたのだろう、ジャスティンは低くうめくと、両腕で顔を覆った。口汚く罵る彼の耳にセリアの声がかすかに届く。

パニックに襲われながらも、彼女は身をよじるジャスティンに駆け寄った。「なんてばかなまねを。まだ目を開けるには早いわ。やめてちょうだい、自分で自分を傷つけないで!」

あまりの痛みに逆上したジャスティンが、頭に触れた彼女を押しやる。セリアはひるまず、彼の顔から腕を引き剝がして、目の上にタオルをあてた。そこへ、通りかかったときに物音を聞きつけたのだろう、ノエリンが部屋に入ってきた。黒い瞳で即座に事態を見てとる。セリアは必死の形相でメイド長を見やり、「鎮静剤を」と冷静な声音を作った。「急いで」ノエリンはなにも言わずに棚に歩み寄り、グラスに水をそそいだ。まるで目玉が転がり落ちてしまったかのような勢いでジャスティンが大きくうめく。

「落ち着いて」セリアはその耳元でささやきかけ、やわらかな肩に彼の頭を抱いた。これ以上、彼にわが身を傷つけさせないためにはそうするほかなかった。「自業自得よ――包帯を取ってはだめだと言ったでしょう。また目が見えるようになりたいなら、おとなしくやすんで、よくなるまで我慢してちょうだい!」

「とっとと出ていけ……おまえみたいな冷たい女……」ジャスティンはあえぐように言ったが、震える腕は、ただひとつの救いを求めるかのごとくセリアの腰にまわされたままだ。熱い吐息がドレスの内側へと流れこむ。セリアはシーツをつかんで彼の裸身にかけた。ノエリンは彼を生まれたときから知っている。でも、なぜか彼の裸を見られてはならない気がした。

　メイド長が眠り薬を手に戻ってくる。セリアは空いているほうの手でグラスを受け取った。

「ジャスティン、これを飲んで」

「中身はなんだ？」ジャスティンは歯を食いしばってたずねた。

「飲めば楽になるわ」セリアはグラスが歯にあたって音をたてるくらい強く口に押しあてた。こぼれた液体が彼女の胸元にかかった。

　ジャスティンがむせて、弱々しく毒づく。「くそっ、やめてくれ――」

「飲まなくてはだめよ」優しいが有無を言わせぬ声で言った。

　ジャスティンがグラスの中身を数口飲み、顎にたれた薬がドレスの身ごろにしたたる。彼が薬を飲みこむあいだに、セリアはすがるようにノエリンに向きなおった。「目につける軟膏を持ってきて。それと、きれいな包帯を」

　ノエリンはこんな騒動は見ていられないとばかりに眉根を寄せた。「ウイ、マダム」

　グラスを脇に置いたセリアは、胸に抱いている黒髪に覆われた頭を見下ろした。ジャスティンは荒い息を吐くばかりでなにも言わない。痛みのほどは想像するしかなかった。やがて胸にかかる重みが増したかと思うと、彼は睡魔と闘うかのように頭をもたげた。セリアのなかで、いらだちがなじみのない思いやりに取って代わられる。ジャスティンは、手を貸してやろうとする者に向かって吠える気の荒い大きな動物を思わせた。「ジャスティン」優しく呼びかけ、彼の頭を胸にかき抱く。「大丈夫よ。眠って」

「失明なんてしたくない」ジャスティンがつぶやく。「いやだ……他人に手を引かれて歩くなんて……」

「そんなふうにはならないから安心して」セリアはささやきかけた。「静かに。もうしゃべらないで」優しくささやきつづけていると、ジャスティンは大きくため息をついて、彼女の腰にまわしていた腕の力を抜き、胸に寄りかかった。

翌日も鎮静剤を飲ませた。おとなしく眠らせ、傷が癒える時間を稼ぐにはほかに方法がなかった。「当人が協力してくれないんだものね」リゼットは陰気に言った。「ねえセリア、これまでにも厄介な患者はいたでしょうけど、きっとジャスティンが一番手に負えない患者になるはずよ」ジャスティンは深い眠りについており、リゼットとセリアが少量のアヘンチンキを投与するときも抗わなかった。

やがて彼が目を覚まし、残念ながら、リゼットの予測は正しかったと証明された。彼は不機嫌きわまりなく、その口から発せられる言葉には正真正銘の悪意が込められていた。リゼットまで愚弄し、がみがみと命令した。「まともな食い物を持ってこい。こんな病人食はもううんざりだ」

「まだ普通の食事は無理よ」

「だったらなにもいらない！」彼は言うなり、自由に動くほうの手に持っていた小さなスープボウルを部屋の向こうに投げつけた。リゼットは憤怒の表情で部屋をあとにし、怯えるメイドに部屋の掃除を言いつけた。

ボウルが落ちた部屋の一隅をメイドが大急ぎで掃除する音を聞きながら、ジャスティンは痛む肋骨のあたりを押さえていた。脚が痛かった。肩と脇腹と腹も。だが最悪なのはナイフで刺し貫くような頭痛だ。その痛みは、脈打つごとに強さを増した。先ほどその苦痛をノエリンに訴えたら、眠り薬をさしあげましょうかと言われたので、毒づいてメイド長を部屋から追いだした。これ以上、眠りたくなどない。ベッドを出て自分の足で歩き、頭の痛みをなんとかしたい。そしてなにより、この執拗な闇から逃れたい。

「おい」ジャスティンはメイドに向かってわめいた。「とっとと掃除を終えて、マダム・ヴァル――セリアに伝えてこい。永遠におれから隠れているわけにはいかないぞってな」いったん口を閉じ、この程度では彼女は部屋に来ないだろうと踏む。「それから、脇腹の包帯がずれたと言え」拷問にも似た一〇分間が過ぎたころ、セリアの足音が聞こえ、甘い香りが鼻孔をくすぐった。

「遅かったな」ジャスティンはせせら笑った。

「あなたの怒鳴り声やわめき声で家中みんなが動揺していたからよ」セリアは冷ややかに応じた。「ノエリンは悪いロアについてなにやらつぶやいているし、リゼットは顔を真っ赤にして怒っているし、子どもたちは寝室に化け物がいると思いこんでる」

「ばかばかしい!」

「それで、包帯がどうかしたの?」セリアがジャスティンの上に身をかがめ、シーツをまくって脇腹を確認する。「ずれてないじゃない」と言ってから、彼の額に深いしわが何本も寄っているのに気づいたのだろう、声を和らげた。「頭痛がするのね。あれだけかんしゃくを起こしたんだから当然よ。さ、枕を変えてあげる」

ジャスティンは同意するつもりでうめいた。セリアが彼の頭をそっと持ち上げ、平らになった枕をどけてふかふかのものと取り替える。彼女がベッドのそばを動く気配がしたかと思うと、乱れたシーツが直され、窓が開かれた。気持ちのいい風が室内に入ってくる。「喉は渇いてない？」

「渇いてるものか。誰かさんに臭い液体をさんざん喉に流しこまれたあとだぞ――」

「なにか本でも読んであげましょうか？」セリアがさえぎる。

「いい」ジャスティンは脈打つ額に手をやった。彼は痛みと退屈に神経をとがらせていた。その手をセリアがどけ、からみあった髪に自分の手を差し入れて、こめかみや後頭部を撫ではじめた。ジャスティンは驚いて動きを止めた。彼女に額を撫でられ、髪をかきあげられるのはえもいわれぬ心地よさだった。妙な話だ。いつもは他人にさわられるのが大嫌いなのに。

「楽になった？」優しい声がした。

イエスと答えれば、彼女はやめてしまうだろう。ノーと答えても同じだ。「ちょっとだけな」ジャスティンはつぶやいた。軽やかな手の動きがつづいて、彼は少し眠気を誘われた。小さくため息をつくと、セリアは手を離して立ち上がった。「行くな」ジャスティンは引き止めた。

「いてもなにもしてあげられないでしょう」

「本を読んでくれ」

セリアが本を探しに行き、ベッド脇に戻ってきて、ダマスク織のシルクドレスのかさかさという音をたてながら腰を下ろす。ジャスティンはそちらに顔を向けて、彼女の声に聞き入った。俗っぽい小説でつまらなかったが、内容などどうでもよかった。ページをめくる音と穏やかな声を聞いているだけで心がなごむ。なんとなく彼女の顔を思い浮かべてみたが、はっきりと思い出せなかった。もつれた淡い金髪と小さな顎、茶色の瞳しか覚えていない。

この五カ月間、ジャスティンは毎日フィリップと、そしてセリアのことを考えつづけていた。ふたりの姿を同時に思い描くのは不可能だった。どれだけがんばっても、彼女を弟の妻とは思えなかった。セリアの純潔を奪った自分に罪悪感を覚えるべきなのはわかっている。でも彼には、罪悪感を覚えるべきときにそれができない。そのせいで何度となく失敗を重ねてきた。セリアに対してもまるで謝罪の念がわいてこない。彼女はあの晩のことをいったい何度思い出しただろう。あるいは、忘れようと決めたのだろうか。ジャスティンはまどろみのなかで、枕の代わりにセリアのやわらかな膝が自分の頭の下にある場面を想像した。

# 8

誰かが寝室に入ってきた。ジャスティンは父親の重たい足音をすぐに聞きとった。父は日に一度、具合を見にやってきては、ニューオーリンズやメキシコ湾の現状を息子に聞かせる。いまのところ海賊たちの動きは停滞しているが、海軍基地の司令官は無法者たちに裁きを受けさせるつもりでいるらしい。

「ベネディクト大尉がまた来た」父はだしぬけに言った。「この一週間、彼の訪問を断りつづけてきたが、これ以上は断りきれない。海賊の住む島について、おまえがそこから脱出した方法について、話を聞きたがっている。巧みな誘導尋問で、おまえの口から自分はフィリップではないと言わせる魂胆だろう。大尉には、けがのせいでおまえが記憶の一部を失っていると説明しておいた。それでいくつかの質問ははぐらかせるはずだ」

「ベネディクトとフィリップは長いつきあいなのか？」ジャスティンはたずねた。

「一年程度だろう。大尉の妻君のマリーが乗馬中の事故で流産したとき、フィリップが診察にあたってマリーの一命をとりとめた。ベネディクトは、フィリップに一生の借りができたと言っていた」

「そいつは都合がいい。証拠不十分で、ベネディクトがおれを見逃す可能性が高まった」

「あるいは、かえってやっきになっておまえがフィリップではないと証明しようとするかもしれない」

ジャスティンは口をゆがめて冷笑を浮かべた。「フィリップがあれほどの聖人君子じゃなかったら、ふりをするのももっと簡単なのに」

「だが少なくとも外見はそっくりだ」父は思案げに息子を見た。「そろそろひげを剃って、髪も短くしたほうがいいな」

「わかってるよ」ジャスティンは陰気な声で応じた。「ノエリンがこの一週間ずっとかみそりを研いでる」

父はくっくっと笑った。「リゼットに剃らせよう。去年わたしが腕にけがをしたときに、たっぷり練習を積んだからな」

ジャスティンは興味を引かれ、首をかしげた。「どうしてけがなんか」

「農園で作業中にな。ちょっと筋をちがえただけだったんだが、右腕が一、二週間ほど使えなくなった。いろいろなことがひとりではできなくなって、とくにひげ剃りは難しかった。じきにリゼットの腕前は上がったんだが、最初の数日間ときたら……なにしろ震える手でかみそりを持ち、喉笛にあてるんだからな」

ジャスティンは声をあげて笑った。「父さんほど勇敢な男はいないよ」

ふたりはそれからしばらく話をつづけ、やがて父が寝室を出ていった。ジャスティンは難しい顔をして、長いひげに手をやった。たったいま父と交わした会話が、父と弟がいつも楽しんでいた気の置けないおしゃべりによく似ていたのにふと気づく。そうした会話を父と最後に交わしたのはずいぶん昔だ。それがなぜいまになって。そもそも、父との確執が薄らいで感じられるのはなぜなのだろう。

厨房でジャスティンの夕食のトレーを用意するセリアを、リゼットがじっと見ていた。「彼の食事の用意をあなたがする必要はないのよ、セリア」義母は穏やかに言った。「ノエリンがひとりでできるから」

「別に手間でもなんでもありませんから」セリアはナプキンをたたみ、また広げた。リゼットが心配する気持ちはわかる。この一週間、セリアは朝から晩までジャスティンの世話にかかりきりだ。ジャスティンはなにかほしいものがあると必ず彼女を呼ぶ。だがセリアがいるといらだちが和らぐとみえ、彼女にだけはめったに短気を起こさない。その代わり、包帯を交換するのはもちろん、枕の位置を直すのさえ、彼女以外の誰かがやると腹を立てる。とくに食事は、セリアにしか手伝わせなかった。目が見えないせいで彼の行動は著しく制限されている。誰かに頼らなければならない状況にジャスティンは怒っていた。そんな彼にセリアは本を読んで聞かせ、頭痛のときにはなだめ、フランスでの幼少時代の思い出話を聞かせた。

どうしてジャスティンが自分を頼るのか。なぜ自分は彼に従うのか。理由は説明できなかった。わかっているのは、彼の訴えに自ら応じず、ほかの誰かに対応を任せると、彼のもとに行かねばという衝動にしつこく悩まされる事実だけだ。

「セリア」義母が呼びかけ、眉をひそめた。「ジャスティンになにかと頼られているのは知ってるわ。でも、彼に対して責任を感じなくていいのよ。彼を見ているとフィリップを思い出すのでしょうし、そのせいで――」

セリアは笑い声でさえぎった。「ボン・デュー、彼を見てフィリップを思い出すわけがないわ！」

リゼットは笑みをかえさなかった。「なぜ率先して彼の世話をするのか、あなたの気持ちが知りたいの」

「理由なんてありません」セリアは笑みを消した。「なにか思うところがあってやってるわけじゃないんです。ただ、やるのが当然だから。あなたには夫も子どももいるし、農園の経営もある。ノエリンにも仕事がいっぱい。でもわたしには、みなさんより自由な時間がある。それだけです」

「それならいいけど」納得していないのは一目瞭然だったが、リゼットはひとまず追及をあきらめた。

トレーに視線を落とし、セリアは義母に打ち明けたい衝動と戦った。義母がもう少し年上だったならと思った。ある程度年のいった、母親のような女性がいれば相談もできただろうに。フィリップの死を嘆き悲しむ気持ちは依然として和らがず、セリアは夫を思うたびに泣いている。無神経なジャスティンには蔑みの思いを抱いている。双子の弟の死を、彼はなんとも思っていないらしい。ジャスティンの頭のなかには自分自身と自らの快楽のことしかない。だから彼に対して幻想を抱くだけ無駄だ。

しかし、それならばなぜ、怖いくらい密接なつながりをジャスティンに感じるのか。ときおりわがもののように彼の気持ちをまざまざと読みとれるのはどうしてなのか。関係を持ったせいなのだろうか。いや、そうは思えない。たぶん彼に命を救ってもらったからだろう。そのために、彼の世話をしなければと考えてしまうのだ。

「食事がさめてしまいますから」セリアはリゼットに向かってつぶやいた。厨房をあとにして母屋を目指し、二階のジャスティンの部屋にトレーを運ぶ。

寝室に入ったとき、ジャスティンはなにも言わなかった。考え事をしていたセリアはジャスティンを軽く一瞥し、青いローブを着てベッドの上に身を起こしているのを視界の隅でとらえた。部屋のなかほどまで進んだところでやっと、なにかがいつもとちがうのに気づいた。セリアは指先が白くなるほど、トレーを持つ手に力を込めた。

ジャスティンはまたもや、目に巻いた包帯をほどいていた。下まぶたに薬草の軟膏がついている。彼は顔をこちらに向けて、群青の瞳を大きく見開いていた。トレーに並んだ皿がかたかたと音をたて、セリアはそれを落としてしまう前に床に置いた。

「ジャスティン?」と呼びかける。一歩、また一歩と近づき、ベッドの端に座った。充血した目を、彼はまばたきもせずなおもこちらに向けている。胸板が大きく上下しており、呼吸は不規則だった。「ジャスティン、わたしが見える?」

彼はゆっくりと手を上げてセリアの頬に触れ、上気した色が首筋から頬に広がるさまを見つめた。その手を引っこめる。本当は、丁寧にまとめてうなじにピンで留めたきらめく金髪に触れてみたかった。茶色の瞳は記憶のなかにあるとおり、無垢なビロードの光を放っている。無防備なぽってりとした唇に自分の唇を重ね、つややかな素肌を両手で撫でたい。セリアの肢体は、胸が丸みを帯び、ウエストはほっそりと締まって、女性らしさを増していた。

「以前と同じように見える？」セリアがたずねた。「たぶん」

「ああ」ジャスティンはかすれ声で答えた。

セリアは安堵の涙をのみこんだ。もしも視力が戻らなかったら……その可能性をどれほど恐れていたか、いまになってやっと気づいた。「よかった……わたし……万一の場合もあるんじゃないかと……」困惑気味に口を閉じる。ジャスティンは群青の瞳で彼女をくぎづけにしていた。

彼はそのまなざしをセリアの顔からそらそうとしなかった。「記憶のなかのおまえより、ずっときれいだ」

セリアの心臓が激しく鼓動を打ちはじめる。立ち上がり、ジャスティンから離れるべきだと頭では理解していた。それなのに、なじみのない当惑にとらわれた彼女はベッドの端に座りつづけた。うつむいて、自分の腰のすぐそばにある大きな手を見つめる。触れられてはいないが、じっと視線をそそがれているのが感じられた。

「お、お義父様が、ベネディクト大尉が明日いらっしゃると言ってたわ」セリアは口ごもりつつ伝えた。「フィリップだと思わせなくてはいけないわね」

「おまえの助けが必要だ」

「そ、それは無理だわ。誰も信じるわけが……」

ジャスティンは次の句を辛抱強く待った。

「あなたの妻のふりなんてできないもの」セリアは静かにつづけた。

セリアに触れたい。やわらかな肌の感触を手のひらで味わい、小さな体をとなりに感じたい。だがそんな権利は自分にはない。それに文明社会では、力でねじ伏せる方法は使えない。

ただほしいというだけの理由でなにかを――誰かを――手に入れるのは不可能なのだ。

「わかった」ジャスティンはのろのろと応じた。こういう状況に彼は慣れていない。自分のだろうと他人のだろうと、いちいち感情を推し量ったことなどない。他人の気持ちは行動から判断し、自分の気持ちは直感を信じれば十分だった。「弟の死をそんなふうに貶めるのは――」彼はつづけた。「さぞかし不快だろうからな。おれが周囲をまんまと騙しおおせたら、おまえは喪服を脱がなくちゃいけない。おれは服喪期間のおまえを奪った。おまえはみんなを欺き、夫が戻ってきて喜んでいるふりをしなくちゃいけない。憎むべき相手を愛しているふりも。誤解しているようだから言っておくが、おれだってこの芝居を楽しんでいるわけじゃない。好き好んでやるわけがないだろう。この命がかかってなければ、もちろん断るさ。フィリップのふりをするのは簡単じゃないしな。嘘をつくのは得意だが、あいつみたいに行儀のいい、くそまじめな人間のふりをするとなると……さすがのおれも自信がない」

「彼をばかにしているの？」セリアは低い声で咎めた。

「まさか。子どものころは、たしかにばかにしていたが」ジャスティンはふっと笑った。けんかを吹っかけられても逃げるあいつを見るたび、腹が立った。意味のない行動だとわかっていても、おれは売られたけんかを買わずにいられなかったから」

セリアがまばゆい瞳を上げる。「どうしてフィリップはわたしに、兄がいると言わなかったの？」

ジャスティンは冷笑で応じた。「自慢できる兄貴じゃないからだろう、マ・プティット」

「言ってくれればよかったのに。海賊の兄がいるだなんて、一生隠しておけるはずがないんだもの」

「あいにくクレオール人はフランス人とちがって、何世代にもわたたって秘密を守れる人種でね。たぶんスペイン人の影響だろう。連中は小ずるいまねが得意だから。フィリップもきっと、おまえにばれるとしてもずっと先の話だと高をくくっていたんだろう」枕に背をあずけ、目を閉じて顔をしかめる。疲労の色がにじんでいた。

「もうやすんで」セリアは優しく言った。「明日のために、体をやすませたほうがいいわ」

「やすむ以外、なにもできない男だな」ジャスティンは目を閉じたまま言った。「ここに連れてこられてからずっと、それしかしてない」

セリアは立ち上がった。「お義父様とお義母様に、目が見えるようになったと伝えてくるわね。きっと大喜びするわ」

「むしろ安堵するだろう」

「そうね、安堵もするはずよ」セリアは身をかがめ、これまで何度となくしてきたように枕の位置を直した。だが今回はいままでとちがった……ジャスティンが目を開けて自分を見ており、驚くほど親密な空気が一瞬流れた。彼女はすぐさま身を起こした。視力が回復したいま、すべてが変わってしまった。彼はもう、なにもできないけが人ではない。傷もじきに癒え、以前の彼に戻るだろう。体力が回復したらここを出ていき、二度と家族の前に姿を現さないはずだ。

「おまえはいつも花の匂いがする」ジャスティンがつぶやいた。「なんの花だろう……すみれかな……」

「ラベンダーよ」

「ラベンダー」彼はおうむがえしに言うと、顔を横に向け、眠りについた。疲れているのだろう。セリアはそれから長いあいだ彼を見ていた。どうしてフィリップとこれほどまでにちがう人間になってしまったのだろう。彼女はその答えを探りつづけてきたが、誰も教えてくれなかった。だが理由があるはずだ。理由もなく、兄弟の一方は一家の誇りに、他方は恥になるわけがない。ひょっとして、兄弟は憎みあっていたのだろうか。双子の兄になんらかの愛情を抱いていたら、フィリップも兄の話をしたはずでは？

「フィリップ」セリアはささやいた。「わたし、ジャスティンに手を貸すべきなの？　それとも、そんなことをしたらあなたは草葉の陰で嘆くかしら」

リゼットが娘の赤毛を梳かしながら、母親そっくりの小さな顔をじっと見つめた。アンジェリーヌは母の膝にちょこんと座り、姉のエヴェリーナは椅子のひじ掛けに腰を下ろしている。「要するにゲームみたいなものよ、わたしの天使さん《メザンジュ》。少しのあいだだけ、あのおじさんをフィリップだと思えばいいの。ただし、このゲームのことは誰にも言ってはだめよ」

「ウイ、ママン」幼女はふたりとも素直にうなずいた。

セリアは丸々と太ったラファエルを腕に抱いて、不安げな面持ちでリゼットを見ていた。できればジャスティンの正体は子どもたちに知らせずにすませたい。セリアはそう願っていたが、義母は譲らなかった。

「ふたりとももう赤ん坊じゃないんだもの、彼がフィリップではないと気づくわ」義母は言った。「フィリップだと言い張っても嘘だとすぐにばれるでしょう。娘に真実を言えばジャスティンの身の危険は高まるけれど、わたしは子どもたちを騙したくないの。これまで親を疑ったためしなどない子たちだもの。娘はふたりともいい子よ。黙っていなさいと言われれば、ちゃんと言うことを聞けるわ」

リゼットの主張が正しいことを、セリアはひたすら祈った。部屋をあとにするふたりの幼女にほほえみかけ、義母に歩み寄って赤ん坊を渡す。それまでむずかっていたラファエルは、母の腕に抱かれたとたんにおとなしくなった。

「ふたりとも、あまり驚いてませんでしたね」セリアは指摘した。

「子どもはなんでもたやすく受け入れてしまうの」リゼットが軽やかな笑い声をあげながら応じる。「おとなは予期せぬ出来事にいちいち驚くけど」

セリアは窓辺に歩み寄り、椅子に戻った。「なんだか二階が静かですね」

「そうね」リゼットが同意する。「ノエリンの仕事に、ジャスティンがあまり抵抗してないんでしょう。わたしはかみそりが苦手だけど、ノエリンははさみを上手に使うから」

内心の不安にもかかわらず、セリアは笑みをもらした。義母がジャスティンのひげを剃るあいだ中、二階から悲鳴や抗議の声が聞こえていたのを思い出した。「だいぶひどく切ったんですか？」とたずねてみる。

「二カ所ばかり、かすり傷をつけてあげたわ」リゼットが自慢げに言う。「大した傷じゃないけど。ひげがなくなって、すっかり見ちがえたわよ。一目見て紳士と思う人もいるんじゃないかしら。けんかだのなんだのと、いろいろ体験してきたわりには、顔はきれいなものね」義母は妙な笑みを浮かべた。「本人も鏡をのぞきこんで、これじゃ怖い海賊には見えないと文句を言ってた」

「それならよかったわ」セリアは心から言った。

「ノエリンに髪をさっぱり切ってもらったあとは、自分じゃないように感じるでしょうね」

セリアはうなずいて、深々と息を吸い、とぎれがちに吐息をもらした。「もう夜になっていればいいのに」とつぶやく。「ベネディクト大尉の訪問が終わっていれば」

リゼットが洞察力に富む視線を向けてくる。「ジャスティンが心配なのね？」

「心配じゃないんですか？」セリアはまごついて訊きかえした。

「ナチュレルマン、心配よ。義理の息子だもの。彼がまだ少年のころ、家を出る前から知っているし。大事な家族だと思っているわ。でも……ずっと前に気づいたの。ジャスティンは人や場所と深いつながりを持ちたくないんだって。だから彼にはなにも期待しないほうがいいわ。海の暮らしを選んだのもそのためでしょうね。船に乗っていれば、ひとところにとどまる必要はないから」

「でも、だからってどうして海賊なんかに」

「それが一番、みんなにいやがられると思ったからでしょう。小さいころから言われていたとおりの悪党だと、身をもって証明できると考えたのよ。男の子にはありがちだけど、ジャスティンも悪さをするのが好きだった。始終、家を飛びだしては、行ってはいけないと言われたところに行き、問題を起こしていたわ。でも彼が実際にしたいたずらより、噂のほうがよほどひどかった。双子の弟がおとなしくて責任感があるものだから、ジャスティンの言動はますます嫌悪されるようになったわ。でも彼が反抗的だったのは、父親の気を引くためよ。父親に愛され、認められていると当人が気づいていれば――」リゼットは肩をすくめた。

「ううん、やっぱり手遅れだったわね。父子で理解しあえるようになったあとも、やっぱりジャスティンは満足しなかったから。マックスの愛だけではだめだったの。ジャスティンは、誰にも与えられないなにかを求めていた。わたしもいまでは、そのなにかをくれる人はどこにもいないと思っているわ」

そこへふいにノエリンが戸口に現れ、ふたりは会話を中断した。メイド長の頭に巻かれたスカーフはゆがみ、平素は冷静な顔に、いらだちの色が浮かんでいる。「こういう仕事はこれきりにしてほしいもんですね」メイド長が告げた。

「終わったの？」リゼットがたずねる。

「ウイ、マダム」

「ご苦労さま。どうやらジャスティンは、まんまとあなたの堪忍袋の緒を切ったみたいね。どこにいるの？」

「居間です」

「一階の？　ひとりでよく下りられたわね」

「ムッシュー・ヴィクトルのステッキをお使いになってました」ヴィクトル・ヴァルランは、マクシミリアンの父だ。

「脚は大丈夫かしら」セリアは不安そうにつぶやいた。「また出血するかもしれないわ。彼のことだからむきになって歩いて、きっと……」玄関広間の奥の居間へと急ぐ。

ステッキを持って窓辺にたたずむ、長身な男性の姿が見えた。ブルーの上着に、淡黄色のブリーチをはいている。波打つ豊かな髪はうなじのあたりで切り揃えられ、こちらに向けられた顔はさっぱりとひげが剃られて、驚くほどハンサムだった。セリアはひどいめまいを覚えた。彼に歩み寄るとき、脚が震えるのがわかった。群青の瞳がほほえみかける。口の端には愛嬌のある笑みが浮かんでいる。引きしまった頰に小さなえくぼが見えた。低い声には笑いがにじんでいる。「この場で失神するなよ」

彼がフィリップだったなら。まさに生き写しで、セリアは思わず苦悶の泣き声をもらした。心の底から求めていた人、胸が痛むほど切望していた人が、目の前にいる。でもそれは耐えがたい幻想にすぎない。きびすをかえして逃げようとしたが、手首をつかまれてしまった。死に物狂いでその手を振りほどこうとしても、相手は放そうとしない。「セリア、落ち着いてくれ。おれを見るんだ」

「いや」セリアはわっと泣きだした。「見ていられない……フィリップの顔なのに……」

「くそっ、これはおれの顔でもあるんだ」ジャスティンに引き寄せられ、セリアは相手の肩に額を押しあててむせび泣いた。耳元で震える声がした。「おれの顔でもあるんだよ」

わが胸ですすり泣くセリアを抱きながら、ジャスティンは心臓がとぎれがちに鼓動を打つのを覚えた。彼女に口づけ、嗚咽を止めてやりたい。ハンカチを手探りすると、ノエリンがきれいにたたんで上着のポケットに入れた一枚が見つかった。誰かの涙を拭いたことなどない。ジャスティンはうつむいたセリアの顔にハンカチを押しあて、頬をぎこちなく拭いた。彼女がしゃくりあげながら、それを取り上げて洟をかむ。

リゼットとノエリンが戸口に立っているのにも、ジャスティンは気づかなかった。セリアの背を撫で、必死に感情を抑えようとする彼女のうなじを揉んでいた。「ソファに連れてってくれ」彼は言った。「これ以上立っていられない」

リゼットはノエリンを引っ張って戸口を離れた。ふたりは不安げなまなざしを交わし、暗黙の了解で、口だしはせずにおこうと決めた。

セリアは洟をすすりながらジャスティンをソファのほうにいざない、そこに座らせた。彼に引き寄せられてとなりに腰を下ろすと、腕をぐっとつかまれた。

「放して」とささやき声で訴える。

「おれを見てくれたら放してやる」ジャスティンは乱暴に言った。「見ればおれと弟のちがいがわかるはずだ。ちゃんと見て、ちがいがわかったと言ってくれ」セリアが動かずにいると、彼は腕の内側を親指で撫でた。「セリア、勇気を出して」

彼女はのろのろと視線を上げた。彼の言うとおりだった。他人が見たら同一人物と思うだろうが、ふたりをよく知る人間なら見分けられる。ジャスティンの鋭い瞳は、フィリップの穏やかな瞳とはちがう。ジャスティンのほうが鼻が高いし、口も少し大きめで、下唇がふっくらとしている。

体つきもちがっていた。ジャスティンが着ている服は、フィリップならぴったりだっただろう。何年も質素な食生活を送り、戦いつづけてきたジャスティンは、弟より痩せている。健康で活動的な男性なら備えている最小限の脂肪ですら、いまの彼にはついていない。セリアは不本意ながらも、けがをする前のジャスティン、カラス島で助けてくれたときの彼を思い出してみた。あのころの彼は、全身から生気と力があふれんばかりだった。

黒々とした長いまつげはフィリップにそっくりだ。逆毛と、黒髪に青い瞳のハンサムな面立ちも。「ちがいがわかるわ」セリアはかすれ声で言った。「どこが似ているかも」

ジャスティンは顔の筋肉ひとつ動かさなかったが、瞳には不安と怒りの色が浮かんでいた。

「おれはフィリップじゃない」

「そうね」セリアは悲しげにささやいた。

「おれを見るたびに弟のことを考えるつもりか？」

「わ、わからないわ」痛いほど強く腕をつかまれ、セリアは顔をしかめた。「やめて――」

ジャスティンは唐突に手を離した。「こんな作戦はまっぴらだ」と怒鳴り散らす。顔を合わせるたび、セリアにフィリップを思い出され、フィリップと比べられ、フィリップを切望されるなど耐えられない。死んだ人間、血のつながった弟に嫉妬するなど我慢できない。

けっきょくふたりは感情をぶちまけて、張りつめた空気を追いやることにした。

「わたしが言いだした計画じゃないもの《ス・ネテ・パ・モン・ニデ》」気が高ぶって英語が出てこず、セリアはまくしたてた。

「おれでもない！　親父が、あのばかが言いだしたんだ。親父を連れてこい。やっぱりやめたと言ってやれ！」

「ほかに選択肢はないでしょう！」セリアは言い放った。「いまさら遅いわ」

ふたりはにらみあった。ジャスティンは顎に手をやろうとして、ひげを撫でようにももうないのだと思い出し、口汚く罵った。「くそったれ、おれのひげを返せ！」

「あんな不潔なひげ」セリアは言い、なおも相手をにらみながら、もう一度洟をかんだ。

「フィリップはヤギみたいなひげなんて絶対にはやさないわ」

「ああ、あいつはいろんなことをしないと決めてるからな。でもおれはフィリップじゃない」

「わかったから何度も言わないで」

「だったらそういう目でおれを見るのは――」

「なるほど」というマクシミリアンの声が戸口から聞こえてきた。「さっそく夫婦げんかか」

ジャスティンは冷ややかに父親をねめつけた。「この作戦は無理だ」

「いいえ、やりとおすわ」セリアは断固として言い張り、ハンカチで涙をぬぐった。「必死の看病をしたのは、あなたが逮捕され、縛り首になる姿を見るためじゃない。この二週間の苦労が水の泡になるなんてごめんだわ！」

「誰も看病してくれなんて頼んでない」ジャスティンが冷笑を浮かべる。

「だったら、さっさと二階に来い、早く一階に行けとわたしに命じたのはいったいどこのどなた？　水が飲みたくなるたびに――」

「そのくらい《アッセ》にしなさい」マクシミリアンが鋭くたしなめた。「もういいだろう。ふたりとも、間もなく大尉が到着するのを忘れているらしいな」黒い目を紅潮したセリアの顔から無表情なジャスティンの顔に向ける。「それでは愛しあう夫婦にはまるで見えないぞ。あらためて言うが、ジャスティンの人生はふたりの演技にかかっている――」そこへ彼の講釈をさえぎる声がした。

「だんな様」ノエリンが落ち着いた声で告げる。「大尉の馬車が私道に見えました」

ソファから立ち上がろうとしたセリアは、ジャスティンに引っ張られてふたたび腰を下ろした。「ここにいろ」と彼が静かに言う。セリアは目を見開いて、義父が大またで居間をあとにし、玄関広間に向かう姿を追った。居間が唐突に静けさにつつまれる。聞こえるのは、炉棚に置かれた装飾的な時計の針の音だけだ。「リゼットは?」ジャスティンがたずねた。

不安のあまり、セリアはすぐには答えられなかった。「お、お義母様は二階で子どもたちと一緒にいるって」

大きな手がセリアの震える手のほうに滑ってくる。「落ち着いて」ジャスティンはささやいた。

「夫婦のふりなんてできない」セリアは訴え、正面玄関が開く音に飛び上がった。

ジャスティンは彼女の顎をとり、自分のほうに向かせた。先ほどまでのいらだちと嫉妬が消え去って、セリアを思いやる気持ちがわきおこる。そんな自分に彼はとまどった。まるで自分らしくない。だが彼女につらい思いをさせたくない。たとえわが命を犠牲にすることになるとしても。「だったら無理はしなくていい」彼はささやいた。「つらいなら、やらなくていいんだ。そこまでの価値はない」

彼の言葉の意味を理解したセリアが大きく目を見開く。「なにを言ってるの」彼女は弱々しく責めた。「あなたの命なのよ、価値があるに決まってるでしょう。わたしはあなたを助けるわ」そこへ、誰かが居間の戸口に向かってくる足音がした。ジャスティンがさらになにか言う前に、セリアは片手を上げて彼の切りたての髪に触れた。絹を思わせる黒髪をかきあげる。優しく、独占欲に満ちたしぐさ。いかにも妻が夫にするしぐさだった。ジャスティンが息をのみ、頬を赤く染める。

部屋に現れたベネディクト大尉は、呆然とふたりを見つめていた。ジャスティンは顔を上げ、群青の瞳をきらめかせながら、かすかな笑みを浮かべた。歓迎のしるしに手を差しだす。

「ピーター。また会えて嬉しいよ」

ベネディクトは差しだされた手をとり、しっかりと握りしめた。「フィリップなのか？」問いかける声はわずかにうわずっている。

「なかなか会えずにすまなかったね。きみにももうわかったと思うけど、ヴァルラン家の人間は家族に対してやたらと過保護なんだ」ジャスティンはセリアを抱き寄せ、こめかみにキスをした。「わが妻の熱心な看病のおかげで、じきにすっかりよくなりそうだよ」

セリアはほほえんで、手近の椅子にかけるよう大尉に身ぶりで示した。ベネディクトがすぐさまそれに従う。

「目も見えない状態だと聞いたんだが」大尉はジャスティンを凝視しながら言った。

「ゆうべやっと包帯が取れたんです」セリアは答え、小さく笑った。「実際には、わたしたちが止める前にフィリップが勝手に取ってしまったんですけれど。例のことわざは本当ですわね——医者は最悪の患者にしかなれないって」妻らしい思いやりに満ちたまなざしをジャスティンに投げる。「でも、充血してるのがわかりますでしょう？　まだ完全によくなったわけじゃないんです。それに始終、頭痛を訴えますし」

ベネディクトはゆっくりとかぶりを振った。「なんてことだ」という声は先ほどまでの猜疑心に満ちたものではなくなっている。「海賊の襲撃に遭って無事だったとは……しかも連中に囚われ、そこから逃げてきた……信じられない」

「気持ちはわかるよ」ジャスティンは苦笑交じりに応じた。「本当に信じがたい話だ」そのまなざしに、いたずらっぽい光が宿る。「それできみは、ぼくが正真正銘ぼくなのか疑ってたそうだね」

ベネディクトは恥じ入った。「それがわたしの仕事なんだよ、フィリップ。それにきみの兄上は、凶悪な犯罪者として知られている。この目できみの顔を見るまでは、事情をのみこめなかった」

「兄がどれほどの凶悪犯なのかは知らないけどね」ジャスティンは少年のような率直さで応え、笑みをたたえた。「ぼくみたいな職業の人間を海賊とまちがうのはひどいよ。メスの使い方ならわかるけど、カトラスなんてものはまるで扱えないんだから」

「フィリップ、いくつか質問をしてもいいか。海賊どもについて少し教えてほしい。五カ月間、カラス島で監禁されていたのは本当なんだね？」

「ああ」ジャスティンは眉根を寄せて顔をさすった。

「きみのほかにも、誰か監禁されていたのかい？」

「いや、ぼくだけだった」

「どうして命を奪われなかったんだと思う？」

「医者だからじゃないかな。カラス島には医者がいなかったから」

「どうやら、いい扱いを受けていたらしいね」ベネディクトが指摘し、ジャスティンを疑わしげに見やった。セリアは内心で思った。たしかにジャスティンは、何カ月も囚われの身だった人には見えない。回復直後でやや顔色が悪いものの、肌はよく日に焼けたままだ。けがさえしていなければ、健康そのものに見えるだろう。「島の様子を教えてくれるかい？　防御の様子とか。それにもちろん、どうやって逃げてきたのかも」

「なんだか記憶が曖昧なんだ」ジャスティンは言い、セリアの指に自分の指をからませて、彼女の手を自分の太ももに置いた。「覚えているかぎりのことを話すけど、果たして役に立つかどうか」

　セリアは感嘆の思いで、質問に対するジャスティンの受け答えに耳を傾けていた。彼は最小限の、けれども話をもっともらしく見せるには十分な情報を口にした。島内で監禁されていたときの状況、砦の様子、地上と地下にめぐらされた迷路のごとき通路、逃亡の手助けのために海賊に渡した金品。やがて島で抗争が起き、彼は騒ぎに乗じて逃げだした。ベネディクトはときおり、いまの説明をもう一度と促した。話に矛盾がないか、たしかめるためだろう。だがジャスティンはどじを踏んだりしなかった。半時ほど経ったところで、マクシミリアンが咳払いをして尋問をさえぎった。

「ベネディクト大尉」と呼びかける。「息子もそろそろ疲れてきたらしい。わずかに残された体力をすべて消耗させるおつもりではないでしょう？」

「もちろんそんなつもりはありません」大尉はしぶしぶ答えた。

セリアは心配そうに、ジャスティンのほうに身を乗りだした。褐色の肌の下で血の気が失せつつあるのがわかった。額には玉の汗が浮いている。太い眉のあいだに刻まれたしわが、苦痛のほどを物語っている。彼女はハンカチで額を拭いてやった。「また頭痛がするの？」とたずねる。

「大丈夫だよ、まだつづけられる」ジャスティンは答えた。「ただちょっと――」

「もうやすみましょう」セリアはシャツの上から彼の上半身に手のひらを滑らせ、腹部に巻いた包帯を押さえた。「下りてくる必要なんてなかったのに」と諭す背後で、マクシミリアンとベネディクトが声を潜めて話しあうのが聞こえる。

「あのいまいましい寝室から出たかったんだよ」ジャスティンはつぶやいた。

「だとしても服まで着替えなくてもよかったでしょう。ローブでも羽織っておけば十分だったのに」

彼はにやりとした。いたずらっぽい笑みはフィリップらしからぬものだった。「男っていうのは、ちゃんと服を着ていないと不利な場合もあるからね」

「フィリップ」とベネディクトが呼びかけながら、ソファに歩み寄る。「今日のところはここまでにしよう。だがほかにもいろいろと訊きたい点がある――もちろん、もっと体力が回復してからという意味だが」

「そうしてくれたまえ」ジャスティンは応じると、セリアが止めるのも無視してステッキを床につき、立ち上がった。片腕をセリアの細い肩にまわしてわが身を支える。「奥さんは元気かい？」

「ああ、元気だ」ベネディクトは答え、探る目でジャスティンを見た。「妻に訊かれたら、いつごろきみが仕事に復帰すると言えばいいだろう？」

セリアは腕をジャスティンの腰にまわしながら、代わりに答えた。「復帰について考える前に、夫にはまず健康を取り戻してもらわねばなりませんわ」大尉にほほえみかける。「夫はわたしのもとに帰ってきたばかりなんですよ……もうしばらくひとりじめしても、ニューオーリンズのみなさんは怒らないでしょう」

別れのあいさつをしたのち、ベネディクトは当惑の面持ちで帰っていった。ジャスティンは長々とため息をついた。体を動かし、尋問を受けたせいで全身が痛んだ。父は珍しくどこか上の空な表情で息子を見やり、「うまくいったようだな」と短く言った。「わたしはリゼットのところに行ってくる。どんなあんばいだったか、気になっているだろうからな」

セリアはジャスティンの腰に腕をまわしたまま、階段のほうに向かった。「大尉は納得したかしら」とたずねる。

「すっかりとはいかないだろうな」ジャスティンは暗い顔で答えた。「もっと厳しく追及することもできたはずだ」階段の一段目にぎこちなく足をのせながら、口のなかで罵る。「次の機会にそうするつもりだろう」

「さっきのあなた……まるで別人だったわ」細い体で彼を支えつつセリアは指摘した。「愛想があって、感じがよかった」

「フィリップに似てたか」

「少しね」セリアは認めた。「フィリップはあなたとちがって、率直で誠実な人よ。人間が好きで、みんなの助けになりたいと願ってた。そういう人柄が顔にも表れていたわ。だから彼は――」

「いちいち言わなくてもわかってる」ジャスティンはぶっきらぼうにさえぎった。

「どうして兄弟なのにそんなにちがうの？」セリアはたずねずにはいられなかった。ジャスティンが冷ややかな笑い声をあげる。

「その質問なら、トラブルメーカーだったがきのころから訊かれっぱなしだ。おれだって弟みたいになりたかったさ。ときには努力もした。でもヴァルラン家の人間には悪い血が流れてるんだよ。一世代にひとりは、アーム・ダネを持った人間が生まれる。それがおれの運命だ」

アーム・ダネ……呪われた心、堕ちた魂。セリアはかすかに身を震わせた。彼にもその震えは伝わったはずだ。

やっと寝室にたどり着くと、おびただしいほどの汗をかいたジャスティンは、安堵のため息とともにベッドに腰を下ろした。セリアが慎重な手つきで靴を脱がせ、ブルーの上着を脱ぐのを手伝う。彼は脇で手を握りしめ、枕に背をもたせた。彼女はネクタイをほどき、シャツの一番上のボタンをはずした。その手をジャスティンは押しのけた。「もういい」全身が痛み、疲れきっているのに、セリアがほしかった。服を脱がされたら、自分を抑えきれずに彼女をベッドに押し倒し、組み敷いてしまう。

「肩の具合を見たいの――」

「あとでいい。大丈夫だ」

セリアはいったんカーテンを閉めに行き、またベッド脇に戻ってきた。薄闇のなかで視線がからみあう。「ありがとう」ジャスティンはぶっきらぼうに礼を言った。「尋問に手を貸してくれて。つらかったろう」

「フィリップのためよ」セリアはつぶやいた。「あなたのためじゃない。フィリップならわたしに、兄を助けてくれと言っただろうから」

ジャスティンはいつもの冷笑を浮かべた。「本気で言ってるのか？　おれはそうは思わないな。あいつが自分の妻をおれのそばに近寄らせるわけがない。おれがあいつなら、墓場から戻ってきて、そんなまねはするなとおまえに――」彼はふいに言葉を切り、淡々とした声音になってつづけた。「愛する女のそばにおれを近づけるほど、フィリップはばかじゃない」

「ジャスティン」セリアは優しく呼びかけた。「あなたには、大切な女性はいなかったの？」

彼はあざけるように笑った。「大勢いた」

「そうじゃなくて、わたしが訊いてるのは……」セリアは唇を噛んだ。

「誰かを愛したことがあるかって意味だろう？」彼は鼻を鳴らして小ばかにした。「どうして女ってのは、そうやって愛情とやらを重んじたがるんだろうな。これだから女は――」

「そういう考えなら答えなくていいわ」セリアははがゆそうにさえぎった。「答えはノーだ。たくさんの女とつきあってきたし……」口を閉じる。短い沈黙が流れ、ふたりはともに、湖畔の小屋での晩に思いをはせた。「気に入った女もなかにはいた。だが愛した女はいない」ジャスティンはあくびをし、くつろいだ体勢になった。「これからも誰も愛さない。愛なんて面倒なだけだ。人を愛せない人間でむしろよかったよ」

「でもいつかはあなただって――」

「ないね。おれにそういう感情はない」彼は目を閉じ、会話が終わったことを告げた。

セリアはあきらめて部屋をあとにし、後ろ手に扉を閉めた。ジャスティンが誰かを愛せるとは思わない。どんな女性なら、彼からそうした気持ちを引きだせるのかもわからない。だがこれだけは断言できる。彼が愛の前に屈するときがあるとしても、それはきっと生涯に一度きりだ。そして愛は、彼にとってむしろ危険で破滅的な感情なのだろう。

居間は訪問者でいっぱいだ。週に一度は来客の日と決まっており、ニューオーリンズの婦人方はお互いの家を訪れては、お茶を楽しみ、街の最新情報やゴシップを交換する。今週は近隣の若い娘や既婚夫人やタントがみな、ヴァルラン・プランテーションこそ訪れるべき場所と決めたらしい。フィリップ・ヴァルランが生還したとの知らせは、すでに街中に伝わっている。

リゼットがクレオールはもちろんアメリカの婦人たちとも交流を結んでいるせいで、訪問者の数は本来の二倍にふくれあがった。ヴァルラン家でならば、異なる人種に属する女性たちも打ち解けられるらしい。両者が対立する理由はいろいろある。ひとつには、この一〇年間でたくさんのアメリカ人がニューオーリンズに移り住み、街の富や事業や政治を牛耳るようになったため。クレオール人が多く居住するヴュー・カレに対抗して、アメリカ人が新たに自分たちの居住地区を作りつつあるほどだ。はした金をめぐっていさかいをするアメリカ人を、クレオール人が下品な連中とみなしているせいもある。クレオール人の目に映るアメリカ人は、いつもせかせかしている、礼儀知らずで野蛮な節操のない金の亡者だ。一方のアメリカ人はクレオール人について、短気な男たちと浮ついた女たちからなる、堕落した怠け者の集まりとみなしている。

だがヴァルラン家は、両方の文化にうまく溶けこんでいた。マクシミリアンもリゼットも地元民の誰もが一目置く名家の出で、血筋はすこぶるいい。それと同時にマクシミリアンは、事業規模は小さいながらも海運業で成功をおさめているため、アメリカ人からも敬意を払われている。しかも彼は州知事とも親しい。リゼットもクレオールのレディから、若くおしゃれで、しかも礼儀作法をわきまえた女性のお手本として敬意を集めている。英語も流暢に話し、アメリカ人の友人も大勢いる。

「しかし将来が心配だな」クレオール人の友人がマクシミリアンに、興味津々といった面持ちでたずねたことがある。「アメリカ人がきみの娘に求婚したら、いったいどうする？　もちろん《セルテヌマン》、許さないのだろう？　連中とつきあったところで、なんの得にもならんからな！」

「その男の人柄しだいだよ」マクシミリアンは驚くほどの率直さで答えたものだ。「娘の相手として、クレオール人なら無条件で受け入れるわけでも、アメリカ人ははなからお断りというわけでもない」極めて自由な考え方ではあったが、そもそもマクシミリアンは昔から型破りな人間として知られていた。

リゼットの声が二階まで響きわたる。訪問客の騒々しいおしゃべりや議論を静めてまわっているのだろう。いつもは穏やかな声を張りあげて、みなさんお茶でもいかがと誘っている。たっぷり砂糖を入れた濃厚なコーヒーの香りは、ジャスティンがいる二階の部屋まで漂ってきた。

ジャスティンは一階に顔を出すつもりはなかった。やかましい女たちに取り囲まれるなどぞっとする。フィリップはニューオーリンズ一の名医だったらしい、そうリゼットは言っていた。技術の高さもさることながら、ハンサムで物静かで愛想もいいので、たいそう人気だったという。そのため「ドクター・ヴァルランが生還した」との知らせは、市民に熱狂をもって迎えられた。

「フィリップ……」ジャスティンは皮肉めかしてつぶやいた。「どうしておまえがあれほど熱心に医者なんぞになりたがったのか、おれにもやっとわかったよ」

彼はステッキ片手に脚を引きずりながら廊下を歩き、一階から聞こえてくるセリアの声に耳をそばだてた。いくつもの質問が彼女に投げかけられているのに、肝心の返答は声が小さいせいで聞こえない。例のごとく閉めきったフィリップの部屋の前を通りかかったとき、室内から物音がした。両腕に鳥肌が立ち、ジャスティンは小さな衝撃を覚えた。いったい何度、フィリップの部屋になんの前触れもなく押し入り、読書中の弟を外に引っ張りだしただろう。思い出が脳裏を駆けめぐる。少年のころに戻った錯覚にとらわれ、この場で扉を開ければ、そこに弟がいる気がした。震える手を伸ばし、取っ手をまわす。

扉を開けるとそこには、リゼットの娘、腹ちがいの妹たちのこちらを見上げる顔があった。妹たちは磨き上げた木箱を挟んで床に座っており、周囲になにやら転がっている。なにかおもしろいものはないかと、フィリップの私物を探っていたのだろう。いかにも子どものやりそうなことだ。

エヴェリーナとアンジェリーヌは、母親そっくりの茶色の瞳をまん丸にして彼を見つめた。ふたりはまさにリゼットに生き写しで、ヴァルラン家の容貌上の特徴はほとんど受け継いでいない。これまでジャスティンはふたりに面と向かって会うことはなかった。ふたりとも、どこからともなく屋敷に現れ、このような騒動を引き起こしている人物と対面するのを本能的に避けていたのだろう。彼が大好きな兄のフィリップではないこともすでに承知しているはずだ。

ジャスティンは妹たちをまじまじと見つめた。いままでふたりに興味を持った覚えはない。邸内で姿を見かけたときに、小さくてかわいいなとは思ったものの、親近感はいっさいわかなかった。「なにかおもしろいものがあるのかい?」脚を引きずって部屋に入り、優しく問いかける。

エヴェリーナが無言で、周囲に散らばるものを大急ぎでかき集めて木箱に入れた。アンジエリーヌは固まったまま、ジャスティンの顔に視線をそそぐばかりだ。彼はふたりにほほえみかけ、やっとの思いで椅子に腰を下ろした。

「矢じりか」床を見下ろしながらつぶやく。「フィリップと一緒によく、バイユーの岸辺で見つけたものだ。手斧を発見したこともあったな。昔は川岸に先住民のチョクトー族が住んでいたからね。フィリップとふたり、いずれチョクトー族の生き残りも発見できるんじゃないかと思ったものさ。あるいは海賊を」

エヴェリーナがもったいぶった口調で言う。「海賊はあなたでしょ、ネスパ？」

「まあね、悪い海賊じゃないけど」

「海賊はみんな悪い人よ」

ジャスティンは幼女にほほえみかけた。「でも女の子を傷つけたりは絶対にしないよ」木箱に手を伸ばすと、エヴェリーナが彼に触れぬよう用心しながら手渡してくれた。ふたを開けてのぞきこむと、フィリップがためこんだ矢じりがたくさん入っていた。思い出がよみがえり、思わず口元がほころぶ。こんなつまらないものを後生大事にとっておくのはフィリップくらいのものだ。「なにか愉快なことはないかと、湿地帯をふたりでよくうろつきまわった」ジャスティンはひとりごとのように言った。「小さな丸木舟があって、それに乗って川を行き来した。頭のてっぺんから爪先まで泥だらけになって家に帰るたび、おばあちゃん《グランメール》にこっぴどく怒られたもんだ！」声をあげて笑い、エヴェリーナに向きなおる。「バイユーに行ったことはあるかい？」

「パパに行っちゃいけませんって言われてるもの。あぶないからって《セ・ダンジュルー》」

「なるほど」ジャスティンは訳知り顔にうなずいた。「おれもパパに同じことを言われたな。パパには逆らわないほうがいい」

アンジェリーヌがにじり寄ってきて、ジャスティンの座る椅子のひじ掛けに小さな両手を置いた。「パパはおじさんのパパでもあるの？」と子どもらしい驚きを込めた声でたずねる。

「アンジェリーヌ、来なさい《ヴィヤン》。もう行くわよ」エヴェリーナがきつい声で言い、妹を引き戻す。「ママに子ども部屋にいなさいって言われたでしょ」

アンジェリーヌはしぶしぶ姉について部屋を出ていきながら、何度かジャスティンを振りかえった。彼は妹に笑みで応じてから、矢じりに意識を戻した。ひとつを取りだし、木箱を脇にやる。親指と人差し指で表面を磨いた矢じりを凝視していると、最後にフィリップの顔を見た日、一六歳のある日が思い出された。

「ジャスティン、行かないで！」丸木舟に手をかけようとしたそのとき、ジャスティンはフィリップに止められた。わずかばかりの荷物はすでに小舟に積みこんである。真夜中だったが、澄んだ青い月明かりが少年たちの顔を照らしだしていた。「二度と戻ってこないつもりなんだろう？」フィリップは絶望しきった声で責めた。「行っちゃだめだ。ジャスティンが

「おれはここじゃ誰にも必要とされない。おまえだって知ってんだろ。おれは厄介者だからさ。ここはおれの居場所じゃないんだ。おれは……くそっ。言わなくたってわかってるはずだぞ」

「なにもいま出ていかなくたっていいじゃないか。少し待って、考えてみておくれよ。せめて――」

「十分待ったし、考えた」ジャスティンは苦い笑みを浮かべた。「夜中に出ていこうと決めたのだって、こういうのがいやだからだ」

「でも、父さんとはもう仲直りしたじゃないか」

「まあな。でもおれの顔を見るたび、父さんは昔を……つらい過去を思い出す。彼女をね。父さんの顔にそう書いてある」

「ジャスティンは母さんに似てなんかないよ、ジャスティンは――」

「いや、そっくりだ」ジャスティンは冷たく言い放った。「おれだっていやだけど、自分でも変えられない。だからおれがいなくなったほうが、みんなのためになる」

「出ていって、いったいなにをするつもり？」

「心配するな。おれはよそに行ったほうがうまくやってける。自由になりたいんだ。誰もおれがヴァルラン家の一員だと知らないところに行きたいんだよ。ここにいたって、おれは誰にも喜んでもらえない。一生そうだよ。だからせめて、自分の好きに生きたい。おまえはここに残って、いい子にしてな。父さんのたったひとりの息子として。悪い血は全部おれがもらっていくから」弟の目が涙で光るのをうさん臭そうに見やる。「女みたいに泣くな」とからかったが、フィリップは兄を見つめるばかりだった。ふいにジャスティンは、自分の目の奥も痛むのに気づいた。彼は悪態をついて弟に背を向け、丸木舟に乗りこみ……。

セリアは戸口にたたずんでいた。子どもたちの様子を見てくると言って、客人たちを残し二階に来た。子ども部屋に向かう途中、フィリップの部屋の扉が半開きになっているのに気づいたのだった。

室内にはジャスティンがいた。うつむき、脚を広げて椅子に座っていた。なにか持っているのか、片手をきつく握りしめている。顔にはなんの表情も浮かんでいない。その顔を見て彼の気持ちがわかる人はいないだろう。けれどもセリアにはジャスティンの痛みがわかった。悲嘆を押し殺そうと戦っているのも。彼への共感とともに、いぶかしむ気持ちがわいてくる。

「やっぱり大切な弟だったのね」セリアは声をかけた。

ジャスティンが驚いて顔を上げる。ややあってから彼は口を開き、「出ていけ」とすごんだ。

セリアはひるまなかった。「フィリップをなんとも思っていないような口ぶりだったから、彼の死もどうでもいいのかと疑ってたけど。けっきょく、信じられなかっただけなのね？彼が亡くなった現実を受け入れられなかったのでしょう？」

ジャスティンは視線をそらした。

セリアは部屋に入っていきながら、そむけられた横顔を観察した。「弟を愛していたんでしょう?」とささやきかける。ジャスティンはなにも言わなかったが、無言のうちに肯定しているのがわかった。ゆっくりと椅子の前にひざまずき、顔を見上げる。

「いつも一緒だった」ジャスティンは握りしめたこぶしを見ながら言った。「子どものころはふたりで未開人みたいに湿地帯をうろついて、やりたい放題に遊んでいた。勝手に大きくなったようなもんさ。父さんはおれたちが面倒を起こしたとき以外、見向きもしなかったからな」苦々しげな笑みを浮かべる。「冷たい父親だった。ニューオーリンズ中の人間が、父さんがおれたちの母親を殺したと疑ってた。おれもずっとそう信じてた」

「そんな……まさか……」聞きまちがいかと思い、セリアは口ごもった。

「母親は自分の快楽しか頭にない、薄情なあばずれだった。よその男と関係して、父さんを辱めた。母親らしい愛情なんてこれっぽっちも持ってなかった。彼女にとってはフィリップもおれもただのお荷物さ。母親が死んでからは、父さんはおれたちを見るたびに彼女を思い出したはずだ」ジャスティンはセリアと視線を合わせた。「街中の誰もが、フィリップとおれを好奇と疑いの目で見た。ときには哀れみの目でも。同じ年ごろの子どもからは、しょっちゅうばかにされ、けんかを吹っかけられた。おれはいつだって受けて立つ気だったけど、フィリップが必ず仲裁に入った」彼は小さく笑った。「ときどき腹が立ったが、あいつはいつもおれの味方で、おれが悪さをしたときだって一緒になって罰を受けた。だからおれも、なるべくあいつを守ってやろうとした。夢ばかり見てる、泣き虫のばか野郎だったな。いったい誰に似れば、あんなに世間知らずなお人よしになれるんだか。あいつは……素晴らしい弟だった。おれのすべてだった。あいつを愛してたかだって？　ああ、そうさ、おれは――」

「ジャスティン」セリアは大きく息を吸い、こぶしをぎゅっと握った。「いったいなにを持ってるの？」

聞こえていないらしい。

彼のこぶしをとり、セリアは指を一本ずつ無理やり広げていった。手のひらにのっていたのは茶色の矢じり。おとなしく広げられたままの手のひらから、その小さなものをつまみあげる。部屋の戸棚にあった木箱に入っていたものだ。つづけて彼女は驚いて目を見開いた。ジャスティンの手のひらに血がにじんでいた。矢じりの先が硬い皮膚に刺さったのだろう。

「ジャスティン」セリアはあえぐように言い、無意識のうちに、にじむ血に口をつけた。やわらかな唇が手のひらに押しあてられる感覚に、ジャスティンは息をのんだ。金髪に覆われた頭が手の上にあり、舌先が手のひらに開いた傷口に触れて、塩からい液体を舐めとる。

自分がなにをしているのか気づいて、セリアは凍りついた。唇を離し、自分の手のなかにある大きな手を見つめる。おのれの振る舞いにショックを受け、彼女はただその場にひざまずいていた。ふたりとも身じろぎひとつしなかったが、ジャスティンの呼吸が速さを増しているのがわかった。彼の顔を見たいのに、怖くてできない。自分はいったいどうしてしまったのだろう。力強く温かな手を首筋に、胸元に引き寄せたい衝動に駆られる。ジャスティンの太もものあいだににじり寄り、唇を重ねたくてたまらなかった。フィリップの死がもたらした恐れはいつの間にかふたりのあいだから消え去っており、代わりにセリアは、かつてない恐れをジャスティンに覚えていた。

ぎこちなく顔を上げ、彼の瞳をのぞきこんだ。群青の奥に、彼女が感じているのと同じ、あるいはそれ以上の当惑が浮かんでいるのが見える。セリアは動くことも話すこともできなかった。顔がほてって、心臓が痛いほどに鼓動を打っている。無言でじっとしていれば、相手に誘いとみなされるのはわかっていた。彼の手が徐々に裏返り、やがてセリアの両手をつつみこむ。それから数分間とも数時間とも思われる長いあいだ、三つの手はそのまままつなぎあわされていた。時の流れが止まり、ふたりの気持ちだけが波のごとくふくれあがっていく。

唐突にお互いの手を離す。セリアは勢いよく立ち上がると、子どもたちの様子を見に行かなければと、かすれ声でつぶやいた。「エヴェリーナたちが……ふたりを捜さなくちゃ」

「セリア――」

ジャスティンがつづく言葉を見つける前に、セリアは行ってしまった。彼は誰もいない戸口をにらみ、うつむいて悪態をついた。ここを出なければと思った。絹のごとき網にからめとられつつあると本能が告げている。すぐに出ていかなければ、そのやわらかくも執拗な枷《かせ》に永遠につかまってしまう。だが彼はここを離れられない――体力も回復していないし、レガーレから逃げきる方策もない。この薄っぺらい仮面だけが、いまの彼を守ってくれる。問題は、どちらがより危険かということだ。レガーレと……弟の妻と。

その日の午後、退屈のあまりじっとしていられず、ジャスティンは衝動に負けてセリアを捜しにギャルソニエールに向かった。日に一、二時間、彼女がそこで過ごすのを知っていた。けがのせいで思うように動けない自分に腹が立つ。以前は元気に闊歩できたのに、いまや脇腹と肩の痛みに耐えながら、脚を引きずって歩く始末だ。プランテーションは静まりかえっていた。みなそれぞれの仕事をこなしており、彼の行動を気に留める者もいない。ギャルソニエールにたどり着くと、ジャスティンは小さな正面扉をいらだたしげにノックし、出てきたメイドをにらんだ。「マダム・ヴァルランはどこだ？」と問いただすと、若いメイドは不安げに彼を見てから、セリアに来訪を告げに走っていった。

しばらくすると、飾り気のない青いドレスに長い純白のエプロン姿のセリアが現れた。髪はリボンでまとめ、背中にたらしている。彼女は金色の眉を上げ、「どうかしたの？」と前置きもなくたずねた。「大丈夫《サ・ヴァ》？」

「ああ、なんともない」ジャスティンは例のごとく自分の反応に当惑した。彼女がそばにいるだけでなぜか心が安らぎ、ほっとする。「エプロンなんかしてどうした？」

セリアは一瞬ためらってから答えた。「絵を描いていたの」

かすかな驚きにつつまれ、ジャスティンは彼女を見つめた。「絵を描くとは知らなかった。入れてくれ。見てみたい」

「だめ」セリアはきっぱりと言った。「誰にも見せたことがないの。大してうまくもないし、趣味で描いているだけだから」

ジャスティンの胸に好奇心がわく。なんとか説得して絵を見てやろう。「批評はしない」

「どうせあなたのご意見を聞く耳はないもの」

「だったら入れてくれ」

「いやよ。あなたの退屈しのぎのために、プライバシーを侵害されたくないわ」

「つまり、入れてもくれないってことか？」

セリアは彼をにらみつけようとして、しぶしぶ笑みをもらした。美しいほほえみを目にしたとたん、ジャスティンの胸はなぜかぎゅっと締めつけられた。「どうぞ」彼女はぶっきらぼうに言ってきびすをかえし、作業部屋へとつづく狭い廊下を先に立って歩きだした。ジャスティンはそのすぐあとについていった。ステッキをつく音が、絨毯に吸いこまれる。

アトリエの敷居をまたぐなり、セリアはそわそわと落ち着かないものを覚えた。かすかな腹立ちとともに、なぜよりによってジャスティンにひやかしの種を与えてしまったのだろうと後悔する。彼女は事務的な態度をよそおい、窓辺のイーゼルに歩み寄って腕組みをし、ほぼ完成した水彩画を見つめた。ジャスティンがついてきて背後で足を止め、いいほうの脚に体重をかける。彼はまじまじと絵を観察した。

深緑と灰色とブルーににごったバイユーの絵。陰と分厚く広がる苔と、枝を腕のように広げた古木に囲まれている。暗い、どこかぞっとする絵だ。バイユーに対する恐怖が筆致のひとつひとつに表れている。絵を凝視していたジャスティンは、思いつくままに言った。「バイユーはいつもこんなに不気味というわけじゃないぞ」

「わたしにはこう見えるの」

「すごくきれいに見える日もある」ジャスティンは勝手に絵を見はじめた。そこここにあるスケッチや、乱雑に重ねられたカンバスを見ていく。先ほどの絵より素人臭い作品にも、しっかりと彼女の気持ちが見てとれた。家の外に止めた馬車に寄りかかってあるじを待つ、退屈顔の御者と従者を描いたスケッチがあり、ジャスティンはほほえんだ。父が馬にまたがって農園をまわるさまを描いた一枚もあった。誇らしげに上げられた父の顎と、すっと伸びた背中のラインがうまく描けている。肩越しにセリアを見やってほほえむと、彼女は安堵した面持ちになった。セリアの絵に好感を抱くのはおそらく、絵そのものの出来栄えのせいばかりではないだろう。おそらく、彼女への気持ちも影響しているはずだ。だが気に入った理由などどうでもいい。とにかく彼はセリアの絵が好きになった。

一枚のスケッチが目に留まった。リゼットが赤ん坊に乳をやっている絵だった。ほっそりとした二本の腕が小さな体を抱き、豊かな長い巻き毛が胸を隠している。愛情と優しさにあふれた心なごむ場面だ。男たちがめったに見せてもらえない、女たちの秘めやかな世界をのぞいた気分になる。

「その絵は……それ以上見ないで」セリアが低い声でたしなめた。頬が紅潮している。「あなたに見られたと知ったら、お義母様がばつの悪い思いをするでしょう」

ジャスティンは素直に絵を脇にやり、セリアに歩み寄った。「フィリップの絵は？」とたずねると、彼女の頬の赤みが増した。

セリアは身じろぎもせず、ビロードのごとくきらめく茶色の瞳を上げた。今回ばかりはジャスティンにも相手の心が読みとれなかった。意を決した態度で彼女が背を向け、かたわらのテーブルに近づく。スケッチをめくり、そのうちの一枚を手に戻ってきた。羊皮紙はかすかに震えていた。絵を受け取り、弟の顔をそこに見た瞬間の痛みを覚悟する。だが彼は驚きに目を見開いた。想像していた絵ではなかった。絵のなかの男は口元に冷笑を浮かべ、こちらに傲慢なまなざしを向けている。それに全体的にフィリップよりも引きしまった顔立ちをしている。

「おれだ」ジャスティンは言い、問いかける目でセリアを見つめた。

「そうよ」彼女は穏やかに応じた。「フィリップを描こうとするたび、なぜかあなたになってしまうの。うまくいったためしがないわ。直せば直すほど、あなたに似てくるんだもの」

あたかも誰かに聞かれたらまずいとでもいうように、ふたりは声を潜めて語りあった。

「どうして？」ジャスティンはたずねた。

「さあ……わたしにもわからない」

「これを描いたのはいつ？」

「数日前。フィリップのことを考えていたの」

「それと、おれのことを？」

「そうよ」セリアはささやいた。

ジャスティンは無言で彼女を見つめながら、鼓動が激しくなるのを、知りたくない事実に無理やり向きあわされるのを感じていた。

「そろそろ行ったほうがいいわ」セリアがためらいがちに促し、スケッチを彼の手から取った。「お義母様がじきに来るから。仕立屋で働いているアイルランド人のお針子さんが、ドレスを持ってくるの。最後の試着はここでしたほうが楽だろうという話になって」

すぐにジャスティンが立ち去ったので、セリアは安堵と当惑を同時に覚えた。画材をせっせと片づけていると、彼がいるあいだ感じていた動揺はやがて消えた。しばらくすると、リゼットがはつらつとした笑みをたたえてギャルソニエールに現れた。その後ろからお針子のブリオニーと、山積みの箱や針道具を抱えた従者もついてきた。

「ムッシュー・ドゥヌーに、素晴らしいドレスばかりだったとお伝えしてちょうだい」リゼットは青碧のシルクドレスに最後の手直しをくわえるブリオニーに言った。ハイウエストで襟ぐりの深いドレスだ。白磁の肌と赤毛を際立たせる色あいで、義母は新しいドレスをまとう喜びと罪悪感が入り交じった表情を浮かべている。「ようやく喪が明けて嬉しいわ」

「ミスター・ヴァルランが戻ってらして本当によかったですね」ブリオニーが陰気な声で言った。

ドレスのパフスリーヴを直すブリオニーを、セリアはじっと見つめていた。仕立屋にはセリアとリゼット用に新しいドレスを数着、注文してあった。いずれも薔薇色やブルー、グリーン、ラベンダーの美しい品だ。セリアは内心、ブリオニーが妙に狼狽した様子なのを不思議に思っていた。いつもは明るく元気がよくて、茶色の巻き毛を揺らしながら、小さな体で忙しく立ち働いているのに。今日はなぜか青ざめ、蒼白の顔のなかで緑色の瞳だけが熱を帯びたように光っている。リゼットと口論でもしたのだろうか。いつもどおりに振る舞おうとしているが、ふたりのあいだに緊張感が漂っているのがわかる。

「これでおしまいですわ」ブリオニーが言い、義母がドレスを脱ぐのを手伝う。「お店に持って帰って、木曜日にはお届けにあがります」

「ありがとう」リゼットは脱いだドレスをお針子に手渡した。「ここで着替えてしまうわ。あなたは母屋に行って、馬車を車回しにまわすよう言ってらっしゃい」

お針子がいなくなると、セリアはリゼットに視線を移した。「なんだか今日のブリオニーは変だわ、ネスパ？」

義母は関心なさげに肩をすくめた。「あの年ごろの娘さんは気まぐれだもの。悪いんだけど、メイドたちにドレスを馬車まで運ばせるよう、ノエリンに言ってきてくれないかしら。ベルテと一緒に厨房にいるはずだから」

「ええ」セリアはギャルソニエールをあとにし、母屋に向かった。葉を揺らす冷たい風と、風にのって運ばれるレモンの香りを堪能する。プランテーションはたそがれにつつまれており、水平線は赤い夕焼けの名残に染まっている。彼女はつと足を止めた。ブリオニーが庭の生け垣の向こうに姿を消すのが見えた。どうしてまっすぐ母屋に行かないのだろう。セリアは眉をひそめてお針子の後を追った。

ジャスティンは庭の噴水のそばにある石のベンチに座っていた。芝生を踏んでこちらにやってくる軽やかな足音が聞こえ、音のしたほうに顔を向けた。初めて見る娘だった。そばかすの散った顔に茶色の巻き毛の、かわいらしいアイルランド娘だ。小柄な体をウーステッドの地味なブルーのドレスにつつみ、長い純白のエプロンを巻いている。糸くずが袖や身ごろについているのが見えた。セリアのドレスを持ってきたお針子にちがいない。

近づいてくるお針子を見ながら、ジャスティンはいぶかしんで目を細めた。相手は妙な表情でこちらを見ている。目は大きく見開かれ、顔は蒼白だ。その目に涙があふれ、やわらかそうな丸い頬にいまにも伝いそうになるのに気づき、彼はぎょっとした。ボン・デュー、おれは泣き虫女が大の苦手なんだ！　いったいなぜ泣いているのだろう。それにどうしておれを見ている——。

「フィリップ」お針子がささやきかけ、ジャスティンのとなりに座った。針仕事で荒れた小さな両の手を彼の顔に伸ばし、優しく触れる。「ああ、フィリップ。わたしの大切な人。あなたが亡くなったと聞いたとき、わたし……」

ジャスティンがなにか言おうとする前に、娘は彼に唇を重ね、甘く探るようにキスをした。

# 9

仰天しつつも、ジャスティンは自分の置かれた状況を正しく把握しようとした。娘がフィリップの元恋人なのはまずまちがいない。だが弟は、使用人とたわむれの恋を楽しむ男ではない。成人してからも、黒人の血を四分の一受け継いでいるいわゆるクワドルーンの愛人さえ作らなかったはずだ。弟が惹かれるのは決まって、はかなげな風情の育ちのよさそうな娘だった。このお針子みたいに健康そのものの田舎娘には、関心も示さなかった。

弟とこの娘はどのくらい親密な関係だったのだろう。そんなことを考える一方でジャスティンは、彼女にまるで心を動かされない自分に驚いてもいた。いつもの彼なら、かわいらしい田舎娘に迫られれば喜んでそれに応え、すぐさま、うぶな相手に本物のキスを教えてやる。目の前にいるお針子の唇はたしかにやわらかく甘い。しかし彼女のキスには、腹ぺこなところに差しだされた出がらしの紅茶程度の味わいしかなかった。彼女のキスが下手なわけではない。原因は彼自身にあった。ジャスティンがほしい女性はただひとりだった。

「かわいそうなフィリップ」お針子は熱を帯びたかすれ声で呼びかけながら、包帯が巻かれた腹部にシャツの上から触れた。「亡くなったと聞いたとき、あたしの一部も死んだわ。いまとなっては、あなたからなにも得られないのはちゃんとわかってる。あなたの奥さんはいい人だもの。奥さんからあなたを奪おうなんて思わない。それでも愛してるわ、フィリップ。死ぬまでずっと愛してる。だから最後に少しだけ一緒にいたかった、キスをしたかったの。あたしの胸のなかでは、あなたはずっとあたしのものよ。絶対に別の男の人なんか好きにならない。一生待ってるわ。あなたがあたしをいらないと言っても待ってる。他人の夫を愛するのが罪なのはわかってるけど、別にかまわない。この気持ちを否定するのは、心を捨てるも同然よ」お針子はもう一度キスをした。だが今度は、なにかがおかしいと気づいたらしい。顔を上げ、ジャスティンをまじまじと見た。「フィリップ？　いったいどうしたの？」

涙の跡が残る顔から表情が消え、お針子の震える指がジャスティンの唇から顎、そして頬に触れ、そっと撫でていった。彼女はその手を離すと、「フィリップじゃないのね」と言って息をのんだ。ふらりと体を揺らした彼女の両肩をジャスティンはつかんだ。彼女が目を見開いて見つめる。「お兄さんのほうね。ジャスティンなんでしょう？」

ジャスティンは無言をとおした。否定のしようもない。弟のほうだと言い張っても信じないだろう。

なにか言おうとしたのか、お針子の喉元が動いた。群青の瞳をしばらくのぞきつづけてから、彼女はやっと口を開いた。「フィリップがよくあなたの話をしてた」

「あいつが？」驚いたジャスティンは問いかえした。セリアにも隠していたくらいだから、誰にも自分の話はしなかったのだろうと思ったのに。

娘の肩が手のなかで震える。「フィリップはどこにいるの？」彼女は声を絞りだしてたずねた。「彼は……もういないの？」小さくうなずいてみせると、娘は悲しげにうめいて唇を噛んだ。

「名前は？」ジャスティンはぶっきらぼうに訊いた。娘がすすり泣きをのみこむ。

「ブリオニーです。ミス・ブリオニー・ドイル」

「ミス・ドイル、おれの秘密をもらさずにいてくれるか？」

「ど、どうして彼のふりを？」

「おれの命を狙う連中がいるからだ。そいつらがフィリップを殺した。あんたの口を無理やり閉ざすことはおれにはできない。だが、フィリップのために黙っていてほしい。あいつならきっと、おれを助けてやってくれとあんたに頼むはずだ」

ブリオニーはゆっくりとうなずいた。「助けるわ」

「ありがとう」ジャスティンは言いつつ、本当に信じても大丈夫だろうかと考えた。

「フィリップはあなたを愛してた」ブリオニーが優しく言った。「毎日毎日、あなたの心配をしてた。だからあなたの秘密は守るわ、ミスター・ヴァルラン——あなたがあたしの秘密を守ってくれるなら」

「わかった」ジャスティンはブリオニーの肩を放したが、彼女はしょんぼりとそこに座りつづけていた。ジャスティンは彼女に哀れみを覚えた。まだほんの小娘なのに、セリアと同じくらい深い悲嘆に暮れている。いや、たぶん悲嘆の深さはブリオニーのほうが勝るだろう。

訊かなくてもわかる。ふたりは愛しあっていた。ブリオニーにとって、フィリップは人生のすべてだったはずだ。

「彼がフランスに行き、セリアさんと結婚するというから別れることにしたの」ブリオニーはうつろな声で打ち明け話を始めた。「彼はあたしを愛してくれた。一緒にいるときは幸せそうだったけど、自分が彼にふさわしい女じゃないのはわかってた。フィリップは、やわらかい手のお上品なレディとの結婚を夢見ていたもの。彼の好きな詩とか、そういうのをちゃんと理解できる女性よ。あたしは彼になにも求めなかった……いつか別れが来るのもわかってた。あたしの心は全部あげたけど、彼の心を自分のものにするつもりはなかった。だって、ヴァルラン家の息子とアイルランド生まれの田舎娘だもの」ためらいがちにほほえんで、首を振る。「ありえない組み合わせでしょ」

「フィリップはばかだ」ジャスティンは静かに言った。「あんたはあいつのいい伴侶になっただろうに」

この衝動的な娘と一緒にいるフィリップを見てみたかった。こういう娘なら弟を夢のなかから、安全な心の内から現実へと引き戻してくれただろうに。因習にとらわれず、自らの心のおもむくままに弟を愛してくれる女なら。セリアはたしかにフィリップを愛している。でも彼女には、弟に新しい世界を見せられない。

「かわいそうなマダム・ヴァルラン」あたかもジャスティンの心を読みとったかのごとく、ブリオニーがつぶやいた。

「彼女なら心配はいらない。強い女だから」ジャスティンは言い、母屋に行くよう身ぶりでブリオニーに示した。「誰かに見られる前に行ったほうがいい」いったん口を閉じる。「おれの正体を、本当に誰にも言わないな？」

「ええ」お針子は答えた。「フィリップのお兄さんを裏切ったりしないわ」背筋をしゃんと伸ばして立ち上がると、袖で目元をぬぐいつつ立ち去った。

その後ろ姿をしげしげと見つめながら、ジャスティンは考えた。フィリップが一度にふたりの女を愛していたとは意外だった。弟は自分の優柔不断に悩む一方で、娘の純潔を奪った。求める気持ちが強すぎて、理性に耳を傾けられなかったのだろう。まったく……おれたちは思ったより似てるみたいだな、モン・フレール。

うなじのあたりになにかを感じ、ジャスティンは振りかえった。セリアがすぐ近くに立って、こちらをにらんでいた。夕闇が濃さを増しつつあるなかでも、彼女が頰を紅潮させているのがわかった。

「盗み聞きしていたのか？　どこまで聞いた？」

「なにも。でもあの子があなたにキスするのを見たわ」セリアは怒りを抑えつつ言った。「あの子が両手であなたの体を撫でまわすのも。あなたが、いやらしいヤギが抵抗もせずそこに座っていたのも！」

ジャスティンはステッキを持ち上げてみせた。「いきなり立ち上がって逃げろったって無理だからな」

「つまらない言い訳はよして。そんなふうに振る舞って、みんなにフィリップだと信じてもらえると思う？　フィリップは使用人とたわむれたりしない人よ――そのにやにや笑いはやめて！」

「今夜はずいぶん口うるさいんだなあ」ジャスティンはおもねる声で言った。「まるでおれに……やきもちを焼いてるみたいだ」

セリアは虫でも飲みこんだような顔をした。必死に自分を抑えているのが表情からわかる。しばらくしてから、よそよそしい声で言った。「まさか、そこまでうぬぼれた人だとは思わなかったわ」

彼女にやきもちを焼かれていると思うと、ジャスティンはたまらなく嬉しかった。「彼女がおれにキスしたのが気に入らないんだろう？　認めろよ」

「ええ、認めるわ。フィリップのふりをしてみんなを騙そうというときに、あの子を誘惑するあなたのずうずうしさに驚いたことをね」

「へえ、フィリップなら哀れなアイルランド生まれのお針子と絶対にたわむれたり、いちゃついたりしないってわけか」

「そうよ。彼はあなたとちがって、小指の先まで道義心と良識が行き届いた人――」

「たしかにあいつには道義心がある」ジャスティンは同意した。「良識もある。でも、あの娘と関係してた」

セリアはあんぐりと口を開いた。「なんですって？」

ゆゆしき事態だというのに、彼女に真相を聞かせる自分をジャスティンは大いに楽しんでいた。「恋人同士だったんだよ。いつからかはわからないが、結婚のためにフランスに発つ直前までつづいたらしい。おれは別に彼女を誘惑なんかしていない。フィリップだと思って、向こうから迫ってきたんだ」

「そんな嘘、信じるものですか！　あなたみたいに卑しい、見下げ果てた人には——」

「どうもおれは弟を過大評価していたようだ」ジャスティンはひとりごちた。「あいつも聖人君子じゃなかったわけか。世のあらゆる男と同じ、欠点もある、精力旺盛な男だったんだな」

セリアはいますぐ彼の首を絞めてやりたかった。「絶対に《アブソリュマン》、そんなの嘘よ！　第一フィリップがそんなまねをしたら、お義父様やお義母様に気づかれたに決まってるじゃない」

「おれもまさに、その点を考えていたところだ」ジャスティンは先ほどよりまじめな口調になって言った。「さっそくふたりでリゼットにたしかめに行くとするか」

「あなたなんかと一緒に、どこだろうと行きません！」

「ならいい」ジャスティンは無頓着に言い放った。「真実を知るのが怖いならな……」肩をすくめ、ステッキに手をかけて立ち上がる。「おれはリゼットの説明を聞いてくる」

フランス語でぼやきながら、セリアは彼について母屋に向かった。怒りで背中がこわばっていた。つかの間、不安が脳裏をよぎる。ひょっとして自分は、フィリップがブリオニーと関係を持ったのではないかという疑念だけではなく、ジャスティンが彼女とキスをしていた事実にも腹を立てているのでは？

　自分に正直にならねば。すみれ色の空にふたつの頭が重なって浮かび上がるのを目にしたとき、たしかに、裏切られたと思った。いや、やはりそんなはずはない。そんなふうに感じるわけがない。ジャスティンはセリアのものではないのだし、そうなる日が来ることを願ってもいない。彼は見下げ果てた無法者だ。恥ずべき行為をいくつも重ねてきた人間だ。そんな彼になんらかの感情を抱くとしたら、それは哀れみ以外にはありえない。

　母屋に着いたとき、セリアはジャスティンのおぼつかない足どりが日を追うごとにしっかりしたものになっているのに気づいた。驚くほどの回復力だ。すっかりよくなって、ここを出ていくのも遠い先の話ではないだろう。だがそのあとはいったいどうなるのか。ジャスティンがニューオーリンズを離れる日について、あるいは彼がいなくなったあとの世間への説明について、マクシミリアンはいくら訊いても答えてくれない。「いまのきみは目の前の問題に対応するだけで精いっぱいだろう」セリアがしつこくたずねると、義父はそう言った。「今後のことはわたしに任せなさい」と。あれほど自信たっぷりに言われたら、それ以上は追及しようがない。

　ジャスティンはぶっきらぼうに、リゼットを居間に呼ぶようノエリンに伝えた。彼が長椅子に腰を下ろすさまを見ながら、セリアはなるべく離れた椅子に座った。視線を感じて顔を上げる。彼はほほえんではいないが、頰にえくぼができ、瞳がいたずらっぽく光っている。

「なにがそんなに楽しいの」セリアはだしぬけに責めた。「フィリップが不貞を働いていたらいいと思っているんでしょう？　彼の過ちを知ったわたしが傷つく顔をそんなに見たいのなら――」

「少し静かにしろよ」ジャスティンは物憂げにさえぎり、片手を上げてセリアの言葉を制した。「フィリップはあの娘と寝ていた――おれのいいほうの脚を賭けてもいい。だがおまえと結婚する前の話だ。まだおまえの夫じゃなかったんだから、不貞行為じゃない」

「彼はわたしに結婚を約束したのよ」セリアは低く思いつめた声で告げた。「彼が迎えに来てくれる日を三年も待ったわ」

ジャスティンは小ばかにするように笑った。「その間ずっと、あいつが禁欲生活を送っているとでも思ったか？」

「ナチュレルマン！　彼はわたしを愛していたんだもの。そうするのが当然だわ」

「思った以上に、男をわかってないみたいだな」ジャスティンはかぶりを振った。「フィリップだって男だ、聖職者じゃない。そもそも聖職者にも性欲くらいあるだろう。男は――いや女だって、生理的欲求を否定することはできない――」

「あなたにはもううんざり！」

「生理的欲求は」ジャスティンはつづけた。「ときに愛とは無関係にわきおこる」群青の瞳でまっすぐにセリアを見つめる。「おまえもよくわかってるはずだ」

彼のまなざしに、セリアは椅子にくぎづけにされたかに感じた。頰がゆっくりと紅潮するのが自分でもわかった。震える手を胸にあて、激しい鼓動を静める。「よくも――」彼女はあえいだ。「よくもそんなふうに言えるわね」

「あの晩をなかったものにして、おれにいい子にしていてほしいんだろう？」ジャスティンは静かに言った。「あいにくおれは、偽善者にだけはなれなくてね」

「そうよ、あなたはただの盗っ人で、無法者で、女性を傷つけてばかりの——」

「パルドン」リゼットのほがらかな声が戸口のほうから聞こえてきた。「ラファエルと子ども部屋にいたものだから、すぐに来られなくてごめんなさい……」セリアの傷ついた怒りの表情と、ジャスティンの不可解な表情に気づいて、義母は眉根を寄せた。「どうかした？《ケス・キ・ヴザリーヴ》」

「ちょっとした謎の答えを教えてほしくてね」ジャスティンが応じ、視線をセリアから継母に移した。

「謎？」リゼットは妙に無邪気な表情を浮かべた。「だったらマックスが帰ってからのほうが——」

「いや、ベル・メールにも答えられるはずだ」ジャスティンはさえぎった。「父さんに相談しなくても。ミス・ブリオニー・ドイルが数分前におれに抱きついた理由を、ベル・メールの口から説明してもらえないか」

「ブリオニー？　あの子が……ああ、なんてこと！」リゼットは優美な顔に狼狽の色を浮かべた。「あなたに近づくなと言っておいたのに。あれだけ言い聞かせれば大丈夫だろうと……モン・デュー……じゃあ、あの子にばれてしまったのね？」

「ああ」ジャスティンは抑揚のない声で応じた。「おれと——おれのかわいい奥さんに聞かせてもらおうか。フィリップとミス・ドイルがどんな関係だったのか」

リゼットは気づかわしげにセリアを見やった。「知らないほうがいいことを、わざわざ話して聞かせる必要はないんじゃ――」

「いいえ、聞かせてもらいます」セリアは頑として言い張った。「この家の人たちの秘密主義にはもううんざり！　フィリップとブリオニーのあいだにいったいなにがあったのか、はっきりと教えてもらうわ。彼はあの子を愛していたんですか？　まさか彼女を自分の……」つづく言葉はさすがに口にできなかった。

リゼットは決意に満ちたふたりの顔を見てから、困ったように眉間にしわを寄せた。「フィリップも喜ばないはずよ、セリア。絶対に知られたくなかったはず――あなたには関係のない問題だもの。でもさすがにいまの状況は予測していなかったと思うの。まさか、家族のためにあなたに無理を強いることになるとはね。説明する前に、これだけはわかって。人はときに感情を抑えきれなくなるものなの。気づいたときには自分でもどうにもならない事態に――」

「そのくらい、セリアはちゃんとわかってる」ジャスティンがさえぎった。「真実を話してくれ」

義母はうなずき、深呼吸をした。「フィリップとブリオニーは一年以上、恋愛関係《アムール》にあったの」と打ち明ける。「結婚を申し込もうとしてたわ」

セリアは呆然と義母を見つめた。「フィリップが？」ささやき声でたずねる。

「ふたりともお互いを避けようと努めていた。長いあいだ相手への気持ちを否定しつづけていたの。だけどやがて……」リゼットはぎこちなく咳払いをした。

「でも、わたしはずっと彼を待っていたわ」セリアはひとりごとのように言った。フィリップがほかの女性とつきあっていただなんて。愛していると言ったくせに。気持ちをつづった長い手紙だってくれたのに。痛みが全身を貫く。「わ、わたしだけだと思っていたのに」

リゼットは思いやり深くセリアを見つめた。「妻はあなただけよ、シェリ。フィリップは、どちらを選ぶべきかなかなか決心できずにいた。さんざん悩んで、心の底から求めているのはあなただと確信したの」

義母の言葉は慰めにはならなかった。「ブリオニーを愛していたなら、どうして結婚しなかったの？」

「あなたのことも愛していたからでしょう。それと、妻にするならあなたのほうがよりふさわしいと判断したからよ。あなたはフランスの名家のお嬢さんで、ちゃんとした教育を受けているし、お父様も医師で――」

「無難な選択肢だったわけですね」セリアはさえぎった。当惑は激しい怒りに変わっていた。

ジャスティンが割って入る。「なにを怒ってるんだ？　自分が選ばれたわけだろう？　ほしいものを手に入れたんじゃないか。大切なのはそこだろう」

「ちがうわ！　だって、ブリオニーとわたしの条件が同じだったら、彼はわたしを選ばなかったもの」

　ジャスティンはもどかしげに眉根を寄せた。「わかってないな」リゼットに向きなおり、問いかけるように眉を上げる。「知ってる人間は何人いるんだい？　その……ふたりの関係を」

「わが家の人間だけよ。フィリップはマックスに相談し、マックスが彼に助言を――」

「お義父様の助言に従って、わたしと結婚したんですね？」とんだ笑い種だ。セリアは怒りにうわずった声で問いただした。「決めるまでにどれだけかかったんですか？　ついにフランスに来てわたしに結婚を申し込むまでに、いったいどれだけ考え、何度お義父様に相談したんですか？　人を三年も待たせておいて！　戦争が終わるのを待っているのだとばかり思っていたのに。ふたりのうちのどちらにするか、延々と迷っていただなんて」

　剣幕にたじろいだリゼットは、助け舟を求めてジャスティンを見やった。

　彼は小さくうなずき、戸口のほうに視線を投げて、立ち去るよう継母に無言で告げた。

「教えてくれてありがとう、ベル・メール」

「ブリオニーは真相をばらすと思う？」リゼットがたずねた。

「いや」

「祈るしかないわね」ため息をつきながら、リゼットは助かったとばかりに部屋をあとにした。

　ふたりは部屋に取り残された。「さてと」ジャスティンが口を開く。「なにをそんなに怒ってるんだ？」

セリアは勢いよく立ち上がると窓辺に歩み寄り、両腕で自分を抱いた。「わからないの？ 訊くまでもないはずよ、人を笑うのもいいかげんに――」

「笑ってなんかいない。こっちに来て座ってくれ」

「いやよ――」

「こっちに来て」ジャスティンは頑としてくりかえした。「座れったら」一瞬、拒絶されるだろうと思った。

セリアはしぶしぶ長椅子に近づき、彼から一メートルほど離れた位置に座った。「なにが言いたいの？」むっつりと促す。

「フィリップはおまえを大切に思っていた。結婚を決意するほどにな。あいつがさんざん迷ったからといって、おまえの虚栄心が傷つくことはない。最終的には選ばれたんだから、むしろ喜ぶべきだ」

「彼との関係は、わたしが思っていたようなものじゃなかったんだわ。わたしだけを愛してくれていると信じてたのに。別の女性を思う余裕なんてないはずだって。選ぶなんてありえない。誰かに助言を求めるのも」そうした行為があたかも神への冒瀆であるかのごとく、セリアは言った。「いっさい疑念を抱かずに、わたしだけを求めてほしかった」自分のわがままで身勝手な口調にふと気づき、頭をたれて、膝に置いた手を握りあわせる。「母が亡くなってから、わたしだけのものはこの世にひとつもなくなったわ……父は仕事に忙殺されていて、家事や家族の世話はわたしがしなくちゃいけなかった。やがて妹たちが男性と交際するようになって、相手の殿方がわが家を訪れては求愛した。わ、わたしは彼らの視界にも入らなくて、ふと気づいたときにはすでにおばさんに――」

ジャスティンはこらえきれなくなったかのように声をあげて笑った。

セリアは怒りに身をこわばらせた。「よくも笑えるわね。やっぱりあなたなんかに話すんじゃなかった――」

彼は手を伸ばしてセリアの巻き毛に指を差し入れ、自分のほうを向かせた。「どこがおばさんなんだ」と言い、愉快げに瞳を輝かせる。セリアの小さな顔をまじまじと見つめ、優しい声になってつづけた。「子どもみたいなところもあるくせに」

また人をばかにしているのだろう。そう思いつつセリアは、彼がすぐそばにいる事実と、手のぬくもりにぼうっとしている自分を感じた。「人をからかうのはやめて」とやっとの思いで言う。

「多少なりとも相手に関心のあるところを見せたら、誰かがおまえに求愛してくれたさ。でもおまえは、特別な相手じゃないと満足できなかった」ジャスティンは巻き毛を軽やかにもてあそんだ。「フィリップなら、そんなおまえの気持ちをおおむね理解しただろうな。でも、ある部分だけは理解できなかった。おまえが誰にも見せなかったからだ。おまえは弟にすべてを求めたんだろう、マ・プティット。でもあいつは、けっしてそれに応えられなかったはずだ。おまえの父親同様、仕事に夢中だっただろうからな。家にいてと妻に言われたくらいで、患者をほったらかしにする男じゃない。おまえはフィリップを患者と共有しなくちゃならなかった。それも、広い心で。おまえはそれがいやだったはずだ。なのにその気持ちを弟に打ち明けなかった。フィリップがおまえと結婚したのは、医師である自分に最もふさわしい女だと判断したからだ。現実にはおまえは、あいつが仕事に出るたびに恨んでいただろうにな」

セリアは恥ずかしさにうつむいた。仮面を剝がされ、罪も過ちもすべて顔に書いてあるのをジャスティンに見られているように感じた。そんなはずがない、あなたの思いちがいだと言ってやりたい気もしたが、無意味だとわかっていた。でもどうして、心の一番奥底に秘めた思いを悟られてしまったのだろう。周囲のみなに見透かされていたのか、それともジャスティンだけになのか。「そこまで責めなくてもいいじゃない」セリアはもぐもぐと反論した。「独占欲が強くなったのも、身勝手な思いを抱くようになったのもすべて……」

「責めてなんかいない。なかには、そんなふうに愛されたいと願う男もいる」

「でもブリオニーは、フィリップを身勝手な愛で縛ったりしなかったわ」セリアが言うと、ジャスティンの手が髪から離れた。

「ああ。フィリップが与えてくれる人生なら、彼女はどんなものでも喜んだだろうな」

「フィリップとまちがえたとき、あの子はあなたになんて言ったの？」

「そいつは」ジャスティンはそっけなく応じた。「彼女とフィリップのあいだの秘密だ」

夫の知られざる一面と向きあったせいで、セリアはその晩、果てのない疑念に駆られつづけた。ベッドに入ったあともよく眠れず、ときおり悪夢を見て目を覚ました。以前と同じ、鮮明な恐ろしい夢だった。船の欄干に身を乗りだし、血で赤く染まった水面に浮かぶ遺体を眺める自分。フィリップはまだ生きていて、こちらに手を伸ばしている。けれどもセリアは彼を助けられない――恐怖に凍りついたまま、夫の体が波にのまれ、水中に沈んでいくのをただ見ている。背後に立つレガーレのうなり声が死の訪れを告げ、大きな両手が彼女の喉笛をつかみ、叫び声をせきとめる。セリアを助ける者はいない。安全な場所はどこにもない。逃げるチャンスも。

目覚めた彼女は、あえぎながら身を起こした。シーツが体にからみついていた。寝室は静まりかえり、影と月明かりでまだらになっている。震える手で頬の涙をぬぐい、深呼吸をくりかえし、理性を取り戻そうとした。フィリップはもう亡くなったのだし、レガーレはここにはいない。恐れる必要はないのだ。それなのになぜ、あのような夢を見ていつまでも苦しみつづけるのか。しばらくすると荒い鼓動が落ち着いてきたので、彼女はふたたび身を横たえた。歯ががちがちと鳴る。初めて悪夢を見たときのこと、目覚めたときのジャスティンの抱擁を思い出さずにはいられなかった。彼に力強く抱きしめられ、なだめられて……よしなさい、彼のことを考えてはだめよ。セリアは自分に言い聞かせた。けれども記憶はしつこく脳裏によみがえった。

ジャスティンがどんなふうに慰めてくれたかを思い出す。そのあと彼は激しい情熱でセリアをつつみこみ、彼女の肉体を、あたかも自らの快楽のために存在するものであるかのごとく奪った。恥ずかしさと興奮に頬を上気させながら、セリアはなおも記憶をたどった。たくましい太ももが彼女の脚を挟み、黒髪に覆われた頭が乳房のほうに下りてきて……。「モン・デュー」彼女はささやき、枕に顔をうずめて眠りにつこうとした。

翌日はギャルソニエールに引きこもった。スケッチや水彩画を描いて過ごしたが、絵と向きあってもいつもの穏やかな心持ちにはなれなかった。午後遅く、冷たい風が吹きすさぶなかを庭に出て散歩をしていると、ジャスティンに出くわした。歩く練習をしているところだったらしい。

「いつになったら隠れるのをやめるのかと思ってたよ」彼は言い、灰色のモスリンと深紅のベルベットのドレスにつつまれたセリアの体を、群青の瞳でじろじろと見つめた。地味なハイネックのドレスだが、体にぴったりとしたデザインが胸の丸みを強調し、歩くたびにウエストや腰のラインをくっきりと浮かび上がらせる。

「隠れる？」セリアはおうむがえしに冷たく言い、舐めるような視線を無視した。「隠れてなんかいないわ」

「だったらなぜ、朝食も昼食もギャルソニエールですませた？」

「ひとりになりたかったからよ」

「おれから隠れてたんだろう？」

「あなたを避けてただけ。意外かもしれないけど、一緒にいても楽しいと思えないもの。どうせあなたは嘘だと言うんでしょうけど」

ジャスティンはけだるい笑みを浮かべた。「ああ、嘘だね」

「ここを出るときには、わたしがあなたの腕に飛びこんで、連れていってちょうだいと懇願するとでも思っているんでしょう？」

「いや全然。おまえはここに残り、リゼットの子どもたちのタントとして、白髪頭のばあさんになるまで暮らすんだ。慎み深いフランス人女性のお手本としてな。いずれ周囲の誰もが、おまえに若いころがあったことさえ忘れる。数十年後には、おれとの出会いもただの遠い思い出だ。周りの人間の敬意を集めながら、おまえは静かに、安寧な暮らしを送るんだよ」

「そうひどい人生でもないみたいだけど？」

「おまえには最低の人生だ」

「あらそう」セリアは不遜なまなざしをジャスティンに投げた。「だったら、いったいどんな人生がわたしにふさわしいというの？」

「おれがおまえにやれる人生なら、すでに話したはずだ」

そう、彼はセリアに愛人になれ、世界中どこへでも連れていってやると言ったのだった。家屋敷や宝石や上等のドレスをやると約束すればすぐに飛びつく、高級娼婦を相手にするかのように。「あなたの申し出は、侮辱以外のなんでもないわ」

「そこまでの人生をやろうと思った女は、おまえ以外にはいない」

「あらためて提案するというわけ？」セリアは冷笑した。

「あらためてもなにも、以前の申し出を撤回してないからな」

「頭がどうかしてるんじゃない、わたしが考えてみるとでも思って――」

「考えてみてくれ」ジャスティンは言った。愉快げなきらめきが消えた瞳は、深い藍色に光っていた。「おれが永遠にここを離れる前に、きっと」

彼が脚を引きずりながらこちらに歩み寄り、セリアは凍りついた。「来ないで」とささやく。大きな両の手が彼女の腰をつかんだ。

「ばかなやつ。おまえだって気づいているはずだ。誰にも理解できないだろうが、おれたちのあいだにはなにかがある。おまえがフィリップとも共有できなかったなにかが」

ジャスティンの頬をたたき、セリアは身をよじって彼から逃れると、荒々しく息を吐いた。たたいた手のひらが痛む。ふと見ると、彼の頬には赤い手の跡ができていた。セリアは自分の振る舞いにショックを受けた。どうして彼の前だと、いとも簡単にわれを忘れてしまうのだろう。ふたりはしばらく見つめあい、やがて、ジャスティンの顔から真剣な表情が消えた。彼は傲慢そのものといったいつもの目つきでセリアを観察した。「あのときと同じだ」と猫撫で声で言う。「湖畔での夜にも、おまえの炎で焼きつくされるかと思ったよ」

「あれだけ親身になって看病してくれた人間に向かって、よくもそんな下品なことが言えるわね」ジャスティンの笑い声を聞きながら、身をひるがえして逃げようとしたが、手をつかまれてしまった。

「セリア、待ってくれ――」

「ひとりにして！」

「おまえの言うとおりだ、たしかにいまのは言いすぎた。許してくれ」ジャスティンはにらみつけるセリアの小さな手を両手で握りしめた。「あの晩については二度と口にしないから」

「そうしてちょうだい《ビャン》！　もうわたしのことはほうっておいて。さっきの申し出とやらも撤回して！」

彼は群青の瞳に後悔の念をにじませた。「おまえをからかったりするべきじゃなかった。失礼な態度をとってすまない」

「あなたはいつだって失礼じゃない」セリアは責めつつも、手を引き抜こうとするのをやめた。

ジャスティンはほほえんで、つないだ手に視線を落とした。ふたたび視線を上げたときには、口調がそれまでとはちがうきまじめなものになっていた。「少し一緒に歩かないか？」

「ノン、あなたは屋敷に戻ってやすんだほうが――」

「頼むから」

彼の態度の変化にセリアはとまどった。つないだ手は温かく力強い。「お願いだ」静かに乞われて、彼女は拒絶できなかった。

ふたりは並んで、三エーカーの広大な庭を歩いた。ジャスティンはかつてないほど礼儀正しくセリアに接した。フィリップと一緒にどんないたずらをしたか話して聞かせ、当惑する彼女の気持ちをほぐし、笑わせた。何度もこちらを見るので、どうしても、フィリップが自分を見たときの様子と比べずにはいられなかった。フィリップのまなざしは静かな自信に満ちていて、セリアの愛情をこれっぽっちも疑っていなかった。一方、ジャスティンのまなざしは探るようなところがあった。まるで、まだ見ぬ彼女の一面をこれから何千と知ろうとしているみたいに。湖畔での一夜を話題にされたときは、さすがに本気で腹が立ったが……自分のなかの情熱的な一面に気づいているのはジャスティンだけだ。そういう女性と思われるのは、なぜかそれほど不快ではなかった。

「おまえは笑ったときのほうがきれいだ」もうすぐ母屋に戻ろうというころ、ジャスティンがふいに言い、セリアはびっくりして彼を見た。

「喪に服しているのに声をあげて笑ったり、なにかを楽しんだりしてはいけない気がして。ほほえむだけでも罪悪感を覚えるときがあるわ、だって、彼は一緒に笑えないのに――」

「それはちがう」ジャスティンはつぶやいた。「フィリップなら、おまえが死を受け入れ、新たな人生を歩むことを望むはずだ。人生はこれからもつづくんだし、後悔や悲嘆に暮れて生きるべきじゃない。弟はおまえの幸せを望んでいるさ」

心底驚いて、セリアは彼を見つめた。「どうしてそんなふうに優しく言ってくれるの？」とささやき声でたずねる。

するとと彼は両の手でセリアの頰をつつみこんだ。「優しくないさ。優しくなれたためしなんかない」瞳をのぞきこみ、激しく脈打って彼女の気持ちを明かす首筋へと視線を移す。セリアは震える小さな手で彼の手首をつかみ、顔からどけようとした。「緊張しなくていい」ジャスティンが言う。「キスはしない」彼はいたずらっぽく笑った。「おまえがしてくれと言うまでは」

セリアは噴きだし、頬を挟まれたままかぶりを振った。「冗談はやめて、もう放して」

ジャスティンはくっくっと笑うと、彼女が逃れる前に、頭のてっぺんにそっとキスをした。

「でも――やっぱり我慢できなかった」

夕刻、ジャスティンはバイユーの岸辺へと足を伸ばした。ひとりで歩けるようになって以来、毎晩ここへ来ては数分間、リスクからの伝言が届かないかと待っている。

バイユーは波音ひとつたてない。苔に覆われたイトスギが、かすかな風に葉を揺らしている。純白のシラサギとガンが、夜の訪れを前に巣に戻っているのが見える。やがて木漏れ日の残滓も消え去り、水面が漆黒につつまれた。農園に植わったレモンの木が、さわやかな香りをあたりに漂わせている。遠くから黒人女性が口ずさむ憂いを帯びた歌声が聞こえてきた。子どものころによく耳にした、クレオールの子守歌だ。

みんなはそれを幸せと呼ぶ
わたしはそれを悲しみと呼ぶ
愛を知ったとき
人はすべての幸せに別れを告げなくてはならないから……

やがて歌は聞こえなくなり、静寂が訪れた。ジャスティンは木にもたれ、目を細めて水面を凝視した。

残された時間は少ない。体は急速に回復を遂げつつあり、ここにとどまりつづければ日ごとに危険は増すだろう。彼がフィリップだという作り話がいつまでも通用するはずがない。街ではゴシップや疑惑があっという間に広がる。父は権力にものを言わせれば息子を守りとおせると思っているが、ジャスティンはわが身の危険を察知している。当局から、あるいはレガーレから逃げきるのは不可能だ。ここから出ていき、どこかに身を隠して、レガーレを追うときを待たねばならない。

ここにとどまりつづける理由などない。セリアの存在を除けば。彼は自嘲気味に口元をゆがめて笑った。

自分が消えれば、セリアは静かで安寧な暮らしを送れるだろう。それが彼女に与えられるべき人生だ。家族に囲まれ、友人に愛され、毎日をつつがなく送っていける安心感に満ちた日々。なじみのあるあらゆるものを捨てたいとは、彼女はけっして思わないだろう。

ジャスティンは笑みを消した。上の空で、短い髪が逆立つまでかきむしる。生まれて初めて知った感情に全身全霊で抵抗しているのに、それを捨て去ることができない。その感情に気づいたとき、彼は激昂した。ジャスティンの母親は、女はけっして信じてはいけない生き物だと彼に教えた。女などただのお楽しみの相手。快楽のために利用したあとは捨てればいいとずっと思っていた。

だがセリアを思うたび、自分でもよくわからない気持ちに駆られる。それが単なる性欲なら、ほかの誰かに満たしてもらえばよかった。もっと経験豊富で色気があり、上等なアルコール並みに五感を高めてくれる女はいくらでもいる。だがセリアに対する思いは、単なる欲望以上のものだ。カラス島にいたとき、あるいは湖畔の小屋で過ごすあいだに生じたわけではない。それはけがで意識を失っているときに生まれた。彼女がいなければ、自分は高熱とけがのせいでまちがいなく死んでいた。人に命をゆだねるなど、生まれて初めての経験だった。しかも相手は体の大きさが自分の半分しかない、心優しい非力な女性。でもセリアは彼のために戦ってくれた。彼の夢のなかに手を差し伸べ、死の淵から引き上げてくれた。そしてふたりのあいだに絆が生まれた。彼女はジャスティンの一部となり、彼にとりついて、責め苦を与えつづけている。二度とセリアに会わず、彼女のいない別世界で生きる自分を想像してみる。ジャスティンはセリアと自分自身に向かって、胸の内で悪態をついた。

そのとき、バイユーの水面が小さく揺らいだ。ジャスティンは木の陰に身を潜め、耳をそばだてた。さえずりにも似た小さな口笛が聞こえる。ジャスティンはほくそえんだ。近づいてくる丸木舟と舟に乗るふたりの姿に目を凝らす。やがて丸木舟は岸辺に着いた。ジャスティンは暗がりからそっと声をかけた。「死にぞこないをヴァルラン家に預けるのは名案だったな」

丸木舟からぬかるんだ岸辺に下り立ったリスクが、声のしたほうへと向かう。「いまのは幽霊の声にちがいねえな」

　部下の顔を見て、ジャスティンは心の底から安堵した。リスクの連れはオーグで、丸木舟を岸辺に引き上げている。「元気だったか、ジャック」歩み寄りながらリスクに声をかけると、荒々しく抱きしめられ、背中をたたかれた。

「まったく、なんてなりだ！」彼は驚きの声をあげて一歩引き、まじまじとジャスティンを見つめた。「こぎれいな格好をして、いい匂いまでしやがる。ついこのあいだまで墓穴の縁でふらふらしていたのが信じられねえ」

　ジャスティンは薄く笑った。「あのままおれをほうっておくこともできただろう、ジャック」まじめな顔になってつづける。「またおまえに借りができたな」

「そうですよ、忘れてもらっちゃ困ります」

　オーグもやってくる。ジャスティンはオーグとも言葉を交わし、軽く握手をした。「グリフィン船長、また悪魔をだまくらかしましたね」部下は言うと、歯をのぞかせて笑った。

「悪魔にも手を出せない男ってわけか」

　苦笑を浮かべてかぶりを振りながら、ジャスティンはふたりを見つめた。目の前の現実に困惑していた。これまでリスクは最悪のときでさえちゃめっけを失ったためしがなかったが、いまはそれが消え、どこか怯えた険しい表情を浮かべている。オーグもいつになくぴりぴりとした空気を漂わせ、褐色の顔にはまるで表情がない。

「墓穴から引きずりだしてもらった男か」リスクが言った。「じきにすっかり回復しそうだな」

ジャスティンはステッキを見せた。「脚がまだ治らない」と言って、オーグに向かってにやりとする。「だがおまえが手当てをしてくれなかったら、いまごろは義足だっただろう」リスクに向きなおる。「現状について教えてくれ」

「かんばしくないですね」リスクは陰気に応じた。「海軍の小砲艦があっちにもこっちにもいるんで、レガーレも手下どももひたすら遊び暮らしてますよ。カラス島はすっかりレガーレに牛耳られてます。倉庫にしまっといた略奪品も、連中に奪われる前に移動させなくちゃならなかった。あちこちに隠したんで、これからどうすればいいやら」

「うちの乗組員たちはどうしてる？」

「みんな船長の生死さえ知らずにいましたからね。ちりぢりになっちまって、どこかに身を隠しているやつもいるでしょうけど……」リスクはいったん口を閉じ、ぶっきらぼうに言い添えた。「レガーレに寝返った連中もいるんですよ。だから船長、いますぐなんとかしてくれなくちゃ。グリフィン一味はもうぼろぼろで、おれたちにはお手上げ状態だ。船長に復活ののろしを上げてもらわないと」

ジャスティンは現状に思いをめぐらせた。そむけた顔に木々が影を投げかける。ためらっている自分に彼は驚いた。一カ月前なら、ごろつきや悪党どもからなる小さな王国を守るために精魂を傾けただろう。彼にはそれしかなかったし、ほかにほしいものもなかった。以前の彼は、躊躇という言葉さえ知らなかった。だがいまは……。

「復活ののろしは必要ないだろう」ジャスティンはのろのろと口を開いた。「とりあえず後

か？」

「そのあとはどうするんで？」リスクがとまどいながら問いただす。「一から出直しですか？」

部下の顔を見てから、ジャスティンは開き直った笑みを浮かべた。思いがけず、自由と身軽さを覚える。何年も背負ってきた重荷を捨て去ったかのようだ。「ヴァガボンド号はおまえにやろう、ジャック。ぜひ受け取ってくれ」

驚いたリスクは口をあんぐりと開け、隻眼を細めた。「自分がなにを言ってるかわかってんですか」

ジャスティンはしっかりとうなずいた。「悪魔の鼻を明かすのももう飽きた。それに幸運はいつまでもつづくものじゃない。おまえたちとの旅は楽しかったよ、ジャック。だがこれがおれの引き際だ」

血走った目でリスクがにらむ。「頭がどうかしちまったんですか！　船長はおれたちと同じ生まれつきの根無し草、海賊でしょうが。ほかになにができるっていうんです」

ジャスティンは肩をすくめた。「これまでどおりに生きたくても、もう無理だ。この脚は元どおりにはならない」

「まさかここにとどまるわけじゃないでしょうね。そんなの不可能ですよ」

部下の言葉に、ジャスティンは低く笑った。「そこまでばかじゃないさ。レガーレに復讐してやってから、どこかに消えるよ」声をあげて笑う。「ひとところに落ち着こうなんて夢にも思わなかったがな、なぜか急にそうしたい気持ちになった。これまで無用と思っていたものを、手に入れたくなったんだよ。おまえには理解できないだろうが。いや、いつか――もう少し年をとったらわかるかもしれない」

信じられないとばかりにリスクはジャスティンを見つめた。「いったいなにがあったんです？　オーグ、ぼやぼやしてないで、おまえも船長になんとか言えよ」

「おしまいってことですね」オーグは静かに言い、黒い瞳でジャスティンの顔を見据えた。

ジャスティンは短くうなずいた。オーグは彼の内面の変化を理解したらしい。要するにジャスティンは、生死を気にかける男になったのだ。命を惜しむようになったいま、彼にはもう危険な賭けはできないし、直感も働かなくなるだろう。わが身を守るために、攻撃的な一面も和らぐはずだ。部下たちはそんな男についていこうとは思うまい。彼らには弱点のない、冷徹な統率者が必要だ。

「やり残した仕事はひとつだけだ」彼は告げた。「レガーレに、弟の死の償いをさせる」

オーグが一瞬のためらいも見せずに応じる。「手を貸します」

ジャスティンは問いかけるようにリスクを見た。

リスクは悪態をついてから、「おれも」と無愛想に言った。「数百人のレガーレ一味に三人で立ち向かうってわけか」

彼のせりふにジャスティンはふっと笑った。「ほかに手を貸してくれそうなやつはいるか？」

「運がよけりゃ、一〇人かそこらは集められますけど。レガーレは、やり方は汚ねえけど羽振りはいいんで、みんな羊みたいにやつの言うことを聞いてますよ」

それはそうだろう、ジャスティンはうなずいた。「ではひとまず――」彼は言葉を切った。物音ひとつしなかったが、誰かが近づいていると直感が告げていた。あたりを素早く見まわす。背後の木々がかすかに揺れた。どうやら密会に邪魔が入ったらしい。ジャスティンはリスクに合図し、闖入者の後ろにまわれと命じた。その隙に自分とオーグは後ずさりして陰に隠れた。慎重な足音がだんだん近づいてくる。

一筋のかすかな明かりが、セリアの白い顔と金髪を照らす。「ジャスティン？」当惑した声で優しく呼び、彼女は首をまわしてジャスティンを捜した。背後のやぶで足音がした。「どこにいるの？」今度は四方から足音がした。怖くなってすすり泣きをもらす。セリアは半狂乱で走りだしたが、数歩進んだところでオーグのいかつい顔を見つけ、立ち止まった。大きく息をのんで後ずさりながら、鼓動が速くなるのを覚える。「ジャス――」

「ここだ」さえぎる声に、セリアは振りかえった。彼は数メートル離れたところに、いらだった表情で立っていた。「ここにいる」

「よかった――」セリアはジャスティンに歩み寄り、よろめきそうになって彼の両腕につかまった。温かな腕が体にまわされると、安堵感につつまれた。

「ここでなにをしている？」彼はぶっきらぼうに問いただした。

「い、家を出ていくのが見えたから」セリアは口ごもり、彼の胸に身を寄せた。「だ、誰かと一緒だとは思わなくて、それで……」息が苦しくて、うまく話せない。

「どうしてついてきた？」厳しい声音だが、背中を撫でる手は優しく、彼女の震えを抑えてくれる。

「あなたに……話があって……」

「今度ひとりでこのあたりをほっつき歩いているのを、母屋から姿が見えないところまで足を伸ばしているのを見つけたら、ただじゃすまさないからな、わかったか《コンプルネ》？」ジャスティンは彼女の髪を撫で、ドレスの襟を直した。「ひとりでこの近辺を歩くのは危険だ。とくにバイユーのあたりは。夜間にどんな連中が川を行き来するか知らないのか？　まばたきもしないうちに、格好の獲物だとばかりに連れていかれるぞ。レガーレの手下にでも出くわしたらどうするつもりなんだ、万一――」

「考えてもみなかった」彼の胸に顔をうずめたまま、くぐもった声でセリアは言った。

「今度からはちゃんと考えてくれ」ジャスティンはたしなめ、さらになにか言い添えようとしたが、リスクとオーグのびっくりした視線に気づいてやめた。ふたりとも、相手が誰だろうと彼がそんなふうに振る舞う姿は初めて見るはずだ。ジャスティンはセリアの頭越しに部下たちを見やると、挑むように眉根を寄せた。

リスクは緑色の瞳を大きく見開き、不快げに鼻を鳴らした。「ちぇっ、どういうことかやっとわかったぜ」とつぶやき、裏切られたとばかりに顔をしかめる。「女のためってわけか。つまんねえ理由だな」

「つまらなくはないさ」ジャスティンは応じ、セリアのきらめく髪をもてあそんだ。

「こんな女のために、なにもかも捨てるってわけですか」リスクは詰問した。「たかが女のために——似たような女がどこにでもいますよ、百人でも千人でも！　こんなの認められねえ、おまえもなんとか言えよ、オーグ！」

オーグはまじまじとジャスティンを見つめながら、リスクに向かって応えた。「こんなことわざを知ってるか……バンダナは、きちんと頭に巻かないと飛ばされる」

リスクはいまいましげに唾を吐いた。「知るわけねえだろ」

ジャスティンは声をあげて笑った。「状況は変化する、だからそれにうまく対応しろという意味だよ。人間もずっと一緒じゃいられない」なおもぼやくリスクをにらんで黙らせる。「いいかげんにしろ、ジャック。丸木舟に戻って待っててくれ。おれはマダム・ヴァルランとふたりきりで少し話がある」

「まるで別人だぜ」オーグに引っ張られて岸辺に下りていきながら、リスクがつぶやくのが聞こえる。「ふたりきりで、だと。ふたりっきりになりたいんだと」

ジャスティンとともに取り残されたセリアは、不安げに彼を見つめ、腕をさすって寒さを追い払おうとした。先ほどはあまりの恐怖になにも考えられなくなり、ごく自然に彼の腕のなかに飛びこんでしまった。ジャスティンを追ってここまで来たのは、あなたの言うとおりだと告げるためだった。たしかに自分はフィリップがけっしてくれないものをあなたに求めていた、そう伝えるためだった。それから、自分たちのあいだにはなにかがあると、もはや否定できない思いがあると。

「それで」ジャスティンが促した。「話ってなんだ？」

セリアは慌てて首を振った。「なんでもないの。大した話じゃないのよ。邪魔をしてごめんなさい。そんなつもりじゃなかったの」

彼はセリアをいつまでも見つめていた。「いや、むしろちょうどよかった。親父に伝言を頼みたい」

「伝言？」

「二日ほど出かけてくる。金曜日までには戻る」

セリアは彼に殴られでもしたかのように顔をゆがめた。「出かけて……そんなの無理よ、あなたはまだ――」

「こうするしかないんだ。おれのいないあいだに……海賊稼業が立ち行かなくなったらしい。仲間のためになんとかしてやりたい」

「行ってはだめよ」セリアは半狂乱で引き止めた。「まだすっかり回復したわけでもないのに。ここに来てからまだ四週間しか経っていないじゃない。わが身も守れないわ。それにあなたはレガーレに追われているのよ。彼に見つかったら――」

「見つからない」

「前回は見つかって、危うく死にかけたじゃない！　お金や財産のためには命も懸けるなんて、そこまで強欲な人だったの？」

「そういう話じゃない。レガーレにフィリップの死を償わせるには、部下が何人、物資がどれだけ集まるかたしかめる必要がある。自分の目で状況を確認したい」

「それからどうするの？」

「オーグとリスクとおれで計画を練り、それを実行に移す。多少の時間はかかるだろう。二日、いや三日で戻れるはずだ」

いやなことを思い出し、セリアは自分に辟易した。倒れたジャスティンを必死に看病したのは、元気になった彼にレガーレを殺してもらうためだったのだ。だが復讐に成功しても、ジャスティン自身がその過程で命を落とす恐れもある。危険すぎる。レガーレの力は強大で、仲間もたくさんいる。それに……いまのセリアは、レガーレの死よりもジャスティンの生をより強く願っている。

「彼を殺してもなんにもならないわ、わたしにとっても、ほかの誰にとっても。かつては必要なことと思ったけれど、いまは――」

「いまも必要だ」

「待つべきよ。ここにとどまって、もう少し時間を置けばきっと――」

「時間はない」

目の前が真っ暗になり、セリアは理不尽な怒りに襲われた。ジャスティンに行くなと言う権利はない。彼は自分になんの約束もしていない。だがそんな事実はどうでもよかった。彼はここを出ていこうとしている。出ていけばもう戻ってはこないだろう。なのに彼は平然とした表情で目の前に立ち、からかうような笑みを口元に浮かべている。「まだよくなっていないのに！」セリアは怒りに任せて叫んだ。「あなたはばかよ！　まともに歩けもしないくせに。当局からも無法者からも追われているのに、出ていくなんて。いっそ見つかってしまえばいいんだわ！」

ジャスティンはふいに表情を変えた。「セリア――」

「そんなに死にたいなら、彼らにつかまってしまえばいい……あなたにはそれがふさわしいんだわ。二度と戻ってこないで。あなたには周りの人間なんてどうでもいいんでしょう。あなたみたいに強欲で身勝手な人、大嫌い！　顔も見たくない！」

視界の隅で、セリアはジャスティンがこちらに近づいてくるのをとらえた。足どりはおぼつかないが速く、顔には険しい表情を浮かべている。ぶたれるのだと思い、彼女は身を縮めた。けれども彼はセリアの両肩をたくましい手でつかみ、ぬいぐるみのように彼女を抱きしめた。「放して」とすすり泣くと、彼は身をかがめて唇を重ねた。荒々しい、罰を与えるようなキスだった。怒りにむせぶ彼女の背中と腰に腕をまわし、きつく抱き寄せる。

「おまえといると気が変になりそうになる」ジャスティンはセリアの青白い顔を見下ろしてつぶやいた。「いや、もうとっくになってる。湖畔での晩のあと、おまえを捨てるつもりだった。でも昼も夜もおまえを思い、苦しむ羽目になった。だからおまえのもとに戻ろうと決めた。もう一度おまえを奪えば、ほかの女と同じだとわかるはずだった。そうすればおれは自由になれる」セリアが抱擁から逃れようとすると、彼はますます腕に力を込めた。「ところがおれは大けがを負い、連れてこられたところにおまえがいた。おまえに触れられるたび、天国と地獄を同時に味わったよ。いっそおまえの首に手をかけ、命を奪ってやろうと思った。おまえなしでは生きていけない自分になりたくなかったからだ。だがもう手遅れだ。おまえはおれのものだ。責めるなら自分を責めるんだな。おれから逃げなかった自分を」

「やめて」セリアは泣きじゃくった。「そんなの嘘よ――そんな話、聞きたくない――」

ジャスティンは飢えたように口づけた。セリアの体が心を裏切り、心地よさが全身をつつむ。彼女は激しく身を震わせた。ほしかったもの、求めていたものが手に入った気がした。ジャスティンの力強さをひしひしと感じながら、唇を重ねられる。セリアは口を開けて舌を受け入れ、広い肩を両の腕で抱きしめた。

ふいに口づけが優しいものになる。ジャスティンはじらすように軽やかに口内をまさぐり、舌を深く挿し入れた。記憶のなかにあるとおりのキスだった。セリアはあえぎ、背をそらして身を寄せた。大きな手が脚のあいだに下りてきて、ドレスの上から撫でる。高ぶったものが下腹部に押しあてられ、彼女は歓喜におののいた。ジャスティンが身をかがめて顎に歯を立て、唇を真っ白な首筋へと下ろしていく。セリアは首をのけぞらせ、瞳を閉じた。愛の言葉がつぶやかれ、めまいに襲われる。終わりのない激情に、彼もまた身を震わせているのがわかった。甘い陶酔がふたりをとらえている。この喜びをふたたび味わえるとは、セリアは夢にも思わなかった。

ジャスティンは薄手のモスリンのドレスをじれったげにまさぐり、乳房をつつみこむと、小さなつぼみを硬くなるまで親指でもてあそんだ。「どれだけおまえを奪っても足りない。満足できない」ふたたび唇を重ね、甘いキスを味わう。セリアは熱っぽく応え、両手を彼の腰のほうに下ろし、うごめく筋肉をつかんだ。彼女のスカートをまくりあげ、やわらかななかに身を沈める……ジャスティンはその衝動を抑えるのがやっとだ。

罵りの言葉とともに唇を離し、彼はセリアの頭を胸に抱きしめ、震える体を引き寄せた。頬をつつむ彼の手は熱く、耳の下では心臓がとどろいている。セリアはシャツを握りしめて、弱々しくあえいだ。気も狂わんばかりの激情はなかなか去らず、下腹部にいつまでもうずきが残った。頬に添えられた手が、顔を上向かせる。ジャスティンの瞳は空を思わせる群青で、その深みに吸いこまれてしまいそうになった。「セリア」彼はかすれ声で呼び、信じがたいほど優しく唇を重ねた。セリアは両の腕を彼の首にまわし、胸に顔をうずめた。ジャスティンが髪に鼻を押しあて、こめかみのほつれ毛に唇を寄せる。冷たい風に肌を撫でられて、彼女は身を震わせた。抱きしめる腕にいっそう力が込められたかと思うと、彼はそれ以上なにも言わずに身を離した。

セリアは呆然と、ジャスティンがステッキを手にし、バイユーへと向かう姿を見つめた。腕のなかが空っぽに感じられる。震える唇を開いたが、彼の名を呼ぶことはできなかった。生まれて初めて感じる恐怖にとらわれる。お互いをまだよく知りもしないのに、ジャスティンはすでに彼女の一部となっている。彼を失ったら、もう生きてはいけないだろう。

「いつ戻ってくると言っていた？」花崗岩を思わせる硬い表情を浮かべ、マクシミリアンは極めて冷静にたずねた。

「二日後か三日後には」リゼットのとなりに座ったセリアは、震える声で答えた。岸辺でジャスティンとなにがあったのか、詳しいことはなにも話していない。だが彼女の心の内を、義母が感じとっているのがわかった。義母は鋭い人だ。たいていの人はその美貌にうっとりして、どれほどの知性を備えた女性か気づきもしないけれど。リゼットがセリアに、思いやりと疑念が入り交じったまなざしを向けてくる。それから、安心させるようにセリアの手を握った。セリアは義父に視線をそそいだまま、怒鳴りつけられるのだろうかと不安を覚えていた。「ジャスティンは無事ではいられませんよね」

「ああ、無事ではいられないだろう」義父はぶっきらぼうに応じた。「息子が安全でいられるのはここだけだ。メキシコ湾では、レガーレがジャスティンの首に賞金をかけている。当局につかまっても、息子の運命に大差はない。これまでヴィルレ知事には、政治的圧力をかけて息子に恩赦を下してもらえるよう訴えてきたが……まず無理だろう。フィリップを名のっていた男がじつはジャスティンだったと認めるわけにはいかないからな。それにしても、よりによってグリフィン船長がこんな状況に置かれているときにのこのこ出ていくとは！」

「あの、知事は本当に彼への恩赦を考えていてくれたんでしょうか」セリアは意外な話に驚いてたずねた。

「わからん」マクシミリアンはつぶやいた。「わたしにはなんとも言えん。クレイボーン元知事がまだここにいたら、なんとかしてくれたかもしれないが」

「でも、ヴィルレ知事はクレオール人だわ」リゼットが口を挟んだ。「その点がうまく働くんじゃないかしら」

「必ずしもそうとは言いきれない。ヴィルレはいま、〝好ましからぬやから〟がルイジアナに住みつくのを食い止めようとやっきになっている。ジャスティンはまさにそのひとりだ」

リゼットは眉をひそめた。「でもあなたが知事を説得すれば、なんとかなるのではないの？」

「たしかに、知事を説得できればジャスティンは当局から追われなくなる」マクシミリアンは妻と義理の娘に向かって苦笑いを見せた。「しかしそのためには、あいつにフィリップのふりをつづけさせる必要がある。つまり、デュケイン家の舞踏会が開かれる土曜日までにはここに戻ってくれないと困る」

リゼットはまごついた表情で夫を見つめた。「万一間に合わなくても、適当に言い訳をすればいいのではないの、ビヤン・ネメ？」

マックスは暗い笑みを浮かべた。「母方の親戚のデュケイン家には、今夜になっていきなり舞踏会の開催目的を知らされたんだ。フィリップの生還を祝う催しだそうだよ。あいつが主賓というわけだ。デュケイン家の話では、ニューオーリンズ中の人間が集まるらしい。あいつが出席しないと話にならない」

義母が息をのむのが聞こえた。口をあんぐりと開け、怯えた表情で夫を見つめる。「じゃあ……もしもジャスティンがそれまでに帰ってこなかったら？」

「そのときは」マクシミリアンは陰気に答えた。「われわれはおしまいだ」


翌晩遅く、ジャスティンは一〇人ほどの手勢を集めた。いずれも手下にならないかとのレガーレの誘いを断っており、オーグが信頼できると請けあってくれた者ばかりだ。ジャスティンは満足げに一同を見た。小柄だがたくましいアイルランド人、ダフィーの姿もある。黒人とフランス人の混血でハンサムなトマに、無愛想でけんかっ早い鼻無し《サンネ》も。サンネはナイフで決闘をし、鼻の大部分を失った。みな、ヴァガボンド号の精鋭とは言いきれないが、復讐心だけは誰にも負けない。彼らが計画に参加したのは、カラス島を奪取するため、そしてレガーレ一味への積年の恨みを晴らすためでもある。


木の椅子に腰を下ろし、長い脚を足首で交差させたジャスティンは、オーグとともに計画を練った。部下たちがときおり意見を述べる。過去にこうした民主的なやり方をとったためしはない。しかし今回の計画はかつてない危険な賭けだ。部下をそこまでの危険にさらすのであれば、彼らの意見も聞くのが当然だろう。

「一味をかきまわす必要がある」ジャスティンはオーグを見ながら言った。「おまえがレガーレに近づき、手下になるふりをして、おれたちの手引きをするんだ」

オーグはうなずいた。「ええ、やつの信頼を得てみせますよ」

「レガーレはなんらかの方法で忠誠心を示せと言ってくるはずだ」ジャスティンはつづけた。

「危ないと思ったら——」

「大丈夫です」オーグはさえぎった。「そのあとはどうしますか？」

「おまえの手引きでカラス島に侵入し、急襲を仕掛ける。問題は、襲うタイミングを見計らうあいだどうやって身を隠すかだ」

サンネが顔をゆがめて笑いながら口を開いた。「地下トンネルのルートならおれが一番よく知ってるぜ。ずっと昔、レガーレと一緒に活動していたころ、あそこでアンドレが女遊びをするために何週間も見張り役をやらされたんでね」

ジャスティンはうなずいた。「じゃあ、トンネルの地図を用意してくれ」

「レガーレのやつはどうするんです？」リスクがたずねた。「誰があいつを殺るんですか？」

眉をつりあげて、ジャスティンは呆れたような笑みを浮かべた。「ジャック、まさかおれにそいつを訊くのか？　ドミニク・レガーレを殺るのは、このおれの特権だよ」

# 10

ジャスティンが出ていってからの三日間は、セリアには三カ月にも感じられた。その間、彼女はジャスティンを思う以外なにもできなかった。彼が自分を心の底から必要としたように、自分も彼を必要としている事実にやっと気づいた。おまえはおれのものだ、彼はそう言った。セリアもまた、口に出して認めはしないが、彼は自分のものなのだとごく自然に理解できた。大けがを負ってプランテーションに連れてこられて以来、ジャスティンはセリアのものになった。彼女の愛情と思いやり、不安と切望の対象になった。

たしかにありえない組み合わせではある。それでも、別れは身を切られるほどの痛苦をセリアに与えた。鋭い痛みではない。わが身のあらゆる部分が空っぽになったような、鈍い痛みだ。ジャスティンの姿と声が恋しかった。彼に見つめられ、おれを見ろと傲慢な口調で言われたかった。昼間の時間をどれだけ彼とともに、彼を思って過ごしてきたか、いまさらながら悟った。

こうした難事が起こるたびに義両親がお互いを頼りにするさまを見るにつけ、セリアの孤独はいっそう増した。義両親は惜しみなくお互いと子どもたちに愛情を示し、苦難に直面するなかでもときに笑い声をあげ、幸福なひとときを共有していた。ある朝など、朝食のテーブルに夫婦で現れないことがあった。午前中はふたりきりで過ごそうと決めたのだろう――使用人もそうわかっているらしかった。午後になって姿を現したとき、リゼットの顔は輝き、青い瞳にはやわらかな光が宿っていた。幸せなふたりを見るのは嬉しかったが、そうした姿を見るにつけ、セリアは自分がひとりぼっちなのを痛感した。

金曜日の夕食の席ではさすがに会話がはずまず、沈黙が流れがちだった。リゼットは楽しそうにばぶばぶとおしゃべりをするラファエルの相手にかかりきりだった。すでに離乳食を始めているのだが、当のラファエルはつぶしたバナナを食べずに、スプーンでこねくりまわして遊ぶばかりだった。セリアはといえば、懸命に料理を口に運び、のみこもうとしていた。けれどもコバンアジとマッシュルームのワインバターソテーを一口食べるたび、喉に詰まるように感じるのだった。マクシミリアンは一見すると冷静そのものといった風情だが、ほとんど一五分おきに腕時計を確認していた。義父がそんなふうに時間を気にするのを、セリアは初めて見た。

「ビヤン・ネメ、明日の舞踏会は何時からなの？」リゼットが夫にたずねた。

そのとき、ジャスティンが食堂に現れた。彼は扉を入ってすぐのところで立ち止まり、うっとりした表情で部屋の匂いをかいだ。「ああ……腹が減った。おれの分も残ってるよね」

義父が勢いよく椅子から立ち上がった。「どうしてそう無茶ばかりするんだ。おまえの顔を見てこんなに安堵してなかったら、この場でこてんぱんにのしてるところだぞ」

ジャスティンはにやりとして、脇腹を押さえた。「そしたらおれも仕返しさせてもらうよ、父さん」

マクシミリアンは鋭い目で息子をぎづけにした。「もう気がすんだだろう。二度といきなり消えたりするんじゃない」

「ああ」

「それで、そっちの状況は？」

とたんにジャスティンは険しい表情になった。「この数週間で、ドミニク・レガーレがカラス島をすっかり牛耳るようになり、視界に入るものはすべて自分たちのものにした。船も武器も住居も……誰もあいつに歯向かおうとしない」

「おまえもだろう」マクシミリアンが言った。「グリフィン船長として生きる日々はもう終わったんだ。今回のつまらん旅のせいで、恩赦を受けるわずかばかりの可能性すら台無しにする恐れがあったんだぞ」

「恩赦？」ジャスティンは短く笑った。「父さんがたとえモンロー大統領の親友でも、それは無理だね。そもそもおれに恩赦なんて必要ない。じきにここを出ていき、二度と戻らないつもりだから」

マクシミリアンが眉間にしわを寄せて言いかえそうとするのを、リゼットが巧みに仲裁に入って大げんかになるのを食い止める。「とにかく、間に合ってくれてよかったわ、ジャスティン」

「間に合うってなにが？」

義父がデュケイン家の舞踏会の話をした。

セリアは自分の手がひどく震えているのに気づいてフォークを下ろした。飢えたようにジャスティンの全身に視線を走らせる。無精ひげが伸び、身なりは薄汚れ、頬と鼻梁にかすかに潮焼けの跡が見える。生気にあふれる彼の姿を目にするなり、セリアは強壮剤でものんだかのごとく五感が息を吹きかえすのを感じた。その場でたくましい腕のなかに飛びこみ、乱れた黒髪を撫で、彼を抱きしめたくてたまらない。だが彼はセリアに一瞬たりとも視線を投げなかった。あたかも彼女がそこにいないかのように。

「……なんとかしてそいつを回避できないかな」ジャスティンは父親に言ったが、首を横に振られるだけだった。

「おまえが顔を出さなかったら、街中に噂が飛び交う」

悪態をついて、ジャスティンはかぶりを振った。「じゃあ仕方がない。いったん始めたことだ――いまさらあとに引くわけにもいかない。舞踏会に出て、紳士らしく振る舞うよ。誰にも疑わせないくらい、うまくやってみせるさ」リゼットに向きなおって言い添える。「ベル・メール、ノエリンに言っておれの食事を用意させてくれよ」それから、汗染みのできたシャツを乱暴に引っ張った。「まずは風呂に入って、服を着替えないとな」

「ええ、そうね」リゼットは心配げに彼を見つめた。「脚の具合はどう？　また痛めたりしてないでしょうね」

「大丈夫だよ」ジャスティンはかすかにほほえんだ。「心配はいらない、ベル・メール」

彼はセリアに声もかけず、一瞥すらしないまま食堂から立ち去った。

体から空気が抜けていくのをセリアは感じた。不快なほどの疑念に駆られる。なぜジャスティンは自分を無視したのだろう。屋敷を離れるときのあの態度はただのゲームだったのだろうか。人をわざと傷つけて楽しんでいるのだろうか。当惑とやるせなさに襲われながらも、彼女は平静をよそおった。皿の上の料理をつつき、ときおり口に運んでみせさえした。いつもより余計にワインを飲み、夕食がすんだあとも義両親とともに食堂に残った。暖炉のそばに腰を下ろして足を温める。二階のジャスティンの部屋からは物音ひとつ聞こえない。この三日間ですっかり疲弊し、そのまま床に就いたのかもしれない。

「疲れた顔をしているわ、セリア」リゼットが声をかけてきた。

「そう?」セリアはつぶやき、ぼんやりと炎を見つめた。疲れてなどいない。不安と胸の痛み以外はなにも感じられない。ジャスティン・ヴァルランはやはりけだものだ。見下げ果てた男だ。彼みたいに嘘や意味のない約束ばかり口にする男には、軽蔑という言葉がお似合いだ。セリアは義両親におやすみのあいさつをすると、重い足どりで母屋をあとにし、ギャルソニエールに向かった。メイドと顔を合わせるのも億劫だったので、ひとりで寝室をめざした。部屋の暗さに不安を覚えたが、たんすにのったランプに手探りで火をつけた。

部屋の一隅に人影が見えた。セリアは息をのみ、恐怖に凍りついた。人影が近づいてきて、その目が光る。心臓が肋骨にあたるほど激しく鼓動を打った。彼女は催眠術にかけられたかのように、相手の顔を見つめた。「ジャスティン?」

　彼はきれいにひげを剃り、ゆったりとした純白のシャツと黒のブリーチに着替えていた。髪は湿ってもつれ、濡れた一筋が首にへばりついている。身じろぎひとつせず立っている彼の、引きしまった大きな体につつまれるようにセリアは感じた。「さっきはおまえを見ることもできなかった」ジャスティンはつぶやいた。「見たらおまえを抱いて、手近のベッドに引きずりこんでしまいそうだった」

　ふいに現実感が失われ、闇にのまれた寝室が夢のなかの場所に思えてくる。期待に下腹部がうずいた。ジャスティンを拒むだけの意志は自分にはない。セリアはその事実に気づくと、やっとの思いでささやいた。「ジャスティン、お願いだから出ていって」

「いやだ」

　ジャスティンはセリアの両手をとった。その手の冷たさに驚いたのだろう、つかんだ手をシャツのなかに引き入れ、胸に押しあてて温める。手のひらに激しい鼓動が伝わってきた。彼はありえないほどの優しさで両の腕を彼女の背中にまわし、震える体を抱き寄せた。

　セリアは胸板に顔をうずめた。「こんなことをしてはだめ。いけないわ――」

「静かにして《テトワ》、愛する人《モン・クール》」ジャスティンはささやき、彼女の髪留めを取った。絹を思わせる金髪がふわりと背中に広がる。彼はしなやかな髪に手を差し入れて、手のひらで頭をつつみこみ、彼女の顔を上に向かせた。首筋に唇を押しあて、顎の下のくぼみへと這わせていく。心地よい愛撫に酔いしれながらも、セリアは力なく抗った。だが抱擁から逃れることはできなかった。ジャスティンの唇が彼女の唇の上をじらすようにかすめる。セリアは両手を彼の首のほうへと這わせた。彼が下唇を軽く噛み、舌先で舐め、情け容赦なくいたぶる。セリアはあえぎながら、自分の手が熱を帯び、汗ばむのを覚えた。

ジャスティンはぴったりと唇を重ねると、舌を深々と挿し入れた。喉の奥から満足げなうめき声をもらしつつ、いっそうきつくセリアをかき抱いた。ドレスの背中のボタンをまさぐりだす。一列に並んだ小さなボタンはなかなかはずれず、彼は両手でドレスを勢いよく左右に引っ張った。ボタンが床に散らばる。

息をのみ、セリアは驚いて身を引き離そうとした。ジャスティンが荒々しくドレスを腰まで引き下げる。けれども彼女の肢体があらわになると、ふたたび優しさが戻ってきた。彼はセリアの額に唇を寄せ、乳房に手を這わせた。真っ白な丸みをそっと撫で、やわらかなピンクのつぼみに硬くなるまで愛撫を与える。セリアは背をそらし、温かな手のひらにわが身を押しあてた。反対の胸に触れられると、歓喜にあえぎ声をもらした。脚のあいだがふいにぬくもりを帯びてくる。湖畔での一夜のときにも覚えたその感覚に、彼女は恥ずかしさと欲望を同時に感じ、頬を赤らめた。ジャスティンが彼女の体の変化に気づいたかのように、耳元で静かにささやきかけ、ふたたび唇を重ねる。セリアは口を開いて彼の舌を奥まで受け入れた。それ以上はいっさい抗わず、ドレスが脱がされ、床に落とされるに任せた。

セリアを一糸まとわぬ姿にしてから、ジャスティンは自らもシャツを脱いだ。何度となく目にしてきた、傷だらけのたくましい体があらわになる。セリアは手を伸ばし、両の腕で彼を抱きしめ、黒い毛に覆われた胸に乳房を押しあてた。ジャスティンは荒々しく口づけながら彼女の手をとり、引きしまった腹から、ブリーチの下ではちきれんばかりになっているものへと這わせた。セリアは震える手で金属のボタンをはずしていった。彼の熱い息が髪にかかり、うなじに置かれた大きな手に力が込められる。ブリーチの前が開き、硬く屹立して熱を帯びたものがまろびでた。

　セリアはおずおずと、そのしなやかなものに触れた。恥ずかしさより好奇心が勝っていた。ほっそりとした指で先端を、激しく脈打つ部分をまさぐると、ジャスティンはかすれ声で彼女の名を呼び、小さな手に自分の手を重ねて、ゆっくりとしたリズムへと導いた。あまりにも親密な行為に、セリアは思わず身を震わせた。彼の手が離れたときに一瞬だけためらったが、そのまま愛撫をつづけた。

　ジャスティンはセリアの波打つ金髪をぎゅっとつかみ、そこに顔をうずめた。激情が体のなかを駆けめぐっており、彼女の手になすすべもなく身を任せるほかなかった。神経という神経が震えるのを感じる。やがて彼はセリアの身を引き離すと、自らも一糸まとわぬ姿になり、ベルベットのカバーがかかったベッドへと彼女を連れていった。

洗いたてのシーツに彼女が身を横たえ、両の腕を伸ばしてくる。ジャスティンは彼女を組み敷き、膝で太ももを押し開いた。優しく迎えるように脚が開かれる。彼は両手で乳房をつつみこみ、かぐわしい谷間に唇を寄せた。彼女のあえぎ声を聞きながら、小さなつぼみに口づけ、舌を這わせ、じらすように歯を立てて、耐えがたいほどの歓喜へといざなう。

セリアは彼に優しく手足をからめ、なめらかな肌を重ね、筋肉に覆われた背中をきつく抱いた。湖畔の一夜以来ずっと忘れることのなかった恐れと切望とともに、快感につつまれ、現実感がかき消えて、またもやジャスティンの囚われ人になったかに感じる。

彼の手が下腹部からやわらかな毛に覆われた脚のあいだへと下りてきて、濡れてふくらんだ部分を探りあてる。満足げにうめきながら、彼はそこにそっと愛撫を与えた。

「お願い」セリアはささやいた。「お願いよ……」ジャスティンの頭が彼女の体の上を這い、舌が臍の縁を舐める。唇がさらに下に下りていって、湿った柔毛をかきわける。心臓が早鐘を打つのを覚え、セリアは身を起こして抗議の声をあげようとした。

だが力強い手に太ももをつかまれ、大きく開かれてしまった。彼は口で愛撫を加えながら、激しくうずく花芯を探した。セリアは観念して枕に身をもたせ、抗う気持ちが消えていくのを感じた。彼は容赦なく唇で愛し、もてあそび、味わっている。なめらかな舌が挿し入れられる感覚に、彼女は応えるように腰をくねらせ、黒髪をつかんだ。

セリアがクライマックスを迎えつつあるのを感じとったジャスティンは、彼女にわが身を重ね、ほっそりとした脚を自分の腰にからめて、一息になかへと入っていった。セリアがあえいで腰を突き上げる。ジャスティンは深々と刺し貫いた。

「おまえはおれのものだ」震える唇に唇を重ねながらささやきかける。「絶対にどこにもやらない……なにがあっても……」

めまいに襲われて、セリアは彼をただ見つめることしかできなかった。快感がさざなみとなって寄せてくる。荒々しく突き立てられながら、彼女は体を弓なりにし、満たされる喜びに身を震わせた。ジャスティンがその歓喜をのみこみ、そして、熱いものをほとばしらせた。

ともに達したあと、すすり泣くセリアのほっそりとした体を、ジャスティンは強く抱きしめた。涙が伝う頬に唇を這わせながら、何度も背中を撫でる。「泣くな」彼は言った。命令口調なのに、懇願にも聞こえた。「泣くな、おれのセリア」

彼女は泣きじゃくって身を引き離そうとしたが、ジャスティンは逃がさなかった。「同じことのくりかえしじゃない」と打ちひしがれた声で言い、彼をにらみつける。「どうしてほうっておいてくれないの。あなたを憎めたらいいのに!」

「おれを愛しているんだろう?」ジャスティンは両手で彼女の頭をかき抱き、親指で涙の跡をぬぐった。

「愛してなんになるの?」セリアは責めた。「どうせあなたは去っていき、わたしはすべてを失う。もう二度とそんな思いをするのはいやよ」

「レガーレを倒してから、きっと戻ってくる」そのような約束をするべきではないのはわかっている。だがジャスティンは言わずにいられなかった。

「いいえ、あなたは戻ってこない。たとえ戻ってきても、あなたについていくことはできないわ。あなたみたいに身勝手な、堕落した海賊と――」

彼はセリアの首筋に、肩に、乳房に口づけた。「海賊稼業からは足を洗った。船はリスクにやったよ」

「だからって、帽子を替えるみたいに生き方まで変えられるわけがないでしょう。一晩にして別人になるなんて不可能だわ」

「おまえが変えてくれ」

「アロール……わたしをそばに置きたいわけね。でもいったいいつまで？　わたしに飽きたら、そのあとはどうするの？」

「永遠におまえといる。飽きたりしない。息をして生きるのに飽きないのと同じだ」ジャスティンはセリアの小さな手をとり、自分の心臓の上に押しあてた。手のひらに鼓動が伝わる。彼は射抜くように彼女を見つめた。「おまえなしでは生きられない。一緒に来てくれないなら、いつまでもおまえのそばにとどまる。つかまって縛り首になってもいい」

「ばかを言わないで」セリアは震える声で言った。

「ばかじゃない。それに、この思いに従う道を自分で選んだわけじゃない……抗おうにも抗えなかった……」彼女の手をさらにきつく自分の胸に押しつける。「おれはきっと戻ってくる。一緒に生きよう。おまえを幸せにし、いままで誰にも与えてやろうとすら思わなかったものを、きっと与えてやるから……」

「無法者の愛人になれというのね」セリアはぶっきらぼうにたずねた。

「そう。おれの同志に、パートナーに、妻に――」

「妻？」彼女はおうむがえしに問いただした。「まさか、結婚の意思をたずねているの？」

ジャスティンはセリアの背をマットレスに押しつけ、両腕を彼女の頭の横に置き、口づけで腫れた唇にそっとキスをした。「いいや。たずねてるわけじゃない」

しばらく彼の顔をじっと見ていたセリアが、唇をわななかせてほほえむ。「選択肢はないという意味？」

「絶対にいやとは言わせない」

「人を愛するつもりはないと言わなかった？」

「あのときはそのつもりだった。でもおまえを知って変わった」

「単なるはけぐちではないの？　欲望を満たしてくれる女性をほかに見つけるのが面倒なだけでしょう？」

ジャスティンは彼女の顔にキスの雨を降らせた。「おれがおまえのはけぐちになってやる。おれの美しい《マ・ベル》セリアに、欲望がどんなものか教えてやる。しまいにはおれがもう勘弁してくれと言うくらい、情熱的な女になるまで」

「一時の気まぐれでしょう？　かつては弟のものだったから、だからわたしに興味があるだけ――」

彼女の顔の横に置いた手をぎゅっと握りしめ、ジャスティンは射るような青い目で見下ろした。「おまえを愛してるからに決まってるだろう！　どうして愛してるか聞きたいか。おまえはおれのものだからだ。おれを大切にしてくれるからだ。おれのなかにもまだ善良な部分が残っているんじゃないかと思わせてくれるからだよ。弟のほうがおれなんかより優れた人間なのはよくわかってる。あいつのほうがずっと、おまえにはふさわしいさ。でも、あいつはもういない……だからおれと一緒にいてくれ」

セリアの瞳孔が大きくなり、まなざしが優しさを増す。「なんのために？」

ジャスティンは心の内を吐露した。「おれを愛するために。おまえにふさわしい人間におれがなるために。生まれ変わる勇気をくれ。それができるのはセリアだけだ」

彼女はジャスティンの顔を食い入るように見つめた。大理石の彫像を思わせる、こわばった美しい顔。彼の瞳に浮かぶ恐れを消し去ってあげたい。彼が自分に求めるすべてを惜しみなく与えたい。セリアは彼の額に手を伸ばし、漆黒の髪をかきあげた。「あなたのものになるわ。たとえどんなところだろうと、どこまでもついていく。でも、ひとつだけ約束して」

「なんだい？」

「ドミニク・レガーレへの復讐をあきらめて」

ジャスティンは微動だにしなくなり、闇に目を凝らして彼女を見つめた。「できない」

「フィリップはもう戻ってこないわ。わたしのために、いいえ、家族のためにも誰のためにも、そんなまねをする必要はないの。アンドレの命を奪っただけで十分じゃない。彼はドミニクの大事な弟だったのでしょう。立派に復讐したことになるわ」

「アンドレみたいにいっさい生きる価値のない男とおれの弟の命を比べるのは――」

「自分が死んだらどうするつもり？」セリアは打ちひしがれた声で問いただした。「わたしは、あなたまで失わなければいけないの？」

　彼が口を開く前から、セリアには表情で答えがわかっていた。「もう計画に手をつけてしまったんだ」

「やめたいと思えば、いつだってやめられるはずよ！」ジャスティンに背を向ける。セリアは渦巻く思いを抑えられなかった。彼を失うことを恐れる一方で、怒りも覚えていた。「約束できないのなら、もう消えて」背をこわばらせて黙っていると、彼の唇が肩甲骨のあいだを這うのを感じた。「わたしのベッドにいてほしくない。わたしと復讐とふたつにひとつよ。両方を手に入れるのは不可能なの」

「レガーレが生きているかぎり、おれたちの暮らしに平和はやってこない」ジャスティンは淡々と言った。「おれを捜して、あいつはどこまでも追ってくるはずだ。一緒にいるおまえにまで危険がおよぶ」

「見つからない場所があるはずよ」セリアは彼の手のひらを乳房に押しつけ、甲を撫でた。

「それにあなたがわたしを守ってくれる」

　ジャスティンは体が即座に反応するのを止められなかった。セリアが腕のなかで小さく身をくねらせ、それだけで頭のなかが真っ白になる。「おまえはわかってないんだ、セリア。おれには――」

「変わりたいと言ったじゃない」

「ああ、だがその前に――」

「わたしはあなたに愛してほしいだけよ」

「もちろん愛してる――」

「だったら、復讐など忘れて。わたしのために」

「くそっ」かすれ声で罵る。セリアがそばにいるだけで責め苦のように感じる。もう一度、彼女がほしかった。熱く締めつけられる感覚を味わいたかった。太ももを押し開いてセリアの名を荒々しく呼び、腰を引き寄せる。ジャスティンは彼女の下腹部を撫で、その手を脚のあいだへと下ろしていった。

「約束して」彼女はささやいた。

セリアの願いならすべて聞き入れたい。それほどまでに彼女の愛は尊い。「くそっ、わかったよ」ジャスティンはうめき、硬くいきりたったものを臀部に押しつけた。うなじから肩へと唇を這わせる。ごく自然に身を寄せてくる彼女の重みを太ももに感じて、脈が速くなるのを覚えた。熱く濡れた場所を探しあて、彼は後ろからなかに入っていった。片手で下腹部をまさぐりながら、なめらかな肩に顔をうずめる。

セリアは腰にまわされた太い腕にすがり、弓なりになって、たくましい胸に背を押しあてた。彼が動くたび、目もくらむほどの快感が押し寄せてくる。「一緒に動いて」ジャスティンは息を荒らげながら懇願した。「腰を動かして……そう、それでいい、マ・プティット、そのままで……」

ジャスティンのリズムに呼応するように腰をくねらせる。セリアはもう彼のことしか考えられなかった。首筋に口づけられ、乳房をつつまれ、激しい鼓動が彼の手のひらに吸いこまれていく。セリアはその手に自らの手を重ね、胸に強く押しあてた。一瞬、時が止まり、恍惚が押し寄せる。ジャスティンはけだるくゆったりとした挿入を何度もくりかえして、彼女から喜びを導きだしてくれた。やがて解き放たれる熱い感覚に襲われるのと同時に、息もできないくらい強く抱きしめられた。

ふたりは横向きにマットレスに倒れこんだ。セリアの小さな体が、ジャスティンの大きな体にすっぽりとはまる。呼吸が穏やかさを取り戻したころ、彼の息も落ち着き、髪をそよがせるのをセリアは感じた。彼女はけだるく目をしばたたいた。ジャスティンは眠ってしまったのだろう。ここにいてはいけないと言わなければ。彼が自分のベッドにいるところを、誰かに見つけられたくない。

「ジャスティン、母屋に戻らなくちゃ」彼女は疲れた声で言った。

耳元で低いつぶやき声がする。「夜明け前には戻るよ」

「いま戻ったほうがいいわ」

だがジャスティンは彼女をしっかりと抱き寄せると、聞く耳を持たずにシーツの下に潜りこんだ。「もう少しだけこのままで」

けっきょく、セリアは彼の腕に抱かれたまま眠りについた。やがて夜が明け、彼が身を離す気配に目を覚ました。ジャスティンが最後にもう一度、長いキスをする。セリアが温かな唇を執拗に押しつけ、深い口づけへといざなうと、彼はくぐもったうめき声をもらした。彼女の手足を広げ、やわらかななかへと忍びこみ、ふたたび愛を交わした。セリアは震えながら小さなこぶしをジャスティンの背中に押しあて、たくましい体にわが身を寄せた。彼はセリアの頭を胸に抱き、腰の動きだけに意識を集中させていた。

永遠にそうしていられたなら。けれどもセリアはあっという間に恍惚につつまれ、えもいわれぬ快感は、すべてを焼きつくす炎となって解き放たれた。ジャスティンは身をかがめて彼女の胸元にキスをし、心臓の上に口づけたまましばし動こうとしなかった。セリアは黒髪をそっと撫でた。目の奥が涙で痛かった。押しつぶされる重みと温かなぬくもりが去っていく。ジャスティンはなにも言わずに寝室をあとにした。

その日の夜。ジャスティンや義両親がいる居間に向かいながら、セリアは彼にいったいどんな態度をとられるだろうと不安に駆られていた。きっとにやりと笑って、人をあざけるせりふを吐くにちがいない。おそらくは、親密な関係になったとほのめかすせりふを。ところが案に相違して、ジャスティンはかつて見たことのない真剣なまなざしを向けてきた。表情は穏やかだが、群青の瞳にはぬくもりがあり、強い意志が感じられた。

リゼットは青碧色のドレスに身をつつみ、赤毛を編んで結い上げ、ダイヤモンドの髪飾りでまとめていた。セリアの手を手袋の上から握ってくる。「舞踏会のドレスがよく似合うわ！」義母は歓声をあげ、夫に向かってにっこりとほほえんだ。「ねえ、そう思わない、マックス？」

「ああ、よく似合ってる」マクシミリアンは反射的に応じた。それどころではないといった雰囲気だ。きっと舞踏会が無事に終わるか心配なのだろう。デュケイン家の舞踏会には、古くからの友人知人が大勢集まるらしい。たとえジャスティンが完璧に演じきっても、彼らの疑惑がすっかり消えるとは思えない。彼が本当にフィリップであると人びとが納得するかどうかは、セリアの手腕にかかっている。ジャスティンといて落ち着かないそぶりやとまどう表情を見せれば、義父の計画は失敗に終わるだろう。

セリアは今夜のために、手持ちのドレスのなかで一番華やかな一枚を選んだ。銀色がかった青いサテン生地のハイウエストのドレスで、胸飾り《スタマッカー》には白薔薇と真珠があしらわれている。身ごろは襟ぐりが慎みを保ちつつも大胆にカットされ、袖は短く、肩の部分に真珠の輪飾りがきらめいている。スカートの裾には、ふわりと揺れる幅広の純白のプリーツサテン。髪は緩く巻いて結い上げ、白薔薇を三輪挿した。

ジャスティンとマクシミリアンはどちらも、黒のブリーチにシングルボタンのベスト、純白のシャツ、糊をきかせた純白のクラヴァットといういでたちだった。義父は例のごとくとびきり優雅だったが、ジャスティンはごわつくクラヴァットと動きにくい服のせいで居心地が悪そうだ。グリフィン船長として何年も野蛮人のような格好をしていたのだから当然だろう。武器を携行できないことにも不満を覚えているはずだ。舞踏会の会場ではきっと、爪を抜かれ、鼻息の荒い猟犬のなかに放りこまれた猫の気分を味わうにちがいない。

セリアが彼に歩み寄り、腕にそっと手を置いた。その顔を見下ろし、ジャスティンは不安がわずかに薄れていくのを自覚した。銀色がかった金髪に、抜けるように白い肌。清らかで美しいセリア。彼の顔をじっと見上げている。その静かな強さが、見えない舷墻《げんしょう》となって彼を守ってくれる。

「ステッキはどうしたの？」彼女は優しく問いかけた。「今夜はいいの？」

「ああ、自力で歩く」

セリアは口元に笑みをたたえた。「そう。きっとうまく乗り切れるから大丈夫よ。そういう服を着るとフィリップにしか見えないもの。もちろん、わたしには見分けがつくけど」

なにか言葉をかえそうとしたジャスティンは、鋭く問いかける父のまなざしに気づいて口を閉じた。射るような黒い瞳をまっすぐに見かえす。父はきっと、セリアとのあいだになにかあったと気づいている、あるいは疑っているのだろう。〝ばかなまねはするなよ〟――父の目はそう語っていた。ジャスティンはかすかに笑みを浮かべ、〝邪魔すんな〟と無言のメッセージを送った。


デュケインの屋敷は華やかさにつつまれ、喧騒に満ちていた。クレオール人はこうした舞踏会をしばしば開く。美しく着飾った女たち。すぐに口論を始める男たち。生き生きとした音楽が奏でられ、人びとの生命力が会をさらに盛りたてる。女性たちはひ弱そうな見た目にもかかわらず、疲れを知ることなく何時間も、ときには真夜中まで踊りつづける。若い男たちの口論はときに決闘に発展する場合もある。万が一そうなったときには屋敷の外に出て、そこで名誉と男の誇りを回復するのがしきたりだ。

招待客の多くが、さらにその友人知人などを連れてきていた。ちょうど人びとが親戚宅を訪れ、そこにしばらく滞在する時期と重なったためだ。この時期の催しには、クレオール人かフランス人であれば、主催者に招かれていなくても参加できる。クレオール人は知らない人間をいろいろ詮索するのが大好きな人種で、こうした席でも相手の家族や生い立ちについて山ほどの質問をして楽しむ。それで共通の祖先でも明らかになれば、たとえどんなに遠い関係だろうと喜びあう。自分の家族、あるいは知人家族と血のつながりのある人間なら、用心深いクレオール人にも容易に受け入れられる。

サテンのドレスに華やかなかつら姿の既婚婦人たちが、シルク張りの小さな椅子におさまってゴシップを交換している。最新のスキャンダルについて情報を交わし、行方を占うためだ。彼らにとっては世界のどこかで起きている大事件より、ニューオーリンズのスキャンダルのほうがずっと重要かつ興味深いのである。

既婚男性たちは気の合う者同士で固まって政治や狩猟をはじめとする話題に興じ、未婚男性たちは厳格そうなお目付け役を連れた若いレディへの求愛に忙しそうだ。

クリーム色と白でまとめられた広々とした舞踏室にヴァルラン家の面々が姿を現すと、人びとはいっせいに息をのんだ。だがデュケイン家のあるじがすぐさまやってきて歓迎の言葉をかけ、これをきっかけに客のあいだからも歓声があがった。一行はたちまち大勢の人に囲まれ、セリアは気持ちを引きしめた。

「ドクター・ヴァルラン」とひとりの老婦人が嬉しそうに呼びかける。「やっとこの目でご無事を確認できましたわ――本当に驚いたこと《セ・メルヴェイユ》！」

「フィリップ！　信じられんよ――」

「大けがだったそうね――」

「海賊の話は本当なのかい――」

「まったく《ヴレマン》、奇跡としか言いようが――」

ジャスティンはまじめな顔で質問や驚きの声に応じながら、いきなり抱きしめられたり、心からのキスを受けたりしていた。クレオール人は人前でも堂々と感情を表現する。こうしてジャスティンが姿を見せたおかげで、人びとの疑念はすっかり消え去ったらしい。彼が誰に対しても、ためらいや動揺をいっさい見せなかったからだ。しばらくすると騒ぎもおさまり、おじのアレクサンドルが妻のアンリエットを伴ってやってきた。

ジャスティンはかたわらで見守っていたマクシミリアンに顔を向け、「アレックスおじさんは知ってるのか？」と口の端だけ動かして確認した。

「なにも訊かれなかった」マクシミリアンは淡々と応じた。

当然だろう。父の弟であるアレクサンドルは、家族への忠誠心に篤い。どんな作り話だろうと協力するはずだ。問題はアンリエットだ。美しいが知性に欠けるおばは、ゴシップが大好物である。彼女の前では完璧にフィリップを演じる必要がある。

「フィリップ」アレクサンドルは甥の肩に手を置いてつかの間、抱きしめた。おじはヴァルラン家の男らしい長身に黒髪で、愛嬌があるが短気な一面もある。彼はジャスティンの目をじっと見て、やはりそうか、というように小さくうなずいた。「また会えてよかった――二度と無理だと思っていたが」

ジャスティンはおじが気づいたのを知り、にやりとした。「久しぶりだね、大好きなアレックスおじさん」

ないがしろにされていたアンリエットが、自らふたりのあいだに割って入り、生意気に顎を上げてみせる。「ひどいわ、フィリップ。何週間もずっと顔も見せずにいるなんて。おかげで木曜日のお茶会であなたのことを訊かれても、なにも答えられなかったわ！」

「すみません」ジャスティンは謝り、笑みを浮かべながら、おばの両頬にキスをした。おばは彼がフィリップだと信じたらしい。「そうはいっても、みなさんにお聞かせできる話題はなかったと思うんだ。なにしろ、ひたすらやすんで、妻の献身的な看護を受けるしかなかったからね」セリアを見てほほえむ。彼女の腰に腕をまわしたかったが、フィリップなら公衆の面前でそのような愛情表現はしないだろう。

「舞踏室に入ってきたとき、脚を引きずっていたように見えたわ」アンリエットが無神経に指摘する。「一生治らないの？」

短い沈黙が流れ、ジャスティンが答える前にセリアが口を開いた。「その可能性もありますわ」アンリエットをじっと見ながら打ち明ける。「でも名誉の負傷ですから」

アンリエットは恥ずかしそうに頬を赤らめた。「そ、それもそうね」

おじが妻を連れて立ち去ると、ジャスティンはセリアにほほえみかけた。「かばってもらう必要はないよ」と優しく言う。

「ゴシップのことしか頭にないんだから」セリアはぼやいた。「ヴァルラン家の一員とは思えないわ」

「おれもそうだろ」ジャスティンは小声で言い、彼女の手をとって舞踏室の一隅の、アーチになった太い列柱の下に向かった。両親は数人の客とともに語らいながら、カドリールの輪を作る人びとを眺めていた。つややかに磨き上げられたメープルの板張りの床に、軽やかなステップが響く。リゼットは誰かに話しかけられるたび笑みをたたえて応え、マクシミリアンは今夜の会の主催者であるジョルジュ・デュケインとなにやら話しあっていた。

人びとはジャスティンに群がった。男たちは海賊の島から逃げたときの様子をたずね、女たちは彼に媚を売り、年のいった既婚婦人は持病に対して助言を求めた。婦人方の質問にはセリアが助け舟を出し、夫はまだ仕事を再開できるほど回復していないのでと説明した。ときにはちょっとした療法を伝授したりもした。父親が医者なだけに彼女はそうした知識も豊富だった。自分の記憶力のよさに彼女は感謝した。

この分なら何事もなく舞踏会を終えられそうだ。セリアは少し気を緩めた。誰もジャスティンを疑っている様子はない。ジャスティンの演技は完璧で、上着のポケットに親指をかけて立つさまも、ほほえむ前に唇を噛む様子も弟にそっくりだった。背がとても高いので、誰かと話すときはたいてい軽く身をかがめる。フィリップもよくああいうしぐさをしたものだ。そうやって、みなが気さくに話しかけられるよう気を配っていた。ジャスティンはあんなしぐさはしない。他人を威圧している自分をなんとも思わないからだ。

ふと気づくとセリアは、まごついたようにジャスティンを見ていた。いつもの彼のほうがいいと思っている自分に驚く。無遠慮に声をあげて笑ったり、皮肉めかしたせりふを言ったり、思いがけないことを言ったりしたりする彼のほうが。フィリップなら、こうした集まりにも積極的に参加しただろう。だがジャスティンは、選択肢を与えられたならセリアとふたりきりで過ごすほうを選ぶはずだ。罪悪感に駆られた彼女は、不実な思いを脳裏から振り払った。部屋を見わたして、遠くのほうに立つひとりの男性にふと目を留める。舞踏室と食堂のあいだの壁に窓があり、男性はその脇に立っていた。

男性がこちらを向く。刃《やいば》のごとき痩身は、ほかの男性客と同様に盛装につつまれている。セリアはなぜか、その男性から悪意を感じとった。男性がにやりと笑う。冷たい恐怖に襲われて、セリアの心臓は止まりそうになった。

床が揺れている錯覚に陥る。われを忘れたセリアはあえぐようにジャスティンの名を呼んだが、声が出なかった。ふいにジャスティンが目の前に現れ、大きな手で腕をつかむ。彼は蒼白になったセリアの顔を見つめた。「セリア……どうかしたのか」震える唇からささやかれる言葉を聞こうと、身をかがめる。

「ドミニク・レガーレ」

ジャスティンはすぐさま室内を見まわしたが、なにも見つけられなかったようだ。セリアもあらためて周囲に目をやった。レガーレの姿はすでにない。彼女は必死に落ち着きを取り戻そうとしたものの、めまいに襲われてできなかった。

そこへマクシミリアンが、瞳に警戒の色を浮かべてやってきた。「なにかあったのか《ケス・キ・ヴザリーヴ》？」

「わからない」ジャスティンは正直に答えつつ、セリアを支えた。

「誰かに気づかれる前に彼女を連れだせ。そこのフランス戸から外回廊に出るといい。わたしもすぐに行く」

ジャスティンは言われたとおり、セリアの肩を抱いて外回廊に出た。夜風は冷たいが穏やかだ。大きな柱の陰に行くと、闇がふたりをつつんだ。彼はセリアの顎を上げ、恐怖が浮かぶ瞳をのぞきこんだ。

「ド、ドミニク・レガーレがいたの」彼女は口ごもりながら訴えた。「部屋にいたのよ。わ、わたしを見ていた。それから……にやりと笑ったわ。お願いだから信じて、あ、あの男がここに――」

「あいつのことを始終考えていたせいだ」ジャスティンは静かに言い、彼女のうなじに手をやった。全身を震わせているのがわかる。「似た顔の誰かと見まちがえたんだろう」

「いいえ、あの男よ！　いまこのときにも、すぐそばにいるんだわ。見まちがいなんかじゃない。お願いだから信じて、いますぐに――」

「わかった」彼はセリアを引き寄せ、しっかりと抱きしめた。「深呼吸して、プティット。落ち着くんだ」

「お願いだからいますぐ――」

を緩めた。

「しーっ。静かに」

セリアは彼の胸に顔をうずめた。ぬくもりを感じて、徐々に冷静さを取り戻していく。

「おれがいるから」ジャスティンはつぶやいた。「あいつに手出しはさせない。おまえを傷つけるやつはおれが許さない」乱れた呼吸が落ち着いたのを確認してから、彼は腕に込めた力を緩めた。

そこへマクシミリアンの声が聞こえてきた。「いったいなにがあったんだ」

「ドミニク・レガーレがいたらしい」ジャスティンはぶっきらぼうに答えた。「舞踏室にいるのをセリアが見たそうだ」父がめったに見せない仰天した表情を浮かべる。これほどまでの不安を感じていなかったら、ジャスティンはその表情に噴きだしていただろう。

「見た目の特徴は？」父は問いただした。

「痩せ型で背はさほど高くない。赤茶けた髪を一本に編んでる」

セリアがジャスティンから身を離し、震える声でつけくわえる。「そ、それと、笑うとサメみたいな顔になるわ」

ドミニクの尖った歯を思い出し、ジャスティンはくっくっと笑った。「うまいたとえだ」

父は眉をひそめた。「アントワーヌ・バイヨンヌじゃないのか？　ジョルジュ・デュケインの友人の。フランス出身の農園主で、街の裕福な商人とも取引をしてる。わたしも一応、知りあいだ。ウィットに富む頭のいい男だが」

「聞き覚えのない名前だな」ジャスティンは言った。

「最初にニューオーリンズに来たのは――四年、いや、五年前だった。以来、デュケイン家をはじめとするいくつかのクレオール系の家と親しくしているらしい」

　ジャスティンは父をじっと見つめ、「今夜はそいつと会ったのか？」とたずねた。

「いや、まだだ。しかしデュケインに訊けば……」父は言葉を切り、怖いほど穏やかな声でつづけた。「まさか、わが息子の命を奪った男がいまこの瞬間にも手の届く範囲にいるとでもいうのか？」

　ジャスティンが答える前に、フランス戸のほうから若い女性の声がした。「ドクター・ヴァルラン？　そこにいらっしゃいますか？」

　父とセリアを見やってから、ジャスティンは柱の陰から出た。「どうなさいました？」とつっけんどんに訊き、女性と向きあう。ジョルジュ・デュケインの長女のアマリーだった。

「ドクター・ヴァルラン」アマリーは涙ながらに呼びかけた。「母《マ・メール》に言われて、先生を捜していたのです。弟のポールが――今朝から具合が悪かったのが、容体が急変して。ドクター・ダッサンを呼びにやったんですが、いらっしゃるまでにポールを診てやってくださいませんか。二階で寝かせてます。どうかいますぐ《マントナン》、診てやってください」

　ジャスティンはアマリーを見つめ、なにか言おうとしていったん口を開き、思いなおして唇を噛んだ。髪をかきあげ、「ダッサン先生を待ったほうがいいでしょう」とぶっきらぼうに告げた。

　アマリーは激しくかぶりを振った。「ノン、待っていたらポールが死んでしまいます！

咳がひどくて息もできないんです。ドクター・ヴァルラン、二階にいらして、お願いですからなんとかしてください」

セリアは物陰から出て、ジャスティンに並んだ。顔は青ざめているが落ち着いている。

「蒸気はたててみました？　蒸気を吸わせれば咳は――」

「何時間もやりました。でも、全然効き目がなくて」

セリアはジャスティンと顔を見あわせた。医師が到着するまでになにかしたほうがいいだろう。ほかに選択肢はない。「わかったわ、二階に案内してください、アマリー」セリアは言い、頭のなかからレガーレへの恐怖を追い払った。

三人は無言で病室に向かった。ぐったりと横たわる子どもを一目見るなり、セリアはすぐにその症状を知っているのを思い出した。子どもはいやな空咳をくりかえしていた。脈は弱く、顔は蒼白だ。何年も前に実家のそばの村で、子どもたちがみな同じ病にかかったことがある。父と何度となく往診に向かったものだ。喉の奥に膜ができ、最悪の場合にはそれが完全に呼吸を止めてしまう。

まだ四、五歳と思われるポールは、セリアがかたわらに来たことにも気づかないらしい。弱々しく咳をしてむせる。ドクター・ダッサンを待っているわけにはいかない。なにをすればいいのかはわかっている。父が治療をほどこすところを間近に見ていたのだ。父はパリで高名な医師にその治療方法を教わったと言っていた。だが彼女は医師としての訓練を受けたわけではない。治療するつもりが、余計に悪化させてしまう恐れもある。

ポールの呼吸がますます荒くなり、マダム・デュケインがわっと泣きだした。「ドクター・ヴァルラン、坊やをなんとかしてやってください、お願いですから――」

「マダム」セリアは勇気を振り絞った。いますぐ手を打たなければ、子どもは目の前で窒息死してしまう。「よく切れるナイフと、ごく細い竹筒を夫に持ってきてください。短い竹、五センチ程度のもので結構です」

マダム・デュケインは目を見開いてセリアを見つめてから、ジャスティンに向きなおった。彼が短くうなずくと、夫人は言われたものを用意しにあわただしく部屋を出ていった。彼女がいなくなるとすぐ、ジャスティンはベッドのかたわらに行き、ポールの髪をかきあげた。苦しそうに息をする坊やの青ざめた小さな顔をじっと見つめる。

セリアはやかんの湯を洗面器にそそいだ。「もっと早く医者を呼ぶべきだったのよ」と英語で言う。「そうすれば、こんなことをする羽目にならずにすんだのに」

「ダッサンなら知ってる」ジャスティンが言い、夫人が貼ったのだろう、坊やの胸からいやな臭いのする湿布を剝がした。ハンカチで胸を拭いてやる。「気難しい老人だ。おれたちを取り上げたのもダッサンだよ。いまごろは、最も自慢できない功績のひとつと思ってるだろうけどな」

セリアは打ちひしがれた目で彼を見た。「ジャスティン……自信がないわ」

「じゃあ、どうやるのかおれに教えてくれ」

一瞬ためらってから、セリアはかぶりを振った。「無理よ。わたしも父がやるのを何度か見ただけだもの。はっきり思い出すことさえできれば……」眉根を寄せて必死に考える。坊やは意識不明に陥っていた。

「おい、息をしてないぞ」ジャスティンが荒々しく言い、小さな肩を揺する。

セリアは脳がかちかちと音をたてて素早く回転するのを覚えた。マダム・デュケインが飛びこむばかりの勢いで部屋に入ってくる。セリアは夫人を押し戻し、ナイフと竹を受け取った。「治療には集中力がいりますから」と厳しい声で伝える。「どうか一、二分、廊下でお待ちください」

「ウイ、先生がそうおっしゃるのなら、でもできればわたしもそばに――」

「一、二分ですから」セリアはくりかえし、夫人を押しやって扉を閉めた。両手を洗い、ナイフと竹筒を洗浄して、ベッドに座る。ジャスティンが坊やの頭を後ろに傾けて、首筋をあらわにした。セリアは震える手にナイフを持ち、ためらいがちに喉の上にやった。まちがった場所を切ってはならない。血管を切ってしまったら、坊やが失血死する。

「やろう」ジャスティンが静かに促した。

小声で祈りを捧げてから、彼女は喉にナイフをあてた。わずかに血が噴きだす。切開したところに竹筒を差し入れる。セリアは唇をぎゅっと噛んだ。竹筒をとおしていきなり空気が吸いこまれる。セリアは固まったまま、坊やの様子を凝視し、呼吸音に耳を澄ませた。呼吸はとぎれることなくつづいていた。「よかった」彼女はつぶやき、安堵に身を震わせた。

ジャスティンは詰めていた息を吐きだし、血をぬぐった。「あとはどうすれば？」

「竹筒をとおして息をするあいだに、咳はよくなるはずよ。明日かあさってには竹筒もはずせるわ。すぐに回復するはず……つまり、病気そのものが治ればという意味だけど」

そこへ扉が控えめにたたかれ、マダム・デュケインの声がした。「ドクター・ヴァルラン？ ダッサン先生がいらしたのですが」

ダッサンは往診かばんを手に大またで部屋に入ってきた。小柄だが威圧感と威厳を漂わせた老医師は、ブリーチに花柄のベスト、細身のフロックコートという時代遅れな服に身をつつんでいた。頭には白髪交じりの短いかつら。鋭い灰色の瞳をセリアからジャスティンへと向ける。ジャスティンはまばたきもせずに医師を見かえした。弟は医師とごく親しい間柄だったにちがいない。

やがて、希望、あるいは切望の光が医師の瞳から消えた。ダッサンはどこか苦々しげにため息をつき、ベッドに歩み寄って、セリアが行った治療の具合を確認した。意識を取り戻した坊やに、安心させるようにほほえみかける。「おお……よかった《セ・ビャン》……しゃべってはいかんぞ、モン・フィス」老医師はセリアとマダム・デュケインを振りかえった。「イル・ヴァ・ビヤン――もう心配は無用。ドクター・ヴァルランがしっかり処置をしてくださったらしい。患者の所見について彼と話がしたいので、ご婦人方はちょっとはずしていただけますかな」

手を洗っていたセリアは不安げに老医師を見やったが、求めにしぶしぶ応じると、マダム・デュケインについて廊下に出て扉を閉めた。ダッサンは往診かばんを開き、物憂げになかを探った。「期待したわしがばかだったのだな。今夜ここで、フィリップ・ヴァルランと再会できると思ったわしが」医師はかすれ声で言った。「だが下にいる連中ほどばかではない。彼らはおまえの正体すら見抜けなかったのだから。おまえとフィリップはわしがこの手で取り上げた。いままでだって、おまえたちふたりを簡単に見分けてきた」

「それは素晴らしい」ジャスティンは皮肉めかした。

「弟は立派な医者だった。天職として仕事に愛をそそいでいた。しかしおまえは――」医師は言葉を切り、陰気な笑い声をあげた。「おまえのほうが長生きして当然だと、どうして忘れたりしたのだろうな。おまえにはよくない血が流れている。その血に従って生きてきたわけなのだろう？」

「よくご存じで」

「おまえたちの母親が亡くなったあと、わしは興味深く思ったものだ。親にほったらかしにされて育った双子。フィリップがよりよい人生を歩もうと努力するかたわらで、おまえは人の心のわからない、ただのごろつきに成長した。フィリップに何度となく、兄にも善良な一面があると言われたものだ。わしはいつも疑っていたがね」

「おれの正体をばらすつもりか」ジャスティンはいらだたしげに問いただした。遠まわしに訊くつもりなどなかった。

「ノン。言っておくがフィリップのためだぞ。彼ならわしに、そうしてくれと頼んだだろうからな」

ジャスティンは扉に歩み寄った。「弟がこんなに大勢の人間に深く愛されていて、おれも助かったよ」捨てぜりふを残し、彼はセリアを捜しに行った。

彼女は階段の下り口で待っていた。「気づかれたの？」とたずねる。

「ほかにも気づいた人間がいるかもしれないな」

「黙っていてくれるって？」

「ああ、フィリップのために」ジャスティンは眉をひそめ、髪をかきあげた。

「どうかしたの。先生になにか言われた？」

彼は群青の瞳を細めた。「大したことじゃない」

セリアはしばし彼を見つめた。無表情をよそおってはいるものの、罪悪感と絶望に耐えているのがわかる。「昔の話をされたのでしょう？」優しくたずねた。「でも、過去はもう忘れていいのよ」ジャスティンの腕をとり、人目につかないところに引っ張っていく。爪先立ちになって両の腕で抱きしめ、引きしまった頰に軽くキスをした。ジャスティンとフィリップは母親にないがしろにされ、その後、世をすねた父親にも顧みられなくなった。そのような状況に置かれた子どもが反抗的にならないほうがおかしい。弟よりずっと自由な精神を持つジャスティンのことだ、親の導きと愛情を弟以上に必要とし、それらが与えられない事実に苦しんだにちがいない。「もういままでのわたしたちじゃないんだもの。あなたがなにをしようと、あなたを愛し、信じつづけるわ。なにがあっても――」

ジャスティンは彼女の顔を両手でつつみこみ、性急なキスをした。セリアがさらに身を寄せると、彼は優しく歯を立てて唇を奪った。「愛してる」かすれ声で告げて、額と額を重ねる。「おまえを失う日が来るんじゃないかと思うと怖い。生涯おまえと一緒にいられれば、あとはなにもいらない」

「ジャスティン」セリアが弱々しく呼ぶと、彼は自制心を失ってしまう前に彼女をわが身から引き離した。互いを愛し、求める気持ちを抑えこみながら、見つめあう。

ジャスティンは張りつめたため息をもらした。「そろそろ下に戻ったほうがいい。親父がバイヨンヌに剣を突きつけているころだろう。今夜はもう、なにがあっても驚かないな」

セリアはしぶしぶうなずいて、差しだされた腕をとり、弧を描くウォルナットの階段をいざなわれるがままに下りていった。八メートルほどの高さがある天井に巨大なシャンデリアがきらめく、屋敷の中心部にたどり着く。とたんにセリアは舞踏室で感じたのと同じ冷たい恐怖に襲われた。レガーレが近くにいるのだと、その姿を目にする前からわかった。彫刻が美しい青銅の時計が置かれた、ラッカー塗りのテーブル。レガーレはその脇に立っていた。時間は真夜中をわずかに過ぎている。自分の手の下でジャスティンの腕が鋼のごとくこわばる。彼は敵の鋭角的な顔を凝視していた。

先に口を開いたのはレガーレだった。「やあ、ドクター・ヴァルラン」愉快げに、冷ややかな声でそう呼び、ぎざぎざの歯をのぞかせてほほえむ。「ずいぶん捜したよ」

# 11

ジャスティンは無表情にレガーレを見つめた。「アントワーヌ・バイヨンヌか」

セリアはぼんやりと、舞踏室を行き交う人びとの気配や音楽、ダンスのステップ、笑い声を聞いていた。ここにいるただひとりとして、メキシコ湾で最も恐れられている海賊ふたりがすぐそばで会話をしている事実に気づいていない。レガーレをにらむセリアの脳裏に映像がよみがえる……いくつもの遺体が転がった商船の甲板、フィリップの血まみれの背中……アンドレのでっぷりとした顔……。

「向こうに行ってろ、セリア」ジャスティンは静かに命じ、彼女の手を腕から引き剝がそうとした。「心配はいらない。親父のところに行け」

セリアは腕をつかむ手にいっそう力を込めた。命綱のように腕にしがみつき、瞳を見開いてレガーレを見つめた。動きたくても動けなかった。あきらめたジャスティンが敵に意識を戻す。「ずいぶん危険な賭けに出たじゃないか。この場で逮捕させることもできるんだぜ」

「そのときはおまえも一緒だ。おまえもおれも縛り首だよ」

「きさまが先なら、それでもかまわないさ」

「どうするか決める前に、まずはおれの話を聞いたほうがいい。ぜひ耳に入れてやりたい話があるんだよ、ドクター・ヴァルラン。舞台は海賊どもに襲われた商船の甲板だ。そしてヒロインは金髪の美しい女」レガーレはセリアにほほえみかけた。「女は自分と夫の命乞いをした。女の話から、商船にヴァルラン家の人間が乗っていると考えられた。もちろんその名は、特権階級の有力者のものとして知られている。夫は医者だという女の主張に、おれたちはこいつは使えると踏んだ。捕虜のなかにその男がいないとわかると、商船から海に捨てた死体を捜した。そしてヴァルラン家の男を発見した。そしたらなんと、男はまだ生きていた」レガーレはいったん口を閉じ、セリアとジャスティンの反応を見た。

セリアは恐怖に固まったウサギのごとくレガーレを見つめていた。ジャスティンは無言で、敵を八つ裂きにするいくつもの方法を考えていた。レガーレの話など信じない。「つづけろ」と抑揚のない声で命じる。

レガーレは愉快そうに話を再開した。「いずれ男は役に立つ、おれたちはそう考えた。そしてカラス島に連れていき、そこに監禁した。裕福な家に生まれ、頑丈な体に恵まれただけあって、男は大けがから回復した。じつを言うと、ちょうど当時はいろいろと気がかりな問題があったものでね——最大の問題は弟を殺した犯人の追跡だったが——ヴァルラン家の捕虜の存在など忘れていた。だが驚くべき報告を聞いて久しぶりに思い出した。地下牢の番人の案内で、砦の地下にある迷路を通って男を見に行った。いやはや驚いたよ。目の前におれの宿敵、グリフィン船長とうりふたつの男がいたわけだからな！　説得を重ねたところ、男は双子の兄がいるとしぶしぶ認めた。それからしばらくして、ニューオーリンズからとある噂が届いた。フィリップ・ヴァルランが命からがら家族のもとに戻ったというじゃないか。だが当のヴァルランは、現実にはおれのもてなしを受けている最中だ。というわけで、ちょいとたしかめに来たわけさ。なかなかおもしろい話だろう、ええ？」

ジャスティンはレガーレを凝視した。褐色の肌の下で顔が青ざめ、群青の瞳には炎が燃えている。

セリアの頬を大粒の涙がふたつ伝った。「フィリップが生きているの？」と震える声でたずねる。

レガーレはぎざぎざの歯をむいて笑った。「なにをそんなに取り乱してる？　どうやらあんたは、兄弟のどちらとでもうまくやれるらしいな」

ジャスティンは彼女の顎をつかんで自分のほうに向かせた。「やつは嘘をついてるんだ。フィリップはもういない」

レガーレはにやりとした。「そう言いきっていいのかな？」

「なにが望みなんだ」ジャスティンは噛みつかんばかりの勢いで言った。

「おまえの手下はほとんどおれの配下にまわったぜ、グリフィン。ちっぽけでこしゃくなグリフィン一味にはもうなにも残されていない。脳みそがあるなら、おれから逃げても無駄だとわかるだろう。おれが指定する日時に、決着をつけることに同意するか。あるいは、自力でなんらかの手を打つか。捕虜の交換なら喜んで応じるぜ。おまえと弟の交換ならな」

セリアの爪が腕に食いこんだが、ジャスティンはその痛みすら感じなかった。「きさまの話が本当だとして、なぜおれが弟のために命を懸けると思う?」

「カラス島で、おまえは弟の妻のために命を懸けて戦った」レガーレはそれしか言わなかった。セリアのために命を懸けるジャスティンなら、じつの弟のためにも当然同じことをする――そう結論づける必要すらないと思ったのだろう。

ジャスティンは表情を押し隠して告げた。「フィリップが生きている証拠が必要だ。それを見せてもらったあとで、話しあいに応じる」

「時間稼ぎを企んでいるのなら――」

「まさか」ジャスティンは口をゆがめ、人でごったがえす舞踏室を身ぶりで示した。「おれに時間は残されてない。きさまのほうこそ、もたもたしていればおれを当局に横取りされる羽目になるぜ」

「証拠か。だったら、リスクでも誰でもいいから、おまえの選んだ人間を島に来させるがいい。そいつを弟に会わせたあと、危害を加えずに島から出してやろう」レガーレはジャスティンからセリアに視線を移し、おざなりに一礼した。「ではこのへんで。また会える日を楽しみにしているよ、マダム。ボンソワール」

正面玄関から堂々と出ていくレガーレを、ジャスティンはじっと見ていた。貪欲な敵の姿が視界から消えるのを確認してから、セリアに向きなおる。彼女は声もあげずに涙をこぼしていたが、口を開くなり泣くのをやめた。「あなたをわなにはめようとしているのよ」セリアはささやいた。「あの男に騙されてはだめ――」

「しーっ……」ジャスティンは両手で彼女の頬を挟み、顔を上げさせた。その目に浮かぶ恐怖を消し去るためなら、いまこの場で命をくれてやってもいい。胸の奥底からセリアへの愛がわきおこり、わが身から彼女の体へとそそぎこまれ、彼女の内にある不安と恐れを追い払うのが感じられた。セリアはまつげを伏せて、彼の両の手首を握った。握りしめてくる手の思いがけない力にはっと驚かされる。それからいったいどれだけの時間、そうしてふたりで立ちつくしていただろう。人に見られてもかまわなかった。彼女のそばにいるといつも感じるぬくもりに、ひたすら身を浸していた。しかし父の耳ざわりな声が聞こえてきて、現実に引き戻された。

「レガーレを見つけたんだな？　やつはなんと言った？　どこにいるんだ？」

「父さん」ジャスティンはセリアから離れ、父に向きなおった。「もう逃げたよ」と低い声で告げる。ごまかすつもりはない。まわりくどいことをしている暇はないのだ。「やつはフィリップがまだ生きていると言ってる。捕虜にとっていると」

「なんだって」父は目を見開いた。

「まだ手出しはしないでくれ。海軍なり警察なりが介入すれば、フィリップは殺される。おれはリスクを捜しに行く。詳しいことはセリアに聞いてくれ。彼女をよろしく頼む」

マクシミリアンは小さく罵って息子を止めようとした。だがジャスティンはそれ以上なにも言わずにその場を立ち去った。

　ジャスティンは馬に乗ってリスクのいる湖畔の小屋に向かった。そこまでの道のりで、こまかな霧に髪と服がすっかり濡れてしまったが、湿っぽさにも寒さにも気を留めなかった。小屋は闇につつまれていた。正面の扉を開け、ずかずかとなかに入る。リボルバーの撃鉄を起こす音が彼を迎えた。

「おれだ」ジャスティンは告げた。

　リスクは小さなランプに火をともし、黄みがかった白い明かり越しにジャスティンを見た。ひとつしかない目が猫のように光る。リスクはリボルバーを下ろした。「なにかあったんですか」

「オーグから連絡はあったか？」ジャスティンはぶっきらぼうにたずねた。

「いいえ」

「レガーレにつかまったか」

「たぶん」リスクは眉をひそめ、ジャスティンが来た理由を話すのを待っている。

「さっき、やつと会った」ジャスティンは言い、仰天するリスクににやりとしてみせた。会ったときの話を詳しく聞かせてやる。交換条件のくだりになると、リスクは噴きだした。

「まったく、あいつの考えそうな話ですよ！　船長を捕虜にして、自ら剣で命を絶つ自由を奪うつもりなんだ。なすがままの船長を、もう殺してくれと言うまで縛り上げ、はらわたを抜いて、ニワトリの丸焼きみたいに切り刻むって魂胆ですよ」

「弟がまだ生きているのなら、おれに選択肢はない」

リスクはかぶりを振った。「頭がどうかしちまったんですか。やつが本当に弟さんを見つけたとしても、いままで生かしてるわけないでしょうが。そもそも弟さんは、レガーレの砦じゃなくて海の底にいますよ。それに、プランテーションで待ってるあの娘はどうするつもりなんです。船長があんなふうになにかを求めるところ、いままで見たことがないってのに」

ジャスティンは部下をねめつけた。「弟の妻を手に入れるために、弟があの島で腐っていくのを見すごせというのか？」

リスクは曖昧に肩をすくめた。

一瞬、ジャスティンは部下を存分に罵りたい衝動を覚えた。だがふと思いなおした。これまでともに過ごしてきた仲間たちも、みな同じことを言うだろう。他人がどうなろうと自分のほしいものを手に入れる――それが彼らの流儀だ。ジャスティン自身、ずっとそれでいいと思っていた。だがこれ以上、そうした生き方はできない。双子の弟を見捨てれば、自分を許せないだろう。ならば、たとえセリアをフィリップに渡すことになろうとも仕方がない。

「弟が生きているかどうか確認する必要がある」ジャスティンは告げた。「カラス島に行ってくれないか」

「わかりましたよ。すぐに行って、レガーレの話が嘘か本当かたしかめてきます。協力しますよ」

「感謝する」

「その代わり、ひとつ約束してくれませんか。ことがすんだら、またヴァガボンド号の船長として――」

「断る」ジャスティンは静かにさえぎった。「その話はもう終わったはずだ。おれは足を洗う。船はおまえに――」

「船なんかいらねえんだってば」リスクはわめいた。「みんな、おれごときにはついてこないんですよ。部下を率いるなんて柄じゃないし、そもそもそんなふうになりたくもねえ。人に命令するなんて無理だ。誰かの手下になるか、それともこのまま海賊稼業をやめるかだ」

ジャスティンは目を細めてリスクを見つめた。「もう無理なんだ、ジャック。まさか、死ぬまでつづけられるとでも思ったか？」

「当たり前でしょうが！」リスクが怒りをぶちまける。

ジャスティンは首を横に振った。「裏切られたとでも言いたげな顔だな。これまでの仕事でだいぶ稼いだだろう。それでこれからはのんびり暮らしたらどうだ。穏やかな暮らしも悪くない――」

「別の生き方なんてしたくねえ。おれはいままでどおりに生きたいんだよ。いままでずっとしてきたように！」

「そいつは不可能だ」ジャスティンは冷たく言い放った。「おれもおまえも変わったんだ」

「いや、おれは同じだ」リスクはつぶやいた。「変わったのは船長だけだ」

恐怖心がようやくおさまったあと、セリアは疲れ果てて眠りについた。すると、フィリップがまた夢に現れた。溺れかけている彼に腕を伸ばすセリアの背後にはレガーレが潜んでおり、彼女の耳元で悪意のこもった声でささやく。セリアははっと目を覚ました。

もしも本当にフィリップがまだ生きていたら……。どんな痛苦を与えられたか想像するのさえ恐ろしかった。まさかレガーレたちは、哀れなフィリップに食事も与えず、拷問をくわえているのでは。いまごろ彼は、介抱してくれる人を必要としているはずだ。

セリアは戦慄した。フィリップだけではなく、自分自身やジャスティンの身も危ない。先ほど見たレガーレは、自信に満ちていかにも頑強そうだった。ほしいものを確実に手に入れられると確信している様子だった。ジャスティンがレガーレのなすがままにされるかもしれないと思うと、恐ろしさに頭のなかが真っ白になった。そうさせないためなら、どんなことでもしようと自分に誓った。

そのとき、彼女はまた別の不安につつまれた。フィリップが戻ってきたら、自分は彼の妻として生きていくことになる。これから一生、彼に尽くし、彼を支えていかねばならない。つまりジャスティンを失う――その思いを、彼女はすぐさま脳裏から追い払おうとした。自分はフィリップを心の底から大切に思っている。でも、ジャスティンによって解き放たれたもの――自分のなかにあった情熱や歓喜、優しい気持ちや痛いほどの切望は、フィリップとは共有できなかった。ジャスティンを愛しながらけっして手に入れられず、一生離れて暮らす人生に果たして耐えられるのだろうか。

しわくちゃのシーツの下で身をよじり、セリアはやわらかなリンネルを何度も手に握りしめた。もうすぐ夜明けがやってくる。ジャスティンはいつ帰ってくるのだろう。リスクが島から戻ってきて、レガーレの話は本当だと告げたら、ジャスティンはどうするつもりだろう。

不規則な足音が聞こえて、セリアは勢いよく身を起こした。断続的な足音が近づいてきて、階段を上り、寝室の前で止まる。セリアの心臓は激しく鼓動を打った。ジャスティンが戻ってきたのだ。ベッドから飛びだした彼女は、扉を開け、敷居をまたぐジャスティンの腕のなかにわが身を投げた。受け止めた彼は小さくうめき、セリアの爪先が床を離れるほどに強く抱きしめた。彼の黒髪に手を差し入れながら、無我夢中で首筋に唇を這わせる。情熱と絶望に駆られたふたりは、言葉さえ発せられないほどの欲望に身を任せた。

ジャスティンがナイトドレス越しにセリアのぬくもりを味わう。彼は両手でドレスをつかんで腰のあたりまであらわにした。やわらかな丸みをつかみ、引き寄せる。セリアは身もだえして肌を押しつけ、彼にしがみついて、首筋からざらついた顎、唇へと口づけていった。その愛撫に荒々しく応えながら、ジャスティンが舌で口をこじ開け、彼女の舌を招き入れて吸う。ブリーチ越しに、セリアはうずく部分に屹立したものがあたるのを感じた。

舌の動きにあわせて、彼が腰でゆっくりとしたリズムを刻む。セリアは喉を鳴らしていっそう強く身を押しつけた。すると快感が炎の波となって全身をつつんだ。なにが起きようとしているのか気づいて慌てて唇を離したが、もう手遅れだった。セリアは甘いうずきに囚われていた。息をあえがせ、おののきつつもジャスティンに抱きつくと、彼は狂おしいほどに激しく腰を動かしながら熱い唇を彼女の首筋に這わせた。セリアは歓喜に身を震わせた。ようやく震えが止まったころ、ジャスティンは彼女を床に立たせ、頭からナイトドレスを脱がせて放った。

セリアはジャスティンの服を脱がせ、彼の手のなかに自分の手を滑りこませて、ベッドへといざなった。影につつまれた大きな体がそびえるようだ。ジャスティンは彼女をマットレスに横たえ、すぐに自分もベッドにのった。セリアは息をのんで、奪うような口づけがくれるえもいわれぬ責め苦を味わった。乳首に歯が立てられ、濡れた舌が素肌を這う。太もものあいだに彼の手が下りてくると、自ら脚を開き、いたずらな指を招き入れた。ジャスティンは彼女を組み敷き、荒々しく唇を重ねてあえぎ声をのみこんだ。

セリアはたくましい肩を手のひらで愛撫した。盛り上がった傷跡を指先でなぞり、筋肉に覆われた広い背中を撫でた。小さく喉を鳴らして、引きしまった腰から臀部へと手を這わせていき、うめき声が聞こえてくるまで優しく爪を立てた。ジャスティンが彼女の腰を引き寄せ、そこにまたがって、力強い太ももで押さえつける。セリアは震えながら手を伸ばし、腰を突き上げて招いた。「ジャスティン……いますぐ来て……」

ジャスティンが彼女の両の手首をつかんで頭上に伸ばす。セリアはジャスティンを見つめ、彼のなかにカラス島にいたときと変わらぬ激情があるのに気づいた。頭が下りてきて乳房を覆い、敏感なつぼみを吸う。こらえきれずに叫ぶと、彼はようやく腰を下ろし、彼女のなかへと入っていった。

荒い息を吐きながら、数センチ引き抜き、奥深くまで突き立てる。ジャスティンは顔をゆがめ、セリアの髪を指にからめた。突き立てるたび、セリアが彼の背中をつかみ、マットレスにつけたかかとに力を入れて、優しく応えてくれる。ほっそりとした腕と脚がからみついてきて、ジャスティンはすっかり彼女に囚われてしまった。そのやわらかさに身をゆだねながら、彼はもはやこらえきれずに精をほとばしらせた。獰猛な喜びが消えて、胸の内が満たされていく。彼はセリアをきつく抱きしめた。息が苦しくて、肺が痛いほどだった。

しばらくしてやっと体を動かすだけの気力が戻ってきたので、彼は体を離してセリアのとなりに横たわった。彼女が身を重ねてくる。顔にかかる絹糸の髪をかきあげてやり、茶色の瞳をのぞきこんだ。幾百もの愛の言葉を伝えたかったが、なにも出てこない。するとセリアはかすかにほほえんで、そっと口づけてきた。ジャスティンは細い肩から真っ白な乳房へと両の手を這わせ、かすめるように素肌に触れた。セリアが彼の太ももにまたがり、背をそらして誘う。ふたたび硬くなっていくのを感じ、ジャスティンは彼女の腰をつかむと、いきり立つもののほうへと導いた。セリアが身をかがめて自分のなかにいざなう。ふたりはともに息を止めて、奥まで結ばれる感覚を味わった。

ジャスティンは彼女の名をささやいた。半分閉じた目で、巧みにリズムを刻むセリアを見つめる。快感に酔いしれつつ、ジャスティンはけだるく彼女のリズムに応え、しなやかな体の動きを堪能した。両手で肩を撫で、その手を太もものあいだのつやめく部分へと下ろし、じらすように愛撫をくわえる。やがて彼女は、そのままの体勢で身を震わせて達した。ジャスティンは先ほどのような鋭く深いエクスタシーを感じなかった。それはもっと長く、ゆったりとした歓喜で、喜びが炎のきらめきを放ちながら、爪先から頭のてっぺんまで広がっていくのだった。

セリアは彼に身を重ねたまま、胸に頭をのせていた。「ジャスティン」とかすれ声でささやく。「わたしたち、これからどうなるの？」

「しーっ。その話は、フィリップのことがはっきりしてからにしよう」

「でも、本当に生きていたら？　あなたはどうする――」

ジャスティンは彼女の唇に指をあてて黙らせた。セリアはなおも疑問を投げようとしたが、静かにとささやかれ、うなじと背中をそっと撫でられると口を閉じた。涙が頰を伝い、彼の胸に落ちる。ジャスティンの腕のなかにいる自分がとても自然に感じられる。いけないことだとわかっているのに。これまでは彼とともにいるあいだも、未亡人なのだからという言い訳ができた。でもいまは……。夫が生きているかもしれないと知りながらジャスティンに抱かれるのは、夫への裏切り以外のなにものでもない。

「あなたを愛したりするんじゃなかった」セリアは言い、彼の首から肩へと涙の粒を落としつつ、口づけていった。「愛するつもりなんかなかったのに」

「わかってる」ジャスティンはきつく抱きしめてくれた。「ちゃんとわかってるよ」

「フィリップにこんな気持ちを抱いたことはなかったわ、もちろん彼を――」

「それ以上は言うな」ジャスティンはつぶやいた。「おれたちを比べないでくれ。どちらにとっても公平じゃないだろう？」

「あなたにわかってほしいだけよ。わたし……こんなふうにフィリップを愛したためしはなかった、一度として──」

「言わなくていい」彼はセリアが黙るまで口づけをやめなかった。

ふいに疲れに襲われ、セリアは目を閉じた。「どこにも行かないで」とつぶやく。

「行かないよ、プティ・クール」ジャスティンはセリアの額にキスをし、彼女が眠りにつくまでずっと抱いていた。


からっとした朝の空気を、鐘の音が震わせた。プランテーションは目覚めたばかり。日課が開始され、朝食の支度が始まり、眠たげに声をかけあうのが聞こえる。ジャスティンとマクシミリアンは母屋を出て、私道をのんびりと歩いていた。周囲の風景にも気を留めず、話をしていた。物憂げな大またの足どりはそっくりで、黒髪に覆われた頭はまったく同じ角度でうつむいている。きれいに生え揃った芝地の横を通りすぎるとき、風が吹いて足元の落ち葉を巻き上げた。

ジャスティンはギャルソニエールに視線を投げた。セリアはまだ眠っている。今朝も彼女を起こして愛を交わしたかったが、眠ってもなお顔に疲れがにじんでいるのに気づいてやめた。これから数日間を耐え抜くために、いまはやすませてやったほうがいい。

父が息子の視線を追う。「彼女を愛しているんだな?」

「父さんは反対するんだろう?」

「いや、しない」父は答えた。「おまえが彼女を利用しているだけならやめさせる。だがどうやらそうではないらしい。おまえがわが家に戻ってきたそのときから……ふたりのあいだに絆があるのが感じられた。わたしにそれを壊す権利はないと思った」父はいったん口を閉じ、苦笑交じりにつけくわえた。「おまえがセリアに惹かれるとは驚いたよ」

「彼女はきれいだ」ジャスティンは言った。

「ああ、だが派手な美しさはない。その代わりに内面的な美しさがある……知性、思いやり、気高さ……まさかおまえが、彼女みたいな女性に関心を持つとは思ってもみなかった」

「関心どころの話じゃないさ」ジャスティンはぽつりと言った。

「本気というわけか。だが、フィリップが本当に生きていたらどうする」

ポケットに両手を突っこんで、ジャスティンはいらだたしげに地面をにらんだ。「あいつからセリアを奪うつもりはないんだ。そもそもセリアみたいに高潔な女には、フィリップを捨てられない」

「レガーレがおまえをはめるために、話をでっちあげただけという可能性も――」

「ああ、でもそうじゃない気がする。フィリップは生きていると思う」ジャスティンは決意を込めた硬い声でつづけた。「本当かどうかたしかめるために、ジャック・リスクをカラス島に送りこんだよ。明日の晩には戻って、報告してくれるはずだ。フィリップが捕虜になっているのなら、おれがきっと無事に連れて帰ってくる。おれの命を懸けてでも」

「なにがあろうと命を懸けたりしてはいかん」父は即座に言い、息子の歩みを止めさせた。父子は向きあった。「そのときは別の方法を考えるんだ、モン・フィス」黒い瞳には不安と愛が浮かんでいた。「おまえの命も、フィリップの命と同様にかけがえのないものだ」

ジャスティンは面食らった。父はいつも超然として、まさに自制心のかたまりだった。唐突に感情をあらわにする父にジャスティンはとまどい、子どものころに忘れてしまった切望感がわきおこるのを覚えた。「別の方法なんてあるもんか――」と言いかけたがすぐにさえぎられた。父は見たこともないほど取り乱していた。

「わたしがわからないとでも思うか？　おまえはわたしにそっくりだ、ジャスティン。双子のフィリップよりもわたしに似ている。ずっと、怒りと罪悪感に苛まれていたんだろう？　わたしと同じように。おまえは父親と同じ過ちを犯した。フィリップにできて自分にできないことがあっても、おまえのせいじゃないんだ。おまえが親に求めた愛を得られなかったのも、おまえ自身のせいなんかじゃない。わたしは自分自身の悲しみと憎しみに浸りきっていて、息子たちに背を向けてしまった。そのことは生涯悔やみつづけるだろう」

「おれがごろつきになったのは、父さんのせいじゃないよ」ジャスティンはつぶやいた。

「おれは父さんに似てない……むしろ……彼女にそっくりだ」

「母親のことを言ってるのか？」父が問いただし、母との遠い結婚生活に思いをはせる。

「たしかに彼女には身勝手でずるいところがあった。でも悪い人間だったわけじゃない。コリーヌの息子として生まれたときから、悪党と呼ばれる運命だった、そう言いたいのか？言っておくが、フィリップにだって同じ血が同じだけ流れているんだぞ」

「ああ、でもあいつは……」ジャスティンはいいほうの脚に体重をかけ、父から目をそらした。「双子のうちの、善いほうの片割れだったんだ」

「たわごとはよせ」父は吐き捨てるように言った。

「たわごと？　だっておれはフィリップみたいになりたくて、ちっともなれなかったんだぜ」ジャスティンは首から顔まで赤くなるのを感じた。これまで一度も言葉にしたことのない感情をどうやって説明すればいいのか。だがこの気持ちを父に理解してほしい――その衝動はおかしなことに、セリアに愛を伝えなければと思う気持ちと同じくらい強かった。いままで胸の内をさらけだしたためしなどない。気持ちを踏みにじられるのではないかと思うと怖かった。だがいまは、口から思いがこぼれだし、それを止めるすべがわからない。「ずっと、どうして母さんが行ってしまったのかわからずにいた」ジャスティンは言った。「あのあと、どうして父さんが厳格で冷たくなってしまったのかも。全部おれがいけないんだと思った。おれが善い子だったら、フィリップみたいになれていたら、母さんは父さんを裏切らなかったんだって思った。おれさえちゃんとしていれば、母さんも家族を大切にしてくれた。いまも生きていて、父さんだって――」

「それはちがう」父は荒々しくさえぎった。「おまえとは関係のないことなんだ。わたしを見なさい、ジャスティン！」強い命令口調に、ジャスティンは従うしかなかった。「おまえがなにをしようと、どんなふうに振る舞おうと、なにも変えられはしなかったんだ。おまえのせいじゃないんだよ。おまえにそれを信じてもらうためなら、何千回だって同じことを言ってやる」

冬の風が穏やかにふたりの頭上を走り、葉ずれの音とイトスギの香りを運んでくる。ジャスティンはまばたきもせずに父の顔を見つめた。不思議な安堵感につつまれて、鼻と目の奥がつんとした。自制心がこんなに弱い人間だとは自分でも知らなかった。彼は首を振ってその弱さを振り払い、口元をゆがめて笑った。「その必要はないよ、父さんを信じる」

「だったら、弟のために命を投げだして償う必要もないとわかってくれるな？」

「そういう崇高な話じゃないんだよ。現実的に考えた結果にすぎないんだ。フィリップを無事に救いだせるのはおれしかいない。父さんが当局や海軍でいくら探したところで、おれの代わりにこの仕事ができる人間は見つからない。ドミニク・レガーレとカラス島について、おれの一〇分の一も知識がない連中ばかりだろう？」

「それで、フィリップを取り戻せたとして、万一おまえを失ったら？」父は問いただした。

ジャスティンはふっと笑った。「困るの？」

父は眉間にしわを寄せて、うるさい仔狼を叱る親狼さながら、息子の襟首をひねり上げた。父のように大柄な男だからこそ格好がつくしぐさだ。「困るに決まってるだろう！　何度同じことを言わせるんだ」

ジャスティンは薄笑いを消さなかった。「おれも父さんがいなくなったら困るよ」

「おまえを失うわけにはいかない」父が決然として言う。

「大丈夫さ、父さんが邪魔をしなければ」

父はしぶしぶ手を離した。息子が人に触れられるのを嫌うのを思い出したのだろう。ふたりはふたたび歩きだした。父が唐突にまた口を開く。「この話はフィリップの問題が解決してから聞かせるつもりだったんだが、やはり耳に入れておいたほうがいいだろう」

「話って？」ジャスティンは用心深く促した。

「マシューズ中佐とベネディクト大尉が海軍と海兵隊で連合部隊を編成し、島を襲撃する計画を進めている。少し前から」

ジャスティンは足を止めた。「なんだって？　父さんがそれを知ったのはいつ？」

「数週間前だ」

「どうしてもっと早く言わないんだ」ジャスティンは腹立たしげに詰問した。

「知らせないほうがいいと思った」

「くそっ。それで、そのちっぽけな計画とやらにいつ着手するつもりだって？」

「あさってだ」

「あさって――」ジャスティンは口汚く罵った。「ばかじゃないのか！　軍にどれだけの損失が出ると思うんだ。あそこの港には長砲やカロネード砲を搭載した船が何隻もあるんだぜ。その半分を動かすだけで、マシューズの部隊を島に接近する前に全滅させられるくらいの戦力があるんだよ」

「なるほどな。だがいまやレガーレの脅威は見すごせないものになっている。軍としては、このまま様子見というわけにはいかんだろう。海兵隊の協力を得れば、十分に太刀打ちできると考えているらしい」

「マシューズにフィリップの話はしたのか？　弟が島に監禁されている可能性は話したのか？」

「むろん話していない。話せば、おまえが当局につかまる」

「マシューズとベネディクトのところに行って、全部言わなくちゃだめだ。おれとフィリップのことも、嘘をついていたことも」

「断る」父は断固として拒んだ。「こちらから話せば情けをかけてもらえるとでも思っているんだろうが、あいにく期待するだけ無駄だ。翌朝には、おまえは絞首刑だよ」

「おれが軍の援護にまわるとなれば話は別だろう。軍の襲撃が正確にいつになるのか、頼むから調べてくれ。おれがフィリップと代わるまで攻撃を待ってもらってくれ。そうすればあいつは助かる」

父は納得がいかない様子だ。「その後どうやって軍を援護する？」

「カラス島に部下を何人か送りこんでおく。仲間のオーグが部下たちを砦まで案内してくれるはずだ。おれはそこで彼らと合流して、内部から攻撃を仕掛ける。マシューズに伝えてくれ。おれたちはレガーレの武器庫に火をつけ、マシューズの部隊が港に接近できるよう、砦にある大砲で援護射撃をするつもりだ。内部からやつらの戦力を奪うんだよ。そうすればマシューズの艦隊はすんなり島を掌握できる。中佐もきっと賛成するはずだ」

父はかぶりを振った。「失敗する危険性が高すぎる」

「どんな計画だって危険はつきものだろう」ジャスティンは父を見つめた。生まれて初めて父を同志として見ている自分に驚いていた。「この方法以外ない。フィリップのためだ。おれが援護するとマシューズを説得してくれ」

父は顔をしかめたが、反論はしなかった。

言ったとおりにしてくれそうだ。ジャスティンはほっとした。「父さん……これがすんだあと、おれはもうここには戻ってこられないからね」

「恩赦が下りる可能性はまだある」

「いくら父さんでもそこまでの金や影響力はないだろう？　終わったあとにつかまらずにすんだら、おれは出ていく。死んだものと思ってくれればいいよ」

「二度と会えなくなるわけか」父は静かに言った。

ジャスティンはためらった。「ああ」

「セリアはどうする？」

すぐに答えられずにいると、父は息子の顔を見つめた。ジャスティンはよそよそしい表情を浮かべ、歯をぎゅっと噛んだ。「フィリップといたほうが幸せになれる」やっとの思いでそう言った。「おれがセリアに与えられる人生はひとつだけだ。やっとわかったんだよ……おれ自身、そんな人生を彼女に送ってほしくないって」

　父とともに母屋に戻ったあと、ジャスティンは日がな一日プランテーションのこまごまとした仕事に没頭した。鐘楼のがたついた羽目板を直し、私道の一部をふさいでいた倒木の撤去を手伝った。奴隷たちと一緒に精を出しながら、ジャスティンは皮肉とともに思った。カラス島でも海賊仲間のあいだでも、有色人種と白人は同等の自由と権限を持っていた。だが文明社会のはずのここでは、黒人は奴隷の立場におとしめられている。オーグほどの知性と洞察力と統率力を備え、身につけた技術と創造性で計画を遂行できる男でさえ、ここではにひとつ得られない。ジャスティンと一緒のテーブルについて食事をとることすら。ふたりの友情も、偽善者たちが作りだしたくだらない決まりによって台無しにされる。だがオーグとの友情と、部下たちとともに戦った数年の年月こそが、人種のちがいに対するジャスティンの考え方を大きく変えたのだ。

　たしかにニューオーリンズにも、奴隷から解放された黒人はいる。しかし白人の男たちのあいだでは、ムラートやオクトルーンと呼ばれる黒人と白人の混血女性を愛人にするのはごく一般的――いや、むしろ奨励されている。黒人の血が一滴でも混じった男が白人女性と関係を持てば、すぐさま縛り首だ。故郷に戻ってからジャスティンは父に、そうした仕組みをおかしいとは思わないのかとあえてたずねてみた。すると父は意外にも、ばつが悪そうに打ち明けた。海運業に割く時間が増えるにつれ、奴隷の解放を考えるようになってきたと。ぜひそうしてほしい。ジャスティンは願った。とはいえ、父がそれを実行すれば、ヴァルラン家とクレオール系の有力者のあいだでトラブルが起き、場合によっては衝突に発展する恐れもある。

　彼がプランテーションで汗を流しているあいだ、セリアは奴隷小屋のひとつでノエリンと過ごしていた。女性とその子どもふたりが病に倒れたらしかった。セリアと離れて過ごす時間ができてジャスティンはありがたかった。これから彼女を失うと知りながら、当人と向きあう勇気はまだない。ゆうべはどうしても、一緒にいたい気持ちを抑えられなかった。だが愛すれば愛するほど、セリアの安寧な暮らしを守ることが大事になってくる。自分の命よりも、自分の欲求よりも、そのほうが大切だった。フィリップとともにいれば彼女は安全だ。彼女もいずれ、弟との暮らしに心の安らぎを得られるはず。重要なのはセリアの幸せだけだ。


　リスクはひとり、カラス島の浜辺から、夕焼けに赤く染まった砦へと歩を進めた。歩きはじめていくらも経たないうちに三人組の男に取り囲まれ、武器を取り上げられそうになった。カトラスを掲げて男たちの攻撃を食い止める。「武器を下ろしな」リスクは言った。「こちとらドミニク・レガーレに招待されて来たんだ」

　罵りや警告の言葉を吐きながら、三人組はリスクの剣や拳銃、ナイフを没収し、彼を砦のほうへと連れていった。気取った笑みを浮かべて歩いていたリスクは、ヴァガボンド号でともに戦った男たちが数人いるのを見つけると、陽気に声をかけた。「おおい、裏切り者たち！」

　三人組に乱暴に押されて砦に足を踏み入れ、レガーレの私室に案内された。レガーレほどの富を築いた男だ、金銀財宝で部屋を飾りたてているものとばかり思っていたら、案に相違して室内は悲しくなるくらいがらんとしていた。絵も彫刻品も贅沢な調度品もない。ここよりずっと快適そうな牢屋だってあるくらいだ。やっぱりな、と彼は内心でつぶやいた。レガーレは人間ではないと前から思っていたのだ。当のレガーレはといえば、背の低い硬そうな長椅子に座り、長方形のテーブルに両腕をのせていた。

「ようこそミスター・リスク」レガーレはきびきびと言った。ランプの明かりを受けて、黒い瞳が赤く光った。「待ってたよ」

リスクはおじぎのまねごとをした。「グリフィン船長から、あんたのご親切な招待を受けたと聞いて来てやったぜ。あんたの世話になってる哀れな男にさっさと会わせてもらおうか。ドクター・ヴァルランとな」

「いいとも、会わせてやろう」レガーレは立ち上がり、リスクに歩み寄った。「話は地下牢に行きがてらしよう」

「ああ、グリフィン船長とドクターの交換方法とかな」

「それと、おまえの将来についても」

「なんでもござれだ」リスクは陽気に応じた。「おれは聞き上手でね」

レガーレが扉を開き、リスクを鋭く見据える。「それはどうかな。大方グリフィンの口車にまんまとのせられているんだろう、ミスター・リスク。おまえはあいつのためにこうして一肌脱ぐ。だがあいつはおまえになにも与えない」

「忠誠心ってやつさ」リスクはつぶやいた。

「忠誠心はただじゃ得られない。おまえの忠誠心も」

「たわごとはやめてくれ」リスクはこわばった声で応じた。

「いや、まだやめない」レガーレがつぶやき、地下牢への道を先に立って歩く。

リスクはそのあとを一歩、また一歩と追った。


翌晩、ジャスティンはリスクと会うためにバイユーまで足を運んだ。すでに丸二日、セリアと言葉も交わしていない。彼女は例の奴隷小屋で、朝から晩まで熱病に苦しむ親子の看病にあたっている。じきにリスクが求める情報を手に戻ってくる。そのあとはただちに、計画を実行に移さなくてはならない。弟が生きていることを確認し、早く安堵したい。ジャスティンはフィリップを愛していた。弟が世にも優しい心根の持ち主で誠実な人柄でなくても、やっぱり愛しただろう。これまで弟は、真の暴力というものを受けたことがないはずだ。半年以上も監禁されて、いったいどんな苦しみを味わわされているだろう。そう思うとジャスティンは、レガーレを殺るときが待ち遠しくてならなかった。

そのとき、セリアがやってくるのを察知し、ジャスティンの物思いは断ち切られた。足音もやわらかな声も聞こえないうちから、彼はセリアの気配を感じとっていた。

「ジャスティン……わたしを避けているんでしょう」

「なにか用か」ジャスティンはぶっきらぼうな声音を作った。

「あなたと一緒に知らせを待とうと思って」

彼はセリアを見やった。寒い夜なのに、彼女はマントも肩掛けも身に着けていない。長袖のドレスは身ごろに染みがつき、脇には汗の染みも見える。何時間も病の床に身をかがめ、鍋で薬草やシロップ剤を煮ていたために、疲れた顔をしている。体からは、いつものラベンダーの香りではなく、薬剤の鼻をつく臭いがした。編んで後ろにまとめた髪は乱れ、額や首筋におくれ毛がへばりついている。ジャスティンはセリアを熱い風呂に入れ、背中の凝りをほぐしてやりたかった。「風邪をひくぞ」とつっけんどんに注意する。

「大丈夫よ、小屋のなかが息苦しくて。外の空気にあたりたかったの」そう言いつつセリアは、湿ったドレスに冷たい風があたったせいだろう、すでに身を震わせていた。ジャスティンが上着を脱いでかけてやろうとすると彼女は抵抗した。「ジャスティン、本当に平気だから。寒くなんかないし、それに……」温かくぬくもり、彼の匂いがついた分厚いウールの上着を着せかける。するとセリアはいそいそと上着の前をかきあわせ、それを見てジャスティンは笑った。

「ねえ」彼女がくぐもった声で呼ぶ。「フィリップが生きているという知らせを受け取ったら、そのあとわたしたちはどうするの?」

ジャスティンはすぐに真剣な面持ちに戻った。「たしかなことがわかってから話そう」

「なんだか不吉な言い方ね」とセリア。

ジャスティンは群青の瞳でまじまじと彼女を見つめた。「リスクがどんな知らせを持ってこようが、話は簡単じゃない。そのくらいわかってるだろう」

セリアはためらいがちにほほえんだ。「あなたと一緒にいられれば、わたしはそれだけで幸せよ」返事はかえってこない。彼女は笑みを消した。「ジャスティン……抱きしめていて」

たとえばそれで互いの命を落とす羽目になったとしても、ジャスティンには拒めなかった。

彼は考えるまでもなく両の腕でセリアを抱いていた。ほっそりとした体が、分厚い上着のせいでずいぶんかさばっている。セリアが彼の肩に頭をもたせ、温かな息がシャツ越しに素肌に伝わった。彼女を抱いたまま、ジャスティンはバイユーに視線をそそぎつづけた。

「何度もフィリップの夢を見たの」セリアがほとんど上の空で言う。「夢のなかで彼は必ず溺れかけていて、わたしは腕を伸ばして助けようとする。でも、絶対に助けられないの」

「じきに取り戻せる」

「どういう意味――」

「しーっ」彼はそっとセリアを押しやり、近づいてくる丸木舟を見つめた。リスクだ。落ち着いた手つきで櫂を漕ぎ、頭にはバンダナを巻いている。リスクは肩越しにジャスティンたちを見やり、にっと笑った。ジャスティンは岸辺に歩いていって丸木舟を引き上げた。リスクが舟を下り、まずはセリアに視線を投げる。

「生きてるの？」彼女はだしぬけに問いただした。

「ああ」リスクはくっくっと笑った。「生きてるし、あんたを思ってう、ず、う、ず、してたぜ」

ジャスティンは眉をひそめた。うずうずする、という言葉が海の男たちのあいだでどういう意味で使われているか、セリアが知るはずもない。

「どんな様子なの？」セリアがたずねる。

「砦の地下牢に監禁されてた」リスクが説明し、ジャスティンに顔を向けた。「知ってんでしょう？　ほら、奴隷用の檻が足りないときに使う場所ですよ。それにしても、船長にあそこまで似てるとはね！」

「向こうにいるあいだに、オーグに会ったか？」ジャスティンは訊いた。

「いや、あいにく――」

セリアが驚いて割って入る。「オーグが島にいるの？」

沈黙が流れる。ジャスティンは彼女の肩をつかんで、顔をじっと見下ろした。「屋敷に戻ってろ」

「どうして？　もう口出ししない、余計なことは言わないから――」

「戻るんだ」くりかえす口調は優しかったが、まなざしは射るようだった。セリアは当惑し、うつむいてその場を離れた。黙っていられなかった自分を内心で叱りつけた。

母屋に戻ると、リゼットがラファエルを抱いて寝かしつけているところだった。エヴェリーナは人形で遊んでおり、妹のアンジェリーヌは退屈のあまりいらいらしている。セリアは居間でアンジェリーヌとお話ごっこをしようと思いたった。

居間の暖炉では小さな火がぱちぱちと音をたて、室内に温かな光を投げている。アンジェリーヌはセリアの膝で丸くなって、彼女のスケッチブックに見入っている。ジャスティンに絵を見せたあと、セリアは幼女と一緒にこの遊びをするのを思いついた。想像上の人物や場所、風景などをスケッチブックに描いて、それらをもとにアンジェリーヌに物語を作らせるのだ。幼女が作るお話に意識を集中させると、フィリップを忘れられ、セリアの気持ちもほぐれていった。楽しい時間つぶしだ。アンジェリーヌが熱心にお話を考えてくれるのも嬉しかった。

リゼット・ヴァルランは幸運な女性だ。三人の愛らしい子どもたちと、愛情をそそいでくれる夫、広大な屋敷に大勢の友だち、趣味や仕事に恵まれている。セリアだって、フィリップとともにそうした人生を得られただろうに。いや、そのチャンスはまだあるのだろう。でも彼女はもはやそうした幸福を求めていない。ジャスティンのくれる人生が果たしてどのようなものなのかわからないが、それでもかまわなかった。ただ、普通の女性では得られない愛を手に入れられるのはわかっていた。それから、ジャスティンが自分を大切にしてくれるだろうことも。実家の家族はきっと、セリアの気がふれたと思うだろう。彼女は昔から地味な性格で、平凡で、意外な一面などひとつもなかった。かつての自分を思い出してセリアは苦笑を浮かべ、アンジェリーヌに意識を戻した。

ジャスティンは書斎に向かい、暖炉の前に座る父を見つけた。炎の放つ黄色い光が父のこわばった顔を褐色と金色の仮面に見せている。

「生きていたよ」ジャスティンは告げた。「リスクが確認してきた」

父は鋭く息をのんだ。「元気なのか」

ジャスティンは暗い目で父を見つめた。「レガーレの地下牢にずっと監禁されていたんだから、元気とは言えないだろうな」

「いまからマシューズ中佐のところに行ってくる。おまえの計画に賛成してくれることを祈ろう」

「うまく説得してくれよ、父さん」

「もちろんだ」父は淡々と応じて、書斎をあとにした。

ジャスティンが居間に行くと、セリアはアンジェリーヌを膝にのせていた。戸口で歩みを止め、セリアに気づかれぬようじっと視線をそそぐ。幼女は丸っこい指でセリアのスケッチを指差した。「……おひめさまはここに入るのよ」と言う幼女に、セリアが問いかけるように金色の眉を上げてみせる。

「ドラゴンの洞窟に入るの？」

「ウイ。王さまのたからものがぬすまれたから、さがしにいくの！」

セリアがページの隅で素早く鉛筆を動かし、なにやら描きくわえていく。「なるほど。じゃあねえ、そこへドラゴンが戻ってきました。ドラゴンはお姫様が洞窟にいるのを見つけてしまいます！　さあ、お姫様はどうする？」

「ええと……」アンジェリーヌが眉根を寄せて考えこむ。「ドラゴンをペットにするの！」

「まあ、悪いことばかりするドラゴンなのに大丈夫？」

「ノン。ドラゴンはさびしいだけよ」

セリアはほほえんで、幼女の頭のてっぺんにキスをした。

「かわいそうなドラゴンなのね」とつぶやく。

「そうよ、かわいそうな、さびしがりやのドラゴンなの」

ふたりが物語を創りあげていくさまを見つめながら、ジャスティンは胸がぎゅっと締めつけられるのを感じた。セリアのあんなに優しげな、母性愛にあふれた顔を初めて見た。自分がこれからなにを失おうとしているのかまざまざと理解して、彼はひどくうろたえた。セリアに自分の子を授けたかった。彼女と家庭を築き、かつて夢にも見たことのない人生を送りたかった。

さびしがりやのドラゴンの話が終わり、セリアがふと顔を上げ、自分にそそがれる群青のまなざしを見つけた。幼女を膝から下ろし「さあ、アンジェリーヌ」と呼びかけて、スケッチブックを持たせる。「ラファエルが寝たかどうか、ママンのところに行って見てきたら？」

「もうひとつおはなしをつくろうよお」

「夕食のあとでね、約束するわ」

どうしてお話の時間が急に終わったか、わかってるんだから……幼女はそう言いたげな顔でジャスティンをにらみ、のろのろと居間を出ていった。

セリアは表情の読みとれない彼の顔を見つめた。となりに来て座ってほしかったが、彼は立ちすくんだまま、ふたりのあいだの距離を縮めようとしない。「お義父様となにか企んでいるのね。昨日の朝、ふたりで歩いているのを見かけたわ。なにをするつもりなの？」

「おまえが知る必要はない」

「もちろんあるわ、だってわたしは……」彼のうつろなまなざしに気づいて、セリアは口をつぐんだ。「ジャスティン、どうしてそんな目で見るの？　いったいどうなってるの？」

「フィリップはここに戻ってくる。おまえは弟の妻だ。あいつが無事に戻ってきたら、おれは出ていく」

セリアは不安げに眉根を寄せた。「わかってるわ、わたしも一緒に行く」

「だめだ」

「だめ？　ジャスティン、まさかわたしをここに置いて――」

「そのとおりだ。フィリップが戻ってきたら、妻を必要とするだろう。あいつの面倒を見てやって――」

「ええ、お世話はするわ。でも妻ではいられない。彼を自由にしてあげるつもりよ。彼はブリオニーと愛しあっているんだし、わたしはあなたのものだもの」

「おまえは弟と結婚してるんだ、セリア」

ジャスティンに駆け寄りたいのに、膝が萎えてできない。「あれだけ愛の言葉をささやいて、いくつも約束をしておいて、なぜ――」

「男なんて、女をベッドに誘うためならなんだって言うさ」

セリアは息が止まったかに感じた。「わたしを愛してるんでしょう」と低い声でつぶやく。

「自分でもそう思った。だがやはりおまえの言うとおりだった。前におれに言っただろう、これはおれの……一時の気まぐれだと」ごく自然に口から吐きだされたその言葉は、他人が聞けばすんなり信じるだろう。だが食いしばった顎が小刻みに震え、顔が紅潮しているのを見れば、本心は明らかだった。

セリアは当惑と恐れを同時に感じ、やがて、彼の気持ちを理解した。ゆうべはこのうえないほど優しく彼女を腕に抱いたのに、いまはこうしてあえて冷淡な男をよそおっている。なんのために、なぜそんなふりをするのか、セリアは悟った。ふいに息ができるようになり、激しいおののきとともに確信した。

「嘘をついているのね」

「嘘じゃない。おまえに求めたものはすでに手に入れた。もう用はない」

セリアは立ち上がり、ジャスティンに歩み寄った。彼は子猫を恐れる獰猛なマスチフ犬のように身がまえた。「信じないわ」

「相当なばかだな。夫が生還するんだ、おれはおまえの夫を連れ帰ってやると言ってるんだよ。おまえにはもう飽きた。おまえとの火遊びに飽きたんだ」

「わたしのためなのね。わたしをここに置いていくほうが安全だ、そう考えたのでしょう。たしかにそうね、ここにいればわたしは――家族に守られた安寧な暮らし、絶望に打ちひしがれた毎日を送れる。それが最善の選択肢だと思うの？　わたしにそういう人生を送れというの？」ジャスティンの体に両の腕をまわそうとしたが、彼は身を引いた。「これから自分がどんな日々を送るか考えてみて。一生、来る夜も来る夜も考えることになるのよ。セリアは孤独を感じていないだろうか、セリアはほかの男の腕に抱かれて――」

ジャスティンの目に嫉妬の炎が宿る。「おまえを捨てられて、せいせいするさ！」

セリアはたくましい胸に両の手のひらをあてた。「舞踏会の前の晩は一緒に来いと言ったわね。わたしなしでは生きていけないと」

「あのときはまだ、フィリップが生きている可能性すらなかった」ジャスティンは躍起になってセリアの香りを、やわらかな胸の感触を無視しようとした。だが体は正直で、胸が高鳴り、脚のあいだが熱を帯びてうずいている。

セリアが温かな唇を重ねてきて、ジャスティンは鋭く息をのんだ。舌先が固く閉じられた口をまさぐり、ほっそりとした腕が首にまわされる。彼は身をこわばらせた。自制心を総動員しなければ、いまにも彼女を抱きしめてしまいそうだ。こんなふうに話をもっていくつもりではなかったのに。「おまえを愛してなどいない」彼は言い、セリアの体を引き離そうとした。「おれは――」口が開かれたところを狙ってセリアが唇で唇をふさぎ、優しく舌を探りだした。荒々しい感情が自制心を打ち破る。ジャスティンはふいに身を震わせ、両の腕で彼女を抱きしめた。理性が小枝のごとく折れる。彼は飢えたようにセリアを抱き寄せ、いきり立つものを、胸板を、開いた口を密着させた。彼女は無言のうちに、あなたがなにを求めようと必ず応えてあげると訴えていた。

いらだちと苦悶に駆られて身を引き離し、ジャスティンは口のなかで罵った。

彼女の瞳にはかすかな失望と、勝利の喜びとが浮かんでいる。「次はなんて言うかわかってるわ。おまえへの気持ちは愛じゃない、ただの欲望だと言うんでしょう？」

ジャスティンは無言で胸を大きく上下させていた。いまにもセリアの首を絞めそうな顔だ。

「わたしは子どもではないの。自分の人生は自分で決められるわ」セリアは言った。「おとなの女なのよ。あなたにすべてを賭けるともう決めたわ。置いていくなら、死ぬまであなたを追いつづけるわ」首をかしげて、あぜんとしたジャスティンの顔をのぞきこむ。「だから《アロール》、あなたもこれからどうするつもりなのか話して。言わないなら自分で見つけてみせる――」

ジャスティンは彼女の腕を乱暴につかんで体を揺すり、床から引き上げて真正面から向きあった。鼈甲の髪飾りがはずれて、髪が肩を覆う。セリアの爪先は一〇センチ以上も床から浮いていた。険しい表情を浮かべた彼の顔は、鼻と鼻がつきそうなほど近くにあった。驚きのあまり黙りこみ、セリアは目を見開いて相手を見つめた。

「ここを離れるな」ジャスティンはゆっくりと言い聞かせた。「どこにも行くな。首を突っこむんじゃない」

セリアは蒼白になった。「痛いわ！」

だがきつくつかんだ腕の力は緩まなかった。「守りたいのはおまえの選んだ道や人生だけじゃない。フィリップの、そしておれの人生もだ。おれをむざむざ死なせて、その責任を負いたいか？」

「いいえ」セリアはささやき、痛みに息をのんだ。瞳が潤んでくる。

ジャスティンはうめいた。「くそっ、泣くな」

「不安なんだもの」

彼はセリアを床に下ろし、離れがたさに顔をゆがめつつも、身を引き離した。

「フィリップと代わるつもりなのね」セリアは洟をすすった。「レガーレの言うとおりにするつもりなんでしょう。いつなの？　すぐ？　明日の晩？」

「ああ」

「場所は？」ジャスティンが答えないので、セリアは苦々しげにほほえんだ。「どこなの？　言っても問題はないでしょう。あなたを止められると思うほどばかじゃないわ。ただ知っておきたいだけなの。知る権利はあるはずよ」

彼は顔をそむけ、乱れた髪をかきあげた。「悪魔の抜け道《デヴィルズ・パス》だ」とつぶやく。

セリアもすでに、ニューオーリンズのさまざまな地名を覚えるほどにこの土地に慣れ親しんでいた。デヴィルズ・パスは、かつてふたりが一夜をともにしたあの湖とミシシッピ川のあいだに細長く延びた沼だ。ときどき旅行者が利用するので、流れをせき止める砂や堆積物を取り除く作業が行われていることもある。

「そこであなたとフィリップが代わるというの？」

「そうだ」

セリアは恐怖に流した涙をぬぐった。「彼の計画に従うのね」

「無事に切り抜けてみせるさ」

「どうして言いきれるの？　それに命が助かっても、わたしのもとには帰ってこないのでしょう？」

唇を嚙み、ジャスティンは答えなかった。

セリアは怒りにすすり泣きそうになるのをこらえた。「どうして明日まで黙っていてくれなかったの……なぜ、もう一晩一緒にいてくれなかったの」

「それは……」ジャスティンはためらい、もう嘘はつけないと悟ったのだろう、「そんなことをすれば、おまえを置いていけなくなるとわかっていたからだ」とかすれ声で告げた。

彼が選んだやり方を止めることはできない。それはセリアもわかっている。彼の決断と矜持を尊重するべきだ。けれども彼女は懇願してしまった。「行かないで、ジャスティン。行く必要はないわ」

「おまえにはフィリップがいる」

セリアは絶望に打ちのめされた。彼は本気だ。しかもそれがセリアのためになると思いこんでいる。「いいえ」彼女はすすり泣いた。「あなたはなにもわかってない」泣きじゃくる自分が恥ずかしい。でも彼女は止められなかった。セリアはジャスティンの脇をすり抜けるようにして部屋をあとにし、廊下を大またで進み母屋を出て、ひとりきりになるためにギャルソニエールへ向かった。

マクシミリアンはマシューズ邸の居間でじっと待っていた。やがて、当のマシューズ中佐が現れた。こうした深夜の非公式な会合の場合、ガウン姿で対応する男もなかにはいる。だがマシューズ中佐は、背は低いが頑健そうな体に軍服をまとい、きちんと靴を履いて、一分の隙もなかった。唯一欠けているのはかつらだけ。中佐は角ばった分厚い手をはげかかった頭頂部にやり、白髪交じりの短い髪を後ろに撫でつけた。眉をひそめて、マクシミリアンに歩み寄る。

「ムッシュー・ヴァルラン、このような時間に来るからには、それなりの理由があるのだろうな」

「ええ、お察しのとおりです」マクシミリアンは応じながら、中佐の手を握った。「おやすみのところをお邪魔して申し訳ありません。しかしほかに選択肢がなかったものですから」

身ぶりで促され、マクシミリアンは腰を下ろした。中佐がクレオール人ならここでアルコールか葉巻を勧めてくれるのだが、アメリカ人にそうした流儀はない。アメリカ人とも交流の深いマクシミリアンは、クレオール的なもてなしの精神を彼らには期待できないと承知している。

マシューズはペンシルヴァニアの裕福な家の出身で、トリポリ戦争で誉れ高き功績をあげたのち、ワシントンDCにある海軍省に入った。英国との先の戦争以来、ここニューオーリンズの海軍基地で司令官を務めている。これまでメキシコ湾の海賊たちを一掃する作戦において、大きな失敗や障害とは無縁だった。とはいえ多少の失態は犯しており、その原因の大部分は、密輸に対するクレオール人のあやふやな態度にあると考えている。

「ムッシュー・ヴァルラン」中佐がふたたび呼びかける。「わたしの物言いが率直すぎるとしてもどうか許してくれたまえ。クレオール人はどうも、会話の核心にたどり着くまでにまわり道をしすぎるきらいがある。だが今夜はそういうのは望まんのだ。なにしろ疲れているのでな。それに明日からしばらく忙しい。というわけで、今夜の訪問の目的をなるべく簡潔に言ってくれたまえ」

「承知しました」マクシミリアンは礼儀正しく応じた。「カラス島襲撃について話があってまいりました」

マシューズの顔色が青ざめる。「し、襲撃……外部の者は誰も知らないはずだぞ！　誰に……いったいどうやって……」

「情報源がありまして」マクシミリアンは控えめに打ち明けた。

中佐は目を見開き、顎を震わせている。「二枚舌のクレオール人め、策を弄し、嗅ぎまわりおって。その情報源とやらを白状しろ。これは政府と海軍と州の安全保障を揺るがすゆゆしき問題――」

「マシューズ中佐」マックスはさえぎった。「わたしはニューオーリンズで生まれ育ちました。ここでなにが起きているか、正しく把握するよう情報を集めるのもいわばわたしの仕事。そうして得た情報によれば、海軍がいずれ海賊どもの脅威に真っ向から立ち向かう必要があるのは明らかです」

室内にまったき沈黙が流れる。中佐の挑むような目に、マクシミリアンは冷徹な表情で応えた。

「それで、話とはなんだ？」マシューズがつっけんどんにたずねる。

「襲撃を遅らせていただけませんか」

「遅らせるだと？　いったいなんのためにそんなことを。よりによってきみの口からそのようなたわごとを聞かされるとはな。息子があの邪悪な連中のところから逃げてきたばかりだというのに、よくも――」

「息子はまだ、連中のところにいるのです」マクシミリアンは静かに告げた。

「どういう意味だ」

「海賊たちに監禁されています。フィリップはまだカラス島にいるんですよ」

「わけがわからん。息子がカラス島にいるというのなら、きみの屋敷に住んでいるあの男は――」マシューズはあんぐりと口を開けた。

「もうひとりの息子、ジャスティンです。かつてはグリフィン船長と呼ばれていたこともありますが」

中佐は冷たい怒りを込めた目でにらんできた。「グリフィンは縛り首だ！　きみも同じ目に遭うだろうから覚悟しろ！」

「決断を下される前に」マクシミリアンは静かに言った。「まずはわたしの話を聞いていただけませんか。中佐にご提案が――」

「わいろは通じんぞ！」

「ジャスティンがカラス島襲撃計画に手を貸すと言っています。中佐の率いる部隊が到着する前に、島の防御線を使い物にならなくしておくと」

「信じられるものか。仮にグリフィンにそのようなまねができるとして、目的はいったいなんだ。そもそもなぜ、やつを信じる必要がある。きみだって信じられまい」

「息子とわたしの目的はひとつです」マクシミリアンは重々しく応えた。

「言ってみろ。海軍をあざ笑うためか？」

「フィリップを救うためです。あなたももう、クレオール人が血縁と忠誠心をいかに重んじるかご存じでしょう。家族のためなら、わたしはわが命を懸けても惜しくありません。その点では、ジャスティンも父親やほかのクレオール人となんら変わりはないんですよ」

マシューズの険しいまなざしが和らぐ。「きみの話はしかと聞いた、ムッシュー・ヴァルラン。この場できみになにかを約束することはできんが、気持ちはわかった」

「わかっていただければ、それで結構です」マクシミリアンは安堵とともに言った。

# 12

いらだちを抑えつけ、ジャスティンは居間の一隅にたたずみ、父がリゼットに別れを告げる様子から目をそらした。デュケイン家の舞踏会の夜から三日が経った。今夜、ジャスティンはフィリップの身代わりになるためにレガーレのもとへ行く。すべて計画どおりに進んでいれば、いまごろはオーグの手引きで一〇人ほどの部下がカラス島に侵入しているはずだ。これから数時間後、ジャスティンはフィリップを安全な場所に移動させ、自らは島へと向かう。そこでドミニク・レガーレを悪魔に引き渡すために。

「無事で帰ってらしてね、ビヤン・ネメ」リゼットが父に言い、上着の襟を撫でた。彼女は夫の機知と力を心の底から信じている。それでも、身の安全を心配せずにはいられないはずだ。「あなたの妻として生きるのは大変だけど、もうすっかり慣れたわ。だからせめて、あと数年は一緒に暮らさせてね」

父は笑って、妻にキスをした。「では、しっかりベッドを温めておいておくれ」

「アレクサンドルがあなたをしっかり見張っていてくれることを祈るしかないわね」リゼットはぼやき、身を離した。ジャスティンのほうに来て、一瞬だけ抱きしめる。「気をつけてね。あなたには猫並みに九つの命があるそうだから、心配は無用かもしれないけど」

「心配なら、フィリップにしてやってくれ」ジャスティンはつっけんどんに応じた。「ひどい目に遭っただろうから」

「ええ、彼の世話は任せてちょうだい、セリアとわたしで……」リゼットはセリアの不在にいま気づいたとばかりに部屋を見まわした。「あら、セリアは？」

「ギャルソニエールにいる」ジャスティンは答えた。ふたりとも、どんなかたちだろうと別れの場面を演じるつもりはなかった。

哀れみと疑念のこもった目でリゼットが見つめてくる。「ジャスティン、あなたたちふたりのあいだになにがあったか知らないけど――」

「なにもない」ジャスティンはさえぎった。

そこへアレクサンドルが現れて、リゼットはそれ以上の質問ができなくなった。彼女は分厚い黒の上着に袖をとおしている夫のもとに行った。「それで、戻るのはいつなの？」

「まずはアレックスがフィリップをわが家に連れて帰る」父はリゼットに優しく口づけながら説明した。「わたしもそのあと戻るよ」

「そのあとって？」リゼットが青い瞳を細め、疑り深げにたずねる。「まさか、マシューズ中佐と一緒になって島を襲撃するつもりじゃないでしょうね。そんなのだめよ！　あなたがそんなまねをする必要はないの、あなたには家族が――」

マクシミリアンは弟と息子に身ぶりでそろそろ行こうと告げ、ふたりについて居間をあとにしようとした。「砲艦でのわたしの無事を祈っててくれ、プティット」

「あなたが活躍できる場所は砲艦じゃなくて、わが家でしょう。あなたには幼い子どもが三人もいるのよ、それに妻も――」

「死の危険にさらされている息子もいる」マクシミリアンはさえぎり、玄関広間へと逃れた。リゼットの不安げな声がなおも聞こえてくる。「マクシミリアン・ヴァルラン、ちゃんと聞きなさい《エクット・モワ・ビヤン》――少しでもけがをしたら、絶対に許しませんからね！」優しい笑い声が玄関広間からかえってくる。リゼットはじれったげに足を踏み鳴らした。


セリアはベッドの脇にひざまずき、祈りを捧げようとした。だがさまざまな思いが脳裏につきまとい、集中できなかった。昨日の出来事を、ジャスティンに言われたことを、すべて思い出してみる。

〝夫が生還するんだ……フィリップはここに戻ってくる……もう用はない……あいつが無事に戻ってきたら、おれは出ていく……〟

ふとリスクを思い出し、彼が妙に陽気だったのをけげんに感じた。ジャスティンが間もなくレガーレの手に落ちるというのに、なぜだろう。おそらくは、人の命の重みがわからないからだろうが。

ジャスティン……フィリップ……。

「神様」セリアは乾いた唇を開いてつぶやいた。「彼の身にどうかなにも起こりませんように……ふたりをお守りください……どうか……」

彼女は両腕に顔をうずめた。去るときのジャスティンの顔が思い出される。瞳に浮かぶ切望感と、食いしばった顎のこわばりも。当のジャスティンがなんと言おうと、本心では自分を求めているのがわかる。彼はセリアとの人生を、彼女を愛する自由を求めている。でも、二度と彼に会うことはできないのだ。

打ちひしがれたセリアの耳に、かすかな音が響いた。彼女は顔を上げて室内を見まわした。窓を打つ風の音だった。ジャスティンはいまごろ、夜のなかを馬を走らせているだろう。セリアは刻一刻と彼を失いつつある。

「戻ってきて」その言葉が自分の口からもれたものなのか、あるいは心の叫びにすぎないのか、それさえもわからない。「お願いだから、戻ってきて……」

ジャスティンの群青の瞳を思い浮かべると、胸が締めつけられた。冷たい水に溺れ、血管が凍りついて、肺から空気が抜けてしまったかのごとく感じる。そのあとは……彼女はふたたび、あの悪夢のただなかにいた。商船と海、フィリップが目の前で溺れていく。だがそれはフィリップではなくジャスティンだった。レガーレが彼女を押さえつけ、勝ち誇った笑い声をあげる。セリアはジャスティンに向かって手を伸ばすが、彼は水底へと……。

「行かないで！」セリアは勢いよく立ち上がり、とぎれがちにあえいだ。涙があふれ、濡れた頬をぬぐった。

なにか恐ろしいことがジャスティンに起きようとしているにちがいない。

彼に危険が迫っているのが感じられる。わなの奥底へと導かれつつある。きっと彼の計画にどこか穴があったのだ。なぜわかると訊かれても答えようはないが、おのれの直感を信じるしかない。ジャスティンに警告する必要がある。追いつけないかもしれないが、行かないわけにはいかない。セリアは部屋を出ると、厩舎に急いだ。

フィリップの引き渡し場所となるデヴィルズ・パスは、ミシシッピ川とボーン湖のあいだに流れる細長い沼で、ヴァルラン・プランテーションからは一五キロほどの位置にある。引き渡しのときに予期せぬ出来事が起きた場合には、バイユーや水路や入り江がいくつも入り組んだ近くの塩湿地に逃げこむのも容易だ。またそこからなら、カラス島を含む群島までも移動しやすい。海賊どもの島までは舟で一日だ。

馬の背にまたがり、耳をくすぐる風の音とひづめの轟くリズムを聞きながら、ジャスティンはかつての無謀な自分がよみがえるのを覚えた。死刑囚が味わうという奇妙な自由をわがもののごとく感じる——なにを言おうがなにをしようが、いまの自分は自由だ。すでに運命に身をゆだねているのだから。冷たい夜の空気につつまれていると、この数週間の日々がふいに夢のように思われてきて、思い出がかすんだ。振り出しに戻ったも同然だが、あのときの自分ではない。幸運も、攻撃するものを寄せつけない見えないオーラも、どこかに消えてしまった。それらが失われた事実をひしひしと感じとれた。

だがなぜか、怖くはなかった。胸を満たすのは怒りにも似た、行き場のない不安だ。怒りは世のすべての人間に、セリアにも向けられている。彼女のくれたつかの間の幸福さえ、もうありがたいとは思えない。これから起きることを考えれば、いっそ彼女と出会わないほうがよかった。

このあたりの海岸線はジグザグで、砂浜には貝殻が落ち、ヴァージニアカシの木が並んでいる。木の陰に隠れていたリスクがジャスティンたちにくわわる。彼は馬を下りる三人を首をかしげて観察した。「ヴァルラン家の男たちのお出ましか」リスクは静かに言い、緑色の瞳に好奇心を浮かべて、いかにも愉快そうな顔をした。彼はこういう、危険を伴う厄介な場面が大好きなのだ。

ジャスティンは幅一〇メートルほどの沼の向こう岸を見やり、「やつらは?」とたずねた。

「もう来てますけど、身を隠すのがうまい連中ですからね。急いだほうがいい――レガーレの手下がすでに四方を取り囲んでる」

「フィリップはどこに?」

「弟さんなら連中と一緒にいますよ。元気そうで、ちゃんと自分の足で立ってますって」

リスクがいぶかるようにアレクサンドルに視線を向けるのに気づき、ジャスティンは軽くおじのほうを指して「おじのアレックスだ」と紹介した。

リスクがくっくっと笑う。「おじさんがいたとはなあ」冷たくにらむアレクサンドルに、にやりとしてみせる。

おじが横目でジャスティンを見た。「こいつがおまえの選んだ長年の相棒というわけか?」

「部下のなかでは最も有能だ」ジャスティンは淡々と応じた。

リスクが長いロープを取りだし、ジャスティンに歩み寄った。先ほどまでののんきな様子は消えている。「船長の手首を縛れと言われましてね。条件のひとつだそうですよ」とつぶやく。「おれが船長を、連中が弟さんをそれぞれ反対岸に連れていく段取りなんで」

誰もなにも言わなかった。ジャスティンはゆっくりと両腕を背中にまわした。リスクがしっかりと手首を縛る。父はその様子と、リスクのそむけた顔にじっと視線をそそいでいた。やがて父が低い猫撫で声で言った。「なんだかおまえは信用ならないな、ジョン・リスク」

ジャスティンは勢いよく顔を上げ、父をにらんだ。

父は鋭いまなざしをリスクに向けたままだ。「ジャスティン、おまえは彼を友人扱いしているらしいが――」

「リスクより親父の忠誠心のほうがよほど疑わしいもんだな」ジャスティンはうなり、むきになって部下をかばった。リスクが自分のために片目を失った事実を忘れるわけにはいかない。「リスクを疑う理由はなんだ?」父にたずねる。「親父のごたいそうな直感か? まったく、そんな理由でおれの命を何十回と救ってくれた仲間を疑ってもらっちゃ困るぜ」

父は眉根を寄せて背を向け、穏やかな水面をじっと見つめた。

セリアは馬を下り、手綱を引いて森に入った。馬とともにできるかぎり奥へと分け入る。全デヴィルズ・パスに近づくにつれ、ジャスティンに迫る危険がいっそう強く感じられた。

神経が恐れにうずく。ひづめがやわらかな地面に残した跡をたどっていくと、押し殺した話し声が聞こえてきた。慎重に手綱を地面に置き、岸辺に近づく。危うい局面にあるところに、うっかり姿を見せてしまってはいけない。

太い木の陰に隠れて、やぶのなかの空き地に目を凝らした。半月の薄明かりが、湿地帯を覆う霧を照らす。あたりは静まりかえり、岸辺にぶつかる水音や櫂が水面を打つ音がときおりするだけだ。セリアがいる場所からは一帯を見わたすことができた。沼の両岸も。一方にレガーレたちが、他方にヴァルラン家の者たちがいるはずだが、あいにくレガーレの姿は確認できない。だが、マクシミリアンはたしかにいた。義父は脚をわずかに開いて立ち、両のこぶしを握りしめている。捕虜の交換はすでに始まっているらしい。両岸から丸木舟が出発しており、それぞれにふたりずつ乗っているのが見える。

催眠術にかけられたかのごとく、セリアはその光景をただ見つめていた。下唇の内側をぎゅっと噛む。ジャスティンは後ろ手に縛られており、リスクが舟を漕いでいる。ジャスティンの顔がもう一方の丸木舟のほうに向けられた。弟の状態が心配なのだろう。二艘の小舟は一〇メートル先の対岸へと向かっている。夢を見ているような不思議な光景だった。水面を滑る二艘の丸木舟。一方はセリアの愛する男《ひと》を連れ去り、もう一方は死んだはずの夫を連れてくる。

セリアは木の幹に爪を立てた。ひげがぼうぼうに生え、猿ぐつわを噛まされ、後ろ手に縛られた男性……あれが本当にフィリップなのだろうか。半年前のジャスティンにまさにそっくりだ。ちがうのは髪とひげが当時のジャスティンほどには長くなく、肌が不気味なほど青白い点くらい。彼の姿を目にして、セリアは背筋に冷たいものが走るのを覚えた。永遠に失ったと思っていた過去がついに帰ってきた。

自分がフィリップをどんなふうに思っていたか記憶をたどる。彼はセリアにとって、世にも美しい土地に連れ去ってくれる王子様だった。おとぎ話が本当になったのだと思っていた。フィリップは優しく、愛情深かった。だから彼のせいではない。ジャスティンだけが満たしてくれる切望を、心の内に見つけてしまった自分がいけないのだ。このような事態がフィリップの身に降りかかるとは、この世はなんと不公平で過ちに満ちているのだろう。セリアは罪悪感とともに、自分とフィリップはこれからお互いを赤の他人のようにしか感じられないだろうと思った。それでも彼はセリアの夫だ。教会、あるいはまともな倫理観念のある人にとっては、フィリップとともに生きるのが彼女の義務――彼がそう望むのなら。

ジャスティンは対岸に向けていた視線をふとさまよわせた。鼻孔を開いて匂いを嗅ぐ。

リスクが規則正しく櫂を動かしながらこちらを見やり、「どうかしましたか」と低い声で訊く。

後ろを振りかえりたかったが、ジャスティンにはできなかった。生まれて初めて、強烈な警戒心のために言葉も発せられない状態になっている。セリアが近くにいるのを直感したが、自分にはどうすることもできない。「セリアがいる」彼は言った。

「あの娘が？」リスクは驚いた顔をした。「見たんですか？　いったいどこにいるんです？」

「わからないが、岸辺だろう」ジャスティンは全身に血潮がみなぎるのを感じた。「おれをレガーレに渡したら、戻って彼女を捜してくれ。彼女が危険な目に遭わないように頼む」

「そういう怯えたような顔はやめてくださいよ……」リスクはつぶやき、ジャスティンを鋭くにらんだ。「船長のそんな顔、見たことないですよ」と言い添えてかぶりを振り、ぺっと唾を吐いた。


フィリップを乗せた丸木舟の舳先が岸辺に近づく。マクシミリアンは膝まである沼に入っていった。櫂をあやつっていた男の警告の声も無視して、丸木舟に手を伸ばし、息子の体を引き上げる。小舟が激しく揺れて、フィリップは冷たい水をはね上げながら沼底に立った。息子に手を貸して岸を上ったあと、マクシミリアンは猿ぐつわをはずしてやった。アレクサンドルが手首を縛るロープを切る。フィリップはあえぎながら、瞳に驚愕の色を浮かべて父親を見た。

その瞳を見て、マクシミリアンはやっと息子だと確信できた。それ以外の外見的特徴はどれも、優雅で非の打ちどころのない身なりが自慢の息子とは似て非なるものだった。髪もひげも伸び放題で、粗布の服はぼろぼろ。マクシミリアンは、プランテーションの奴隷たちにさえこのような服は絶対に着せない。息子の頬骨はナイフで削ったかのようにこけ、肌はひどく青白い。

腕を伸ばし、マクシミリアンはフィリップをきつく抱きしめた。「よかった、フィリップ」かすれ声で言い、たくましい腕を息子の体にしっかりとまわした。ふたりはしばし無言だった。やがてフィリップが身を引き離し、振りかえってジャスティンの様子をうかがった。兄のほうは沼の対岸で、丸木舟から下ろされるところだった。

フィリップが父に向きなおる。「どうして？」彼は打ちひしがれた声で問いかけた。「なぜジャスティンにあんなことをさせるんだい？」

「心配は無用だ」マクシミリアンは言った。「計画どおり――」

「無理だよ、無理だってば。レガーレの裏をかくなんてできやしない！　あいつはきっとジャスティンを殺すよ……あいつは……」フィリップが痩せ細った体をふらつかせ、マクシミリアンはとっさに支えた。

「ジャスティンのことはわたしに任せなさい、モン・フィス」となだめる。「なにも心配はいらない。アレックスがおまえを屋敷に連れて帰ってくれるからな、ダコール？　さあ、彼と一緒に行くんだ。リゼットが待ってる、それにセリアも」

「セリア？」フィリップはぼんやりとおうむがえしに言った。

「リスクが島に行ったとき、おまえに言わなかったか？」

「信じられない……」

「だが本当の話だ」マクシミリアンは静かに請けあった。「生きて、元気にしている」

疲労のためだろう、フィリップは肩を落とし、何事かつぶやいている。マクシミリアンは弟に向きなおった。「ほしいというものをなんでもやってくれ、アレックス。それと、ドクター・ダッサンに往診を」

「リスクはどうするんだい？　彼はこっちに戻ってこないのかな？」

マクシミリアンは反対岸に鋭い視線を投げ、「あの片目の小僧がなにをしていようと、わたしの知ったことではない」とつぶやいた。


背後から押されて、ジャスティンは膝から地面に倒れた。誰かにこめかみを殴られ、視界がぼやけて耳の奥がわんわんと鳴る。目の前の火花が消えると、そこにはレガーレが立っていた。ぎざぎざの歯をむいて笑っている。「この日を夢に見たぜ」レガーレは言い、あらためてジャスティンを殴りつけた。

口のなかに血の味が広がる。ジャスティンは頭を上げずにいた。不必要にレガーレを刺激しないほうがいい。フィリップはもう安全だ。いまのジャスティンがするべきは、島に侵入したオーグが攻撃を再開するときまでとにかく生き延びることだ。

近くでリスクの声がした。「……報告があるんですけどね」

「なんだ」レガーレが促す。

「こいつの話だと、例の女がそのへんに隠れているらしいですよ。なんだったら、おれがつかまえてきましょうか」

ジャスティンは時が止まったかに感じた。のろのろと顔を上げ、憎しみにかすむ目でリスクを見たとたん、すべてを悟った。リスクは裏切ったのだ。ジャスティンとともに航海をつづけられないなら、自力でやっていくよりはレガーレの手下になるほうがいいと考えたのだ。リスクはその気持ちを伝えようとしていたのに、自分は聞く耳を持たなかった。「なんてことだ」ジャスティンはかすれ声でつぶやいた。リスクはどこまでレガーレに話してしまったのだろう。オーグ……オーグはいったいどうなる……。

リスクが臆面もなく見かえしてくる。「できればあんたとずっと一緒に旅をしていたかったんだけどね。あんたのためならいくらだって戦うし、命も惜しくなかった。あんたがそれをおしまいにしたんだ」

レガーレが満足げにほほえむ。「では、おまえはマダム・ヴァルランを捜し、島に連れてきてくれ」彼はきびきびと命じた。「グリフィン船長も、マダムが一緒のほうが喜ぶだろうからな」

なにか言おうとする前に、ジャスティンは後頭部を殴打され、地面にどさりと倒れた。朦朧となりながらも、身を起こそうとする。二発目を食らい、なにもかもが闇につつまれた。

向こう岸でなにが起きているのかは見えなかった。セリアは身を隠したまま、アレクサンドルがフィリップを馬に乗せ、その後ろにひらりとまたがり、デヴィルズ・パスを去るのを見守った。マクシミリアンは水辺に残り、対岸をにらんでいる。リスクは戻らなかった。数分後、義父はなにやら悪態をついて、馬のほうに足を向けた。

義父のところに行くべきだろうか。彼はこれからプランテーションに戻るはずだ。義父と一緒にいるほうが安全だろう。セリアがここにいたと知ったら激怒し、説教を始めるだろうが、心の奥底では同情してくれると思う。ぬかるんだやぶを抜ける道を、セリアは馬の手綱を引いて森の外を目指した。マクシミリアンは五〇メートルほど先にいる。彼女は口を開き、義父の名を呼ぼうとした。

そのとき、誰かの手に口と鼻をふさがれた。セリアは叫ぼうとした。遠慮のない腕のなかで必死にもがいた。肺が死に物狂いで空気を取りこもうとするのに、息を吸いこめない。耳元でジャック・リスクの声がした。「あんたってやつは、どこまでも船長を破滅させたいらしいな」

一瞬、吐き気がするほどの激しいめまいに襲われる。セリアは気を失い、底のない闇へと落ちていった。

リゼットは歓声とともに、居間でアレクサンドルとフィリップを迎えた。まるでつむじ風だった。フィリップをぎゅっと抱きしめ、答えも待たずに矢継ぎ早に質問を繰りだし、けがはないかと全身を探り、風呂の用意をしてちょうだいとメイドに指示を出した。二階でやすみなさいとすすめると、フィリップは断った。「なにかまともな食事がしたいな」と疲れた声で訴える。「なるべく起きていたいんだ。本当に帰ってこられたって実感がまだなくてね」

ノエリンがいそいそと、湯気をたてるガンボが入ったボウルと、分厚いパンを手に現れた。

リゼットはフィリップをクッションのきいた長椅子にいざない、心配そうにかたわらをうろうろした。フィリップはなんだかぼうっとしており、周りでなにが起きているのかよく理解できずにいるらしいが、リゼットは彼が大きなけがをしていないのを確認し、ひとまず安堵した。ただ、かかし並みに痩せ細った手足にはさすがに不安を覚えた。それから、いつもぬくもりと笑みをたたえていた瞳に生気が感じられないことにも。

彼の手を両手でとったリゼットは、その手をためつすがめつしてから、傷ひとつついていないのを見て感謝の祈りを捧げた。一番心配だったのはその点だ。リゼットは、海賊たちがフィリップの手にけがをさせ、天職とも言うべき医者の仕事に復帰できなくなるのではないかと懸念していた。フィリップのほっそりとした長い指が彼女の指にからまる。ふたりは昔から気が合った。共通点がたくさんあるためだろう。どちらも愛想がよく温厚で、激しやすい家族もいるヴァルラン家の仲裁役を担っている。

「セリアはどこ?」フィリップがたずねた。

リゼットはその質問を恐れていた。「ここにはいないわ」と答える。ほんの少し前に、彼女がいなくなっているのに気づいたばかりだった。どこへなにをしに行ったのかさえわからない。

「なんだって?」アレクサンドルが長椅子の背に両手を置いて、リゼットのほうに身を乗りだす。「いったいどこに行ったんだ?」彼は詰問した。

「わからないのよ」リゼットは答え、心底不安げに義弟を見つめた。「ギャルソニエールにもいないし、馬が一頭いないの。行き先も告げずにどこかへ出かけたらしいわ」

「まさか――」アレクサンドルは言いかけ、リゼットが瞳を光らせて警告するのを見てやめた。憶測でフィリップを動揺させてはいけない。

「じきに戻ってくるでしょう」リゼットは抑揚のない声で言った。

アレクサンドルが眉をひそめ、「わたしはドクター・ダッサンを呼んでくる」と申し出る。

リゼットは彼に向かってうなずき、義弟は決然とした足どりで居間をあとにした。

フィリップはやつれた顔で「セリアになにかあったのかい？」とたずねた。

「そんなわけないでしょう……なにも心配する必要はないのよ、コンプルネ？　さあ、ノエリンがガンボを持ってきてくれたわ。食事がすんだらドクター・ダッサンに診ていただいて、ゆっくりやすんでちょうだい」

フィリップがかつてと同じ笑みをかすかに浮かべながら、リゼットを見る。「ベル・メールの話を聞いていると、本当になにも心配はいらないんだと危うく信じそうになるよ」

「だって、本当に心配はいらないんだもの」リゼットは確信を込めて言い、自分でもそれを信じそうになった。

「嘘だよ。だってジャスティンはレガーレの手に落ちたじゃないか」フィリップはかすれ声で指摘した。「ぼくの命と引き換えに自ら捕虜になったんだろう？」

「ジャスティンならとても機転がきくから大丈夫よ。それにレガーレみたいな人たちとずっと生きてきたんだもの。どうすれば安全か、どうすればほしいものが手に入るか、ちゃんとわかってるわ。モン・デュー、セリアを海賊の島から救いだし、ここまで安全に連れてきてくれたのも彼なのよ」リゼットは義理の息子にスプーンを渡した。「少しガンボを食べなさい」と促すと、彼はのろのろと食べはじめた。手のなかでスプーンが震える。リゼットはスプーンを取って、子どもにするように食べさせてやりたかったが、やめておいた。彼が拒むはずだ。

「アレックスおじさんに聞いたよ。ジャスティンはぼくのふりをしていたそうだね」ガンボを数口食べてから、フィリップが言った。

「ええ。あなたは亡くなったものとばかり思っていたから。ジャスティンがけがをしてここに運びこまれたとき、彼を守るにはそうするのが一番だと考えたの」

「ひどいけがだったの？」

「ウイ。最初は、回復は無理だろうと思ったわ。でもセリアが……」リゼットはためらった。どこまで話すべきだろう。「看病してくれて、それでよくなったの」

フィリップはスプーンを置いた。「ジャスティンがぼくのふりをしているあいだ、セリアはその妻を演じていたんだね」と静かに言う。

リゼットはうなずいた。

「セリアを利用しようとしたんじゃないのかい？　彼女は世間知らずだからね。ジャスティンみたいな人間は理解できなかっただろうな、彼の暗い一面とか――」

「そんなことはないわ、セリアは……彼をとてもよく理解していたみたい」リゼットはぎこちなく説明した。

「そうなんだ」フィリップは額をこすり、いぶかしむ目でリゼットを見つめた。「セリアみたいな女性はジャスティンを嫌うと思ったんだけどな。それに彼を怖がるかと」

「いいえ、そういうふうではなかったわ。ジャスティンも……セリアを頼っていたし」

「頼るってなにを？　ジャスティンは昔から、セリアみたいに優しくて穏やかな女性は好みじゃなかったけどね」

「ジャスティンは変わったのよ、フィリップ。マックスとも仲直りしたし。かつて軽んじていたさまざまなものに、いまでは価値を見いだしているのだと思うわ。あの傲慢で野蛮な言動もいまではずっと優しげになって、それでセリアも――」リゼットは口を閉じ、困ったようにフィリップを見つめた。

一瞬にして彼は理解したらしい。継母の心を読んで、青い瞳に悲しみを宿らせる。「そうか。つまり、ジャスティンとぼくの妻のあいだになにかがあったわけなんだね？　だから彼女はいまここにいないんだね？」そう言って、目を閉じる。「答えなくていいよ。もうなにも言わないでほしい。いまは」

フィリップは途方に暮れ、さびしげだった。そんな彼を慰めたかったが、リゼットはそういうのは得意ではない。「フィリップ」とためらいがちに声をかけ、袖に触れる。「ブリオニーを呼びましょうか？」

その名前に、フィリップは感情を呼び覚まされたようだ。「ブリオニー」と暗い声でおうむがえしに言う。「ベル・メールが呼んでも、彼女は来ないよ。他人に恨まれる心配などいっさいないくらいの善人――そんなふうに思えたのは、ベル・メールのほかにはブリオニーだけだった。本当なら、彼女の踏んだ土さえあがめてもよかったくらいなのに。ぼくは彼女を傷つけた」

「あなたが自分以外の女性を選んだ理由を、彼女はちゃんと理解して――」

「ああ、ブリオニーは理解してるとも」フィリップは苦々しげにさえぎった。「虚栄心のかたまりでおごり高ぶったぼくは、彼女は自分にふさわしくないと結論づけた。まともに教育を受けていない、上品さに欠ける、生まれつきのレディじゃないから、そう判断した」遠い記憶に思いをはせ、ふいに口元をゆがめる。「彼女にはフランス語は一言も覚えられないだろうね。ぼくも教えようとしたんだけど、無駄な努力だった。彼女と結婚していたら、ニューオーリンズ中の人に笑われ、ゴシップの種にされていたよ」

「ほんのしばらくのあいだはね」リゼットは認めた。「そうなるのがいやだったの？」

「当時はね」フィリップは大儀そうにかぶりを振った。「ぼくは彼女に許しがたい仕打ちをしたんだ。いまさら遅いよ」

「そうかしら」

「彼女に償う方法だってない。あるとしても、薄っぺらな意味のない言葉で謝罪するくらいだ。そんな言葉は突きかえされるにきまってて――」

「ブリオニーを呼ぶ？」リゼットは優しくさえぎった。

フィリップは彼女の手を握りしめて青い瞳をじっと見つめ、深呼吸をひとつしてから、「ああ」と答えた。

冷水を顔にかけられた衝撃でジャスティンは目を覚ました。小さくうめいて、胸まで落ちていた顎を上げる。両腕は頭上高く固定されており、引っ張ってみようなどと考えるだけ無駄だった。徐々に意識が明瞭になってくる。カラス島までの道すがらはずっと殴られどおしだった。治ったばかりの肋骨の一本を、また痛めたのがわかる。全身が痛い。

「目を開けろ、グリフィン船長」ドミニク・レガーレが残忍な笑みをたたえて目の前に立っていた。細身の葉巻をくわえ、小さな鼻孔から煙を出している。

自分の手を戒めているものが鉄の手錠で、天井の鉤につながれているのがわかった。鎖はぴんと張られており、むきだしの床にかかとがやっとついている状態。シャツはぼろ切れと化して体にぶら下がっている。島の砦の地下にいるらしい。暴れた奴隷たちを監禁するためにときおり使われる大きな牢屋だ。地下牢の多くは広い回廊に面している。この回廊は、木材と石と貝殻の迷路とも言うべき地下道に設けられた、通路や部屋べやに通じている。

牢屋にはレガーレの手下が大勢集まっていた。木箱に座って葉巻を吸い、酒を飲みながら、これから始まるお楽しみに待ちかねた表情をしている。リスクもそのなかにおり、無表情にこちらを見ていた。ジャスティンの頭は憎悪と自己嫌悪でいっぱいになった。自分はなんて単純でばかだったのか。まさかリスクが、拷問に苦しむ自分を平気で見ていられる男だとは思わなかった。それにしても、レガーレに寝返ると決めたのはいつだったのだろう。きっと昨日、フィリップの生存を確認しに島へ来たときにちがいない。レガーレはリスクとふたりきりで話せるチャンスを利用し、彼に身の安全と富を、忠誠心の置き所を変えさせるあらゆるものを約束したはずだ。

ジャスティンの視線に気づいたレガーレが、彼の心の動きに気づいたらしい。「あいつを説得して仲間に引き入れるのは簡単だったよ、グリフィン。おまえには失望した——寄生虫に信頼を置くほどばかではないと思っていたんだがな。世間にはあいつみたいな人間が大勢いる。利用価値がなくなったと判断すれば、おれのことも裏切ろうとするだろう。だがおれはおまえとちがう。あいつにそのチャンスをくれてやる前に、両脚を切り落とすさ」その日が待ち遠しいと言わんばかりの顔でリスクを見やる。

リスクはレガーレを見かえし、落ち着かなげに体重を一方の足から反対の足に移動させた。口答えもできないらしかった。

レガーレがジャスティンの周りをまわる。「意外にも愚かな一面があったとはいえ、おれはまだおまえに大いに敬意を払ってる。おまえは手ごわい相手だった。ここまで傑出した男にはそうそう出会えない。だがおまえはアンドレを殺した。この世でたったひとりのおれの弟を。その償いを存分にしていただこうか」

「きさまの弟は」ジャスティンは口を開いた。「下魚のえさにする価値もない人間だった。そしてきさまは——」

脇腹の治ったばかりの傷にレガーレがこぶしを埋める。つづけて口元を手の甲で打たれ、ジャスティンはうめき、咳きこんだ。「アンドレの話はそこまでだ」レガーレが冷たく言い放つ。「お次はリスクにももらえなかった情報をおまえから聞きだすとしようか。さすがに計画の全容をあいつに話したわけではないらしいからな」

そう、リスクは計画の全貌を聞かせるよりも、単純な、込み入っていない指示を与えるほうが力を発揮してくれた。一度にあまり多くのことが頭に入っていると、リスクは気が散って仕事ができない。海軍部隊が島を襲撃するくだりを彼に打ち明けなくて本当によかった。とはいえ、港には何隻もの船が停泊しており、敵の船が近づいたときにはすぐに撃退できるよう準備を整えている。マシューズの艦隊が到着する前に、レガーレの船をなんとかしないことには――。

「オーグと数人の男たちが島に侵入したのはもう聞いた」レガーレがつづける。「いつどうやって侵入したのか言え」

その問いかけの意味するところに気づいて、ジャスティンは稲妻に撃たれたかのごとく感じた。つまり連中はオーグと仲間たちをまだとらえていないのだ。オーグはまだどこかに潜んでいる。彼は血だらけの唇をゆがめてレガーレをあざ笑った。「まだ彼らを見つけられないわけか。オーグがいったいいつからここにいると思う？　昨日からか、それともおととい からか。オーグたちだけではそう長く身を潜めてはいられない。きっと誰かに手引きされているんだろうな。おそらくは、おまえの手下の誰かに」

集まった男たちの笑い声やつぶやき声がふいにやむ。

レガーレは難しい顔でジャスティンを見つめた。手を伸ばして、ジャスティンの胸板で葉巻を揉み消す。彼は背を弓なりにして、食いしばった歯のあいだからうめき声をあげた。肌が焼け焦げ、痛みが全身を刺す。顔に大粒の汗をかきながら、彼は自分の肉と毛が焼ける臭いを嗅いだ。

「次は目だ」レガーレが穏やかに言う。

「地獄に堕ちろ」ジャスティンはあえいだ。

「だが目玉は、もうしばらくそのままにしておいてやったほうがよさそうだ。おまえに見せたいものがあるんだよ」リスクに合図する。「ミスター・リスク、われらが麗しの客人をここにお連れしろ」

ジャスティンは凍りついた。やはりセリアはつかまったのか。いや、彼女は家でフィリップを介抱しているはずだ。はったりに決まっている。ジャスティンは牢屋をあとにするリスクを凝視した。とたんに周囲の人間が、レガーレすらも目に入らなくなる。これから起きることを思って頭のなかが真っ白になる。あたかも崖から落ち、地面にたたきつけられるときを待っているかのようだ。

地下牢に大歓声がわきおこり、身をよじるセリアをリスクが連れてきた。彼女はリスクのたくましい腕から逃れようともがき、髪をつかまれ乱暴に引っ張られると悲鳴をあげた。海賊どもがじりじりと前に進みでて、何本もの腕が彼女のドレスや髪に伸びる。だがレガーレが下がっていろと身ぶりで命じると、不平をもらし、野次りながらもそれに従った。セリアのきらめく茶色の瞳が、ジャスティンの瞳をとらえる。彼女は身じろぎひとつしなかったが、ほっそりした体ははた目にもわかるほど震えていた。

「さて、オーグについて教えてもらおうか」レガーレは猫撫で声で促した。

ジャスティンは視線を無理やり敵に向けた。「彼女はこの問題にいっさい関係ないだろう。彼女はおれの弟の妻——」

「ああ、だがミスター・リスクによると、おまえは彼女をずいぶん大切にしているらしい」

「そうとも」リスクが口を開く。「この女がグリフィンをふぬけにしたんだ」

ジャスティンは憤怒の目で元部下をにらんだ。「きさまを殺してやる」歯をむいてうなり、手錠をはめられた手を乱暴によじると、鎖がじゃらじゃらと音をたてた。肋骨の痛みなど忘れた。男たちの興奮が最高潮に達する。怒りをむきだしにするジャスティンはさながら獰猛な狼だった。

レガーレが片手でセリアの顎をつかみ、反対の手でやわらかな頬をたたく。彼女は身を半回転させてリスクの胸に倒れこみ、憎しみのこもった目でレガーレをにらんだ。

ジャスティンは狂ったように鎖を引っ張り、わめいた。「くそっ！　きさまを殺してやる……絶対に」

「ごく普通の女じゃねえか」リスクが冷ややかに言った。「似たようなのは千人だっているぜ、グリフィン」

「オーグのことを話せ」レガーレが言い、邪悪な光を放つ長いナイフを取りだす。「女のかわいい顔に、おまえの名前を彫ってやろうか？」

「やめろ！」ジャスティンはとぎれとぎれに息をした。「彼女にさわるな！」

レガーレはにやりとし、ナイフの刃先でセリアのこめかみから顎に向け、見えないVの字を描いてみせた。実際に切ったわけではない。だがそのしぐさだけで、彼の意図ははっきりと伝わった。「オーグは仲間たちをどうやってここに連れこんだ？」

「答えてはだめよ、ジャスティン」セリアが震える声で止めた。「言っても言わなくても、この男はやるつもりよ」

「そうとはかぎらないぜ」レガーレが言う。「グリフィンが協力してくれるなら、おまえは生かしてやる。アフリカに知り合いの商人がいてね。奴隷市場でおまえを高値で売ってくれるだろう。あそこでは、おまえのような白い肌は高く買ってもらえるからな」彼はジャスティンを見た。「どうする、グリフィン」

ジャスティンはナイフから視線を引き剝がせなかった。ナイフがセリアの蒼白な顔の前を行ったり来たりする。「ワイン樽に潜んで侵入した。おまえの手下は、襲った商船の積荷だと思ったはずだ」

レガーレが赤茶けた眉を意外そうにつりあげる。「そのあとはどこに隠れている？　村か？　砦のわけはないな。すでにくまなく捜索を行った」

「知らない」

ナイフがセリアの顎の下で揺れる。「どうした、グリフィン船長」

「くそっ、本当に知らないんだ！」

ジャスティンに背を向け、レガーレはセリアのこわばった首筋を撫でた。「グリフィンに、もっとおしゃべり好きになってもらうとしようか。手下どもに、おまえと遊ばせてやろう。もちろん、いちどきに大勢じゃない。おまえを前にして連中がけんかを始めたら困る」ジャスティンの憤怒を切り裂いて、レガーレがふたりの手下に命じる低い声がつづけて聞こえる。「ボウル、リュック、となりの牢に女を連れていけ。おまえたちへの褒美だ。グリフィンが聞いて喜ぶようなせりふを頼むぞ」

男たちはいそいそとセリアをリスクの腕のなかから奪い、引きずって出ていった。セリアが金切り声をあげ、男たちに爪を立て、嚙みつく。

ジャスティンはブーツを履いた左足を蹴り上げ、レガーレの頭を狙い打った。海賊どもが船長への恐れも忘れ、不意をつかれて床に倒れた彼を大声で笑い、はやしたてる。仰天した面持ちのレガーレは足元をふらつかせながら立ち上がり、怒りに燃えた目で信じられないとばかりにジャスティンをねめつけた。だがジャスティンは頭の片隅であることに気づいていた――セリアの叫び声がやんでいる。その意味するところに思いいたったそのとき、レガーレがナイフを高々と掲げ、決然と突進してきた。

レガーレの手下に回廊を引きずられるセリアの前に、黒い人影がどこからともなく現れた。

ぎらりと光るナイフが宙を舞う。彼女をつかまえていた乱暴な腕から力が抜け、離れていった。セリアは唐突に叫ぶのをやめ、身をすくませた。はっと気づいたときには、鷹を思わせるオーグの顔と、輝く黒い瞳が目の前にあった。腕をとられて、セリアは驚きの面持ちで彼を見た。いざなわれるがまま、ふたつの死体から離れる。

「オーグ？」正気を取り戻した彼女は、声を絞りだして呼んだ。「ジャスティンが、彼がまだ向こうに――」歩みを止めさせようとするのに、オーグは確たる足どりで歩きつづけた。

「早く早く、連中が来る」オーグが言った。

「でも、ジャスティンが――」

「彼なら心配いらない」

そのとき、牢のほうからいきなり爆音がして、セリアは息をのみ、よろめいた。床や壁が衝撃に揺れる。「いまのはいったいなに？」

レガーレがジャスティンに飛びかかったのと同時に、ジャスティンの左手の木壁が爆発音とともに崩れ、木っ端や火のついた灰があたりを舞った。爆発の衝撃で、壁の近くにいた男たちは吹き飛ばされていた。朦朧としたまま、ジャスティンは鎖につながれた自分を意識した。耳鳴りがひどくて、ほかの音がいっさい聞こえない。時間がゆっくりと、とぎれとぎれに流れていく。

数秒間、彼は気を失っていたらしい。男たちが床を這い、逃げまどい、あるいは倒れているのがぼんやりと見える。「セリア」彼はつぶやいた。意識が明瞭になってきて、ぐらつく頭をもたげる。見慣れた顔がいくつかあった……鉤から下ろされ、がっしりした腕に支えられておぼつかない足で数歩歩くと、鎖が床にあたって音をたてた。

すでにあたりは静けさを取り戻しており、数人の部下たちが倒壊した壁の向こうからこちらに移動してきていた。サンネとダフィーの顔が、すぐ目の前にあった。

「彼女は――」ジャスティンは問いかけた。

「無事ですよ。オーグが助けだしました」

地下牢にさっと視線を投げる。レガーレの姿がなかった。鎖がはずされると、ジャスティンは脚を引きずって、床にうつ伏せに転がる死体に歩み寄り、悪いほうの脚の痛みも無視して、そのうちの一体のかたわらにしゃがんだ。「ジャック……」リスクだった。爆発でやられたのだろう。緑色の瞳はかっと見開かれたままで、見えない目を隠していた黒い眼帯がずれていた。ジャスティンは脈を確認した。リスクは息絶えていた。

あれだけの裏切りに遭いながらなお、これほどまでの悲嘆を覚えている自分にジャスティンは驚いた。リスクの死を否定し、怒りと悲しみにこの場で吠えたかった。ゆがんだ眼窩をそっと眼帯で隠し、いいほうの目を閉じてやる。ジャスティンは立ち上がり、リスクのうつろな顔を呆然と見つめた。彼が寝返った理由がやっと理解できた。ふたりはずっとともに行動してきた。リスクはジャスティンに見捨てられたように感じたのだろう。だから、レガーレについていく以外に道はないと考えた。

できればその場にもう少しいてやりたかったが、部下たちが見ているのがわかった。彼らのもとに戻り、手首を差しだす。「こいつをはずしてくれ。レガーレはすぐに配下の者を集めるはずだ。もたもたしている時間はない」すかさず男たちが鉄の器具を使い、手錠を留めているボルトを打ちはずしていく。「まさか壁を吹き飛ばすとはな……」ジャスティンは首を振って、頭をすっきりさせた。「まったく、おれが壁際につながれていないとわかってやったんだろうな？」

部下たちはにやりと笑った。「そうじゃないことを祈ってはいましたけどね」サンネが答えた。

痛む手首からやっと手錠がはずれた。「オーグはたしかに彼女を助けだしたんだろうな？」ジャスティンは確認した。

「ええ」

部下たちは期待を込めた目で彼を見ている。ジャスティンは反射的に、彼らに指示を出していった。しゃべりながら、頭のなかでめまぐるしく選択肢を見極めていく。リスクは死んだ。セリアはまだ危険な状態にある。オーグはやるべきことをやってくれている。計画は実行に移さねばならないが、多少の変更が必要だ。まずはセリアの行方を探し、安全を確認したい。

「八隻以上からなる海軍の小艦隊がこちらに向かってるはずだ」ジャスティンは早口に告げた。「砦の砲台にある大砲を奪取し、港に停泊中の海賊船のうち艤装を解いていないものを狙い撃ちしろ。レガーレたちもすぐに戦闘態勢に入るはずだ。米国旗を掲げているいっさいのものは攻撃してはならん。宿屋や武器庫には火を放て」いったん言葉を切り、荒々しくつけくわえる。「おれはレガーレを追う」

「気をつけてくださいよ、船長」ダフィーが言う。「仕掛け銃がありますからね。うっかりワイヤーに脚を引っかければ、腹に命中だ」

ジャスティンは、すでに満身創痍で、胸板に葉巻の焼け焦げまでできたわが身を見下ろした。「気づかないかもしれないな」とつぶやき、部下たちに散るよう身ぶりで命じる。ダフィーがナイフとレピアーを差しだした。ジャスティンはナイフをブーツに差し、レピアーの具合をたしかめた。飾り気のない、バランスのとれた剣だ。柄の部分は握りが短く、鍔《つば》は縁のある丸い鉄板にすぎない。

回廊のほうに進む。部下たちもそれぞれの任務のために散った。だがジャスティンは背中にダフィーの視線を感じた。回れ右して、彼と向きあう。普段はそれとわからない程度までよくなった脚だが、いまは明らかに引きずっている状態だ。「なにか用か？」ぶっきらぼうに問いただす。

「一緒にレガーレを追います、船長」

射るような群青の目でダフィーを見つめる。ジャスティンの顔は半分がたいまつの明かりに照らされ、もう半分が影に隠れている。「その必要はない、おれひとりで十分だ。悪魔でさえ、おれを止められはしない」

ダフィーは背を向けた。ジャスティンの顔に浮かぶものに安堵したらしかった。

オーグにせかされるまでもなく、セリアは彼の後ろから傾斜した暗い通路をほとんど駆け足で進んだ。ふいにオーグが立ち止まり、背中にどしんとぶつかる。彼は極めて慎重な手つきで、床の中央にある奇妙な仕掛けを指差した。銃の一部に見える。きらりと光るワイヤーが木箱から延び、行く手をさえぎっていた。オーグがそのワイヤーをまたぐと、彼女にも同じようにしろと合図した。スカートを膝までたくし上げ、セリアは彼に従った。

通路はどんどん地下へともぐっていき、やがて、ハチの巣を思わせる洞窟でとぎれた。洞窟のひとつへオーグがいざなう。一分ほどしてやっと薄闇に目が慣れた。洞窟内には空っぽの木箱や樽が転がっていた。地面に直径六〇センチほどもありそうな大きな穴が開いている。オーグはその穴のほうにセリアを押した。「下りて」と命じる。「砦の外に出る。最後まで行って、急いで」

セリアはぼんやりと彼を見つめた。地面に開いた真っ暗な穴を這って進めというのだろうか。「無理だわ」

「安全だ。早く、いますぐに」

セリアの胃はきりきりと痛んだ。「ほかの逃げ道があるはずよ、あるいは身を隠す場所が……」彼女は黙りこんだ。オーグが手を差し伸べてくる。

「つかまって」

絶望に駆られつつ、セリアは彼の手をつかみ、穴の上に足をやった。オーグがゆっくりと彼女を下ろす。やがて足が平らな石についた。その先は急な斜面になっているらしい。セリアは薄闇にぼんやりと浮かぶオーグの頭の輪郭に目を凝らした。「ジャスティンをよろしくね」と懸命に伝える。

「わかりました」

オーグはそれだけ言うと消えた。闇につつまれる。セリアは斜面に腰を下ろし、こらえきれずに数回すすり泣いた。一瞬、オーグもリスク同様、裏切り者なのではないかと思う。もしかしたら味方ではないのではないだろうか。セリアは穴の入り口に手を伸ばした。だがさらに穴の奥へと落ちただけだった。石ころや砂がばらばらと降ってくる。

金切り声をあげながら、落ちていく体を止めようとしていると、ついに底にたどり着いた。よろよろと身を起こして、周りがどうなっているのか手探りする。自分の呼吸音がうつろにこだました。

頭上のどこかで、天井の隙間を抜けて細い陽が射しているのがわかった。陽射しはぼんやりとその周囲を照らしていた。冷たく湿ったトンネル内にいるらしい。高さはちょうどセリアが立てる程度。床には海水が数センチたまっている。両腕を伸ばして歩いていくと、壁にぶちあたった。指先でざらざらした表面を確認する。

彼女は身を硬くした。頭上でくぐもった怒号が聞こえた。たぶんここにとどまって待ったほうがいいだろう。爆発音に壁が揺れ、身を縮める。石ころが降ってきた。こんな暗闇でひとりで待っていたら、気が変になってしまう。セリアは唇を噛んで集中力を呼び覚まし、壁に沿って歩いた。手のひらはずっと壁にあてていた。不安だったが、ジャスティンを心配する気持ちのほうがずっと強かった。

鎖につながれた彼の姿が思い出され、セリアは泣きだした。いったいどれだけひどい拷問をくわえられたのだろう。それにあの爆発――まさかあれに巻きこまれてはいないだろうか。セリアは一縷の望みにしがみついた。ジャスティンは力もあるし、粘り強いし、もっと危険な目に遭っても切り抜けてきたはずだ。だが、たとえあの地下牢から無事に救出されたとしても、彼は自らの身の安全など顧みず、セリアを捜そうとするにちがいない。彼女は一歩、また一歩と、水をはね上げながらトンネル内を進んだ。

レガーレはすぐに配下の者を集結させて戦略を練り、砦を破壊したジャスティンたちへの報復を始めるはずだ。だがおそらく、手下の多くはこの騒ぎに乗じて倉庫や武器庫で略奪行為に走り、島をいっそうの混沌の渦へと導いてくれるだろう。運がよければ、マシューズの部隊の攻撃も間もなく開始される。そうなればレガーレは、港からと砦内部からと、ふたつの脅威に立ち向かう羽目になる。

港のほうで爆発音と大砲の音が、不規則な太鼓の音のように響きだす。怒号と叫び声が通路にこだまし、島全体が恐慌状態に陥る。薄い煙がどこからともなく流れてきた。オーグがセリアを連れていきそうな場所を頭のなかで考えながら、ジャスティンは砦の一階部分へとつづく石の階段を目指した。だが一段目にたどり着く前に、誰かが叫び声とともに飛びかかってきて、床に倒されてしまった。レピアーの柄を握りしめ、床を転がって、すぐさま立ち上がる。

「ネッド！」襲撃者は大声で仲間を呼んだ。気づいたときには目の前にふたりの海賊が立っていた。どちらもジャスティンより小柄だが、血に飢えた様子だ。いずれも短い、重たそうなカトラスを手にしている。剣術の名手とあいまみえたことのない連中は、カトラスを好む。技術に劣る分を接近戦で補おうという算段だ。ふたりはいっぺんにジャスティンにかかってきた。

ジャスティンは脇に飛びのいて攻撃をかわし、ひとりに向かってレピアーを突きだした。切っ先がいとも簡単に命中する。男が床に倒れ、腹に鮮血が広がった。もうひとりが弧を描くように大きくカトラスを振り、切りつけてくる。ジャスティンは悪いほうの脚をかばう必要があった。後ずさりながらレピアーを突きだし、横ざまに倒れて、振り下ろされたカトラスを避ける。その一撃をまともに受けていたら、レピアーは折れていたはずだ。

肋骨の痛みにうめきつつ、ジャスティンは床を転がって立ち上がろうとした。男が防御の態勢をとる前にレピアーを突きだし、肉厚な肩に剣先をめり込ませる。男はカトラスを落として傷口を押さえ、よろめきながら壁まで後ずさり、そのまま床にくずおれた。わなにかかった小動物のように細めた目でジャスティンをにらむ。肩のけがは致命傷ではないが、男はとどめを刺されると思ったはずだ。このあいだまでのジャスティンなら、ためらいもせずそうしていただろう。だがいまの彼にそうした衝動はなかった。いったい自分はどうしてしまったのか。

戦いの疲れで息を荒らげながら、ジャスティンは男に背を向けた。額に浮く玉の汗を、袖の残骸でぬぐった。床で揺らめく影があるのを見つけ、彼はレピアーを構えて振りむいた。

オーグだった。片手にナイフを、反対の手にスペインの剣を持っている。オーグは残念そうな顔でジャスティンを見つめ、ゆっくりとかぶりを振った。「とどめを刺すべきですよ。その程度の度胸もなくしちまいましたか」

ジャスティンは顔の表情だけで応えた。そう、かつての彼は冷酷無比で、自分が誰を傷つけようが、誰が自分を傷つけようがおかまいなしだった。そのほうが安全に生きられると思っていた。「セリアは?」ぶっきらぼうに問いただす。

「地下倉庫から砦の内陸側につづいているトンネルにいます」

「サンネの地図にはのってなかったが」

「島の娼婦に教えてもらったんですよ。売春宿の地下を通っているのを見つけたそうです。レガーレはトンネルの存在すら知らないでしょう」

「まさかおまえやほかの者たちは――」耳を聾《ろう》する爆音に、ジャスティンは最後まで言いきれなかった。地球の中心から突き上げるほどの衝撃を感じた。壁が揺れ、頭上の梁がきしむ。

ジャスティンはオーグを見やった。「武器庫か?」とたずねると、オーグはうなずいた。

唐突に、怒声が聞こえてくる。男たちが互いを押しのけながら、慌てて階段を駆け上っていく。砦に恐怖が充満した。ジャスティンは脇の通路の壁にぴったりと身を寄せ、オーグにもそうするよう身ぶりで命じた。必死の逃亡が終わると、ふたりは通路から出た。「リスクが寝返って以来、ずっと女たちのところに身を隠していたのか？　あの売春宿で？」

「ときどきですよ」オーグは認めた。「女たちもレガーレへの報復を考えていたんです。やつが上前をはねすぎるし、手下からちゃんと守ってくれなかったそうで。手下の連中は金を払わなかったり、女たちに暴力を振るったりもしたらしいです」

「意外な話ではないな」ジャスティンは来た道を戻ろうとした。「おれはセリアを捜す」

「でも、レガーレは――」

「ああ、あとで始末する。セリアを捜すのが先だ」オーグのまなざしに抗議の色を見て、ジャスティンはからかうように眉をつりあげてみせた。「不満なら、おまえがレガーレを追うか？」と促す。オーグの剣の腕前はそこまでのものではない。

じれったげに悪態をついたオーグは、階段のほうを指差した。「地上に出て、トンネルの出口で待ったほうが早いですよ」

ふたりは慎重に階段を上った。誰もいない広間を横切り、開け放たれたままの扉から出て、夜風のなかに立つ。朝が来ようとしていた。砦の周囲のあちこちで火の手が上がっている。ブリガンチンを改装した酒場の、舳先と船首像からも。

「こっちです」オーグが声をかける。ジャスティンは彼のあとを追った。そのとき、港のほうから砲撃の音が聞こえ、けたたましい音をたてて砲弾が頭上を飛んでいった。ふたりは砂の上に伏せ、頭を抱えた。砲弾は次から次へと繰りだされた。そのうちのひとつは危険なくらいすぐそばに着地し、耳をつんざく轟音とともに爆発した。砂と金属の破片が降ってくる。ジャスティンは咳きこみながら頭を上げ、オーグを見つめた。「どうやら、海軍のお出ましらしいな」

# 13

　セリアの足どりは遅く、おぼつかなかった。トンネル内はなにも見えず、地面も平坦ではなかったからだ。だが徐々に、頭上から聞こえる轟音が鮮明さを増していった。トンネルは地上につながっているにちがいなかった。よろめきながらも、壁をさわって前に進みつづける。だが時間が過ぎていくにつれ、いらだちと恐怖は耐えがたいほど高まっていった。このトンネルに終わりはなく、永遠に闇のなかに囚われたままになるのかもしれない。疲れを感じはじめたが、止まるのも休むのも怖くてできなかった。

　ざらざらした石灰岩の壁をずっと撫でていたせいでひりつく指先が、ふいに宙に浮いた。壁がない。彼女は当惑し、手探りして、壁が急角度で折れているのに気づいた。トンネルの形がそこから変化していた。不安に息を荒らげながら、彼女は周囲をさらに手探りして、そこからトンネルが二手に分かれているのを知った。オーグはこんなふうになっているとは言わなかった――どちらに行けばいいのかわからない。セリアはぎゅっとこぶしを握った。

「どっちに行けばいいの？」思わず声に出して言った。トンネル内に声がこだまする。セリアは壁にもたれて泣きだし、ジャスティンの口から聞いて知っているかぎりの悪態をついた。

そのとき、歯がきしるほどの爆音がして彼女は驚愕した。すぐ真上で爆発が起きたのではないだろうか。天井からは小石が降ってきた。

自らを奮い立たせ、セリアは左の道を行くことにした。トンネルは急角度でカーブしている。空気が変わった感じがし、煙の臭いがした。男性とは思えない、高くくぐもった叫び声が聞こえた。その声に引かれて進むと、地面が急な上り坂になって延びているのを見つけた。坂の上には開口部があり、オレンジ色の光が見える。炎が広がる鈍い音がした。ためらいながらも、頭上の開口部を見つめる。ふたたび叫び声が聞こえた。

すぐさま急斜面を上り、開口部から体を引き上げると、炎に舐められて残骸と化した部屋に出た。剝がされた床板が足元にあった。地下トンネルへの入り口をふさいでいたものだろう。誰かが床板を剝がし、ここから逃げたのだ。二方の壁が火につつまれ、黄色がかった白い炎が崩れかけた天井へと伸びていく。数メートル離れたところに女性がふたりうずくまって、ムラートの少女の脚に落ちた梁を無我夢中でどけようとしていた。周囲を見まわしたセリアは、そこが島の売春宿なのを悟った。

女性が金切り声をあげ、悪態をついて咳きこむ。逃げようと思えば逃げられるのに、けがをした少女を助けるためにここに残っているらしい。セリアは衝動的に三人に駆け寄り、少女の脇に腕を差し入れた。女性ふたりが驚いて彼女を見る。「梁を持ち上げて」セリアは大声で命じた。煙に顔をつつまれ、涙がこぼれる。咳きこみ、あえぎながら、ふたりが重たい梁をほんのわずかだが持ち上げる。その隙にセリアは少女の体を力いっぱい引っ張った。恐怖におののいた顔で少女がセリアを見上げながら、必死に脚を梁の下から抜こうとする。炎に巻かれて壁がぐらりと揺れ、いまにも崩れ落ちそうだ。セリアは死に物狂いで少女を引っ張り、ようやく梁の下から引きだした。

三人がかりで少女を床の穴まで運ぶ。セリアが最初にトンネルに入り、両腕を伸ばして、少女の体を受け止めた。短い下り坂を四人で滑り下りる。娼婦のひとり、肉付きのいい黒髪で顔をすすまみれにした女性が、セリアの腕をつかんだ。「ありがとう」女性は苦しげにあえいだ。「本当にありがとう」

「ここから出る道は知っている？」セリアはたずね、激しく咳きこんだ。ほんの少し煙を吸っただけで、肺がすすだらけになったように感じる。

女性はあえぎながらも笑った。「地上に出るつもりだったんなら、反対の道だよ。道ならちゃんと知ってるから大丈夫。そんなに遠くない――」

耳をつんざく爆音が頭上で聞こえ、閃光とともにトンネルが崩れる。四人は叫び、ひとつに固まった。四方八方が揺れている。ここで死ぬのだわ、とセリアは思った。なにも考えられなくなった。轟音が耳を満たし、やがて唐突に静けさが訪れた。周囲に動くものはなにもなく、一面が灰色だ。

一瞬、意識が明瞭になったのち、夢とうつつの狭間にいる感覚に陥った。目と鼻と肺が痛む。トンネル内の空気は生暖かく、鼻をつく臭いがした。咳をしながら身を起こしたセリアは、目をごしごしとこすった。黒髪の女性は頭のけがを用心深くさわり、悪態をついている。

少女は泣いていた。「なにが起きたのかしら」セリアはかすれ声で言った。

「崩落だよ」黒髪の女性がぶっきらぼうに言い、トンネルの先を指差す。がれきで完全に埋まっていた。「つまりもう……トンネルから外には出られないってわけ」女性は言って、ごほごほと咳きこんだ。「それにいまいましい船乗りどもがこの島に火を放ったから、あたしたちはここに囚われの身ってこと。なかなか快適なオープンじゃないの……ま、丸焼けになるまでそんなに時間はかからないわね」

「ばか言わないで」セリアはたしなめ、がれきの山ににじり寄った。石灰石をひとつかみ、がれきのてっぺんからどけた。「熱や煙は上方に流れるから、ここへ一気に押し寄せる心配はないわ。だからしばらくは大丈夫……ただしこのままではいずれ死ぬ……」咳の発作に襲われて言葉を切り、「このがれきを崩すのよ」と言い終える。三人は手伝おうとしない。セリアは岩に手をかけた。

黒髪の女性がとなりに来る。「あんたって勇敢な女だねえ」女性は言って、セリアが手をかけた岩の端をつかみ、ふたりがかりでそれをどけた。


酒場はすでに炎につつまれ、ひどい有様だった。上る朝日にも負けないほどの熱と光を放っている。海軍の艦船が島に撃ちこむ砲弾の下をかいくぐって進んでいたジャスティンとオーグは、砦の巨大な胸壁の下にいったん避難した。砦の出入り口から、血まみれの男がひとりよろめきながら現れる。ジャスティンは一瞬だけ身を硬くし、すぐにそれが誰か気づいた。

「ダフィー！」立ち上がり、つまずいたダフィーの体を支えて、地面にそっと横たえた。

ダフィーは胸の真ん中に開いた刺し傷を両手で押さえた。指のあいだから血が流れでる。彼は涙のたまった目でジャスティンを見上げた。「レガーレと」息をのむ。「やつと戦ったんだ。でも勝てなかった……何度も挑んだんだが……」

「わかったから、もうしゃべるな」ジャスティンはささやきかけ、わびしげにオーグを見やった。ダフィーは勇ましいが無鉄砲なところがある。レガーレのようにずる賢く、技術にも長けた男にはとうていかなわない。かつてシャツだったぼろ布を引き裂き、ジャスティンはそれを丸めて、血がほとばしる傷口に押しあてた。無駄だとわかっていても、なにかせずにはいられなかった。ダフィーが身を震わせ、息をのむ。やがてがくりと頭を横にたらした。

「グリフィン」

ダフィーの穏やかな顔からジャスティンが目を上げると、戸口にドミニク・レガーレが痩身をさらしていた。片手には血のりのついた剣。鋭利な顔にからかうような笑みはなく、瞳には殺意だけが宿っている。けがひとつしておらず、無敵に見える。レガーレの背後からさらにふたりの男が現れた。おそらくダフィーは一度に三人を相手にしたのだろう。手下ふたりがダフィーをいたぶり、追いつめ、レガーレがとどめを刺した。

オーグが勢いよく立ち上がる。ジャスティンはゆっくりと腰を上げた。心臓の鼓動が耳元で聞こえる。獰猛な高揚感が胸の内を満たす。それは、かつて覚えたことがないほど純粋な感情だった。レガーレを殺し、やつの血を地面にほとばしらせ、その上で踊ってやりたかった。憤怒の吠え声が、炎と砲弾の音さえもかき消す。いまならどんなことでも、どれほど残忍なまねでもできる……ジャスティンは自分が人間ですらなくなった気がした。

だがまったく同じ感情がレガーレの瞳にも浮かんでいるのに気づいてしまった。なんてことだ……彼は思い、パニックに襲われておののいた。これじゃレガーレと一緒じゃないか。深紅の霧が目の前から消え、セリアの言葉が思い出された。あなたを信じてる、そう彼女は言った。両の腕で彼を抱きしめ、ずっと昔になくしたはずの一面がまだどこかに残っていると信じさせてくれた。セリアのおかげで、自分はレガーレとはちがう、あのようなけだものにはなりえないのだと理解できた。セリアを思ったことで、ジャスティンは冷静さを取り戻した。

荒れ狂う高揚感が去りはじめると、忘れていたさまざまなものが思い出された。痛む脚と肋骨、全身の殴打の跡。思い出せてよかった。がむしゃらにならず、おのれの力の限度内で戦わねばならない。きっといつものようには動けまい。持久力もさほど残っていないと思ったほうがいい。

「オーグ」ジャスティンは呼びかけ、レガーレの後ろにいるふたりを指差した。「こいつらが近づかないようにしてくれ。誰にも邪魔はさせない。もしもこいつらが――」

「了解」

レガーレが手下にうなずいてみせると、ふたりは脇に下がった。だが彼らはチャンス到来と見ればすぐ、オーグに襲いかかろうとするだろう。といっても、オーグの相手にもならないだろうが。

砦の一階部分に先に入ったレガーレは、ジャスティンが来るのを待っていた。そこは小部屋のようになっていて、たいまつがともされ、戸口からかすかに陽が射しこんでいる。おもてから突然、鬨《とき》の声があがり、剣がぶつかりあう音が聞こえてきた。レガーレはジャスティンにじっと視線をそそいでいる。「おれの部下が、オーグの戦闘能力をたしかめることにしたらしいな」

ジャスティンは肩をすくめた。「オーグのいい暇つぶしになる」言い終える前にいきなりレガーレに向かって突進する。だが相手はやすやすと攻撃をかわし、機敏な動きで反撃を繰りだした。ジャスティンは恐ろしいくらいに集中していた。いつものなめらかな突きで応戦しようにも、悪いほうの脚でぶざまに跳ばなければならない。ジャスティンの攻撃は断続的だった。

レガーレがせせら笑う。「哀れな愚か者め。かつての技能はもうないらしいな」冷笑を浮かべてジャスティンから離れる。戦う価値すらないとでも言いたげだ。

ジャスティンはすぐさまレガーレを追い、とぎれなく攻撃して、敵を防御態勢に追いこんだ。フェイントをかけ、レピアーの切っ先を相手の肩に突き刺す。レガーレは後ろに飛びのいたが、シャツが赤く染まった。怒り狂ったレガーレが力強く剣を繰りだしながら前進してくる。ジャスティンはその場に踏みとどまった。あまり長い距離を後ろ向きに歩けば、悪いほうの脚が持ちこたえられない。

剣がぶつかりあい、刃が刃の上を滑り、柄と柄がくっつきそうになる。ふたりは歯を食いしばって、互いの力のほどを量った。強烈な押し出しで、ジャスティンがレガーレを後退させる。敵はすぐに戻ってきた。それからは攻撃の応酬が延々とつづいた。剣の切っ先をかわし、突きを繰りだし、相手から主導権を奪おうとする。互いの手数の多さに考える暇もない。直感だけが剣を導いている。ジャスティンが敵の防御をかいくぐり、今度はレガーレの脇腹に浅い傷を負わせた。

レガーレの表情が悪魔めいたものに変化する。決然とくりかえされる突きに、ジャスティンは飛びすさった。食いしばった歯のあいだから息をしながら、ひたすら防御する。相手の顔に勝利の喜びが浮かぶのを見て、彼はぞくりとした。それと同時に、かかとがなにも踏んでいない事実に気づいた。階段の下り口まで後退させられていたのだ。必死にバランスを取り戻そうとして、ジャスティンは最初の数段を下り、剣を振りかざして、危ういところで突きをかわした。

そこへ、砲弾が胸壁に命中したのだろう、耳を聾する爆音が響き、砦全体が揺れた。安定を失ったジャスティンは足を踏みはずし、階段を一番下まで転がり落ちていった。レピアーはカランカランと音をたてながら数段だけ落ちたあと、途中で動きを止めた。ジャスティンのいるところからは遠く手が届かない。彼は暗がりのなかでしばし考えた。どこから落ちたのかと、めまいを覚えつつ高みを見やる。レガーレが階段を下り、互いの距離を詰めるのを意識だけでとらえる。

ジャスティンは無理やり身を起こすと、のろのろと床を這っていき、陰になった通路に身を潜めた。そこでふたたび床に倒れた。と、鼻先五センチのところにワイヤーが張られているのが見えた。目をしばたたいて凝視する。彼はあえぎ、金臭い血を吐きだし、身を起こして慎重にワイヤーから離れ、通路のさらに奥へと隠れた。壁に背をもたせて床に座りこみ、ひたすら待った。苦しげに息をしながら、切り裂くように痛む脇腹を腕で押さえた。

階段を下りきったところでレガーレが立ち止まり、通路の奥の暗がりに目を凝らすのが見えた。聞こえるのはジャスティンのとぎれとぎれの息づかいだけだ。「グリフィン船長」レガーレは冷笑交じりに呼んだ。「とんだ食わせ物だな。かつてはおまえを脅威とみなしていたが、こうもやすやすとおれの手にかかるとは」

レガーレが剣を掲げて通路へと歩を進める。ブーツがワイヤーに引っかかる。仕掛け銃が火を放つ。

狭い通路に轟音が響き、ジャスティンは耳鳴りを覚えた。

レガーレはためらいを見せたが、なおもこちらに歩いてきた。命中しなかったのかもしれない。不吉な思いがジャスティンの脳裏を駆けめぐったとき、敵は前のめりに倒れながら、おぼつかない手で剣を振り下ろした。ジャスティンはすぐさま脇にどいた。刃は空を切り、すんでのところで切り裂かれずにすんだ。

血も凍るほどの憤怒の吠え声をレガーレがあげる。「くそう、グリフィン!」

静寂が流れた。ジャスティンの目が闇に慣れてきたころ、半壊状態の砦に朝の光がおずおずと射しこんできた。レガーレの顔は凍りついたデスマスクと化していた。目は宙をにらみ、口元は苦しげにゆがんでいる。腹に致命傷を負っていた。仕掛け銃はしっかりとその役目を果たしていた。

ジャスティンは立ち上がり、壁にもたれて、ねじれた格好で転がる死体を見下ろした。いやに静かだなとぼんやり思う。物音も、爆発音もやんでいる。海軍の攻撃が終わったのだろう。じきに軍の将校たちが島に大挙して上陸する。

「船長」頭上からオーグの呼ぶ声がした。

通路を出たジャスティンは、苦労しいしい階段を上った。途中でレピアーを拾う。オーグは最上段にいて、ジャスティンの顔を見ても驚きの色すら浮かべなかった。ジャスティンは眉をひそめた。「レガーレが勝ったかもしれないとは思わなかったのか？」

「船長の手腕を疑うほど短いつきあいじゃないですから」オーグはさらりと言った。

砦を出たすぐのところにも死体が転がっていた。オーグに挑んだ男のうちのひとりだ。ジャスティンはいぶかしむ目で部下を見た。「片割れはどうした？」

オーグが肩をすくめる。「逃げました」

ふっと笑ってから、ジャスティンはセリアのことを思い出した。「トンネルの入り口に案内してくれ」ふたりは砦の端を目指した。砂に埋まったたいまつのひとつをオーグが引き抜く。パルメットヤシ葺きの家々が並ぶ村、酒場、そして売春宿からも炎と黒煙が空に向かって舞い上がっている。燃え上がる島はさながら地獄絵図だ。

ねじれたカシの雑木林がトンネルの入り口前に広がっていた。開口部は潅木やシダ、苔に覆われてほとんど見えない。「そろそろ到着していてもいいはずなんですがね」オーグが言い、雑木林の端を見やる。

「セリア！」ジャスティンは大声で呼び、オーグからたいまつを奪った。「なにかあったんだ」地上を捜しても時間の無駄だと直感が告げている。彼は地面にしゃがんでトンネルに入った。奥に行くほど広くなっているが、立てるほどの高さはない。オーグが追ってくるのが気配でわかった。「セリア！」と呼んでみるが、自分の声がこだまするばかりだった。三〇メートルほどのろのろと進んだところで、トンネルは二手に枝分かれしていた。ジャスティンは立ち止まった。「彼女はどちらから来る？」

オーグが正面の道を指差す。「こっちです」

ジャスティンは右手の急角度で曲がった道を見やった。「この道はどこにつながってる？」

「売春宿です」

「じゃあそっちを先に調べよう」

「いや、そっちに行ってるはずは――」

「絶対にこっちだ」ジャスティンは断固として言い張り、右手に進んだ。「彼女のことなら知ってる。あれは一種の才能だ。とんでもないときに、とんでもない場所にいる才能があるんだよ」

ふたりは曲がりくねったトンネルを進んだ。煙の臭いがしてきて、ジャスティンは眉根を寄せた。ぴたりと立ち止まる。トンネルは崩落し、大きな岩や土砂、石ころでふさがれていた。そのてっぺんにわずかな隙間があって、複数の小さな手が懸命にがれきを取り除いている。苦しげなうめき声が聞こえた。

たいまつとレピアーを地面に置く。頭のなかが真っ白になるのを覚えつつ、ジャスティンは死に物狂いでがれきに飛びかかり、巨岩をつかんで下に放った。罵りながら最後の力を振り絞って石を地面に転がしていく。オーグもかたわらで加勢した。ふたりして岩の壁を蹴り、崩していった。

広がった開口部に、ジャスティンは頭と肩と腕をぶつけた。やみくもに向こうへ腕を伸ばし、細い腕をつかんで引っ張る。オーグも手を貸して、豊満な茶色の髪の女を穴から引きずりだした。女はがれきの前に倒れこみ、弱々しく咳きこんだ。

ジャスティンはしゃにむになってもう一度腕を伸ばした。手首がまた女の手につかまれる。ふたり目を、そして三人目を引きずりだす。セリアはいない。彼は身を震わせて、穴に入らんばかりに大きく手を伸ばした。「セリア!」汗と涙で目の前がかすむ。「いないのか――」

手をつかむ者がいた。細い骨が折れてしまわぬよう注意して、その手をしっかりと握る。まずは腕を引きだし、穴に入りこんでドレスの背中をつかみ、一気に体を引き寄せた。セリアは震えながら、彼に身をあずけてきた。ジャスティンは彼女を膝に抱いた。さぞかし恐ろしい思いをしただろう、死ぬ恐れだってあったのだと思うとぞっとした。けだもののごとく低くうめいて、焼け焦げた髪に頬を押しあてる。「よかった……セリア……」

セリアの両腕が彼の首にまわされる。「心配はいらないわ」彼女はジャスティンの耳元でささやいた。「わたしは大丈夫」

それから一分後。セリアは涙で腫れた目を細く開けた。髪に顔をうずめたジャスティンが低くむせぶのが聞こえ、驚きとともに、彼が泣いているのに気づいた。腰をひねって膝の上で身を起こし、彼の顔をのぞきこむ。「ジャスティン……」とかすれ声で呼んだ。涙に濡れた頬を指先でなぞると、すすが黒い筋を作った。ジャスティンは彼女を見つめ、安心させるような指の感触を味わっている。やがて彼の瞳から絶望の色が徐々に消えていった。「そんなに心配しないで……けがもしなかったのだし。さあ、行きましょう」

セリアが膝からどこうとすると、彼の腕に込められた力が強くなった。放すつもりはないらしい。

「自分で歩けるわ」セリアはむきになって言い、オーグのほうを見た。オーグはムラートの少女を抱いており、黒髪の娼婦はたいまつを持って先頭に立っていた。

ジャスティンが立ち上がり、セリアに手を貸す。トンネルの出口を目指して歩くあいだ、彼はセリアの後ろにぴたりとついていた。セリアは呼吸がうまくできずにいた。肺と喉が焼けつくほどに痛い。とはいえ、大きなやけどはいっさいしていないし、売春宿の地下にいるあいだも煙はさほど入ってこなかった。

やがて朝の光が見えてきて、セリアは歓声をあげながらトンネルを這いでた。ふたりの娼婦が木陰に行って地面に横たわる。セリアも疲れて座りこみ、頭上に空がある喜びを味わった。深々と息を吸ったとたんにむせ、あとはあえて浅く息をした。冷たい風を顔で受ける。たとえどんな理由があろうと、生きているあいだはもう地下には行かない。セリアはそう心に決めた。

ジャスティンが寄りかかってくる。目は真っ赤に充血し、拷問のせいで顔はやつれ憔悴しきっている。セリアはなにも言わず、彼の首に腕をまわしてキスをし、煙の臭いのする唇を重ねた。「心配いらないわ《セ・ビヤン》」と請けあって、ジャスティンのうなじを撫でる。すると彼は身を震わせてセリアを抱きしめ、まぶたを閉じた。「大丈夫？」彼女はたずねた。

「大丈夫かって？」ジャスティンは髪に口づけながらとぎれとぎれに笑った。「おまえがどこにいるかもわからなかった。死んだんじゃないかと思ったよ。大丈夫、なんて言える日は二度と来ないね」セリアのうなじをつかんで、顔を上げさせる。「どうしておれをこんな目に遭わせる？」腹立たしげにささやいて、痛いほどに唇を強く押しあててキスをする。それからふたたび顔を上げて、彼女をにらんだ。「家にいれば安全だから出るんじゃないと言っただろうが！　おれを追ったりして、いったいどういうつもりなんだ！」セリアが答える前に、彼はあらためて、罰を与えるかのように激しくキスをした。

「ヴァルラン」オーグの声が邪魔をする。

ジャスティンはオーグを見上げた。横に立ったムラートの少女を支えている。少女は脚にやけどを負っているが意識はしっかりしており、命綱よろしくオーグにしがみついていた。ふたりの娼婦もとなりにいる。

「島を離れたほうがいいです」オーグが言う。「反対岸にスクーナー船を停めてありますから。あそこまで行くくらいの時間はまだあります」

「みんな連れていくのか？」ジャスティンは女たちを指差しながらたずねた。

オーグはうなずいた。「行きたいと言ってますから。男たちも歓迎してくれるでしょうし」

「それはそうだな」ジャスティンは淡々と応じた。

「行きましょう、急いだほうがいい」

ジャスティンは無言だった。

セリアは彼の首に両腕をまわし、胸板に顔をうずめた。自分をひとり残して行ってしまうつもりかもしれない。「ジャスティン……わたしも連れていって」彼女は訴えた。「お願いだから置いていかないで。わたしも一緒に――」

「しーっ、静かに」ジャスティンは彼女の髪を撫でた。「ドゥースマン、おれはどこにも行かない」オーグを見てほほえむ。「ここでお別れだ。幸運を祈ってる」

「縛り首になってもいいんですか」オーグが静かに問う。

「おれたちはここに残る」ジャスティンは決然と答えた。群青の瞳でオーグの黒い瞳をじっと見つめる。ジャスティンはふっと笑った。「おれをヴァルランと呼んだな」

「ええ」オーグは額に手をやって短く敬礼し、ジャスティンにほほえんでから、女たちを連れて立ち去った。

セリアの体が震えているのに気づいて、ジャスティンは優しくなだめてやった。「大丈夫だ、モン・クール。おまえを置いていったりしない。おれの腕のなかにいれば安全だ。それに、すべて終わった」

「レガーレは死んだの？」セリアがたじろぐ。

「ああ」

「リスクは――」

「死んだ」ジャスティンは彼女の顔を上向け、額にキスをした。充血した目で茶色の瞳をのぞきこむ。「セリア……リスクやほかの男たちに……つらい目に遭わされなかったか？」

「いいえ、なにも」

彼は少し安堵した顔になり、セリアの髪を撫でた。

「オーグやほかの人たちと一緒に逃げることだってできたのに」セリアは言った。「どうして残ったの？　わたしも一緒に行ったのに。そう言うとわかっていたはず――」

「それはできない。おれの首にはまだ賞金がかかってる。おまえをまた危険に巻きこむ可能性を残したまま、生きてはいけない」ジャスティンはセリアの傷だらけの手をとり、陰気な目でまじまじと見た。ざらざらになった手のひらに唇を寄せ、キスをする。

「それでもかまわない――」

「かまうさ」ジャスティンはさえぎった。「それに追われるのに疲れた。いつまでも逃げているより、絞首台に上りたい」

「いやよ」セリアは叫んで、両の腕を彼の体にまわした。

ジャスティンは顔をしかめた。「肋骨に注意してくれよ」食いしばった歯のあいだから言い、腕の力が緩められると、張りつめたため息をもらした。

「これからどうなるの？」セリアは打ちひしがれた声でたずねた。

ジャスティンは遠くを見つめ、煙にかすむ水平線に目を凝らした。「ベネディクト大尉が島に兵士を上陸させ、おれの捜索を開始するだろう。大尉のすぐ後ろには親父がいるはずだ」

「そ、それなのに……ここで座って待つというの？　ジャスティン……そんなことわたしにはできない……あなたに抱きしめられるのもこれが最後かもしれないというのに——なにを笑っているの？」

ジャスティンはセリアに顔を近づけた。すすだらけの顔のなかで、歯だけが驚くほど白く見える。「まだ少しふたりだけでいられる。数分間こうしておまえと過ごしてから明日死ぬほうが、一生おまえなしで生きていくよりいい」

「あなたはそれでいいでしょうけど」セリアは言葉を詰まらせた。「わたしはたかが数分間では満足できない！」

ジャスティンは声をあげて笑った。「じつは、まだ希望の綱はつながってるんだ。親父が相変わらずヴィルレ知事の説得をつづけている。親父は以前にも不可能を可能に変えたことがあるからな」唇をわずかに重ねる。「キスしてくれ」彼はつぶやいた。けれどもセリアは、泣くまいとしているのか唇をぎゅっと引き結んでいる。「愛していると言ってくれ」ジャスティンは彼女の頬と顎に口を寄せてささやいた。セリアの下唇を噛む。温かな息が彼女の素肌を撫でる。「大切なのはおまえの愛だけだ。だから言ってくれ」

「愛してるわ」セリアはささやき、重ねられた唇の下で自ら唇を開いた。頭の片隅では、なにもかも失おうとしているときに、どうして彼はこんなふうにキスができるのかと思っていた。首筋を手のひらで愛撫され、息ができなくなる。咳の発作に襲われて、彼女は唐突に唇を離した。「ごめんなさい」苦しげに言う。「喉が――」

するとジャスティンは静かに、と低い声でささやいて彼女の首に口づけ、あらためて唇を重ねてきた。やはりオーグと一緒に行くようジャスティンを説得するべきだ、セリアは思った。身を隠せる場所がきっとどこかにある――それ以外にふたりがともにいられる方法はない。けれどもきつく抱きしめられ、甘く、あるいは荒々しく口づけられると、それ以上は考えられなくなってしまった。ジャスティンの腕に身をゆだね、首をのけぞらせて口を開け、けだるくうごめく舌を受け入れる。どれだけの時間が残されているのか知るすべはない……彼の愛撫にセリアはすべてを忘れた。わかるのは、重ねられた唇の温かさと、優しく撫でて全神経に痛いほどの喜びを与えてくれる手の感触だけ。

だがいきなり身を引き離されて、セリアはくぐもった抗議の声をあげた。ジャスティンは彼女の背に手を置いたまま、水兵と海兵隊員の六人からなる部隊が近づいてくるのを見つめた。銃剣付きのマスケット銃がジャスティンに向けられる。彼は腕で肋骨をかばいながらゆっくりと立ち上がり、手を差し伸べてセリアを立たせた。

ベネディクト大尉が決意と興奮が入り交じった表情で現れる。ジャスティンの芝居に騙されて、さぞかし誇りを傷つけられたにちがいない。「グリフィン船長だな」大尉は言った。「抵抗しないほうが身のためだ」

「そんなつもりもない」

ベネディクトはセリアに目をやった。「マダム・ヴァルラン、その悪党から離れてください」

彼女は動かなかった。ジャスティンが顎をしゃくって、行けと命じる。彼はセリアの耳元に唇を寄せた。「愛してるよ、さあ、行って《ヴァジー》」そうささやいて、彼女の背中をそっと押す。セリアはすすり泣きながらジャスティンから離れた。軍人が彼を囲み、手首を縛る。ふと気づくとセリアは、黒い上着を着た背の高い男性の前に立っていた。男性の背後に上る朝日があって一瞬、目がくらむ。

マクシミリアン・ヴァルランの深みのある、高圧的な声が聞こえてきた。「セリア、どうしてきみはこんなまねを……」セリアは安堵につつまれてマクシミリアンのもとに歩み寄った。義父が上着を着せかけ、優しく肩を抱いてくれる。けがはしていないかとたずねられ、セリアはそれに答えたが、意識はジャスティンだけにそそいでいた。あざだらけの手首に巻いた縄を男たちが引っ張るのを見て、思わず眉根を寄せる。

「ベネディクト大尉」マクシミリアンは冷ややかに呼びとめた。「お忘れのようだから言っておく。わが息子の手助けがなければ、きみたちはこの島を掌握できなかったはずだ」

義父の一言で、軍人たちはジャスティンへの手荒な扱いを正し、彼を連行していった。これからニューオーリンズに戻り、市議会建物《カビルド》に拘留されるのだろう。スタッコ塗りの巨大なアーチが目印のカビルドには、厳重に警備された監獄が設けられている。セリアは涙でぼやける目で一行を見つめ、義父に向きなおった。「彼を助けて――」

「きみがここにいたことが、まだ信じられん」マクシミリアンはさえぎり、セリアを叱りつけた。静かだが、背筋を凍らせる声だった。「わたしの想像の範囲を超えている。自らわが身を危険にさらし、ジャスティンまで危ない目に遭わせるとは何事だ。しかも、きみを必要としているフィリップをほったらかして。いまごろわが家は大騒ぎで、リゼットは半狂乱になっているだろうな」義父が最後の一点を最も気にかけているのは明白だ。彼はリゼットを心配させることを一番嫌っている。

「勝手に家を出てきたことは申し訳なく思ってます」セリアはひどくかすれた声で認めた。「お義父様を追ったことも。こんなまねをするべきでは……でも、それがいったいなんだというの？　わたしが千回謝ったところで誰の助けにもならないわ、とりわけジャスティンの助けには！」

義父はセリアの涙に濡れたいらだたしげな顔を見つめ、ため息をついた。「このいまいましい状況からわが息子を救いだすために、わたしはあらゆる手を打つつもりだ。その点では安心してくれていい」

セリアはぜひとも義父を信じたかった。「具体的にはどう――」

「セリア、きみにはほかに解決するべき問題があるはずだ」

「ほかに解決するべき問題？」セリアはおうむがえしに言った。目の前で連行されるジャスティンのこと以外はどうでもいいのに。

「どうやら大事なことを忘れているらしいな。フィリップが家できみを待っている。彼に話すべきことがいろいろあるはずだ。きみはジャスティンではなくフィリップの妻だろう。自分の心によく訊いてみなさい。ジャスティンへの気持ちは、これまで知っていた人生を犠牲にするほど価値あるものなのか。たとえジャスティンがきみを愛していても、きみに平凡な幸せはけっして与えられないんだ」

「彼を愛しているんです」

「たぶんそうなんだろう。だが、往々にして難しいものだ……愛と肉欲を区別するのは」義父は一瞬、セリアから目をそらした。立ち入りすぎたと思ったのだろう。セリアにはわかった。義父はどうしても必要だと考えたからこそ、このような話をあえてしているのだ。「きみみたいに静かな暮らしを送ってきた女性にとって」マクシミリアンがつづける。「ジャスティンのような男——刺激的で近寄りがたいやくざ者は、とりわけ魅力的に見えるはずだ。しかしそうした魅力は永遠のものではない」

セリアは一歩も引かず、茶色の瞳で義父を真正面から見据えた。「もちろん、ジャスティンは魅力的だと思うわ。でも、彼を愛する理由はもっとほかにたくさんあるんです。わたしには、ジャスティンが心から欲しているものをいくらでも与えることができる。フィリップが必要としていないものを」

マクシミリアンの表情が和らぎ、ほほえんだ口元に好奇心が宿る。「ほう？　それでジャスティンのほうは、いったいなにをきみに与えればいいんだね」

「すべてよ」セリアはためらわなかった。「自分は平凡な人間だとずっと思っていたわ。でも彼と一緒にいると……」言葉を切り、遠くの水平線を眺める。ジャスティンといると、自分は平凡な女なんかではない、ちゃんと愛されていると思える。あらゆるものから解き放たれて、心も精神も体もなにもかも彼と共有できると信じられる。彼は自分のすべてを惜しみなく与えてくれる。それさえあれば、平凡な幸せなど手に入れられなくてもいい。

「わかったよ」マクシミリアンは言った。彼女の表情から、決断を下したらしい。「わたしにはふたりの息子のどちらかの味方につくことはできない。だからこの件では、きみの応援もできない。その代わりにきみの邪魔もしない。ただしこれだけは言っておこう。フィリップはけっして簡単にうんと言う男ではないよ」


フィリップとの再会を想像するだけで自分がこれほどまでに緊張するとは、セリアは思ってもみなかった。彼の目を見たとき、あるいは彼を抱きしめたとき、果たしてどんな感情がわきおこるのか。この数カ月間で彼女はすっかり変わった。フィリップが監禁されているあいだに、彼女の人生は前に進んでしまった。一方、彼の時間は止まっている。マクシミリアンとともに屋敷に帰ったとき、フィリップは自室で眠っていた。セリアはそう聞かされたとき、大いに安堵したものだ。

帰宅した彼女をリゼットは叱りつけ、そして慰めた。セリアの様子を見てよほど驚いたのだろう。最初のうちはドクター・ダッサンをもう一度呼ぶと言って聞かなかったが、セリアは固辞した。「お風呂に入って、包帯を巻けば大丈夫だわ。ノエリンに診てもらえば十分ですから」

「でも、手がこんなになってしまって！」リゼットは言い、やけどのできた手のひらや擦り傷だらけの指、折れた爪をくまなく見た。

「じきに治るわ。ドクター・ダッサンに診ていただいても、ノエリンに診てもらっても同じよ」

「先生は明日、フィリップの往診にいらっしゃるわ」リゼットは言った。「そのときにぜひ、あなたも診てもらいましょう」

「そうね」セリアはしぶしぶ折れた。そのあとはフィリップの健康状態や精神状態についてあれこれ質問を投げたのだが、リゼットから大した話は聞きだせなかった。

「疲れきって、それにすっかり痩せてしまったわ」義母はあっさりと答えた。「でもしっかりやすんでいるし、ベルテが彼の好物をすべて用意してくれたから。じきに見た目は元どおりになるでしょう。ふさいだ様子だけど、監禁されていたのだから当然で、そのうち元気になるとドクター・ダッサンがおっしゃってるわ。とにかく、みんなで彼を懸命に世話してあげなくてはね」

「彼が帰宅したとき、家にいなくてすみません」セリアは謝罪した。

リゼットが眉をひそめ、なぜかセリアと同じくらい罪悪感に打ちひしがれた顔になる。

「じつは、あなたに報告しなければならないことがあるの。フィリップが戻ったあと……ブリオニー・ドイルを呼んだの。ほかに……どうすればいいかわからなくて。フィリップはそばにいてくれる人を必要としていたわ。でもあなたは留守だった。だから……わたしを怒らないでね」

「そんな、怒るだなんて……」セリアは黙りこみ、かすかに嫉妬している自分に驚いた。庭でブリオニーがジャスティンといたときのことを思い出す。ブリオニーはこれまでもこの家でフィリップを出迎え、彼にキスをし、彼を慰めてきたのだろう。だったら、またそうなってよかったんだわ……セリアは安堵し、一瞬でも嫉妬したおのれを恥じた。ブリオニーはフィリップに愛情と純潔を与えてきた。つかの間、フィリップと過ごしたくらいでブリオニーを恨むのはまちがっている。「彼女が来て……フィリップは安心しました？」セリアは訊いてみた。

「ええ、そうね。慰めてくれたようよ」

それでこの話題はおしまいだと、リゼットの口調から感じられた。「それよりも、少しフィリップの顔を見てきたら？」義母は勧めた。

疲れていたが、セリアはうなずいた。「ええ、ギャルソニエールでお風呂に入って着替えてから戻ってきます。なるべく早く彼に会いたいから」

風呂で体の痛みをほぐしたあと、セリアはノエリンを呼んで傷の具合を診てもらった。メイド長は愕然とした表情を浮かべながら、まぶたと両手と、その他あらゆるところにある擦り傷や切り傷に薬草の軟膏を塗っていった。喉の痛みには、ひどい味だが効き目ばつぐんの煎じ薬を用意してくれ、一滴残らず飲み干すまでセリアのそばから離れなかった。セリアはぼんやりと、ジャスティンの世話は誰がしてくれるのだろうと思った。きっとマクシミリアンが、カビルドに医者を呼ぶよう手配したはずだ。ノエリンの治療の途中だったが、義父に医者のことをたずねてこようと思いたつ。だがメイド長は、立ち上がろうとするセリアを押しとどめた。

「だんな様はあらゆることをきちんと手配してくださいます」ときっぱり言う。「さあ、ちゃんと座っててください」

ノエリンはさらに、セリアの焼け焦げた金髪を背中の中ほどのところで切った。それから、うなじのあたりでまとめて青いリボンを結んでくれた。「まだひどいご面相だわ」セリアは自分の赤く腫れた顔を手鏡で見ながら陰気につぶやいた。

「フィリップ坊ちゃんはそのくらいのこと気にしませんよ」

メイド長の手を借り、セリアはクリーム色とペールブルーのドレスに着替えた。長袖で、襟元はおとなしいハイネック。その上にケープを重ねたデザインになっている。これ以上の時間稼ぎは無理だ。セリアはそう心を決めると、母屋に戻り、居間で刺繍をするリゼットのもとに行った。「フィリップは起きてるかしら」

義母はかぶりを振った。「もうじき起きるのではない？　でも、かまわないから寝室に行ったら？」

セリアはフィリップの部屋にそっと入り、ベッド脇の椅子に腰を下ろして、眠りにつく夫を見つめた。もう涙はかれたと思っていたが、彼を目の前にすると目が潤んできた。洗いての白いパジャマを着ており、黒髪が乱れている。黒いまつげは頬の上で三日月を描いている。実家で初めてフィリップとともに食事をしたとき、彼がどんなふうにほほえんだか思い出された。それから、初めてキスしたときのことも。セリアは彼のハンサムな面立ちと優しい物腰にすっかり圧倒されたものだった。

フィリップは生まれて初めて愛した人だった。けれどもいまのセリアにはわかる。彼に対する自分の思いはむしろ、大切な友人に対する感情に近かった。お互いに常に遠慮していて、どれだけ時間を費やそうと相手に愛情をそそごうと、それが消えることはなかった。自分はこれからもフィリップに優しい愛情を抱きつづけるだろう。でも、ジャスティンを愛するようにフィリップを愛することはできない。

眠るフィリップの顔はちょうど、ジャスティンの顔をもっとやわらかく、彫りを浅くした感じだ。セリアは思わず、身を乗りだして彼の頬に指先で触れた。「フィリップ」とささやきかけると、彼は目を開いた。青い瞳は優しさとぬくもりに満ちており、すっかり見慣れてしまったあの射抜くような生き生きとした群青の瞳とはちがっていた。

夫は眠そうにあくびをし、セリアを認めるなり目をしばたたいた。夢ではないと理解したのか、身を起こして彼女を見つめた。「セリア？」

彼女は夫にほほえみかけた。抱きしめられるかと思ったのに、彼はただじっとこちらを見ているだけだった。セリアがぎこちなく抱きしめると、彼の腕が体にまわされた。「ずっと、きみは死んだものとばかり思っていたよ」フィリップが震える声で言う。セリアは彼の肩に頭をのせ、すすり泣いた。

# 14

ひとしきり泣いてしまうと、セリアはフィリップと少しくつろいだ気分で向きあえるようになったが、それも長くはつづかなかった。感情をほとばしらせたあともふたりをつつむ空気は変わらず、会話もよそよそしく不自然だった。妻の顔を見たフィリップが安心したのは感じられたが、ふたりのあいだに多くの障害がある事実はそのままだった。

四柱式のベッドの端に座りながら、セリアは家で彼を出迎えられなかった理由を打ち明け、その後の出来事をすべて話して聞かせた。「ジャスティンはどうなったんだい?」フィリップはたずねた。

「ドミニク・レガーレを殺したわ――」

「それはよかった」フィリップは低い、怒りのこもった声でつぶやいた。

「ちょっとしたけがはしたようだけど、おおむね元気だと思うわ。でも監獄に連行された。彼の身にこれからなにが起こるかと思うと不安で。当局はきっと懲罰を与えるはずよ。ひょっとしたら死刑に――」

「大丈夫。父がそんなまねはさせないから」

夫の透きとおった青い瞳をのぞきこんだセリアは、その言葉を信じずにはいられなかった。かつて彼女はフィリップに、天使みたいな目をしているのねと言ったことがある。これだけの苦難に遭ってなお、どうしてまだ優しい目をしていられるのだろう。

フィリップのひげと髪はリゼットがさっぱりさせておいてくれたので、いまは顔の輪郭がくっきりと見える。夫の顔にジャスティンの面影を見つけ、セリアは狼狽した。世間の多くの人はきっと、フィリップのほうが兄よりハンサムだと言うだろう。夫の顔は非の打ちどころのない芸術作品のようで、気品があり、思いやりと寛容が見てとれる。彼の唇がジャスティンと同じ冷笑を浮かべるところなど想像もできない。あるいは、瞳に敵意や情熱や爆発せんばかりの歓喜が宿るところも。ジャスティンはいつも孤独な空気をまとっていて、容易に人に心を開かず、それが彼という人間の本質となっている。

「フィリップ」セリアはそっと呼んだ。「この数カ月、どんな生活だったか聞かせてくれる？」

訊かざるをえなかった。彼が自分を求めるそぶりを少しでも見せてくれたら、痛みを共有し、彼女の手を必要としてくれたら、かつての感情を呼び戻せるかもしれない。

だがフィリップはかぶりを振り、「無理だよ」とかすれ声で拒絶した。「話したくないんだ」代わりに彼は、離れ離れになったあとニューオーリンズに来て、どんなふうに過ごしていたのかとたずねてきた。夫を亡くしたと知ったあとの数カ月間の気持ちを、セリアは伝えようとした。けれども夫の顔にはどこかわびしげな表情が浮かんでいた。もっと楽しい話をしたほうがいい。セリアはなんとか彼に明るい気分になってもらおうと、家族や友人の話題を探した。

ぎこちない沈黙が唐突に流れる。話せるようなことはなにもないのだと、セリアは落胆とともに悟った。

気づまりを感じつつ夫を見やり、自分たちはフランスではいったいなにを話していたのだろう、手紙になにを書いていたのだろうと考える。かつては夫との会話にこんなに苦労したためしはなかったはずだ。ふと気づくとセリアは椅子に座っていた……いつの間にベッドから下りて移動したのか。彼女はフィリップの手をとり、そっと撫でた。すると彼は、手のひらにノエリンが塗ってくれた軟膏に気づいてしかめっ面をした。

「なんだい？」と笑いながら言い、自分の手をセリアの手から引き抜く。「なんで手がそんなにぬるぬるしてるんだい？」

セリアはわずかに頬を染め、「ごめんなさい」と謝った。「あの、ちょっとけがをしたものだから……ただの軟膏よ、ノエリンが塗ってくれたの」

「シーツにつけないようにしておくれよ」

ジャスティンなら軟膏のこともシーツのことも気にしないはずだ。彼なら、セリアがものすごい大けがでもしたかのように騒ぎたてて彼女を笑わせ、それから、何度もキスをしてくれるはずだ……そんな不実な思いを、セリアは頭から追い払った。

フィリップが枕の山に背をもたせ、笑みを消していく。「疲れたな」彼はつぶやいた。

「じゃあ、わたしはもう行くわね。明日になればおしゃべりする元気も出るわ」

彼はまじめな顔でセリアを見つめた。「そうだね。ぼくたちには話しあうべきことがあるみたいだ」

「じゃあまた明日」セリアは立ち上がり、身をかがめて夫の頰にキスをした。「ボン・ニュイ、フィリップ」

彼女は混乱した頭を抱えたまま階下に下り、義両親におやすみも言わずに母屋をあとにした。ひとりになって考える必要がある。フィリップは意図的に彼女に冷たくしたわけではないだろう。彼女がどう話せばいいかわからなかったのと同じように、彼もまたどう話せばいいか考えあぐねただけだ。自分に対するフィリップの本心が少しでもわかったなら。彼がなにを求め、期待しているかわかったなら、未来を考えるのもずっと容易になるのに。

ギャルソニエールまでの通路を、彼女は考え事に没頭しながら急がず歩いた。ジャスティンと結ばれないとしても、やはり婚姻は無効にしてもらうべきだ。フィリップだってこの結婚をつづけたがっているとは思えない。なにしろ彼にはブリオニーという女性がいる。フィリップと夫婦のままでいれば、その兄を絶えず思い出すことになる。それはよくない。ただ、フィリップを捨てるわけではないのはわかってほしい。婚姻関係を断ち切るほうがお互いに幸せになれるのだと、彼にも納得してもらいたい。

すでに夜が訪れつつあったものの、セリアは庭を通る迂回路を選んだ。疲れて全身が痛んだが、気持ちが高ぶってまだ眠れそうにない。冷たい石のベンチに腰を下ろし、庭を彩る豊かな緑をじっと見る。冷たい風が吹いて、彼女は身震いした。暗闇はもう怖くなかった……怖いのは、ジャスティンを失うことだけだ。

それから長いあいだベンチに座って、星がまたたく雲ひとつない黒々とした空を見ていた。あくびが出たのを機に、立ち上がってギャルソニエールに向かおうとした。そのとき、近くでかすかな物音がした。好奇心に駆られたセリアは、身をかがめて生け垣の反対側に行き、音のしたほうをうかがった。フィリップの姿が見え、慌てて身を潜める。こんなところでいったいなにをしているのだろう。彼女は眉根を寄せ、憤りを覚えて顔をしかめた。フィリップはちゃんと服に着替えていた。しかも、マントを着た小さな人をひしと抱きしめていた……ブリオニーとの密会のため、冷たい夜空の下に出てきたのだ。ついさっきは、疲れて話すのも面倒臭そうだったのに。

セリアは生け垣の隙間からふたりの様子を盗み見た。フィリップがブリオニーのフードを脱がせ、身をかがめ、口を開けて彼女にキスをする――長い口づけだった。セリアにはあのようなキスは一度たりともしたためしがない。ブリオニーがなにか言い、フィリップは静かに笑って彼女を抱きしめた。夫がブリオニーに話しかけるさまに、セリアは屈辱を感じた。話したいことがたくさんありすぎて、いくら時間があっても足りないと言わんばかりに、熱心に、だがごく自然に語りかけている。わたしにはまともに返事もしなかったのに……セリアは眉をひそめた。腕組みをしてなおもふたりを観察していると、自分は裏切られたのだという思いにとらわれた。ふたりの前にいきなり姿を現し、一部始終を見せてもらったと言いたい衝動に駆られる。だがその一方で……。

星明かりを受けて、フィリップの顔がはっきりと見えた。そこに浮かぶ表情にセリアは驚いた。不安げなふさいだ表情は消え去り、ブリオニーを見つめる瞳は輝いている。ブリオニーが彼の顔に手で触れると、フィリップは彼女の手のひらにキスをした。ふたりのあいだに流れる優しい感情に、セリアはわれ知らず心打たれた。

ふと笑みがもれる。むしろこれなら話は簡単だ。ブリオニーに対するフィリップの態度がちがうのは、彼女を愛しているからこそだ。ということは、彼もこの婚姻は無効にしたいと考えるはず。明日にもその話を持ちかけてくるだろう。そうしたらセリアは、お互いのためにそれが最善の選択肢だと同意する。彼女は安堵のため息をもらし、ふたりに見つかる前にその場を離れた。

マクシミリアンは朝のうちに監獄に向かい、セリアはリゼットと子どもたちとともに居間で時間をやりすごした。ジャスティンがどんなつらい目に遭っているだろうと思うと、不安でならなかった。一度、カビルドのそばを馬車で通りかかったことがある。ちょうど名の知れた犯罪者が収監されているときで、大勢の市民が監房の脇にある中庭に集まって、その犯罪者のいる房に向かってわいせつな言葉やごみを投げつけていた。悪名高き海賊、グリフィン船長が逮捕されたとの知らせは、あっという間にニューオーリンズに広まった。まさにいまこのとき、街の人びとがジャスティンに同じような仕打ちをしている恐れもある。

エヴェリーナとアンジェリーヌは暖炉から離れたところで人形ごっこを、リゼットはつくろいものをしている。セリアの手は擦り傷ややけどだらけなので、義母の手伝いもろくにできず、いまは長椅子でラファエルを抱き、英字新聞を読んでいる。ときおりわからない単語があってその部分を声に出して読むと、リゼットが翻訳してくれた。炉棚にある金色の木製の置き時計は、いやになるくらい進みが遅い。

やっと帰ってきたマクシミリアンは、外の冷たい空気の匂いをまとわせて、居心地のいい居間に大またで現れた。「ビヤン・ネメ！」リゼットが呼びかけ、勢いよく立ち上がる。義父は妻を抱きしめて軽くキスをした。

すやすや眠る赤ん坊を抱いているため、セリアはその場から動けず、代わりに義父にじっと視線をそそいだ。

「マックス、早く話してちょうだい」リゼットが促し、夫の上着を脱がせて、椅子のほうに引っ張った。

マクシミリアンは心地よさげに長い脚を伸ばし、どこか澄ました表情を浮かべた。「午後、ヴィルレ知事に会うことになった。カラス島襲撃をジャスティンが援護したことで、知事は恩赦嘆願についてあらためて検討する気になったそうだ」

セリアはぱっと立ち上がった。思わずぎゅっと抱いたせいで、ラファエルが目を覚まし、泣きだした。「モン・デュー、でも、希望を持つのが怖い」セリアはあえぐように言った。

リゼットが夫に何度もキスをし、賞賛の言葉をくりかえす。幼女ふたりが両親に駆け寄り、きゃっきゃっと笑いながら、理由もわからないまま一緒になって喜ぶ。赤毛の三人に囲まれて、義父の姿が一瞬、見えなくなった。

　せっかく昼寝をしていたのに起こされてしまったラファエルは一向に泣きやまず、セリアはリゼットに交代してもらった。赤ん坊はじれったげにしゃくりあげつつ、母親の肩に頭をのせて指をしゃぶった。セリアはふたたび腰を下ろした。「それで、ジャスティンの様子は？」やっとの思いでたずね、身を乗りだす。

「健康状態に問題はない。医者の見立てでは、肋骨も折れていないらしい。わたしからは、息子に熱い風呂と石鹸、きれいな服をやるよう頼んできた」マクシミリアンは苦笑を浮かべた。「正直言って、いまの状態はむしろ甘やかされすぎだがな」

「甘やかされすぎ？」セリアは当惑しておうむがえしにたずねた。

　義父が暗い顔でかぶりを振る。「ジャスティンが逮捕されたと知った市民の反応に驚いているんだよ」

「どういう意味？」リゼットが促す。

「どうやら街では、ジャスティンはいかした海賊として有名らしい。まるで冒険小説の主人公だよ。コーヒーハウスや街の広場で、息子の偉業とやらが虚実とりまぜて大変な噂になってる。ばかげた話だが、ジャスティンが逮捕されたと知って街中がすっかり惚《ほう》けている」

「ほうけているって？」セリアにはよく意味がわからなかった。

「カビルドの外はジャスティンを崇拝する連中でいっぱいだ。面会はわたし以外はいっさい許可されていないというのに、何人もの女性が彼の行く末を案じてやたらと大騒ぎし、食料やワインを差し入れている。そのほとんどを、ジャスティンは看守やほかの収監者に渡しているらしいが」

「ばかげてるわ！」セリアは言った。

「しかも時間を追うごとに騒ぎは大きくなっている。今朝は、デュケイン家の舞踏会でジャスティンに言い寄られたという三人の女性の話を聞いたよ」

エヴェリーナが好奇心に満ちた目で父を見た。「パパ、いいよるってなに？」

リゼットがたしなめるように夫をにらんだ。「エヴィー、しーっよ。女の子はそういう言葉を使ってはいけないの」

「ばかげてる」セリアはくりかえし、怒りに顔を紅潮させた。ジャスティンは彼女のものだ。恐ろしい海賊との恋を勝手に妄想する愚かな女性たちに、崇拝などされてはたまらない。だが女性たちに騒がれて、ジャスティンはさぞかし有頂天になっているだろう。こっちは彼を思って憔悴しているのに、当のジャスティンは愉快な時を過ごしている！「わたしのことはなにも言ってませんでした？」セリアはだしぬけにたずねた。

するとマクシミリアンは皮肉めかした笑みを消し、ずっとまじめな顔になった。「じつを言えば」と静かに告げる。「きみのことばかり話していた」

セリアの怒りはたちまち消えた。切望感でいっぱいになり、彼女はうつむいた。「具体的にはなんて？」

「大部分は、当人がきみに直接話すんじゃないか？　自分が監獄に入れられているあいだに、きみがきみ自身の抱える問題を解決するのを期待しているようだったからな」

「そうかしら」セリアは誰にともなく苦い顔をしてみせた。「簡単に解決できると思っているんでしょうね。何カ月も離れて暮らしていたんだから、フィリップのところに行って一言言えばすむ話だと――」

　彼女は息をのんだ。戸口にフィリップが立っていた。長いローブを羽織り、黒髪はきれいに櫛を入れてある。彼はセリアだけをじっと見ていた。

「いったいなんの話をしてるんだい？」フィリップは重々しくたずねた。

　セリアは舌が口のなかで固まってしまったように感じ、真っ赤になった。居間が沈黙につつまれているのにふと気づく。一同の視線が自分にそそがれていた。

　恐怖いくらいの静寂を破ったのはリゼットだった。「フィリップ」と優しく呼びかける。「セリアと一緒に朝の間《ま》にいらっしゃいな。朝食はまだなのでしょう？　ノエリンに言って、ブリオッシュとカフェを用意させるわ。あそこなら、誰にも邪魔されずに話ができるでしょう」

　セリアは磁器のカップから砂糖を入れたコーヒーを飲みながら、フィリップがブリオッシュを割りバターを塗るさまを用心深く見つめた。相手がなにか言うのを待ったが、それ以上の沈黙に耐えられなくなり自ら口を開いた。

カップがソーサーにあたって音をたてる。「フィリップ、まず考えるべきは……わたしたちの結婚についてだと思うの。それから、いまのふたりの状況」

夫の繊細な顔にさまざまな思いが浮かぶ——彼女の率直な物言いに対する驚き、当惑、そして決意。「ぼくもそういった問題について考えていたよ。単純な話ではないね」

「もちろん」セリアは応じた。「ちっとも単純ではないわ」

「ある意味では単純だけどね」

どういう意味かわからず、セリアは眉根を寄せた。「なにがあったのか聞きたくない気持ちはわかるわ。聞けばつらい思いをするでしょうし……でも、あなたに話さなくてはいけないことがあるの」

「ジャスティンについて？」夫は苦々しげにたずねた。

「わたし自身についてよ。フィリップ、お願いだから……」セリアは彼の手をとった。「ずっと、あなたは亡くなったものと思っていたわ。あなたと一緒に地下牢に閉じこめられていたも同然だった。たしかに身体的な苦痛は味わわなかったけれど、あまりのつらさにいっそ死んでしまいたいと思った」

フィリップは思いやり深くセリアを見つめ、彼女の手を握りしめた。「セリア——」

「もうなにをしても喜びなんて感じられないだろうと思ったわ」セリアはつづけた。「二度と笑うことも幸福にひたることもできないのだと。死ぬまでひとりぼっちで、誰も愛せずに終わるのだろうと思った。それから……あなたの死を受け入れる気持ちになったの」

夫の表情が冷ややかなものに変わる。「死んでなかったのに」彼はこわばった声で言った。テーブルに身を乗りだし、セリアの両腕に手をのせる。

「だって、あのときは知らなかったんだもの。やがてジャスティンがここに運びこまれた。大けがを負っていて、一晩もたないとみんな思ったわ。彼はあなたと正反対だった……世をすねた、乱暴で短気な人だった。だから最初は大嫌いだったわ。でも看護を手伝うようになると、彼に生きていてほしいと願う気持ちが強くなっていって、あるとき突然……」口ごもり、困ったように夫を見る。夫の手にぎゅっと力が込められた。「一日中でも彼と一緒にいたいと思うようになったの。彼といると、かつてないほど生きていることを実感できるわ。そのときにはすでに、彼に愛されている自覚があったのだと思う。わたしを見るまなざしや、話しかけるときの様子からわかった……その気持ちを抑えこもうとして、彼がわたしと同様に戦っているのも。だけど……」震えるため息をつく。「ふたりとも、止められなかった」

フィリップは手を離し、テーブルをがたがたいわせながら勢いよく立ち上がった。コーヒーがカップの縁からこぼれた。「ジャスティンに許したのか……」

セリアは唇を噛んで、彼にそれを知る権利が、そもそも訊く権利があるのだろうかと考えた。たしかにフィリップは法的には夫だ。彼女は夫を裏切った。でも、生きているとは知らなかった……。

動揺した彼女の表情から、答えを読みとったらしい。フィリップは懸命に怒りと裏切られた屈辱感をのみこもうとしている。

硬くなって椅子に座ったまま、セリアは彼の顔を見ることもできずにいた。

「予想してしかるべきだったんだ」ずいぶん経ってからフィリップがやっと言った。「一六歳のときにはすでに、ジャスティンは女の子を誘ってばかりいた。きみみたいな世間知らずをおとすのは簡単だったろうね」

見下した物言いに傷つき、セリアは自らも立ち上がって彼と向きあった。「わたし自身が望んでそうなったのよ。彼を愛しているから一緒にいたいと思ったの」

「それはちがうね」フィリップは決めつけた。「なにも知らないきみに、愛と肉欲のちがいがわかるわけがない」

「ブリオニーにはそれがわかるの？」

フィリップは頬をはたかれたような顔をした。「なんだって？」

セリアは自分の辛らつな口調を後悔し、穏やかな声音になってつづけた。「あの子とどういう関係にあるか知っているの。フランスでわたしと結婚する前からなんでしょう。わたしを選んだのも、家柄やなにかが自分にふさわしいと思ったからなんでしょう」

「それは誤解――」

「ゆうべ、庭で一緒にいるところを見たわ」と告げると、フィリップは頬と鼻梁を赤く染めた。「彼女を愛しているんでしょう、フィリップ。彼女とならあれほどの幸福を得られるのね。わたしたちにはとうてい見つけられなかったわ」

フィリップは窓辺に行き、くもり空を見つめた。窓の下枠を握りしめる。「すでにふたりのうちのどちらにするか決めたんだ。ぼくはきみを選んだ。理由はいろいろあるよ。一番の理由はきみへの愛だ。いまだってきみを愛してる」

「でも、ブリオニーも愛しているのね？」

「別の意味でだよ」

ひどく緊張しているのに、セリアは思わず苦笑いを浮かべた。「だったら、それぞれをどういう意味で愛しているのか、聞かせてくれてもいいんじゃないかしら」皮肉めかしたつもりはなかったのに、フィリップにはそのように聞こえたらしい。

「以前のきみはそんな話し方はしなかった」彼は抑揚のない声で指摘した。「ジャスティンの影響だね」こちらに向きなおって窓枠に背をもたせると、親指をポケットにかけ、片足に体重をかけた。「こっちにおいで」と静かに命じる。

セリアは言われたとおりにし、彼から少し離れた位置に立った。フィリップは触れてくるでもなく、ただじっと彼女を見ていた。

「ぼくたち兄弟のちがいのひとつは、義務と責任に対する考え方なんだ」

「つまりわたしは、あなたにとって義務という意味？　それとも責任――」

「話を聞いておくれ」フィリップがきっぱりと言う。「ぼくたちは結婚しているんだよ、セリア。なにがあろうとその事実は変えられない。法的にはきみはまだぼくの妻なんだ。結婚の誓いを守る責任があるとは思わないかい？　善きときも悪しきときもだよ。ぼくたちの人生は周囲の状況しだいで変わることもある。でも、夫婦としてともに生きる根拠がなくなることはないんだ。それにぼくたちには共通点がたくさんある。お互いに、心の安らぎを見いだせると思う」彼はそこでいったん言葉を切り、感情を込めてつけくわえた。「それから……きみの軽率な振る舞いについても許すつもりだよ。これからもぼくの妻でいてほしい」

セリアは驚愕とともに彼を見つめた。話の展開が予想とまったくちがっている。「でも、心の安らぎ以上のものをほしいとは思わないの？」セリアは詰問した。「わたしはほしいわ」

「そういう野蛮な、熱に浮かされただけの愛が永遠につづくとでも思っているのかい？ 残念ながら、そんな愛はすぐに燃えつきてしまうんだよ、セリア。ジャスティンに対するきみの思いはずっとつづくものではないんだ……いまは奇跡のように素晴らしく思えても、あっという間に魅力が薄れて無に帰すものなんだ」

「どうしてそう言いきれるの？」

フィリップの顔が険しくなり、一瞬、ジャスティンを思い出させる。「父がぼくたちの母親と結婚したのは、母の情熱的なところに惹かれたからだった。でもそうした感情が消え去ったあと、ふたりの結婚生活にはなんのよりどころもなくなった。最終的には、母の不義と悲劇という結果で終わったよ。そのせいでジャスティンとぼくは何年間も苦しみつづけた」

「でも……お義父様たちの場合とはまるでちがうわ」

「ぼくにはまるきり同じに思える。ぼくだってジャスティンのことは愛してるけど、どんな人間かもよくわかってるんだ。永遠につづくような関係を人と築けない人間なんだよ」

その点でフィリップに反論するつもりはない――完全に自分が正しいと思っているのだか

ら言っても無駄だ。でも、セリアはジャスティンを信じているし、彼の愛の深さもわかっている。彼女は夫に背を向けようとした。だが両手をとられ、真正面から向きあわされた。

「フィリップ」用心深く呼びかける。「あなたたちは兄弟だから、彼に張りあう気持ちがあるのはわかるけど――」

「そういう話じゃない！　きみが大切だからこそ、このままでいたいと言ってるんだ」

「わたしもあなたを大切に思ってるわ、フィリップ」セリアは決意を込めたまなざしを彼に向けた。「だけど、それだけの理由でわたしとの結婚をつづけるのはおかしいわ。それにあなたはブリオニーを心から愛してる。頑固すぎてそれを認められないだけよ」

「ぼくはお互いにとって最善の道を――」

「いいかげんにして！」セリアは懇願する目で彼を見つめた。「義務や責任が大事なのはわかるわ。でも、義務も責任も負わなくていいとしたらどう？　求めるものを自由に手に入れていいとしたら、いったいなにを選ぶの？」

「ぼくがなにを求めているかはもう話した」

「自分自身のために選ぶとしたら？　一生に一度だけわがままを言えるとしたら？　義務も責任も負う必要がない、わたしと結婚もしていない自分を想像して考えてほしいの。心が求めるまま自由に決めて。あなたはなにを選ぶ？　誰を選ぶ？」

フィリップは無表情で、なにも答えない。

「ゆうべ、庭でブリオニーと会ったのはなぜ？」セリアはさらにたずねた。「会わずにはいられなかったんでしょう？　彼女を求め、愛しているからだわ……心のなかでは、その愛が永遠につづくと信じているはずよ」

彼がいっさい答えるつもりはないらしいので、セリアは身を引き離した。ここは忍耐強くならなければいけない。「自分に誠実になれないのね」と優しく言う。「けっきょくわたしたちが求めているものって、同じなんじゃないかしら。いろいろなことがあったわ……だからもう後戻りはできない」

「できる」フィリップが口を開いた。「でも、最初からやりなおすんだ」

彼の頑固さに呆れたセリアはかぶりを振り、話のつづきはあらためてしようと申し出た。お互いに考える時間がいる。

その日、セリアはずっと母屋で過ごした。フィリップが話す気になったときのためだったが、ほとんど彼の姿を目にすることもなかった。質問ばかりされて疲れてしまったのだろう。昼食も自室でとり、階下には現れなかった。寝室で眠っているのか、考えているのか――セリアは後者であることを祈った。

夜になってもマクシミリアンからの連絡はなかった。すでに知事との話しあいは終わっているはずだ。落胆したセリアは、書斎の窓辺にある長椅子に猫のヴェスタと丸くなって待った。猫は彼女の膝で盛大に喉を鳴らしながら、やわらかなシルクベルベットのドレスを前足で踏んでいる。優雅で男性的なしつらえの書斎は、セリアのお気に入りの場所だ。室内には重厚なマホガニーの家具が並び、こっくりとした黄色や深紅や青のカーテンや張り布が彩りを添えている。

ヴェスタはていねいに自分の足を舐め、毛づくろいを始めた。「ねえ、教えて、マ・ベル」セリアはひとりごち、猫の毛を撫でた。「おまえはいつも、あっちのオスからこっちのオスへと心変わりしては、飽きると相手を冷たく見捨てるでしょう？　それで良心が痛むことはないの？」

「動物のなかでもとりわけ猫という生き物は」フィリップの声が戸口のほうから聞こえた。「良心がないと言われているからね」

セリアは急に現れた彼に驚いた。「フィリップ」とつぶやいて、笑い転げる。「そんなふうにこっそり忍び寄る習性があなたにあったなんて、知らなかった」

彼は例のごとく、考え事をするときの癖で唇を噛んだ。それから笑みを浮かべて、「入ってもいいかい？」とたずねた。セリアはうなずき、さりげなく相手の様子をうかがった。黒髪はきれいに梳かし、紺色の上着と黄褐色のブリーチに身をつつみ、バックル付きの靴をはいている。襟元には糊をきかせた純白のクラヴァット。肩の荷が下りたとでも言わんばかりの表情を浮かべている。

「座ったら？」セリアは促し、長椅子のとなりを指差した。闖入者の登場にいらだったヴェスタが、セリアの膝から飛び下りて書斎を出ていく。

「今朝は失礼な物言いをしてすまなかったね」フィリップが言った。「きみはただ正直に話してくれただけなのに。話すだけでも大変だっただろう」

「ええ、そうね」セリアは静かに応えた。

じっと見つめてくるフィリップのまなざしはどこかすがすがしく、今朝とは一変している。

「今朝は……いや、いまもだけど……なにか大切なものを奪われた気分だった。きみやジャスティンを責めるつもりはないんだ。ただ、ぼくがレガーレ一味の囚われの身になるまでは、きみはぼくのもので、ぼくたちの前には同じ未来が広がっていた。お互いにその状態に満足しているはずだと思っていたんだ」

「わたしもよ」セリアは心から同意した。「でもね、フィリップ——」

「黙って」フィリップがさえぎる。「ぼくの言い分を聞いてくれないか。いまはわかるんだよ、変わったのはきみだけじゃない、自分もだって。かつて夢見た未来を、現実のものにすることはもうできないんだ」彼はセリアの手をとり、きつく指をからめた。セリアが涙をすすりだすと、彼はポケットからハンカチを取りだし、苦笑交じりに手渡した。「離れ離れになったあの日からずっと」フィリップがつづける。「ぼくは悪夢のなかにいた。希望も、感情もないままに何カ月も過ごした……だからどんなものも、もはや現実とは思えない。でもブリオニーと一緒にいると悪夢が消えて、強い感情がよみがえってくるんだ。だけど、そんな自分に不安を覚えずにはいられなくてね。いまはまだなにも感じたくない——静かな、平和な暮らしがほしいだけなんだよ」

「わかるわ、あなたはつらい目に遭ったんだもの」セリアはうなずいた。「でもそれなら、ブリオニーと平和に暮らすこともできるでしょう。彼女と一緒にいるときのあなた、とても幸せそうだった」

フィリップはつないだ手に視線を落とした。「彼女を愛しているよ」

「知ってる。ブリオニーもあなたを愛してるわ。夫と妻が似たような立場でなくても、お互いに心の安らぎを見いだすことは可能よ。むしろちがうほうが人生をずっと楽しめるんじゃないかしら」セリアは指に力を込めた。「ブリオニーのところに行きなさい」

フィリップの顔に、優しく人を惹きつける懐しい笑みが浮かぶ。「それは命令かい？」

「そうよ」

「彼女になんて言えばいいんだろう、マダム？」

「愛してる、婚姻無効宣告が下りしだいぼくと結婚してくれ、じゃない？」

彼はまじめな顔になった。「セリア、本当にこれでいいのかい？」

「ええ、もちろん」

「でもぼくの手助けが必要なときには、ぼくの力がいるときには、きっと――」

「いいえ、モン・シェール」セリアはふっと笑った。「まだわたしの身を案じているのね。だけどわたしのことはもう心配しなくていいのよ……捨てられる恐れも、不当な扱いを受ける恐れもないから。ジャスティンは少なくともあと五〇年はわたしに飽きないわ」

「ずいぶん自信があるんだね」質問するというより、断言する口調でフィリップは言った。

「運命だもの」セリアがささやき、にっこりとほほえむと、彼も自然と笑みをかえした。

フィリップがうつむく。彼は衝動に駆られたかのようにセリアの唇にキスをした。愛情はこもっているけれど、あっさりしたキス。兄が妹にするキスに似ていた。

そのとき、セリアはうなじがぞくりとするのを覚えた。フィリップの口づけのせいではない。誰かが書斎に現れたにちがいなかった。顔を上げたとたん、彼女の心臓は止まった。ジャスティンが立っていた。ゆったりとした純白のシャツの胸元をはだけ、細身の黒いズボンと黒い靴を履いている。その男らしく威圧的なたたずまいに、セリアは思わず息をのんだ。

双子をいっぺんに見るのはそれが初めてだ。セリアはすっかり圧倒されてしまった。ふたりを見まちがえる人がいるというのが信じられない。たしかに顔つきはうりふたつだが、どちらが医者でどちらが元海賊か、一目見ればわかる。一方は世の母親がみな、ぜひ娘の婿にと夢見る男性。他方は母親が娘に、絶対近づいてはいけませんよと言い聞かせる男性だ。

フィリップはセリアの手を離して立ち上がった。「恩赦が下ったんだね、モン・フレール」

ジャスティンは険しいまなざしをセリアからはずし、かすかな笑みをたたえて弟を見た。「ああ。この一件で、父さんは政治的影響力をすべて使い果たしたはずだ。今後はいっさい他人の厚意にあずかれないだろうな」

「ジャスティンにはどれだけ感謝しても――」フィリップは言いかけ、言葉を失ったかのように黙りこんだ。彼は兄に歩み寄り、乱暴に抱きしめた。ふたりは固く抱きあい、やがてジャスティンが笑い声をあげながら身を離した。

「おまえのふりをするのが、一番厄介だったよ」ジャスティンが言う。「優しくて上品な紳士のふりをするだけで一苦労だった。そのうえ、ニューオーリンズ中の初老のご婦人方の慢性疾患について、礼儀正しく耳を傾けなくちゃいけないとくる」

フィリップはくすくす笑った。「相手が誰だろうと、ジャスティンが礼儀正しく耳を傾けるところなんて想像できないよ」

ジャスティンは弟を上から下まで眺めた。「体のほうは心配なさそうだな。おまえがここへ無事に戻ってきて、一番喜んでいるのはこのおれだよ」

「感謝してるよ」とフィリップ。「なにもかもジャスティンのおかげだ」青い瞳と群青の瞳が見つめあい、互いの胸の内を理解する。ふたりは長いあいだ離れて暮らしてきた。だが兄弟の絆はなにものにも壊されはしなかった。

「おまえが死んだと聞かされたとき」ジャスティンがつぶやいた。「自分の半身《はんしん》を失った感じがしたよ」

「ぼくの身代わりになったと知ったときには、この手でジャスティンを殺してやりたいと思ったね」

「ろくに考えずに決めたことだ」ジャスティンはさらりと言った。「おれはただ、レガーレがおまえにやったことを一〇倍にしてあいつに返してやりたかった」

「ジャスティン、少し話したいことがあるんだけど」

「わかってる」ジャスティンは静かに応じた。「いつでもかまわない、モン・フレール」

セリアは立ち上がり、彼に一歩、歩み寄った。「ジャスティン、わたし――」

「女房と仲直りしたというんだろう？」ジャスティンはセリアを無視し、弟に向かって言った。口調が淡々としていんぎんなものに変わっている。まるで、トランプに勝った弟に賛辞を贈っているかのようだ。「おめでとう」

「いや、それが――」

「どうやら邪魔したらしいな」ジャスティンがさえぎる。「おれはもう行くから、ふたりで……存分に祝ってくれ。またな、フィリップ」彼は背を向けると、大またで書斎をあとにした。セリアにもフィリップにも言葉を挟む隙さえ与えなかった。

「ジャスティン！」セリアは彼の背に向かって呼びかけたが、返事はなかった。すっかり取り乱して、フィリップに向きなおる。「さ、さっきのキスを誤解したんだわ」パニック状態になって言う。「どうして――」

「ぼくの推理だと」フィリップは考えこむ顔になって言った。「兄はきみに追ってきてほしいと思っているね。すぐに追ったほうがいいよ。ぼくのほうは……」ふいに少年のように目を輝かせてほほえむ。「ミス・ブリオニー・ドイルに会ってくる」

「幸運を祈るわ」セリアは息せききって言った。

「きみもね」

セリアは廊下を全速力で走り、ちょうどジャスティンが八角形の玄関広間に着いたところで追いついた。「ジャスティン、待って」と声をかけながら腕に触れる。彼はくるりと振りかえり、彼女を見下ろした。つい先ほど見せた冷たいばかりの自制心はかき消え、息を荒らげ、群青の瞳を怒りにぎらつかせている。「わたしたち、話をしていたの、それで――」

「レガーレはひとつだけ正しいことを言ったよ」ジャスティンはぶっきらぼうに言い放った。

「おまえはヴァルラン兄弟のどちらとでもうまくやっていけるらしい」

「なんですって」セリアは驚愕して彼を見つめた。「お願いだから説明させて――」

「その必要はない。聞きたくもない」

「あなたほどわからずやで、頑固な――」

「フィリップもほしいんだろう、だったらおまえを責めるつもりはないよ」ジャスティンはせせら笑った。「なにしろ弟は信頼できるし、尊敬もできる――まさに理想の夫だ。でもベッドでは満足させてもらえないというのなら、いつだっておれのところに来ればいいさ、最高に激しい夜を――」

セリアは彼の頰をたたいた。バシン！という音が玄関広間に響く。「さんざん心配させられた挙げ句、こんなふうに侮辱されるなんて思わなかったわ！」

「こいつは侮辱でもなんでもない――」

「あなたみたいに嫉妬深い人――」

「ほしいものを手に入れる、おまえの手腕を褒めているだけさ」

「どうして話を聞こうとしないの。わたしたち、婚姻を無効にしようと決めたのに！」

そこへ、いらだちのにじんだマクシミリアンの低い声が背後から聞こえてきた。「なにを大騒ぎしている？」義父はリゼットと並んで階段の上り口に立っていた。「そこまで騒ぎたてる必要があるのか？　もう少し落ち着いて、お互いの意見をすりあわせたらどうなんだ？」

ジャスティンは両親をねめつけてから、セリアを居間に引っ張っていき、ばたんと扉を閉じた。

マクシミリアンはくっくっと笑った。リゼットが当惑気味に夫を見つめる。「ビヤン・ネメ、なにがそんなにおかしいの？」

彼は妻を抱いて階段の二段目に立たせた。ちょうど目線が合う。「きみがつるつるしたブルーのダマスク織を張った長椅子があるだろう？」マクシミリアンは言い、妻の両腕を首にまわした。「あの上で、わたしたちよりうまくできるかなと思ったのさ」

リゼットは頬を染め、青い瞳を見開いた。「マックス、まさかあのふたり……」

マクシミリアンは肩越しに、閉じられた居間の扉を見やり、笑みをたたえた目を妻に戻した。「急に静かになったと思わないかい？」

リゼットは顔をしかめてみせた。「もう、あなたの息子たちって、父親と同じくらい手に負えないのね」

尊大な笑みをたたえて、マクシミリアンは応えた。「ああ、一生手に負えないだろうね」

扉を勢いよく閉めるなり、ジャスティンは腕のなかにいるセリアを自分のほうに向かせ、唇を重ねた。彼女は力なく抵抗した。勝手にかんちがいしたジャスティンにまだ腹を立てていた。だが抱きしめる腕にいっそう力が込められ、むさぼるように口づけられると、身を震わせて怒りを忘れた。背をそらして彼に身を寄せ、純白のシャツを引っ張って、鹿革のブリーチから裾を出す。両手をシャツの下に差し入れ、たくましく広い背中をつかんだ。

「おれの前で、二度とほかの男とキスをするな」ジャスティンは首筋に唇を寄せながらささやいた。「足元のおぼつかないじじい様が相手でもだめだ。絶対に許さない」

「あなたって、嫉妬深くてわからずやのならず者だったのね」

「そうだ」ジャスティンは彼女を抱きしめ、硬くなった部分に腰を引き寄せた。「愛してる」と荒々しくささやく。セリアの首筋に顔をうずめながら、彼はスタンドカラーのドレスのボタンを引きちぎった。髪飾りをとり、金色の川のような髪を背中にたらす。「きれいだ、セリア。誰よりも……」

頰を上気させ、めまいを覚えつつ、セリアは彼の後頭部を撫でて耳にキスをした。「ここではだめよ……誰かが来たら——」

「かまうものか。おまえがほしい」ジャスティンはふたたび口づけ、舌先で唇のすぐ内側のやわらかな部分をまさぐった。かすかなあえぎ声がセリアの喉の奥からもれると、ぴったりと唇を重ねて、甘くぬくもったなかへと舌を深く差し入れた。

セリアがむきになってシャツを引っ張ると、彼はそれを脱がされるあいだだけ愛撫をやめた。胸板を覆う巻き毛に指先をうずめる。「わたしのことなんて忘れていたんでしょう」セリアはあえいだ。「たくさんの女性があなたに差し入れしてくれたそうね、ワインや……」

「カビルドにいる連中全員に、おまえの美しさに乾杯させてやった」

セリアは彼の肩に唇を寄せ、くぐもった笑い声をあげた。「本当にすっかり自由の身になったの？　なんのお咎めも、賞金首の話も――」

「おれのすべてがおまえのものだ」ジャスティンはセリアの金髪に、繊細なまぶたに口づけた。「ただし安くはない。おまえは周囲の誰彼から、あんな男はやめておけと言われる」

「そのときはなんて言いかえせばいいの？」

ジャスティンは両腕を彼女の体にまわし、きつく抱きしめた。「彼なしでは生きていけないの、と言ってやれ」

彼はセリアを長椅子に座らせ、室内履きを脱がせてから、自分も靴を脱いだ。心臓が激しく鼓動を打ちはじめる。シルクのストッキングにつつまれた両の脚をつかみ、足首からふくらはぎ、膝へとその手を滑らせていく。すると彼女は、しなやかな手足をジャスティンにからませ、首筋や肩の温かな素肌に唇を押しあててきた。ジャスティンは彼女を横たわらせ、ドレスの身ごろを腰までぐいと下げた。長袖がセリアの腕にからまり、動けなくする。

彼女を組み敷き、ジャスティンは歯を使ってシュミーズを下ろした。つぼみを口に含み、優しく舐める。するとセリアは息をのみ、腕の自由を取り戻そうと身をよじった。胸を愛撫しながら、じっとしていろとささやきかける。もどかしげに体をひねっていたセリアがやがて、けだるい歓喜に身をゆだね、緊張を解くのがわかる。

ジャスティンはいったん身を起こすと、ドレスとドロワーズをいっぺんに脱がせ、シュミーズを真ん中から引き裂き、そろそろと左右に広げていった。セリアがブリーチに手を伸ばしてボタンをはずし、屹立したものを解放して、巧みな愛撫をくわえる。ジャスティンは下腹部と胸とうなじが熱くなってくるのを覚えた。ついにこらえきれなくなると小さな手をどかせた。「やめてくれ」とささやく。「焦らないで……もっとゆっくり」

セリアが甘く香る体を押しあててくる。指先が優しく探るように、背中を下のほうへとなぞっていく。ジャスティンはうめいて、彼女の太ももに両の手のひらを滑らせた。すでにいつでも彼女のなかに入れる状態だ。セリアも受け入れてくれるとわかっている。けれども彼は、この時間をもっと堪能したかった。口づけで赤みを増した唇が開かれ、ほっそりとした腕が首にまわされて彼を引き寄せる。

ふたりの唇が溶けあう。そのとたんにジャスティンは、これ以上は我慢できないと悟った。脚を大きく開かせ、彼女のなかに身を沈める。腰を動かすと、長椅子に張られたつるつるした生地のせいでセリアの体がわずかに上に滑った。彼女を抱く手にいっそう力を込め、あらためて腰を動かすと、今度は自分の膝が滑り、危うくふたりで床に転げ落ちそうになった。すべらかな生地をつかもうとするが、つかめるようなゆとりが生地になく、彼は低く悪態をついた。タッセル付きの小さなクッションがセリアの顔の上に落ちる。彼女はこらえきれずに笑いだした。

「よかった」ジャスティンは言い、クッションをつかんで乱暴に放った。「なかなか愉快なやり方だろう？」

「ウイ、すごくおもしろいわ」セリアは彼の腰に両腕をまわし、「次はどうする？」とささやいた。

いらだちを覚えつつも、ジャスティンは彼女の反応にほほえまずにはいられなかった。

「おれにつかまって、モン・クール。いい方法がある」彼はセリアの体の位置をずらし、片足を床に下ろして、さらに片手を伸ばし、長椅子のひじ掛けをつかんだ。これで支点ができた。彼はあらためて、ゆっくりと深くリズムを刻んでいった。彼女は半分目を閉じて、いっそうきつく抱きしめてくる。

ジャスティンは唇を乳房から肩、喉元へ這わせていった。セリアは息をのんだ。彼が動くたびに自分が彼をつつみこんでいる感覚が高まっていき、喜びに身内を満たされて、ついに呼吸すらできなくなる。たくましい腕のなかで身を震わせながら、セリアは温かく広がっていく恍惚にすべてをゆだねた。ジャスティンがさらに深く突き立て、そこで動きを止める。彼はぎゅっと目を閉じ、唇を重ね、歓喜に低くうめいた。

そのあとも、ふたりは手足をからませあったまま、心地よさにひたりつつ横たわっていた。ジャスティンがセリアの長い髪を自分の胸に広げ、指先でもてあそぶ。彼女はけだるく、小さな乳首の周りに円を描いた。「婚姻無効宣告が下りるまで、少し時間がかかると思うの」彼女は物憂げに言った。「フランスから書類を取り寄せて、それから教会に――」

「いくらかかってもかまわないさ。きちんと手順を踏んでくれさえすれば」

「だからといってその間、みんながここに住むのはよくないわね」

　ジャスティンはかすかに眉をひそめて、かぶりを振った。「ああ、そうだな。おれは街のホテルに泊まるよ」

「でもそれじゃあ――」

「フィリップとひとつ屋根の下で暮らすなんてまっぴらだ」彼はきっぱりと言った。「ほかの家族とも。みんなおれを見張るだろうからな。四六時中監視されたりしたら、頭がおかしくなる」

「そうしたら、わたしたちはいつ会うの？」セリアはしゅんとしてたずねた。

　ジャスティンがほほえみ、彼女のしなやかな背中を撫でる。「心配はいらない。ちゃんと求愛しに来てやるさ。それも毎日。分別をもって会う日時を決める。そういうのもロマンチックでいいんじゃないか……」

「いやよ、そんなの退屈だわ。ふたりでこっそり会いましょう。密会よ……」セリアは口を尖らせ、ジャスティンの胸に頭をのせた。「だって、ずっと一緒にいたいんだもの」

「じきにそんな日が来る」彼の優しい笑い声が耳に響く。「プティ・クール、その日が来るのを止めようとしても無駄だ」

# エピローグ

## マルセイユ

　さわやかな風と穏やかな陽射しを味わいながら、セリアはひとり砂浜を歩いた。遠くには地中海の青が広がっている。背後にはヤシの木陰が心地よい、こぢんまりとした中庭のある別荘。二カ月前にジャスティンが借りた。別荘所有の浜辺では人に見られる心配もないので、セリアは薄い木綿のドレスの裾をつまんでそのまま海に入っていき、足首まで水に洗われる感覚を楽しんだ。近くでカモメがうるさく鳴きながら、小魚を奪いあってけんかをしている。

マルセイユはフランスでもとりわけ美しい土地だ。パリよりも、城が立ち並ぶトゥレーヌよりも美しい。いつもにぎわっている港は、都会の街に必要なあらゆるものが揃っているばかりか、周辺漁村と似たような活気も兼ね備えている。

　温かな砂浜に座り、後ろに肘をついて身をそらしながら、セリアは鮮やかな海を眺めた。マルセイユならきっと一生いても飽きないだろう。ジャスティンがあともう何カ月かここにいようと言ってくれるといいのだが。でもそう言ってくれなくても別にかまわない。彼と一緒にいれば、どこでだって罰あたりなほどの幸福を感じられるのだから。

婚姻無効宣告がなされると、ふたりはすぐに結婚した。そしてジャスティンの主張どおり、同じくらいあわただしくニューオーリンズを離れた。ニューオーリンズにいるあいだのジャスティンはひどくいらだち、かりかりしていて、早くここを出たいと公然と口にした。家族とは和解したものの、ヴァルラン・プランテーションにいれば過去の過ちや不快な記憶を忘れることができない。ジャスティンは新しい人生を歩みたがっていた。フィリップとブリオニーは、ふたりが出発して数日後に結婚したという。セリアは式に参列できなかったのを残念に思った。だがジャスティンが言うように、自分たちの結婚式にフィリップが参列した際、なんとなく気づまりなものを感じたのは事実だ。だからブリオニーのことを考えれば、むしろ参列できなくてよかったのだろう。失敗に終わった結婚の名残と向きあわずにすんだのだから。

ヴァルラン家の人びとと別れるのはつらかった。別れのあいさつは屋敷でした。セリアとリゼットはともに涙を流し、マクシミリアンは人目もはばからず、ふたりを行かせるのをしぶった。ジャスティンとフィリップはクレオール式の抱擁をせず、アメリカ式によそよそしく握手を交わすにとどめた。そのときばかりはさすがにいやな空気が流れた。セリアがジャスティンの妻になった事実は、今後も兄弟のあいだにしこりを残すだろう。だがセリアは、いずれ時がそれを和らげてくれると信じている。

フィリップは用心深くセリアを抱きしめた。身を離すときはほろ苦い笑みを浮かべ、セリアも同じ笑みで応えた。お互いに選んだ道に満足していた。とはいえ、かつて共有した親密な時間は忘れようにも忘れられない。かつてはお互いをなによりも大切な存在と思っていた事実も。フィリップに別れを告げるあいだ、ジャスティンは嫉妬に顔をしかめまいと必死に耐えている様子だった。だがそのあとはわがもの顔で彼女の腰に腕をまわしてきて、セリアは内心、愉快に思ったものだ。

結婚式を終えて数カ月のあいだに、ジャスティンに小さな変化が現れだした。彼の大きな特徴だった辛らつさや用心深さが、だいぶ薄らいでいた。前よりよく笑い、冗談を言うようにもなった。最初のうちはセリアに対しても、大切な宝物をいつ何時たりとも奪われてはならじとばかりに、そばに張りついてやたらと嫉妬心を燃やした。だがじきに彼女の愛を確信してぐっとくつろいだ様子になり、そのおかげでふたりのあいだに新たな信頼関係も生まれた。

結婚して最初の試練は、あっという間にやってきた。フランスへの旅の途中だった。乗船したその日の晩、ジャスティンは船長に甲板を案内してもらったあと、ふたりが宿泊する地階の特別室に戻ってきた。そこで、青い顔をして寝台の隅にうずくまるセリアを見つけた。仰天したジャスティンは彼女を抱き、セリアは彼の腕のなかに潜りこんだ。まるで見えない捕食者から隠れようとする怯えた小動物だった。

「シェリ、どうした？」彼はセリアの髪に口づけながら問いただした。「具合が悪いのか？なにかあったのか？」数分後、セリアはやっと説明できる状態になった。甲板のほうで物音がして、レガーレの襲撃に遭ったときの恐怖がよみがえったのだった。二度と同じことは起こらないと自分でもわかっている。でも、危険が迫っているという恐怖心を抑えつけることができない。

抱きしめたセリアの体をゆっくりと揺らしながら、ジャスティンはその恐怖がいかにいわれのないものか説明して聞かせた。「マ・プティット、このフリゲート艦には海賊は絶対に寄ってこない。本当だ。この船にはゴールデンスター号みたいに高価な積荷や大量の物資は積まれていないんだ。だから喫水《きっすい》も浅くて、スピードが出るし、海賊たちの関心も引かない。それに船体自体が細身だから、接舷してこちらに乗り移るのも難しい。しかもカロネード砲に、二八ポンドの大砲を装備しているし……」

ジャスティンは説明をつづけたが、セリアは言葉そのものは聞いておらず、心安らぐ声に耳を傾けることに集中していた。危険はないと言いきるその理由などどうでもいい。彼女はとにかく、前回、やはり結婚したての夫と海を渡ったときのことを思い出さずにはいられなかった。フィリップも彼女に安全だと断言したのだ。その後、不安は多少薄らいだが、完全に消えはしなかった。船がきしんだり、聞き慣れぬ音がしたりするたび、セリアの心臓は恐れに激しく鼓動を打ちはじめた。

船旅は大嫌いだったが、ジャスティンには隠していた。彼が船旅を愛していたからだ。彼は波も風も、嵐さえも楽しんだ。恐怖を抑えようとするあまり、セリアは気が短く、皮肉っぽくなった。

そんな彼女をジャスティンは忍耐強く甲板でなだめ、欄干の前に並んで座った。波が船体にぶつかるたび身をすくめる彼女を、落ち着くまで抱いていた。セリアを案内して船内をめぐり、鎖ポンプからもやい綱の巻き上げ機《キャプスタン》をまわす心棒にいたるまで、個々の装置がどんな機能を果たすかを話して聞かせたりもした。おかげで、船旅を大いに楽しむとはいかないまでも、少なくとも我慢はできるようになった。

ル・アーヴルに到着し、そこからパリに移動したあとはなにもかもが素晴らしかった。季節は夏で、フランスは美しい国で、空は澄みきって輝いていた。家族との再会も楽しみだった。先に手紙を送って、フィリップは生きていたがその後、彼の兄と結婚したと知らせておいた。そして、驚きと叱責と不信を書き連ねた返事が届いた。

いざジャスティンを紹介したときの家族の反応といったらなかった。セリアの騒々しい家族は、ジャスティンによほどの威圧感を覚えたらしい。たしかに彼は、とりわけ優雅でなおかつ控えめなデザインの服を着ていてもまだどことなく……海賊の雰囲気を醸しだしてしまう。セリアの家族は謎や答えのない疑問を嫌う、現実主義者の集まりだ。初対面の人間は質問攻めにして、ものの一五分でその人となりを判断する。だがジャスティンの海よりも空よりも濃い群青の瞳は、彼らの無神経な詮索を笑っているかのようだった。

パリを離れるころには、妹たちはジャスティンに淡い恋をし、弟たちは義兄の冒険譚を友だちに何度も聞かせるようになっていた。一方、父は娘の新しい夫の長所をなかなか理解してくれなかった。しかしジャスティンとふたりきりで長い時間話しあったあとは、あからさまな嫌悪を示すのをやめ、どこか距離を置いて彼に接するようになった。セリアは失望とともに悟った。父は同じ医者である義理の息子を得られたのが、それほどまでに嬉しかったのだ。娘に紹介したのが自分だったのだからなおさらだろう。

そういったわけで、ジャスティンがマルセイユの造船所や港を見てみたいと言いだすと、ふたりはすぐにパリを発った。港町に来てすでに八週間。毎日が前の日よりもいっそう幸福に満ちている。ここ数日ジャスティンは、午前中を町中で過ごしている。なにをしているのかとたずねても、うまくはぐらかされる。なにかを企んでいるのだろう。それがなんなのか、セリアはぼんやりと推理をめぐらした。

閉じたまぶたの向こうで、なにかが陽射しをさえぎり、セリアはほほえみとともに見上げた。ジャスティンはズボンと胸元をはだけたシャツを着て、はだしだった。風が吹いて黒髪をなびかせる。彼はセリアのとなりに腰を下ろすと、うっとりと見つめてきた。

「小さなブリオッシュみたいだ」とつぶやく。「金色で温かく、とても味わい深い。一口食べてみるか」

身をかがめて、陽光で温まった首筋に歯を立てる。セリアは背中から砂浜に倒れこみ、くすくす笑った。最近の彼女はすっかりたしなみを忘れて、長袖の服も着ず、手袋もせずボンネットもかぶらず、フリルのついたパラソルもささずに外に出る。そのためミルクを思わせる白い肌はやわらかな金色に変化していた。もともと色が薄かった金髪も、すっかり日に焼けて陽射しと同じきらめきを放っている。上流階級の人びとは女性は肌を焼くものではないと決めつけているが、セリアにはそんな決まりはどうでもよかった。ジャスティンさえ喜んでくれればそれでいい。

輝く髪と金色の肌の効果は絶大だった。市内の屋外カフェにジャスティンと一緒に行くと、彼がどんなににらみをきかせても、道行く男性がわざわざ近くのテーブルにやってくる。フランスの男性はワインと同じくらい女性が好きで、そのいずれについても目利きを自認している。

彼の手が身ごろの下に忍びこんできたので、セリアは息をあえがせながら抵抗した。「やめて、誰かに見られたらどうする――」

「ここの浜辺には誰も来ない」ジャスティンはさえぎり、首筋にキスをした。「万が一来てもそいつはフランス人だから、見咎めやしないさ。フランス人は恋人同士がなにをしようと許してくれるんだ」

「わたしたちは恋人同士じゃなくて夫婦でしょう、それに……」セリアは心地よさに吐息をもらした。ジャスティンの指が乳房を覆っていた。「ジャスティン……」弱々しく呼びかける。

「わかったよ、慎み深いセリアの言うことを聞いてやる。いまはね」ジャスティンは上半身を起こし、セリアを脚のあいだに引っ張った。ふたりで海を眺める。

セリアは彼の胸板に背をあずけ、満足げに身をよじった。「手を動かしちゃだめよ」とあらかじめ警告しておく。

「がんばってみよう。ポーヴル・シェリ、自制心の強い女が好色な狼と結婚するとこれだから――」

「最近のわたしは、見捨てられた女だわ」セリアは指摘した。

「おや。最後におれの外出に文句を言ったのはいつだったっけ。もう一週間前か。だいぶ忍耐強くなったな」

「それで?」

ジャスティンはほほえんで、寄せてはかえす波を見つめた。銀色の水がふたりの足元まで広がってくる。彼はセリアの質問に質問で答えた。「マルセイユは好きだろう?」

「ナチュレルマン。きれいだし、街の人たちも好きよ」

「思ったんだが……」ジャスティンは言葉を切り、セリアの頭のてっぺんを見下ろした。「しばらくここにいたいくらい気に入ったか?」

意外な質問だった。セリアとしてはぜひともそうしたい。でも、ジャスティンの足手まといには絶対にならないと決めている。彼がどこかに行きたがっているのに、ひとところに引き止めてはいけない。だがこれで、ここしばらく午前中に外出ばかりしていた理由がわかった。この土地を離れたくて、じっとしていられないからだろう。なのに彼はセリアの気持ちを訊いてくれる。彼女が望むなら、我慢してとどまろうというつもりなのだ。

「そうね、それもいいかもしれないけど……どこか新しい場所に行きたい気もするわ」

「本当に?」ジャスティンはとまどいがちに訊いた。「おれとしては、当面ここに家を持ってもおもしろいかなと思ったんだが」

「家を持つ？」セリアは後ろを向き、ジャスティンの前にひざまずいて、穴の開くほど顔を見た。「絶対にそんなことを望まない人だってわかってるのよ、あなた《モナムール》。どうしてそんなことを言いだしたのかも。わたしのためなんでしょう？　でもね、あなたのいるところがわたしの家なの。だからそんな必要は——」

　意外そうな表情を浮かべていたジャスティンがふっと笑う。「これまで家を持とうとしなかったのは、一緒に住む相手がいなかったからさ。マルセイユが気に入らないなら、別のところにするか」

「でも……同じところにずっといて、いやにならない？」

「じつは、造船所の仕事に興味がわいてきた。だからここ最近はいつもあそこに行っていたんだ。スクーナー船を造る計画を立てているんだよ。もうデザインも考えた。流麗な船体に鋭い舳先のスクーナーだよ。波間をくぐって、飛ぶように走る」ジャスティンは興奮して目を輝かせた。「金のかかる仕事なのはもちろんわかってる。だがこの街には、そういう仕事で食ってる男たちが大勢いる。それにおれには違法に手に入れた財産も少しばかりあるし」

「スクーナー船」セリアは少々あぜんとした。「でも、外国のいろいろな場所に行きたいのではなかったの？」

　ジャスティンは彼女の腰に手を置き、真剣なまなざしをそそいだ。「外国なんていつでも行ける。いまは家を持ちたいんだ。おまえと一緒にどこかに根を下ろして……」ほっそりとした体を見下ろしてから、視線を顔に戻す。「それから、家族もほしい」優しくつけくわえた。「おれたちの家族が」

「わたしもほしいわ」セリアは震える声で笑った。胸のなかが痛いほど愛で満たされる。

「だけど、あまり急に家庭的な暮らしに変わったら、あなたは息が詰まるのではない？」

「自分のほしいものくらいわかる」ジャスティンが片眉を上げ、頬に小さなえくぼができる。

「おれが信じられないか？」

「信じるわ！」セリアは熱っぽく答え、彼の首に両腕をまわした。

ジャスティンは嬉しそうに声をあげて笑った。セリアを抱いて転がり、温かく身を支えてくれる砂浜に彼女の背中を押しつける。「じゃあ、ここに家を持つ案に賛成するな？」

「ええ、なんにでも賛成する」

ジャスティンは熱く口づけた。「おれの勇敢な奥さん……おれに賭けて正解だったと、きっと思わせてやるから」

「もう思ってるわ」セリアはささやき、夫の黒髪を額からかきあげた。「心からそう思ってる」

# 訳者あとがき

『ただ一人のあなたへ（原題 Only with Your Love）』は前作『偽《いつわ》れない愛』につづき、リサ・クレイパスが米国南部ニューオーリンズを舞台に描いた作品です。

舞台は前作から一二年後。医師となったヴァルラン家の次男フィリップは、フランス人の妻セリアをともない、フランスからニューオーリンズに向かう商船ゴールデンスター号に乗っている。フィリップは留学先のフランスでセリアと出会ったが、その後、英国との戦争の影響で離れ離れとなり、海を隔てて文通だけで愛を深めてきた。ようやく戦争が終わり、フランスまでセリアを迎えに行った彼は、晴れてセリアを妻に迎え、米国での結婚生活を始めようとしている。

しかし運命は残酷で、ゴールデンスター号は高価な船荷を狙った海賊の襲撃に遭う。無残にも殺されるフィリップ。そしてセリアは、レガーレと名乗る海賊の一味にさらわれて、メキシコ湾の離島へと連れ去られる。だが彼らのなぐさみものにされかかった彼女を、敵対する海賊の頭首グリフィンが救う。レガーレと対立してまでセリアを助けようとする、グリフィンの真意はいったいなんなのか……。

前作では南部の複雑な政治情勢を、そして本作では当時のメキシコ湾周辺に横行した海賊のエピソードをからめ、つづきものとはいえだいぶおもむきのちがう内容となっている本シリーズ。クレイパスの豊富なイマジネーションと筆力を感じさせますね。

ヒロインのセリアは、まさにクレイパスの定番といってもいいキャラクター。一見たおやかな女性そのものですが、さまざまな場面でその芯の強さ、気の強さを垣間見せます。セリアからそうした一面を引きだした人こそ、彼女の命を救った海賊のグリフィン。夫のフィリップとは正反対の彼に、セリアは激しい反発を感じながらも惹かれていきます。

一方のグリフィンはどこか陰のある、冷酷で残忍な海賊。部下に対しては厳しく接しつつ、信頼関係を築いていることが会話の端々から読みとれ、どうやらただの海賊ではなさそうです。彼のキャラクター造形は少々複雑で、謎めいた物語の設定の関係上ここではあまり多くを書けませんが、クレイパスのヒーローとしては珍しいタイプかもしれません。心の内をあまり見せないために冷酷な一面がどうしても目立ちがちですが、グリフィンの優しさ、あるいは思いやり深さは、たとえば部下への態度などからも読みとることができるでしょう。とくに終盤、ふたたびメキシコ湾の離島でレガーレとの対決がくりひろげられる場面では、グリフィンと部下との友情、あるいは愛憎がさりげなく描かれていて秀逸です。

本書の刊行は前作と同じ一九九二年なので、著者の作品としては初期の部類に入ります。けれども細かな伏線の張り方は当時から冴えており、脇役のちょっとしたせりふが、のちの場面にじつにうまくつながっています。デビュー当時と比較すると作風がだいぶ変化しているクレイパスですが、ひとつひとつのエピソードを大切にし、そのエピソードにきちんと結末をつけるところは当時もいまも変わりません。

なお、お気づきの読者もいると思いますが、本書には一点、前作との齟齬があります。前作で奴隷制度に疑問を抱き、自分の経営するプランテーションで働く奴隷の解放を目標にしていたマクシミリアン（マックス）・ヴァルランですが、それから一二年後の本作でもなぜか状況は変わらずじまい……でもどうか、有言不実行のマックス！とは思わないでください。ここは著者の単なるかんちがいで、邦訳にあたっての書き換えも可能でしたが、あえて原著のままとしました。現実に奴隷解放が実現するのはもっとあとの話であり、また、ヴァルラン家の男たちの共通点を象徴する重要な部分でもあるからです。

二〇一〇年八月

ライムブックス

ただ一人《ひとり》のあなたへ

著　者　リサ・クレイパス
訳　者　平林《ひらばやし》 祥《しょう》

2010年9月20日　初版第一刷発行

発行人　成瀬雅人
発行所　株式会社原書房
〒160-0022東京都新宿区新宿1-25-13
電話・代表03-3354-0685　http://www.harashobo.co.jp
振替・00150-6-151594
ブックデザイン　川島進（スタジオ・ギブ）
印刷所　中央精版印刷株式会社

 ISBN978-4-562-04392-7　Printed in Japan